一九八四

Nineteen Eighty-Four

[英]乔治·奥威尔◎著　贾爱光◎译

煤炭工业出版社

·北　京·

图书在版编目（CIP）数据

一九八四／（英）乔治·奥威尔著；贾爱光译．--北京：煤炭工业出版社，2016（2022.3重印）

ISBN 978-7-5020-5560-8

Ⅰ.①一…　Ⅱ.①乔…　②贾…　Ⅲ.①长篇小说—英国—现代　Ⅳ.①I561.45

中国版本图书馆CIP数据核字(2016)第261354号

一九八四

著　　者	（英）乔治·奥威尔
译　　者	贾爱光
责任编辑	刘少辉
封面设计	左小文
封面插画	严文胜
出版发行	煤炭工业出版社（北京市朝阳区芍药居35号　100029）
电　　话	010-84657898（总编室）
	010-64018321（发行部）　010-84657880（读者服务部）
电子信箱	cciph612@126.com
网　　址	www.cciph.com.cn
印　　刷	唐山楠萍印务有限公司
经　　销	全国新华书店
开　　本	710mm×1000mm 1/16　**印张**　17　**字数**　360千字
版　　次	2017年1月第1版　2022年3月第3次印刷
社内编号	8423　**定价**　58.00元

目 录

一九八四 …… 1

动物庄园 …… 201

一九八四

第一部分

第一章

4 月中明朗清冷的一天，风势猛烈，时钟敲了十三下。温斯顿·史密斯低着头，把下巴贴到胸前，想躲过阴冷的风，以最快的速度闪进胜利大楼的玻璃门，可是狂风卷起的尘沙还是跟着他进来了。

一进门厅，就闻到煮卷心菜和旧床垫的气味。门厅那头钉着一张彩色宣传画，大得不适合钉在室内，画上是一个很长的男人的脸，看起来 45 岁模样，留着浓浓的小胡子，面相粗犷而英俊。史密斯走上楼梯。即使在情形最好时，这电梯也很少正常运转，何况现在白天连电源都关掉了。“仇恨周”快到了，一切都得节省。史密斯住在八楼，虽然他才 39 岁，但右脚踝上方有一处生了静脉疸，只好慢慢地走，中途还停下来休息了好几次。每上一层楼，都可以看到悬在电梯对面那张有着巨大面孔的宣传画在那里凝视着你。这种彩照设计得很特别，无论你走到哪一个方向，那双眼睛也总是跟着你。宣传画下面有一行说明：“老大哥在看管着你。”

史密斯一踏入自己的房间，就听到一个圆润的声音，正在一板一眼地念着大概是与生铁产量有关的数字。房间右边的墙上嵌了一块长方形的铁板，看上去像一面镜子，声音就是从那儿传来的。史密斯调节了一下开关，声音低了下来，但生产数字仍然清晰可闻。这铁板就是屏幕，音量大小可以调节，但是不能完全关掉。他走到窗前，本来就身材瘦小的史密斯，穿上党员制服的蓝色工作服，更显得瘦弱了。他长着淡色头发，面色红润自然，只是皮肤被劣质的肥皂、笨钝的剃须刀片和严寒天气折磨得粗糙不堪。

从紧闭的窗子向外看去，外边的世界仍是一副寒冷的样子。街道上，碎纸片和尘沙随风卷起，翻滚成无数的大小旋涡。虽然出了太阳，天空也蓝得刺眼，但是除了无所不在的宣传画外，就再也看不到什么颜色了。那张黑髭大脸在每一个角落瞪着你。史密斯对面房子的前面就贴有一张“老大哥在看管着你”的画。那双黑眼睛目光如电，直照他心底。街道上有一张宣传画的一边脱落下来，随风飘荡，宣传画下面的两个字“英社”（英国社会主义）也因此而时隐时现。远处有一架直升飞机时而在屋顶掠过，像一只大头苍蝇，盘旋一下后又蹿了出去。这是巡逻警察的直升机，从别人家的窗子窥看里面的动静。巡逻警察没有什么可怕的，思想警察才要命。

史密斯背后那个屏幕，还在喋喋不休地报告着生铁生产数字和第九个三年计划的超额完成。屏幕能同时接收和发送温斯顿所发出的任何声音，不管你在房内说话的声音压得多么低，机器还是一样收听得到。而且只要你站着或坐的地方在屏幕的视野之内，那么你的一切举动和言语便尽收老大哥眼底。当然，你无法知道他哪一分钟在看管你。思想警察究竟在哪个时候，或者用什么法子去收听那一个人的活动，你只好自己猜了。说不定他们每一分钟都监视着你。但无论如何，他们可以随时接上你那条电线。你活着就得做这样一个假定：你的言语，都会被人听见，而除非在黑暗的地方，否则你的一举一动都在别人眼中一览无余。开始这不过是心理上的一种戒备，慢慢地就变成一种本能了。

史密斯保持着背对屏幕的姿势，他认为这样会较为安全些，虽然他也知道一个人的背部有时也会泄露秘密的。胜利大楼一公里之外，就是他办公的地方——真理部，一座屹立于四周灰暗环境中的白色大厦。他略带几分厌恶地想道：“这里就是伦敦，第一空域的主要城市。”第一空域本身是大洋邦人口第三大的省份。他尽力思索，想找回一些儿时的记忆，对比一下究竟伦敦以前是否是这个样子。那个时候伦敦的房子，是否尽是摇摇欲坠的 19 世纪建筑物？屋子的四周是否都得用大木条支撑着？窗户用纸板挡着？屋顶也是年久失修，架满铁柱铁板？花园围墙破裂得东倒西歪？那些被轰炸过的地方，尘土飞扬，柳枝蔓生于破瓦残垣上，以前的本来面目又如何？还有那些被炸弹夷平了的土地，现在都盖上了像鸡笼一样的木板平房，从前究竟是什么样的景象？可是不管他怎样集中精神去思索，童年的记忆也依旧是一片空白，好像以前发生过的事，没有什么痕迹，有些不明所以。

真理部大厦，或者用大洋邦新语说，“迷理大厦”，那是一所在视线以内与其他景物截然不同的建筑物。它是一座巨大的金字塔形建筑，白色水泥熠熠生辉。它拔地入云，一级叠一级，高达300米。从史密斯所站的地方，可以遥望到三句用漂亮的美术字体镌刻在真理部大楼正面的党的口号：

战争是和平

自由是奴役

无知是力量

真理部共有6000个房间，地面上层3000个，地下层也是3000个，分布于伦敦四周的还有三座与真理部类似的政府建筑物。由于这些楼宇十分高大，环绕其间的别的房子就显得特别渺小了。所以站在胜利大厦顶上，同时可以看到这四座大楼，它们分别为四个部门的所在地，政府的所有职能就分工在这四个部门。这四个部门的职责分别是：真理部管新闻、娱乐、教育和艺术；和平部管战争；仁爱部管法律和社会秩序；裕民部管经济。真理部的新语简称上面介绍过了。现在这三个部门在新语中分别叫：“迷和”“迷仁”和“迷裕”。

迷仁部是真正令人胆战心惊的地方，那里连一扇窗户都没有。史密斯不但没到过里面，他连靠近这座大厦半公里的范围也没有涉足过。除了有公事要办，你根本不可能越此禁区一步。进去时，还要经过一段布着带刺铁丝网的错综复杂的道路、一道道钢门以及机关枪暗堡。就是在通向这座大厦外围栅栏和闸口的街道上，也布满了身穿黑制服、手执连环警棍，长得像大猩猩似的守卫在四面巡逻。

史密斯突然转身，一副从容而乐观的表情。现在他面对屏幕了，最好要装装样子。他穿过房间到狭小的厨房去。这个时候离开了迷理部，就吃不到食堂的午餐了，而他也知道除了留着做明天早餐用的那大块霉黑的面包外，厨房中再无其他食物了。他从架子上取下一瓶无色液体，上面简单的白标签上印着“胜利杜松子酒”。这东西气味很难闻，看起来油腻腻的，就像中国的米酒。史密斯倒了一茶杯，鼓了鼓勇气，然后像喝药一样一口气灌了下去。

反应也真快，他马上变得面色猩红，眼泪也跟着流出来了。这液体像硝酸还不算，吞下去后那种感觉，简直就像脑袋后面被人用胶皮棍子敲了一下。可是也有好处，他胃里的灼热感消退了一点儿，好像没有那么难受了。他从印有“胜利香烟”的压扁了的烟盒里抽出一根烟，不小心把它拿倒了，里面的烟草也全部倒在地板上去了，因此抽第二根时他就加倍小心了。他回到房间，在屏幕左边一张小桌子前坐下，又从桌子的抽屉里取出一支鹅毛笔杆、一瓶墨水和一本厚厚的 4K 的新日记簿来。日记簿的装钉很考究，它的底是红的，封面压有大理石纹。

史密斯房间的屏幕，也不知道是什么原因，安放在一个很特别的位置上。通常都是安在远端的墙上，这样可以监视到整个房间。他的屏幕呢，居然装在对窗的墙上。墙的一边有一个浅浅的壁龙，大概初建这房子时是打算放书架用的。史密斯现在就坐在这里。他尽量把身子往后靠，这样可以保持在屏幕的视域范围之外。老大哥当然还会听到他的声音，但至少看不到他目前的动静。正是因为他房间位置特殊的缘故，他才会想到要做他马上要动手做的事。

同样让他想到做这件事的还有他从抽屉里拿出来的本子，这真是一本异常漂亮的记事簿，虽然纸面因日子久了而显得微黄，但质地异常光滑，至少是四十年前的产品了，也可能还不止四十多年呢。他在城中一个贫民区（至于是哪一区他现在记不起来了）一家又脏又乱的旧货店的橱窗中看到它，当时他马上就有种不可遏制的冲动想拥有它。党员按理是不准跑到普通店铺去的，因为那等于是在“自由市场交易”。但这一规定没有被严格执行，不说别的，除了“自由市场”，哪里还可以买到像鞋带、剃须刀片之类的东西？史密斯朝街道左右两个方向迅速地张望了一下，一转身就溜进那家铺子，花二元五角把那簿子买了下来。在掏钱的时候，他还不清楚究竟要这东西来做什么。他把它放在公文包内，带着像犯了什么罪似的心情回到家。上面即使不记上一字一句，拥有它也算是有违原则。

他正要着手做的事是写日记，这并不是非法的事，因为既然没有法律，也就无法可犯了。但假若这事被查出来，即使不判死刑，最少也要劳改二十五年。史密斯拿起一个新的笔尖装在笔管上，然后用嘴吸掉上面的油脂。这鹅毛管钢笔可说是老古董了，现在连签名都不大用。他偷偷摸摸地，而且是费了些事儿才得到一杆，只是因为他感觉那种漂亮细腻的纸张只配用真正的钢笔尖在上面书写，而不是拿原子笔书写。事实上，他不习惯用手写字。除了极其简短的便条外，其他文件他都惯于用“录音书写器”处理。他现在要记的东西，自然不能用这种机器代劳了。他把钢笔蘸在墨水里，踌躇了一下。他感到全身一阵战栗，落笔是种决定性的行为。他以笨拙的小字体写道：

1984 年 4 月 4 日。

把这日期记下后，他瘫坐下来，陷入一种完全无助的感觉中，觉得什么都不对劲。就说日期吧，他实在毫无把握今年就是 1984 年。不过想来也应该差不多了，因为他对自己是 39 岁这点很有把握，而自己要不是在 1944 年出生，要不就是 1945 年。不过如今在确定年份时，不可能没有一两年误差。

另外还困扰他的问题是，这个日记究竟是为谁写的？为未来，为还未诞生的人。就在他的心思围绕那可疑的年份转圈的时候，心里忽然咯噔一下，想起新话里的“双重思想”一词。就在这一刻，他第一次体会到自己现在做的事情是多么的艰难了。你怎样去跟未来沟通？从根本上说这是不可能的事。未来可能就是现在的翻版。如果是那样，他说的话不会有人听。未来如果与现在不同，那么他的预言便将毫无意义。

他呆呆地坐着，目不转睛地盯着面前摊开的白纸，而屏幕中的节目已经换成刺耳的军乐。说也奇怪，他不但失去了表达自己思想的能力，连本来打算要记的事也忘了。在过去几周里，他一直在为这一刻做准备，从没有想过除了勇气还需要别的什么。真要写出来倒不难，只要把他多年来在脑中常常出现的独白记在纸上就是。可是偏偏在这个时候脑袋里空空如也，一句独白也想不起来。更要命的是静脉疸这时也开始痒得难受，他不敢抓，一抓就发炎。时间一分一秒地过去，除了面前纸上的空白、脚踝上方的皮肤痒、屏幕里尖锐刺耳的音乐和杜松子酒造成的一丝醉意外他别无感觉。

突然，他发狂似的奋笔疾书，只是模模糊糊地意识到他写的是什么。

他细小而孩子气的字体上下蠕动，文法错乱，最后干脆连标点符号也省掉了。

1984 年 4 月 4 日

昨夜看了电影，全是战争片。其中很好看的一部，是关于一艘满载难民的船在地中海某处被轰炸的事。观众看到一个大胖子被直升机穷追扫射想泅水逃命时大叫过瘾。首先你看到他在水面划水如海豚般地灵活，然后是通过直升飞机上的瞄准器看到他，他身上满是弹孔，他身体周围的海水都变成了粉红色，他突然沉下去，好像身上弹孔入水过多导致下沉。观众看到他下沉时笑声震天。这时出现了一条满载儿童的救生艇，上面有架直升机盘旋。有一个貌似犹太人的中年妇女坐在船头，手上抱着一个大约三岁的小男孩。小孩吓得尖叫，头深埋在女人胸前，女人自己也吓得面色发青，但仍双手紧抱孩子，哄着他。她一直用身子尽量掩护小孩，好像她的双手可以挥去机枪的子弹似的。直升飞机往他们中间投下一枚二十公斤重的炸弹，一声爆炸后小艇变成了碎片。有一个拍得很清晰的镜头是那个小孩的手臂往空中飞得高高的，直升飞机前端的摄影机肯定在追着它拍。从党员座位那里传来一片鼓掌声，但在群众席那里有个女人突然无故喧哗起来，叫嚷着说他们不该放给孩子看，他们做得不对，别放给小孩看。直到警察去把她架了出去，声音才停下来。我不认为她会有什么事，谁也不关心群众说什么，群众的典型反映他们从来不会……

史密斯写到这里就停下笔来，肌肉发生痉挛是原因之一，但他自己也不知道为什么一下子写了这么多废话。然而奇怪的是，在写这些东西时，他脑子里清清楚楚地记起了另外一件事，他也想把它写下来。现在他才明白，就是为了这桩心头旧事，他今天才突然决定回家写日记。

这是那天早晨在部里发生的事。当时大概是十一点钟吧，在史密斯工作单位的录科内，大家忙着从暗室搬出椅子来，摆在大厅中间，正对着屏幕，准备参加《两分钟仇恨时间》的节目。史密斯正准备在中间一排某个位置就座时，有两个面孔很熟悉，从未交谈过的人出其不意地走进来。其中一个是女人，在走廊上常常会碰面。他不知她叫什么名字，只知道她在

“小说司”工作。因为有时他看到她满手油污，拿着扳钳之类的工具，他猜测她大概负责某部长篇小说写作机的机械维修工作。她是个泼辣的女孩，27 岁左右，长着一头浓密的黑发，脸上有雀斑，动作像运动员那样敏捷。她系着一条细长的猩红腰带，在套头工作服上缠了几圈，松紧程度刚好能显现出她臀部的优美线条。那红带是“青少年反性联盟”的标志，因此可以说是贞操带。

史密斯从第一次看到她的那一刻起就讨厌她。她的一举一动，都很自然地令你想到曲棍球场的气氛，或者是冷水浴、社团徒步旅行，再不然就是属于“思想纯洁”的一切。他几乎讨厌所有女人，特别是年轻漂亮的。对党盲从附和的、不假思索就相信所有口号的、业余的探子与好管闲事爱打小报告的，通常都是女人，尤其是年纪轻的。但这个黑发系红腰带的女孩给他的印象是她比绝大多数女人更危险。有一次他们在走廊碰上了，她斜睨了他一眼，那眼神好像把他浑身看了个透一样，他一时吓呆了。虽然照理说这是不大可能的事，但那一刹那他竟然怀疑她是思想警察。这以后每次只要她在附近，就仍会让他感觉特别不自在，这种感觉夹杂了敌意，还有恐惧。

第二个是奥布莱恩，是名内党党员。史密斯知道他位居要职，但大概正是因为他高不可攀，史密斯对他的身份及其工作性质也是一知半解。围着椅子正要就座的人，一看到穿着黑制服的内党党员走近，一时鸦雀无声。奥布莱恩高大结实，脖子很粗，皮肤粗糙，为人幽默而又冷酷。虽然外表令人望而生畏，但他的举止颇有魅力。他有一招，就是推一推架在鼻子上的眼镜，这个动作很奇怪，能让人解除戒心，说不上为什么，但是给人一种文质彬彬的感觉。如果你还有这种印象的话，这个动作也许能让人想起一位 18 世纪的贵族在邀请别人用他的鼻烟。

史密斯在过去十年内，大概也就见过他十来次吧。他对他颇具好感，而这种微妙的情感，并不仅仅因为后者温文尔雅的举止与职业拳击手块头的反差让他觉得很有趣，更大的理由是史密斯内心存在的一个信念，或者说仅仅是一个希望吧。那就是，他希望奥布莱恩的政治观念不完全是正统的。他的表情无疑说明了这一点。再说，浮现于他脸上的表情，非但不属传统，更可以说是智慧的流露。但不管怎样，从外表上看，他是那种可以跟他谈谈心的人，如果有办法躲过屏幕跟他单独在一起的话。可是史密斯从来没有找过任何机会去求证他的这种推想对不对，事实上，他即使想找机会也无法办到。

奥布莱恩看了看腕表，快到十一点了，显然已经决定留下来参加记录科的《两分钟仇恨时间》的节目。他跟史密斯坐在同一排，中间隔了几张椅子，夹在他们中间的是个瘦小的沙色头发的女人，在史密斯隔壁的办公室做事。那个黑头发的女郎就坐在史密斯后面。

这时，大堂那头的屏幕传来一种令人难以忍受的刺耳讲话声，如同一台巨大的机器在缺少润滑油的情况下运行时发出的声音。听到这种声音能令人咬牙切齿，毛发直竖。伴随着这种声音，“仇恨”节目开始了。

和往常一样，屏幕上出现了伊曼纽尔·戈斯坦，人民公敌的面孔。观众的嘘声马上此起彼伏。那个瘦小的沙色头发女人一声尖叫，含混着既恐怖又厌恶的意味。戈斯坦是个反动的叛徒，多年前（究竟多少年前倒没有人记得了）是党的领导分子，几乎与老大哥平起平坐。后来参加了反革命活动，被判处死刑，然而又神秘地逃走并藏匿起来。“两分钟仇恨会”的进程每天都不一样，但无一例外，每次都以戈斯坦为主角。他是头号卖国贼，是最早破坏党的纯洁性的人。所有后来反党卖国的罪行、阴谋倾覆的勾当、异端邪说以及离经叛道的思想，都可直接归咎于他挑拨离间的结果。

他仍活着，匿藏于某一角落施展他的阴谋。也许在大洋彼岸，在豢养他的外国主子的保护之下，也许，时不时会传出的这种谣言，就潜伏在大洋邦本国的某处。

史密斯觉得有什么东西堵塞住他的胸口。每次看到戈斯坦的面孔，他都会产生复杂而痛苦的情感。戈斯坦是犹太人，脸形瘦削，满头绒绒的白发，留着山羊胡子。这相貌聪明伶俐，可是你总觉得这人无耻卑鄙。靠近他又细又长的鼻尖处架着一副眼镜，给人一种年迈昏庸的感觉。戈斯坦长着一张类似山羊的脸，连说话的声音也有山羊的音调。

戈斯坦在一如既往地恶毒攻击党的各种教义。虽然内容夸大其词，逻辑荒诞，连三岁小孩都可以看穿，但你听来难免还是会担心，说不定就有头脑不如小孩清醒的人上当。

他不光在骂老大哥，对党专政制度的攻击，更是不遗余力，要求马上与欧亚国缔结和约。他鼓吹言论自由、出版自由、集会自由、思想自由，他歇斯底里地叫嚣革命已经被背叛，而且全是以快速和多音节的方式讲出来，是对党的演讲家那种惯常风格的拙劣模仿。他的话中还夹杂了新语，而且出现的次数比一般党员在日常生活中所用的还要多。你以为戈斯坦这些话仅仅是说着玩的？你看看他发言时的背景：在他身后，一纵队一纵队的欧亚大军列阵而过。这些都是毫无表情的亚洲人的面孔，他们涌现到屏幕上，然后消失，代之以其他长相完全类似的军人。他们的军靴踏步发出的有节奏的回音，成了戈斯坦羊叫的配乐。

“仇恨”节目开始了还不到半分钟，大堂内半数以上的人已经忍不住大喊大叫了。那张自鸣得意、山羊一般的脸，再加上背景中出现的欧亚军队的惊人军力，让他们觉得有点受不了。说实在的，看到戈斯坦的样子，甚至想到他的名字，都会让人自动产生恐惧与愤怒的情绪。他成为比欧亚国或比东亚国还要大的憎恨对象，因为大洋邦跟这两大国中的一个进行战争时，一般会跟另一个大国处于和平关系。

但令人奇怪的是，尽管戈斯坦被所有人仇恨、鄙视，尽管一年三百六十五天，他的理论每天上千次在讲台、屏幕、报纸、书本上被批驳、被粉碎、被嘲笑、被一般人认为是可鄙的垃圾，然而这一切似乎从来没能让他的影响降低过，愿意受他骗的笨蛋前赴后继。思想警察差不多每天都会抓到受他指挥的间谍和破坏分子。他是一支庞大影子军队的指挥官，又是立意要倾覆大洋邦政府的地下组织统领人。这组织的名称据说叫“兄弟会”。另外，还有一些悄悄流传的说法，是关于一本可怕的书的。它汇集各种异端邪说，由戈斯坦所写。这本书到处秘密流传，没有名字，人们在不得已提到它时，会简单地称为“那本书”。可是这些事仅属传闻，普通党员能够避免的话，绝不会把“兄弟会”和“那本书”挂在嘴边的。

“仇恨”节目进入第 2 分钟，大家的表现更显得如痴如狂。有的手舞足蹈，又叫又跳，想以自己的呼声压倒来自屏幕中那像羊叫的声音。那沙色头发的小女人此时脸色紫红，嘴巴一张一合，像一条被海水冲上沙滩的鱼。

连奥布莱恩的脸也是通红的。他在椅子上坐得笔直，硕大的胸脯颤得一起一伏，好像是要抵抗一个迎面而来的波浪袭击的样子。一直坐在史密斯后面的黑发女郎此时“猪猡！猪猡！猪猡！”地叫喊着，突然，她捡起一本厚厚的新语词典使劲地朝屏幕摔去。字典落在戈斯坦的鼻尖上，弹了回来，但那个声音仍然无情地响着。很快，史密斯发现自己不但跟着其他人一起嘶喊着，而且还用鞋跟拼命地踢着椅子的横杠。

《两分钟仇恨时间》节目最可怕的地方，不是有明文法例强迫你参与其中，而是那种令你身不由己的气氛。只要你置身其中三十秒钟，你不需要任何借口，自然会感染上一种近乎痴狂的恐惧和复仇意念。任何一个观众这时都有冲动要杀人、用刑折磨人，或者用雪橇把敌人的脑袋打得稀烂。每个人都会像触电一般地被这种激昂情绪所左右，意志力完全松懈，变成面目狰狞，狂呼乱舞的疯子。但他们感到的那种愤怒是种抽象而盲目的感情，像你点燃气灯时所用的火柴一样，随时可以转移目标。就拿史密斯来说，有一部分时间他仇恨的对象不是戈斯坦，而是老大哥、英社和思想警察。那一刻，他的心向着屏幕上那个孤独的、被嘲笑的异端分子，他是在充满谎言的世界中真理与理智的唯一守护者。可是下一秒钟他的感受就可能截然不同。跟在座的人一样，他会认为所有加诸他身上的罪名都是罪有应得。此时他对老大哥暗怀的厌恶一下子转变为崇拜。老大哥好像高高屹立，是位所向无敌、无所畏惧的保护者，岩石般地矗立着，对抗着亚洲的流氓。而戈斯坦呢，虽说是孤立无援，虽然他是否活着仍值得怀疑，但他仍像个阴险的巫师，仅仅凭借话语的力量，就能将文明的架构摧毁。

不但这样，你有时甚至可以自动地把心中的仇恨转移方向。突然间，史密斯就像在噩梦中猛然用力把头从枕头上扭到另一边一样，他已经成功地对屏幕上山羊脸的仇恨转移到后面那位黑发女郎身上。他的脑海里出现了生动的幻觉：他会用胶皮警棍把她殴打致死，会把她脱光衣服绑到一根木桩上，然后向她射满一身的箭，正如那些人对圣塞巴斯蒂安做的一样。或者，干脆把她强奸算了，达到高潮时就在她喉头上来一刀了事。现在他也比以前更清楚地意识到自己为什么会恨她。他恨她，是因为她年轻漂亮却毫不性感，因为他想和她上床却永远无法做到，因为她那可爱的柔软腰部，像是在请人去搂，围着的却只是一条可恶的鲜红色饰带，那是代表贞洁的咄咄逼人的标志。

“仇恨”节目已经到达高潮。戈斯坦的声音真的变成了羊叫，而下一个镜头他的脸也化作了山羊脸。山羊脸淡出后，就是一个巨大恐怖的欧亚士兵向观众冲来，手上的机枪嗒嗒地响个不停。整个人似乎要从屏幕里跳将出来一样，以至于前排有几个人真的在座位上往后缩。就在这一刻，救星到了，那来势汹汹的形象隐去，老大哥的容颜出现，黑发短髭，神情出奇地镇静，充满力量和神秘的安详感。他的脸越来越大，几乎挤破了屏幕。谁也没有听清楚老大哥在说什么。无非是几句鼓舞士气的话，那种通常在战况激烈时才会说的话，虽然单独的句子不易分辨，但只要老大哥说了话，大家的信心就恢复了。老大哥的容颜最后也消失了，屏幕上出现了党的口号，全部是大写字体：

战争是和平

自由是奴役

无知是力量

但老大哥的面孔似乎在屏幕上又持续出现了几秒钟，似乎对每个人的眼球所造成的冲击过于强烈，不能马上消失。沙色头发小女人扑倒在前面的椅背上，用颤抖的声音喃喃自语，听来好像是叫着：“我的救世主！我的救世主！”她双手伸向屏幕，又收回来捂着脸，显然是在祈祷。

这时全体观众爆出深沉、缓慢而又有点像圣咏节奏的调子：“老大哥！老大哥！老大哥！”他们一遍又一遍地念着。先念“老大”，然后顿了顿，再念“哥”。这种沉重的叫声中，似乎能听到赤脚跺地和手鼓的咚咚响声，听起来有点野蛮。

他们这样咏诵了三十多秒钟。每逢情绪激燃的时候，你就会听到这咏奏。当然这是对老大哥光辉伟大和无上智慧的一种敬意，但实际上这也是一种自我催眠，一种故意用节奏的声音来压抑理性心智活动的手段。

史密斯浑身发冷。在“仇恨”节目的时间里，他无法控制住自己不和大家一起疯狂，但这种只有未开化的人才会干的集体呻吟，往往都会引起他强烈的恐惧感。自然，他也得跟着呻吟，不这样做根本不可能。掩盖自己的感觉，控制自己的表情，做别人在做的事，这些都属于本能反应。然而有那么一两秒钟，他的眼神有可能泄露了感情，这可想而知。正好就在那一刻，那件具有重要意义的事情发生了，如果说它的确发生过。

他跟奥布莱恩的目光不期然地接触了一次。奥布莱恩此时已经站了起来，刚才他把眼镜取了下来，此时正以他特有的动作戴眼镜。就在他们目光偶然接触的一瞬间，史密斯心里就明白，真的，他非常明白：奥布莱恩的心事与他一模一样。他们已经在这短短的一秒间互传心曲。似乎两人的大脑都打开着，通过眼睛，思想从一个人的大脑流入另一个人的大脑。"我和你同一阵线"，奥布莱恩好像用无声的语言对他说，"我非常清楚你的感受，也知道你多瞧不起这一切，你的仇恨，你的厌恶。但放心好了，我站在你这一边。"接着那心领神会的片刻转瞬即逝，奥布莱恩的脸色变得和以前一样，不可测知。

史密斯也没把握这事究竟有没有发生过，像这类事件是没有续篇的。所起的全部作用，不过是让他在内心保持一种信念或希望，即除了他自己，还有别的人也与党为敌。说不定有关地下组织的谣言是真的，而"兄弟会"确有其事。虽然总有没完没了的逮捕、招供和处决，你仍然不能肯定"兄弟会"仅是属于传说的组织。史密斯有时相信它存在，但有时又不禁怀疑起来。这种事拿不出证据来的，只凭一些浮光掠影的迹象去揣度。比如说偶然从旁人谈话中听来的一些蛛丝马迹、厕所墙上涂的模糊字句，甚至有时两个陌生人碰在一起，举手投足间也许可以看出别有用心的暗号来。但这不过是他猜想而已，很可能根本就是幻想。

他连看也不看奥布莱恩一眼就回到自己工作的小隔间，他几乎从未产生要延续他们那一瞬间接触的念头，即使他知道怎样进行，也是危险之极的。他们含含糊糊地对望一眼，只有一秒钟或者两秒钟，全部经过如此而已。可是过程虽然如此短暂，但在他迫于环境非接受不可的寂寞生活中已经有回忆的价值了。

史密斯打起精神坐起来，打了个嗝儿。杜松子酒的气味从胃里泛了上来。

他的视线又重新集中在日记簿上。这时他发觉他瘫坐苦思冥想的当儿，手上的笔却没停下来。而且写得也不像刚才那样歪歪斜斜、难以辨认。他的钢笔在光滑的纸上写下了漂亮的印刷体大字，全部都用大写，占了整整半页的篇幅：

打倒老大哥

打倒老大哥

打倒老大哥

打倒老大哥

他自己也不禁慌乱得发起抖来。说来也是荒谬，因为写下那些字和开始记日记比起来，并非更危险，可是有那么一阵子，他想撕掉写了字的那几页，彻底放弃写日记这一危险举动。

但是他没有这么做，因为他知道撕了也是枉然。他写了“打倒老大哥”，或者忍下来没有写，事实都一样。他的日记继续写下去也好，这时放弃也好，都没有区别。思想警察一样会抓到他。他已经犯下了——即便他从未写到纸上，他仍是犯下了——包括其他一切罪行的基本罪行，他们称之为“思想罪行”。“思想罪行”是无法永远掩盖的，你可以成功地躲过一时甚至几年，但他们仍然注定会抓到你，迟早而已。

抓人的时间总在晚上，几乎没有例外。把你从梦中推醒，粗暴的手摇晃着你的肩膀，手电筒照射着你的眼睛，冷酷无情的面孔环绕在你的床前。大部分的案子是不会经过审判的。连你被抓了也没有人知道。犯“思想罪”的人只是在夜间失踪而已。你的名字从名册簿消失，你做过的一切事情的记录都被清除。你曾经一度活在世上这事实先被否认，后来大家也就忘记有你这么一个人，你被铲除、毁掉。他们的常用语是“蒸发”。他继续写下去：

他们会射杀我，我不在乎。他们会从我脖子后面开枪，我不在乎。打倒老大哥！他们都是从人家脖子后面开枪，我不在乎。打倒老大哥！

他倒在椅背上，把笔放下，自己也感到一点儿惭愧。不到一分钟后他又重新振作，引笔直书。有人敲门了，这么快，他像一只老鼠一样静坐不动，心中存在一个渺茫的希望：不管是谁，希望他听不到有人应门就知趣离开。但没有用，那家伙再接再厉地敲着。这个时候最不明智的事就是拖延时间了。他的心脏像鼓一样敲着，不过他脸上很可能没有表情，长期习惯使然。他站起身，脚步沉重地走向房门。

第二章

史密斯把手放在门把手时才想到日记簿还在桌上摊着，而“打倒老大哥”这几个字写得奇大无比，隔着半个房间的距离还可以清楚地看到，真想不到自己怎么笨成这个样子。想起来了，一定是墨水没干，而他实在不愿意把簿子合上，把光滑的纸张弄脏。

他深深地吸了一口气，开了门。看到站在外面的是个脸色苍白、萎靡不振、头发稀疏、脸上满是皱纹的女人时才放心。

“同志，”她说话的声音近乎哀鸣，“我是听到了你进来的声音才敲你的门的。可不可以麻烦你看看我们厨房的洗涤槽，好像有什么东西堵住了。”来者是柏森斯太太，同楼的一位邻居。党多少反对用“太太”这个词，应该称每个人为“同志”，但人们还是会不由自主地对某些女人使用这个词。

柏森斯太太年纪不过三十模样，但看起来苍老多了。你看看她脸上的皱纹，给人一种印象，好像里面藏有灰尘。史密斯跟着她走出通道。这种业余维修工作几乎成了每天必做的烦心事。胜利大楼是老房子，大约是1930年建成的吧，谁也搞不清楚，总之日渐破落就是了。天花板和墙壁上的灰泥经常剥落。每逢严寒，水管都会爆裂；每逢下雪，屋顶都会漏水。供暖系统如果不是为了节约而完全关掉，就是只开一半的蒸汽量。什么地方出了毛病，除非你自己动手，否则就得先由一个高高在上的什么委员会批准。修理一个玻璃窗，说不定也会拖你两年的时间。

“汤姆如果在家，就不用麻烦你了。”柏森斯太太含含糊糊地说。

柏森斯的公寓比史密斯的大一些，是另一种形式的肮脏。每样东西都有种被击打和践踏过的样子，似乎刚刚有一头凶猛的动物造访过。曲棍球棒、拳击用的手套、爆了缺口的足球、一条翻了底的汗臭短裤，都凌乱地散置在地上。桌上杯盘狼藉，还有脱页折角的孩子功课练习簿。墙上是几面青年团和侦察队的鲜红旗帜，还有张老大哥的全幅宣传画。

房间里弥漫着煮卷心菜的气味，可以说是本大楼共有的气味。不同的是，这房间卷心菜的气味夹杂着特别强烈的汗臭味。虽然这实在难以解释，但你一闻就知道这汗臭来自目前不在这房间的主人。在另外一个房间里，有人用卫生纸贴在梳子上做乐器，和着幕播出军乐的拍子。

“小孩玩的把戏，”柏森斯太大说，一面有点慌张地往房门瞧了瞧，“他们今天一天都没离开室内一步。当然……”柏森斯太太她有个习惯，就是话只说一半。洗涤槽积下来的污水已经到边缘，气味比卷心菜还要难闻。史密斯跪下来查看水管接口的部分，他讨厌用手来干粗活儿，更怕蹲在地上，因为这总会让他咳嗽不停。

柏森斯太太帮不上忙，在旁边看着他。

“当然，如果汤姆在家的话，不用几分钟就弄好了，”她说，“他就爱干这种事，他的手就比人家灵活。”

柏森斯太太口中的汤姆，就是史密斯在迷理部的同事。他长得有点胖，是个蠢不可及的活跃分子，一腔弱智的热情，是那种完全听话、忠心耿耿、乏味无趣的人，党的稳固统治对这种人的依赖甚于对思想警察的。他现年 35 岁，刚因超龄关系而被迫脱离少青队，而在加入少青队以前，他又干了超过法定年龄的“探子”一年。

他在部里担任某个次要职务，在智力方面没有要求，但另一方面，在体育委员会和别的负责组织集体远足、自发游行、节约运动和义务劳动的委员会里，他可是个重要人物。他会咬着烟斗得意地告诉你，过去四年内他每天晚上都在公社中心露面。他每到一处，身上强烈的汗臭可闻，即使人走了，气味还是历久不散。他完全不露痕迹地就让你知道他每天的生活多繁忙沉重了。

“你有扳手么？”史密斯按着水管接口的螺丝帽问道。

“扳手？”柏森斯太太弱弱地反问，“我不知道。或者孩子……”

随着一阵噔噔的靴子响和又一声吹梳子的声音，孩子们冲进起居室。柏森斯太太把扳手给了史密斯。他先让污水流出来，忍着作呕的感觉把堵塞水管的毛发取出。他用水龙头的冷水尽量把手指洗干净，就转身走回自己房间。

“举起手来！”一个气势汹汹的声音大叫道。

原来，一个面貌清秀，但表情悍然的 9 岁的男孩子，突然从餐桌后面跳出来，用自动的玩具手枪指着威胁他。而大概比他小两岁的妹妹，动作跟哥哥一样，只是用的不是手枪而是板条。两人都穿蓝短裤、灰衬衣，脖子系着红领巾，这就是探子团的制服了。

史密斯举起双手，心中感到极度不安。这男孩子的态度这么邪恶，简直不像在玩游戏。“你这个叛徒，”男孩子嚷道，“欧亚国的间谍！我要一枪把你杀死，把你蒸发掉，送你到盐矿去，让你冷死饿死。”

突然兄妹二人绕着他又叫又跳，“叛徒！”“间谍！”地闹个不停。哥哥做什么，妹妹跟着学。这真有点让人害怕。男孩的眼里，有种狡猾而残忍的神色。显然，他想对温斯顿又踢又打，而且也意识到自己很快就到能做这种事的年龄。幸好他手里握的不是一支真正的手枪，史密斯想。

柏森斯太太的眼睛不安地在史密斯和自己的孩子之间扫来扫去。客厅的灯光较亮，史密斯这时注意到原来柏森斯太太脸上的皱纹真的有尘埃。

“被他们吵死了，”她说，“还不是因为没人带他们去看绞刑，我忙不过来，汤姆下班后又来不及了。”

“我们为什么不能去看绞刑？”男孩子粗暴地问。

“我们要看绞刑！我们要看绞刑！”小女孩附和着她哥哥，边叫边跳地说。

史密斯记起来了，有几个欧亚国的俘虏因为犯了“战争罪”，将于这天晚上在公园被处以绞刑。这种事情每月进行一次，是大家都想一睹的盛事，小孩子总闹着要大人带他们去看。

史密斯辞别了柏森斯太太就往门口走去，但在过道上还没走几步，就有什么东西打中他的脖颈，打得他疼痛难忍，好像被一根烧得通红的铁丝戳了进去。他一转身，刚好看到柏森斯太太又拉又扯地把儿子拖回房门口。那小鬼正忙着把皮弹弓放回口袋。

快关门时那孩子还不放过他，气呼呼地骂了他一句：“戈斯坦！”但给他印象最深的还是他母亲灰白面孔所流露的无助的惊慌。

一回到自己的房间，史密斯马上加快脚步越过屏幕的视野，在桌子旁边坐下，手还在揉脖子。屏幕播送的音乐已经停了，取而代之的是一个简短有力的军人声音。用近乎残暴的自我陶醉的口吻，介绍着刚在冰岛和法罗群岛之间建立起来的浮游堡垒的武装装备概要。

他想，养那样的孩子，那个可怜的女人过的一定是提心吊胆的生活。再过一两年，他们就会日夜地监视着她，看她有无可疑的异端思想表露出来。如今的小孩子几乎都没有例外，可怕极了。更可怕的是政府依赖着探子团这类组织，把孩子训练成父母无法管教的野兽，然而又不会在他们身上产生对党的纪律的反抗倾向。正好相反，他们崇拜党和跟党有关的一切。打着旗帜唱歌游行、远足郊游、用玩具步枪操演、狂呼口号、膜拜老大哥！对他们来说都属于光荣的事。他们所有的残暴都是对外的，针对国家的敌人、外国人、叛国者、破坏分子、间谍等。为人父母的，年过30岁就害怕自己的孩子，这已经是司空见惯的事了。这也难怪，差不多每个星期你总可以在《泰晤士报》看到一段这类的消息：一个窃听父母谈话的小鬼，抓到了一些足以构成罪行的言谈，然后就向思想警察告发。当然，《泰晤士报》的新闻不会称他们为“窃听小鬼”，通常是美其名曰为“英雄小将”的。

颈背的痛楚逐渐消退。他又心不在焉地拿起笔来，试想着还有什么可记的事。突然间他又想到奥布莱恩了。

那是七年前的事了。他做梦走过一个漆黑的房间，就在这时，原来一直坐在房间一边的一个汉子对他说话了：“我们将来会在没有黑暗的地方见面。”说这句话的语气很平静，可以说是随口说出来的，而且听来像是一种声明，而不是命令的口吻。

史密斯没有停下来，继续向前走。奇怪的是在当时，在梦里，这句话并未给他留下什么印象，只是在后来，那句话似乎逐渐具有了意义。是做这个梦以前或以后他才第一次看到奥布莱恩的？现在记不起来了。他也记不清楚什么时候才第一次发觉到，这声音原来就是奥布莱恩的。这一点儿没错，在黑房中对他说话的就是奥布莱恩。

尽管今天早上跟他眼神相遇，史密斯还是不能肯定奥布莱恩究竟是敌是友。其实这也无关紧要。只要他们间有一种默契存在就成了，这比他们间是否有感情或政治思想是否相同更为重要。“我们将来会在没有黑暗的地方见面。”这是他说过的话。史密斯还是不知道那是什么意思，只知道它会以某种方式实现。

屏幕上那个介绍浮游堡垒的声音停下来了。一阵清悦的喇叭声响起，跟着是一个刺耳的声音：

“注意，大家请注意！我们刚从巴拿马前线收到新闻纪录片。我军在南印度赢了光辉灿烂的一战后。本人得到官方授权宣布，我军此次行动已经把这场战争的时间缩短，全面胜利指日可待。现在请看新闻片。”坏消息来了，史密斯想道。果不其然，在播报完一段描述我军如何骇人听闻地消灭一支欧亚国军队的文字以及毙敌、俘敌的惊人数字之后，通告就来了。从下星期开始，巧克力的定量将从每天三十克降到二十克。

史密斯又打了个嗝儿。杜松子酒的功力消失了，只留下一种瘫痪无力的感觉。屏幕传来大洋邦国歌：“壮哉大洋，吾侪为汝。”按说这种时候要立正，但在他目前所处的位置，屏幕中看不到他。

“壮哉大洋，吾侪为汝。”过后是比较轻松的音乐。史密斯站起来又跑到窗前，背对屏幕。天气还是那么明朗清冷。远处有火箭弹坠地爆炸的声音，传来沉闷的回声。大概每星期有二三十个火箭弹落在伦敦地区。

在下面的街上，那张被风吹得一起一落的报纸又出现在眼前，而“英社”这两个字也因此时隐时现。英社，神圣不可侵犯的英社理论和原则；新语，“双重思想”和历史的伸缩性。他感觉自己似乎正在海底森林中漫步，迷失在一个怪异的世界里。在这个世界中，他就是怪物。他孑然一身。过去已然死去，未来不可想象。他有什么把握可以知道，在这世界中有一个活着的人是跟他站在一起？而谁又能说党的统治不是天长地久、千秋万代的？好像是解答他心中的问号一样，刻在迷理大厦白碑墙的三句口号在他脑海中重现：

战争是和平

自由是奴役

无知是力量

他从口袋掏出一个两角半的铜板。上面以小而清晰的字母压铸着同样的标语。硬币的另一面是老大哥的头像，即使在硬币上，那双眼睛也紧盯着你。硬币上、邮票上、书本封面上、旗帜上，还有烟盒包装上——无所不在。总是那双眼睛在盯着你，还有那声音在包围着你。不论你是醒来或睡着，工作中或吃饭、室内或室外、在浴室或在床上！一句话，你逃不了。除了你脑袋内那几公克的脑浆外，没有别的东西是属于你的。

太阳西移，金字塔形迷理大厦的窗子，阳光照不到的时候分外深沉恐怖，如同一座堡垒的枪眼。在这座巨大的金字塔形的建筑前，他感到恐惧。它太坚固了，它无法被攻占，一千颗火箭弹也炸不掉它。他再次问自己：究竟为谁写这日记？为未来？为过去？为一个可能仅是空想出来的时代？他面对的，不是传统的死亡，而是彻底的毁声灭迹。日记化为灰烬，他自己则被“蒸发”掉。他记下来的事情，只有思想警察才会看，看完后付之一炬，世间根本不会有人知道有这回事。如果你死后不能留下一点儿痕迹，甚至不能以无名氏的方式留下只字片语，那你又怎能向未来呼唤？电幕里响起了十四下钟声，他必须在十分钟内离开，他一定要在十四点三十分前赶回去工作。

奇怪的是，报时的钟声响后，他精神为之一振。他是寂寞的孤魂野鬼，说着无人能听得到的真话。但只要你肯说，那种连贯性就以某种不明显的方式保持下来。别人听不到你说什么，但只要你自己保持清醒，那就保存了人性的传统。他回到桌子拿起笔写下：

此日记献给未来或过去。献给思想自由那一个时代：人人不同，不再孤独自守。献给真理存在，而发生了的事不会被清除的日子。我们是活于盲从附和、寂寞荒凉岁月的人，活于老大哥和“双重思想”时代的人！谨向你们致意。

“我已经经死了。”他想。想来仅在这一分钟，仅在思路清晰这一刻，他才走这决定性的一步。这一步的后果就是步子的本身。他继续写道：

思罪不会带来死亡，思罪本身就是死亡。

现在他既然已经自认死定了，保持尽量久地活着就变得重要。他两只手指蘸了墨水，而这正是露马脚的标准痕迹。迷理部自有不少好表功的耳目，怀疑他为什么不在部里吃午饭，偷偷写什么？他为什么用旧式的钢笔呢？写了些什么？说不定就因此给有关当局一些暗示了。这些耳目可能是个女人，比如说那个瘦小的沙色头发女工或小说司那个黑头发的。

他到厕所里小心翼翼地用粗沙般的黑褐色肥皂将手指擦洗干净。这种肥皂能像砂纸一样打磨你的皮肤，因此用来洗掉墨迹倒挺合用。

净手后他就把日记簿放在抽屉里。要想藏起它纯属徒劳，但他至少可以确认是否已经被发现有这么一本日记。在纸页的末端放一根头发太明显了。他用指尖粘起一粒可以辨认的白沙粉，放在簿子封面一角，谁把簿子捡起来，沙粉一定滑下来。

第三章

史密斯梦见他母亲了。

他母亲失踪那年，自己一定是 10 岁吧？再不然就是 11 岁。她长了一头美丽的金发，身材高大，轮廓清晰，但举止相当缓慢而又沉默寡言。他对父亲的印象就模糊些，仅记得他面容消瘦而皮肤微黑，常常穿着整整齐齐的黑衣服，戴眼镜。有一个印象倒特别鲜明，那就是他父亲那双鞋的鞋跟很是薄。

他父母显然在 50 年代大清算运动中牺牲了。

梦中此时，他的母亲正坐在他下面很深的某个地方，怀里抱着他的妹妹。他对他的妹妹根本没有多少印象，只记得她是个长得很瘦小、身体虚弱的小孩，总是不出声，长着一双警觉的大眼睛。

母亲和妹妹抬头望着他。她们是在地下一个什么地方吧，比如说井底，或一个深深的坟穴，然而是那种虽然已经在他下面很深，却仍在往下坠落的地方。

她们是在一条下沉着的船的客厅内，透过越来越暗黑的海水望着他。客厅仍有空气，他们还可以互相张望，只是船身继续下沉，不一会儿，他们就再也看不到对方了。他身在有空气有光线的地力，而她们被死亡之掌硬拖下去。她们下沉的原因，正因为他是在上面的关系。他明白这一点，她们也明白，他也能从她们的脸上看出她们明白这一点。无论脸上还是心里，她们都毫无责备之意，只是明白她们必须死，以使他可以继续活下去，这也是事情发展过程中不可避免的。

他记不清到底发生了什么事，但在梦中只知道他母亲和妹妹因为某些缘故，牺牲了她们的性命来成全他的。他做过不少梦，梦境都大同小异，但每一个梦都是他知性生活的延续，梦里会意识到一些事实及想法，醒后觉得那些事实及想法似乎依然新颖而且珍贵，这个梦就是这样。目前史密斯感受最深的是他母亲之死所产生的哀伤和悲剧意义。那差不多是三十年前的事了，这一代的人不会有这种感觉。由此他认识到悲剧是属于古代的，属于爱情、友情和不受干扰的自由还可以存在的年代。属于家庭的核心分子可以不问情由而大家互相支持的那种时代。

想起母亲令他心如刀绞，因为她至死都爱他，而他当时年龄太小，太自私，不懂得回报爱，而且不知何故——他不记得为什么——她将自己牺牲于一个忠诚的概念，那种忠诚属于个人，不可改变。他认识到这类事情不可能发生在今天。今天只有恐惧、憎恨、痛苦，但没有尊贵的情感，没有深切复杂的悲哀。

他从母亲和妹妹大大的眼睛里看到这一切。那两双眼睛在透过绿色的水看着他，在几百英尺以下，而且还在往下沉。

突然，他站在平整且富有弹性的草地上，这是仲夏的黄昏，夕阳金光染黄了大地。面前的景色在他梦中多次出现过，但他也不知道究竟在现实的世界有没有亲历其境一次。他清醒的时候就叫这地方“金乡”。这是个旧牧场，草木遍布牲畜啮啃的痕迹，中间有横过的小径，鼹鼠窝随处可见。越过草地就是一个久未修剪的围篱，里面榆树浓密的枝叶随着微风轻荡，像女人的头发。虽然现在看不到，但离这儿不远有一条清澈的小溪，水流不急，在柳荫下的小池塘你可看到鲮鱼在其中浮游。

那个黑头发女孩穿过草场向那几棵柳树走去，似乎是仅仅手一动，就脱下衣服并高傲地扔到一旁。她的躯体洁白光滑，然而丝毫未能引起他的欲望，他确实几乎没看她。那一刻，他心里最强烈的感情，是对她把衣服扔到一旁这一动作的钦佩之情。这种优雅和漫不经心的姿势，足以把整个文化和思想系统否定，好像只需她举手投足之间，就可把老大哥、党和思想警察一笔勾销似的。这种姿势也是属于古代的。史密斯醒来时，还喃喃念着莎士比亚的名字。

屏幕中传来震耳欲聋的哨子声，持续了半分钟。早上七时十五分，是办公室工作人员起床的时候了，史密斯挣扎着起了床，他光着身子，因为一个外党党员每年只有三千张配给券，而一套睡衣就要用六百张券来换。他随手就在床前椅子上取下霉旧的汗衫和短裤穿上。“健身运动”三分钟内就要开始。他此刻咳嗽得特别厉害，几乎每次起来都是如此的。他咳得好像两边的肺都要吐出来，只得重新躺下深呼吸了一阵子才透过气来。咳嗽咳得这么用劲，血管都露出青筋，静脉疽也痒不可止。

“30－40岁的一组，”一个刺耳的女音像狗叫一样，“三十到四十的，请各就各位。”

史密斯马上打起精神跳到屏幕前面。这时一个年纪尚轻，身材消瘦但肌肉结实，脚穿运动鞋、穿着紧身上衣的女子已经在屏幕出现。

“举手弯腰，”她粗声喊道，“听我的口令做。一、二、三、四，一、二、三、四，来吧，同志们，多用点气力，一、二、三、四，一、二、三、四……”

咳嗽发作时造成的痛苦没能将梦境留下的印象消除干净，做操时的节奏运动又多少把那个印象恢复了一点儿。他把胳膊机械地挥前挥后，脸上挂着十分快乐的表情——这种表情被认为是做体操时合适的表情，他尽力回想童年早期那段模糊时期。50年代后期之前发生过的事，已经淡忘了。如果没有可以查询的记录，你甚至连你自己生命的轮廓也一样模糊了。你想起来的惊天动地的事，可能根本就没有发生过。有些事情呢，细节你倒记得清楚，但当时气氛如何，你还是茫然。这还没算到那些漫长空白的段落，那些你怎样苦思也找不出什么意义的日子。那个时代与现在完全是两回事。国家的名字和它们在地图上的形状也不一样。比如说第一空域当时并不这么叫，而是叫英格兰或者不列颠。伦敦倒是个例外，因为他记得这是个原来的名字，一直没有变。

史密斯想不起他的国家哪一个时期是没有战争的。不过，显然在他童年时有过一段较长的太平日子，因为他的早期记忆片段之一是关于某次空袭的，它似乎让所有人措手不及，也许是原子弹炸了科尔彻斯特那次。他不记得那次空袭本身，但记得父亲紧攥着他的手往下走啊走啊，走到一个在地下很深的地方，绕过一圈又一圈螺旋状楼梯。最后，他累得走不动了，呜呜地哭了起来，他们只得停下来休息一下。他母亲脚步慢得像梦游，远远落在他们之后。她抱着他的小妹妹。或者那不是小妹妹而仅是一包毯子，因为他不记得那时小妹妹出生了没有。最后他们抵达一个既拥挤又嘈杂的地方，原来这是地道车站。

铺着石头的地板上坐满了人，另外有些人一个挨一个地坐在铁制铺位上，是上下铺。温斯顿和父母在地板上找到一块地方，他们旁边是一个老头儿和一个老太太，他们挨着坐在一个铺位上。老人穿的是一套蛮体面的黑西装，头上的便帽推到脑后，露出一头白发。他面色猩红，蓝色的眼睛充满泪水。杜松子酒的气味从他身上喷出来。史密斯相信酒精的气味来自他的皮肤而非汗水，使人不禁想到他的眼泪也可能是纯杜松子酒。虽然有点醉了，但你可以看出他心中的哀伤是真实的，难以忍受的。史密斯幼小的心灵猜想到，一种不可原谅的和无可挽救的事，一定发生在老人家身上了。他还相信自己已经知道这是怎么一回事了：老人家一个至亲至爱的人，就说是小孙女吧，遇害了。每隔几分钟他就重复着说：

"我们不该信任他们。我不是说过了吗，孩子他妈，这就是信任他们的下场，我全说过了，我们不该信任那些浑蛋。"

但那些不该信任的浑蛋究竟是谁，史密斯现在记不起来了。

从那时开始，战争连绵不绝，虽然交战国不一定相同。他还清楚记得童年时伦敦发生过乱打乱杀的巷战。如果你追查那段历史，找出那个时候谁跟谁打仗，这是绝对办不到的事。因为没有任何文字档案，也没有任何讲话里提到，除了目前的盟国还有过别的盟国。就拿1984年来说吧，大洋邦正与欧亚国作战，与东亚国联盟。不论公私场合，可从没有人承认过这三个国家也有过合分无常、敌我互易的时候。史密斯记得很清楚，才不过四年前，大洋邦的盟友是欧亚国，对阵的却是东亚国。但这不过是他记忆不受控制的缘故，而这事实也因此属于不可告人的隐密之一。官方说法是从未发生过改换盟国的事，大洋邦在跟欧亚国打仗，因此大洋邦一直在跟欧亚国打仗，目前的敌国总代表着绝对的邪恶，因而过去或者未来与其达成任何协议都属不可能。

可怕的是，他想过千百次了。现在他忍着痛楚，双手压着臀部，倒弯着腰旋转，据说对背部肌肉很有好处。可怕的是这一切都可以弄假成真。

如果党可以插手干预过去的历史，说这事那事从来从来没发生过，那真要比死亡和严刑拷问还要恐怖。

英社党说大洋邦从未与欧亚国结过盟。他，温斯顿·史密斯却知道大洋邦与欧亚国站在同一阵线，才不过是四年前的事。但这史实记录在哪里？只存在他的记忆中，将来总有毁灭的一天。如果其他所有人都接受了党强加的谎言，如果所有档案上都记录着同样的说法，那么谎言就进入历史并成为事实。

“谁控制过去，就控制未来。谁控制现在，就控制过去。”党的口号这么说。历史是不难任意删改补添的，党给你的，就是这样的历史。现在是正确的事，到海枯石烂那天还是正确的。就这么简单一回事了。你要做的事，也不过是克服你顽固的记忆而已。他们称这种行为是“现实控制”。新语则是“双重思想”。

“稍息！”女指导员喝道，只是态度似乎和蔼了些。

史密斯把手垂到身边，缓慢地将肺部又吸满空气，他的大脑滑向一个“双重思想”的迷宫世界。知道又不知道；明白全部事实，却说着精心编造的谎言；同时拥有两种针锋相对的意见，一方面知道两者之间的矛盾，一方面又两者都相信；利用逻辑来反逻辑；一方面批判道德，一方面又自认为有道德；相信不可能有民主，另一方面又相信党是民主的保卫者；忘掉一切需要忘记的，然后随时在需要记起时再回想起来，接着马上再忘掉——最重要的是，对这个过程本身，也要照此处理。最奥妙之处在于：要清醒地诱导自己进入不清醒状态，然后再次意识不到刚刚对自己实行的催眠行为。甚至理解“双重思想”这个词，也要用到双重思想。

女指导员又叫他们立正准备了。

“现在我们看看谁的手指可以摸到脚尖，”她热心地说，“好，同志们，先绕头过膝，一、二！一、二……”史密斯最恨这一节了，刺骨的痛楚由他脚跟延伸到屁股，常因此引发一阵咳嗽。从沉思得来的那一点点乐趣也失去了。“历史不但被篡改，而且根本就是被毁灭了。”他又回到他沉思的境界去。如果除了你的记忆，此外任何记录都没有，你怎可以确立一个最明显的事实？他努力回忆他首次听说老大哥这个名字是在哪一年，觉得肯定是在60年代的某一年，然而想确定究竟在哪一年则属不可能。当然，在党史里，老大哥从革命最早期就是党的领袖和保卫者。他最早建立功勋的时间一直在被逐渐往前推，一直推到了令人难以置信的三四十年代。那时资本主义的大爷，戴着奇形怪状的圆筒礼帽，坐在闪闪发亮的汽车，再不然就是配有玻璃板厢座的马车，畅游伦敦街头。

是不是实情如此？或是杜撰出来的？谁也不知道。史密斯甚至不记得这个党是在什么时候建立的，但他相信 1960 年以前没听过“英社”这个新词。但如果把意思翻译成旧词，那就是说“英国社会主义”，那渊源就更早了。

一切都变得模糊不清，有时你当然找到瞪着眼说瞎话的例子。比如说飞机是党发明的，这明明是假话，可是党的史书都这么说。他记得早在童年时期就看到飞机了，但这有什么用？你的证据呢？他一生中只有一次掌握到党政史的铁证。而就是那一次！

“史密斯，”屏幕中突然传来一声尖叫，“对，就是你，679 号的史密斯，请你弯低一点儿。你能做的不止这一点儿，你根本没有好好地做。再弯低一点，对了，不错。现在稍息，你们全体看我怎样做。”

史密斯全身一下子冒出一阵热汗。他的面部表情仍然保持平淡如常；不要显得惊慌失措，不要露出不满的表情，眼神一闪，就可能暴露自己。他站在那里看着女教练把手举过头顶，再弯身把手指第一个关节垫在脚趾下。虽不能说姿态优美，但动作实在敏捷伶俐。

“是不是，同志们？这就是我要看你们做的。再看一次。我 39 岁了，生过四个孩子。看着我。”

她又弯身了，“看到了没有？我的膝盖不是弯着的。你们肯多花点儿气力，一样可以做到。”现在她站起来，继续说，“没过 45 岁的人都办得来。既然我们不是每人都有福气上前线打仗，那至少也应该保持健康的体格。想想我们在巴拿马前线的小伙子，还有在水上堡垒的水兵。想想他们要忍受多少，现在再试一次。好点了，同志，好得多了。”她又对史密斯鼓舞道，史密斯这时把身子猛地往下一弯，两手成功地摸到了脚尖，膝部也没弯，这是几年来的第一次。

第四章

史密斯不自觉地深深地叹了一口气，把面前的说写器拉近自己一点儿，把吹口上的尘埃吹去，然后戴上眼镜准备工作。他每天开始工作时都这样，即使明知可能有屏幕在监视着他，他也忍不住要叹那口气。在他桌子右边的气筒，已经有四小卷数据“喷”了出来等待他处理。他翻开来剪下了有关部分。

他办公的小房间一共有三个气筒喷口。说写器右边是个小气力输送管，输送的是书面通知，左边大一点儿的送来的是报纸，最大的一个设在边墙，长方形，四边围着铁丝栅栏，专为处理废纸用的。这也是史密斯伸手就够得到的地方。

类似的洞穴在迷理部大厦数以千计，不但办公室有此设备，走廊上每隔几尺的距离也有。不知是谁想出来的主意，把这些长方形的孔道雅称为“思旧穴”。谁知道哪一份文件行将作废，或者谁看到一张废纸随处飘荡，都会习惯性地把身边的“思旧穴”盖子揭开，随手一丢。这份文件或废纸就会沿着穴道传来的一股暖流，奔腾到设在迷理大厦某些隐蔽角落的大熔炉去。

史密斯把刚才解下来的四张字条打开来看，每一个字条都只有三言两语，而且用的是一种糅合了新语和迷理部内部通用术语的缩写。不是专家的人很难知道其中的究竟。这四项分别是：

一、《泰晤士报》1984. 03. 17 老大演辞误报非洲订正

二、《泰晤士报》1983. 12. 19 预测三年计划 1983 年度末季误据现报校正

三、《泰晤士报》1984. 11. 14 迷裕误报巧克力订正

四、《泰晤士报》1983. 12. 03 老大授勋双倍加非好涉及非人全改圣层待存

看到第四项时，史密斯微微产生了一种工作上的成就感。他先把这一条搁在一边，因为有关问题比较复杂需要慎重处理。其余三项只是例行公

事，虽然第二项比较烦琐，得翻阅许多旧数据和数字。

史密斯在屏幕的“资料栏”中拨了一个号码，要找《泰晤士报》某月某日的旧件。没过几分钟，他要的数据就从气筒钻出来了。他刚收到的四项指示，就是因为《泰晤士报》上登的新闻或特写，其中有的地方为了某些理由需要改写，或用官方口吻说“订正”。

比如第一项的实际情形是这样的：3 月 17 日《泰晤士报》报道老大哥在此前一天的讲话是预言南印度前线将保持平静，欧亚国军队不久将在北非发动进攻。结果是欧亚国最高司令部在南亚发起进攻，而在北非没动作，因此需要将老大哥讲话里的那段重写，以使他的预言跟实际情况相吻合。

第二项，12 月 19 日《泰晤士报》刊载了官方预测 1983 年度末季各种消费品的生产数字。这一季刚巧又是第九个三年计划的第六季。今天的报纸公布了实际的数字，与预测的数目大有出入。史密斯的差事就是根据新数字去订正“预测的数字”。

第三项最不花工夫。原来在 2 月间迷裕部对大家许下诺言（官方用语是“绝对保证”），说在 1984 年内不会减少巧克力的配给额。可是史密斯心里明白这个星期结束后，配额将由三十克减至二十克。史密斯要改的地方不多，把“保证”订正为“警告”就是了。说如果情势需要，政府可能于 4 月份减少巧克力的配额。

史密斯把这三项一一办理后，就把说写器打出来的“订正稿”夹在原版《泰晤士报》上，然后传入气筒。然后，他用尽量像是无意为之的动作，把原来的通知和他自己所写的草稿团在一起扔进思旧穴，那将被火焰吞噬。

那么，那些订正稿投进气管后命运又如何呢？详情他不太清楚，但大概情形总知道一些。据他所知，那一天的《泰晤士报》需要订正的稿件收齐了以后，就会把那一天的报纸重印一次。原来那期则会被销毁，改正过的报纸被放回原来那期所在的档案。这种不停地篡改步骤不仅用于报纸，还适用于书籍、期刊、小册子、宣传画、传单、电影、录音、漫画、相片——就是可以想象到的每种具有政治或意识形态重要性的印刷品或文件。每一天，几乎也是每一分钟，过去被改动得跟现在一致。这也不过是说，党所作的各种预测，不但准确得料事如神，而且还有证据可寻。为了这个缘故，任何与目前需要发生冲突的意见与新闻，都不容许存在。所有的历史都是可以多次重新书写的本子，只要需要，随时可以擦干净重新书写。行为一旦完成，无论怎样都不可能证明发生过任何篡改之事。记录科员工最多的一个部门比史密斯的单位大多了，主要的任务就是把所有“过时”的书籍、报纸和诸如此类的文件找出来送到思旧穴。档案中还有不少《泰晤士报》的原件，要么是因为政治上的结盟中途起了变化，要么就是老大哥的预言没有兑现，一直就搁在那儿，等候指示。老大哥刊在《泰晤士报》上的各种说法，也许需要订正多次，但目前尚未收与眼前已经公布的说法互相矛盾的记录。

已经出版了的书籍，也常常收回来，但尽管“修订本”一出再出，你绝不会找到任何说明修订本与原本的异同在哪里。就拿史密斯所收到的指示来做例子好了。那些他处理后就毁掉的字条，从来不会给你留下一点儿痕迹，使人怀疑你是伪造文件。字条上的文字只不过是要你做的编辑和校对工作而已。坚决指出其中的出入，绝对不张冠李戴，这都是为了维护新闻正确报道的原则。但实际上，他在重新调整迷裕部的数字时想，那根本算不上伪造，无非是用一句胡话代替另一句胡话。所处理的绝大多数材料跟现实世界毫无关联，甚至不具有某个赤裸裸的谎言与现实世界之间的那种关联。修改前和修改后的统计数字都是异想天开的产物，绝大多数情况下，那些数字都是指望你在脑子里杜撰出来的。

比如，迷裕部估计本季生产鞋子 14500 万双。实际造出来的，据说有 6200 万双。史密斯在订正原来预测的数字时，将其降至 5700 万双，这样就可以照例声称超额完成定额。可是无论如何，6200 万或 5700 万或 14500 万跟真实数字比起来，在离谱儿程度上都是一样的，很有可能一双靴子也没有生产出来，更有可能的是谁也不知道生产了几双，更不用说关心了。大家知道的只有一点：每一季总有天文数字的鞋子在报纸上生产出来，而大洋邦约莫有半数居民光着脚。其余各种事实的记录，不论大小多少，均可类推。反正结果总是一样，无论重要与否。一切褪色成了一个影子世界，最后连年份日期也搞不清了。

史密斯朝走廊对面的小隔间看了一眼。一个下巴很黑、身材瘦小，但一丝不苟的男子正在埋头工作。他是提洛逊，膝盖上放着一叠报纸，嘴巴贴近说写器的吹口。他的神情好像要让人知道，他现在说的话，内容除他自己外只有屏幕知道。这时他抬起头来，透过眼镜敌意地瞪了史密斯一眼。

史密斯跟他毫无交情，也不知道他负责的是哪一类的工作。在记录科上班的人，都很不愿意谈到自己的工作。长长的走廊开列着两排不设窗户的小隔间，除了沙沙发响的纸声，就是对着说写器吹口的呢喃声。在那些小隔间里工作的人们中，有十几个史密斯连名字也不知道，虽然他也能在走廊里看到他们来去匆匆，或者在开《两分钟仇恨时间》会时挥舞双手。

在他隔壁的那位沙色头发小妇人做的是什么工作，他倒知道。她每天忙来忙去，就是要从报纸或其他刊物找出已经被蒸发掉的人的名字，把他们删掉，因为他们从来没有在这世界上生存过。她自己的丈夫两年前被蒸发掉，现在由她来做这种除名工作，也可以说得上是人选适中了。

离他几个小隔间的地方，有个叫阿普福思的家伙，稀里糊涂，一副不食人间烟火的模样。他的耳毛特别长。由于他精通于英文诗的韵律和格式，他在迷理部的工作就是把若干诗作创新。也就是他们所谓的"提供最后修订本"。这些诗的意识形态本来很有问题，却不知因为哪种原因而决定在诗选内保留下来。

史密斯工作的这个楼厅，全部大概有员工五十人，仅是记录科一个分组而已。换句话说，仅是记录科这个庞大而复杂组织中一个小小的单位。离此楼厅以外，往上往下，有一群工作人员在做着种类多得无法想象的工作。有一些大型印刷厂，配有助理编辑、排版专家和一些制作假照片的设备精密的照片室；有屏幕节目科，其中有工程师、制作人和许多演员，这些演员之所以被特别挑选出来，是因为他们有模仿别人说话的技巧；还有许多提供咨询的工作人员，他们的工作，只是列出应当被收回的书籍和期刊清单；有巨大的仓库用以存放篡改过的文本，还有看不见的炉子用来焚毁原件。在某个地方，有一些不知其名的上层，他们制定政策，确定过去的这部分需要保留，那部分需要伪造，另外的部分要完全清除，使其不复存在。

我们不该忘记的是，记录科不过是迷理部许多单位中的一个。迷理部的主要任务，不是重组历史，而是给大洋邦国民供应报纸、电影、教科书、电幕节目、戏剧和小说等。总之，此部门提供所有有关新闻、教育或娱乐的数据和需要。从雕像到标语，从抒情诗到生物学论文，从幼童启蒙书籍到《新语词典》的编订，都是迷理部管辖的范围。

迷理部要管的事情还不止这些。它一方面照顾党的各种需要；另一方面服务群众，把给党看的一套水平降低，让普通大众易于接受。部里因此设有不少单位，分别负责普通文学、音乐、戏剧和一般娱乐性的需要供应问题。你看到的那种除了体育新闻、犯罪案件和占卜星相外几无任何消息的小报，就是这些单位的杰作。此外，还有内容耸人听闻的五分钱一本的中篇小说和色情电影。另外还有些伤感歌曲，完全是通过一种名为“作曲机”的特制搅拌机以机械方法谱写出来的。甚至有整整一个科，新语名字是“色情科”，从事最粗俗的色情作品的创作，发行时用的是密封包装，连党员，除了参与制作的党员，也不允许阅读。

史密斯埋头处理订正文件时，又有三张纸条由气管钻出，但性质简单，他在《仇恨节目时间》开始前就办好了。完事后他回到小隔间，从架子取下《新语辞典》，把说写器推在一旁，擦擦眼镜，然后静下心来开始今天早上最重大的任务。

他一生最大的乐趣也就是工作了。虽然多数都是枯燥的常规工作，但其中也有一些困难而且复杂的，能让人像解数学难题一样沉浸其中——那是些精细的伪造工作，除了对英社原则的了解，以及对党希望你写什么有所估计之外，别无其他指南。史密斯精于此道。有时他甚至受到重托，订正《泰晤士报》全用新词写成的特稿。他把早些时间搁在一边的字条翻开来看。

《泰晤士报》1983 年 12 月 3 日老大授勋双倍加非好涉及非人全改圣层待存。

上面这个指示，可以用旧语，即标准英语这样翻译出来：

《泰晤士报》1983 年 12 月 3 日有关老大哥授勋章的报道极为不妥，提及的人有些根本不存在。此文应全部改写，在归档前将稿送到上层请示。

史密斯把这篇问题文章细心地看了一遍。原来老大哥授勋那天的训令，主要是颂扬一个叫“浮堡后勤会”所做的工作：供应香烟和其他物品给浮游堡垒的海军将士享用。老大哥特别点名提到的，是一位显要的内党党员，叫威瑟斯。在那天拿到特殊成就二等勋章的就是这位同志。

三个月以后，浮堡后勤会不知何故解散了。你也许会猜想威瑟斯及其同僚失宠了，可是报纸和屏幕只字没提过。这也在意料之中，因为政治犯通常不加审判，甚至通常也不会被公开批判。在牵涉到成千上万人的大清洗运动中，叛国者和思想犯被公审，他们在卑躬屈膝地坦白罪行后被处决，但那只是几年才来一次，而且是特地做给人看的。

在一般情况下，谁犯了党的清规戒律，从此在世界上失踪了就行。他们的命运究竟如何，你想找一些线索也找不到。有时失踪并不就等于死亡，虽然我们不知道实际情形。史密斯认识的人中，不包括他父母在内，失踪了的就大概有三十个。

史密斯用文具纸夹子轻轻地揉着鼻子。对面小隔间的提洛逊还是老样子，嘴巴贴着说写器的吹口。偶然抬头跟史密斯打了个照面，目光一样充满了敌意。史密斯猜想提洛逊现在埋头苦干的工作，说不定和他的一样，这是极有可能的事。因为这么棘手的一份文件，绝不会假手于一个人。但如果成立一个委员会专门办理此事，那无疑不打自招，公开承认党在改史了。很有可能有多达十几人这时正在编写老大哥实际讲话的相反版本，不久，内党里的某位高层会选择这个或那个版本，对之进行再编辑，接着进入必要的相互参照的复杂程序，然后被选中的谎言将被载入永久档案，并成为事实。

史密斯不知道威瑟斯的问题出在什么地方。可能是贪污或无能，可能是老大哥要除去一个功高震主的部属。可能是威瑟斯亲信中有异端思想分子，已经被发现。但最可能的是，清算与蒸发是大洋邦政府维护其政权不可或缺的一种手段。威瑟斯出了问题，说来也就这么简单了。那字条的指示中最关键的字眼就是“涉及非人”，这也就是说威瑟斯已经死了。如果一个人只是逮捕了，不会用“非人”的字眼。有那么很少几次，某个被认为已经死了很久的人在一次公审时像鬼魂一样现了身，因为他的证词，导致另外几百人受到株连，然后他再次消失，这次是永久的。但威瑟斯已经是个“非人”，他不存在，他从未存在过。史密斯因此明白单是改变老大哥的口风是不成的。最好还是让他讲一些与威瑟斯和浮堡后勤工作风马牛不相及的事。

他可以把讲话变成常见的对叛国者和思想犯的谴责，不过那有点过于明显。如果伪造前线一次辉煌战果或第九个三年计划超额增产的故事，则要牵连一大串订正的手续。突然他脑中灵光一闪，一个好像事先已经绘制好的形象浮现出来：在最近战后光荣牺牲的奥兹维同志。老大哥有时会在训令的场合中举一些出身寒微、地位不高的党员来做例子，勉励别人以他们的生或死来做榜样。今天就让老大哥纪念奥兹维同志吧。不错，大洋邦本无奥兹维其人，但只需要由技工组合出一张照片，加上两三行说明，就可以把他带到世上来。史密斯沉思一会儿后就把说写器拉到面前来，开始用老大哥惯用的文体口述一番。这文体既富有军人本色，也带有学究气味。而且由于他说话有自问自答的习惯，他的言辞不难模仿。举个例子，他会这么自言自语：“同志们，我们由此得到什么教训？那教训，也同时是英社基本信条之一，就是……”

奥兹维同志三岁时，除了一个鼓、一支冲锋枪和一个模型的直升机外，对其余玩具一律不感兴趣。6 岁时，由于特别放松了标准的关系，他提早了一年加入探子团；9 岁选为队长。11 岁时，他偷听到他叔叔的谈话似乎具有犯罪倾向，就去思想警察那里把他叔叔告发了。17 岁时他是少年反性联盟的地区组织人。19 岁他设计了一种手榴弹，被和平部采用，并于第一次试用时一举杀了三十一个欧亚国敌人。

23 岁时，他在战斗中失踪，带着重要公文飞越印度洋时，被敌方喷气机追击，他把自己和机关枪绑在一起，跃出直升飞机跳进大海。这种光荣牺牲的方式，叫人想来羡慕！老大哥说。最后老大哥还补充地说了几句有关奥兹维同志一生的纯洁和心无杂念。他一生烟酒不沾，除每天一小时在体育馆健身外，并无其他消遣。此外他还立誓独身一辈子，因为他深信婚姻生活和家庭负担与一天二十四小时献身工作岗位的志气难免有冲突。他谈话主题不离英社信条，而人生除了消灭欧亚国敌人、清除在大洋邦活动的间谍、倾覆分子与思想犯外，别无其他目标。

史密斯口述到这里，考虑了一下究竟要不要授奥兹维同志特殊成就勋章。最后想到这一来必增加许多文件上必须统一的矛盾，就决定免了。

他又一次抬头看了对面小隔间的对手一眼。他有一种感觉，提洛逊正在忙的，也是同样的文件。虽然最后哪个人的版本会被上层接受无法预料，不过他确信无疑会是他的。一小时以前，奥兹维同志还未诞生，现在已经称事实。他突然想到，死人可以被创造出来，活人却不行，这称得上是一桩奇事。事实不存在的奥兹维同志，现在已经名垂青史。一旦“做史”的经过被后人忘记后，奥兹维同志在历史上的显赫地位，能像查理曼大帝或恺撒大帝那样实实在在地存在，而且有同样的证据可以证明。

第五章

食堂在地下很多层，天花板很低，领午餐的队伍缓慢地向前挪动。食堂里人满为患，极为嘈杂。柜台上的炉子那里，炖菜的热气往上冒着，带着一股酸酸的金属味，然而仍未能完全压过胜利杜松子酒的气味。食堂一头有个小酒吧，只是墙上开了个洞，花一角钱就能在那儿买一大口杜松子酒。

“呀，正是我要找的人啊。”史密斯背后传来声音说。

他转头，原来是他的朋友西明，在研究科工作。也许“朋友”两字用得不妥。今天朋友已经不存在，只有同志。但是跟有些同志在一起，比跟别的同志在一起愉快些。西明是语文学家，擅长新语。他现在正和一大群语文学家忙于编辑第十一版《新语词典》。他是个身材特别矮小的家伙，比温斯顿还矮。他长着黑头发，眼睛大而暴突，眼神既悲哀，又具有嘲弄性。跟你说话时，他的眼睛似乎在仔细研究你的脸。

“我只想问你有没有多余的剃须刀片。”西明说。

“没有，”史密斯微带负疚的心情着急地说，“我什么地方都找过了，像这东西已经不存在。”几乎每个人都问你要剃须刀片。实际上，他还有两片以备不时之需。过去几个月闹剃须刀片荒。某一时间，总会有哪种必需品在党的店铺里供应不上，有时是纽扣，有时是织补毛线，有时是鞋带，目前是剃须刀片。实在想找一片的话，只能多少算是偷偷摸摸地去自由市场那里购买。

“我的那张剃须刀片用了一个半月。”他口是心非地补充说。

队伍又向前移动了几寸。停下来时他转身又面对西明。他们每人从柜台末端那堆金属托盘上取下一个来，摸着还有点油腻腻的。

“昨天你去看战俘问绞刑了吗?”西明问道。

“没有，我那时正忙着，”史密斯淡然地说，“也许看纪录片时会看到吧。”

“那根本不是一回事了。”西明说。

他用嘲弄的眼神看了史密斯一眼。“我了解你，”他的眼睛好像在对史密斯说，“你的心事我怎会看不穿？我当然明白你为什么不去看那些家伙吊死。”

在政治认同方面，西明正统得近乎恶毒残忍。他会以幸灾乐祸的满足感谈论直升飞机对敌方村庄的袭击和思罪犯先被审讯，然后招供、在仁爱部的地下室里被处决这种事，让人听得不舒服。如果你不想听这种话，只有把话题岔到新语，尤其是比较专门性的问题去。在这方面他是权威，而且说得头头是道。史密斯微微别过头去，避开他黑色大眼审视的目光。

“昨天的绞刑还算可以，”西明带着回想的口吻说，“可惜的是死人的脚绑起来。我喜欢看他们蹬脚的样子。最主要的是到了最后，他们的舌头往外伸得很长，颜色发蓝，蓝得发亮。我喜欢看的就是这些细节。”

“下一位!”穿着白围裙、手拿长柄勺子的同志嚷道。

史密斯和西明把托盘推前，那同志就动作快捷的把午餐“定食”倒下来。一小铁杯有点粉红兼苍白色的炖菜，一大块面包，一小块奶酪，一杯没放牛奶的咖啡和一片糖精。

“在屏幕前那边有空台子，”西明说，“我们先买些杜松子酒吧。”酒吧的同志给他们用无把瓷杯子盛酒。他们小心翼翼地穿过拥挤的厅堂，把托盘在金属面的台子上放下。台子的一角有好像是前一位食客吐出来没擦去的残羹。

史密斯举起杯子，顿下来鼓了鼓勇气，然后把那带着油味的东西咽了下去。把眼里的泪珠眨掉后，他突然觉得饥肠辘辘，开始一勺勺地吞下炖菜。除了总体上烂糟糟的感觉，炖菜里还有些粉红色的软四方块，很可能是肉制品。吃完小杯子里的炖菜之前，他们都没再说话。史密斯左边后面有人喋喋不休地说话，声音沙哑，像鸭子叫。大概正因此音与众不同，在食堂里的一片喧哗中，倒是直达耳膜。

"字典编得怎么样了？"史密斯提高声音问。

"慢得很，"西明说，"我负责的是形容词部分，这东西极有意思。"一提到新语，西明马上神采飞扬起来。他把炖菜杯推到一旁，用细长的手拿起面包，另一只手拿着酒杯，把身子在桌子上倾过来，免得用大嗓门说话。

"第十一版是确定本了，"他说，"我们的目的是把新语最终定型。是人们不再说其他语言时的定型语言。等到我们完成后，像你这种人就必须重新学习一遍。我敢说，你以为我们的主要工作是创造新词，可是根本不沾边。我们在消灭单词，几十个几百个地消灭，每天都在消灭，我们把语言剔得只剩骨头。2050 年前会变得过时的单词，第十一版里一个也不收。"他像饿坏了似的啃着面包。吞了两口后，继续以一种学究式的热情说下去。瘦黑的脸骤然充满生气，连嘲弄的目光也收敛起来。他现在的神情真是如痴如醉。

"消灭单词是件很美妙的事。当然，动词和形容词里的多余词最多，不过名词里也有几百个可以去掉，不仅是同义词，还有反义词。说到底，那些只是其他一些词，相反意义的词有什么理由存在下去呢？一个词本身就包含了它的相反意义。比如说'好'，有了像'好'，这样的词，还有什么必要存在另一个词'坏'？'不好'一样管用嘛，而且还要更好些，因为它是更准确的反义词，另一个则不是。再比如，要是你需要比'好'语气强一些的词，有什么道理存在一连串像'很棒''一流'这样含义不明的无用词？'加好'就能涵盖这个意义，如果你需要语气更强一点儿，就用'加加好'。当然，我们已经在使用这些词形，但在最终版本的新话里，不会再有别的词。到最后，只用六个词，就能全部涵盖好和坏的意义。实际上只是一个词。你难道看不出这有多妙吗，史密斯。当然，这是老大哥最先想到的。"他想了想又补充道。

史密斯一听到西明提到老大哥时，面上马上露出一种热切的神情。可是西明也马上察觉出史密斯并不热心。

“你对新语并不是真心赏识，”西明用近乎忧伤的口吻说，“即使你写的是新语，心中想的还是旧语。你在《泰晤士报》发表的文章，有些我拜读过，实在不错，可惜在我看来这不过是翻译。新旧比对之下，看来你还是爱用含义模糊、词义烦冗的旧语。难怪，你不懂得消灭多余的文字是多美的一回事。你知不知道新语是世上唯一字汇每年减少的文字？”史密斯当然知道。但他没有回答，害怕说溜了嘴，只淡淡地笑了笑，希望对方看来这是深有同感的表示才好。西明又啃了那块灰黑的面包一口，嚼了嚼，然后继续说：“你没想到么，新语的最后目标是把思想的范围缩小。到时要犯思罪也不可能，因为根本没有语言构成异端邪说。每一个需要表达的观念都可以由一个字正确的表达出来。对了，一个字！言简意赅，绝无任何附会可能的一个字。什么雾里看花的旧把戏，忘的忘了，删的删了。一个境界，十一版已经快达到了，但这种毁字的工作，你我死后还会继续下去。字数每年减少，而我们意识的活动范围，也相应缩小。当然，即使在目前，我们也没有理由或借口犯思罪。这是个人的约束和现实控制，不过到那时候，连这个也用不着了。语言变得完美时，革命就算完成了。新语是英社而英社就是新语，”说到这里他顿了顿，然后露出近乎神秘的满足感，补充说：“老兄，你有没有想过，到2050年，不会再晚了，世界上再没有一个活着的家伙听得懂我们今天的谈话了。”

“除了……”史密斯用怀疑的口吻说了一半就顿住。

他本想说“除了普通大众”，只是他不敢肯定这句话是否存在异端成分，因此住了口。西明可猜出他滑到了嘴边的话。

“普通大众不是人，”西明毫无顾忌地说，“到2050年，可能更要早些，我们所有有关旧语的知识不复存在。旧文学那时已经烟消灰灭。乔叟、莎士比亚、米尔顿、拜伦二这些人的东西只在新语版出现了，不只是变成了不一样的东西，而且实际上变成了跟以前意义相反的东西。甚至党的文献也会改变，连标语也会。自由的观念已经废除了，你还说‘自由是奴役’，谁懂？整个思想的习惯会完全不同。其实，以我们今天所下的定义看，到时没有思想。思想正确就是没有思想，不需要去想，正统就是无意识。”

或早或晚，西明会被蒸发掉，史密斯忽然想到并且深信不疑。他太聪明了，看得太清楚，说话又口无遮拦。党不喜欢这种人。早晚有一天他会失踪。他的命运已经刻在面上。史密斯已经把面包奶酪吃完。他移动了一下身子，坐到椅子旁边去喝咖啡。左边台子那个声音沙哑的男子，仍在喋喋不休地说着话。背对着史密斯的是个年轻的女人，大概是他的秘书吧。那男子说一句，她恭听一句，而且看来无事不表衷心赞同的样子。史密斯不时听到她说“你讲得对极了，我完全同意你的意见。”声音听起来青春活泼，虽然愚蠢得近乎傻兮兮。

但不管她在讲什么，那男子还是滔滔不绝地说下去。史密斯认出来了，他在小说司工作，地位颇高，但他所知道的也仅此而已。他 30 岁左右，喉头突出，一张大嘴巧舌如簧。他头有点往后仰着，而且由于他坐的角度，让他的眼镜片反射着光亮，在史密斯看来像两个空白的小圆盘。更可怕的是，他虽然像连珠炮似的说个不停，你连一个字也难听得清楚。就这么一次史密斯听到半句话，“最后完全消灭戈斯坦。”这半句话说得又急又快，像一行新铸出来的完全没有标点符号的铅字。其余史密斯能听到的，就是一片吱吱嘎嘎之声。

然而，尽管你无法听清他在说什么，但对他话里的基本内容，还是能猜个八九不离十。他要不是在痛斥戈斯坦，就是在说思罪犯和阴谋破坏分子这类人，应用更严厉的手段对付。再不然就是历数欧亚国军队暴行的不是。也可能在称赞老大哥的为人，或者是在巴拿马前线服务的英雄。不过，他在说什么没有区别，因为你可以肯定他用的每一个字都是思想正确的，非常英社的。史密斯看着那张无眼的脸的嘴巴上下移动时，忽产生异样的感觉：眼前说话的不是一个人，而是一具可以发出声音的木偶之类的东西。声音不受大脑操纵，仅是声带的振动。振动出来的东西虽用文字组成，但不能说是语言，只是无意识状态下发出来的声音，犹如鸭叫。

西明久久没有说话，他用勺子柄在那摊炖菜上画着图案。来自邻座的声音仍在很快地嘎嘎叫，尽管周围一片喧哗，却仍清晰可闻。

“在新语中有一个字，”西明说话了，“我可不知道你听说过没有。那就是‘鸭语’，其话如鸭叫的意思。这个字有两种完全矛盾的意义。如果敌人‘鸭语’，就是废话。如果与你见解相同的人‘鸭语’，就是赞扬。”

毫无疑问，西明早晚要被蒸发掉的，史密斯不禁又想道。他觉得有点黯然，虽然他明知西明瞧不起他，甚至不太喜欢他。如果他找到什么证据或理由，西明绝会毫不犹疑地指控他为思想罪犯。可是这个人不知怎的就是有点问题。他缺少某种东西：谨慎，超脱，一种藏拙的能力。不能说他不正统，他信仰英社的原则，对老大哥怀有崇敬之心，听到打胜仗就欢欣鼓舞，消灭异端分子，不仅是真心实意，而且有种不可遏制的热情，消息也颇灵通，为一般党员所不及。但他隐隐约约地有种不可信任的样子，有些最好不说的话他会说出来，读书读得太多，经常光顾栗树咖啡馆，那个画家和音乐家最爱去鬼混的地方。没什么法律。明的没有，暗的也没有！规定你不能到那儿去，只不过那地方实在有点儿邪门而已。不少如今名誉扫地的党领袖，在没有被清算前就是那咖啡馆的常客。据说戈斯坦几十年前也光顾过。西明的命运如何也就不得而知了。但如果他此刻捉摸到史密斯的心事，他会马上转身，向思想警察告发。其实别人也不例外，只是西明比别人行动更快而已。空有对党的一腔热诚还不够。西明自己不是说过么，最正确的思想就是无思想、无意识。他早晚要出问题的。

西明抬起头来，看了一看，跟着说："柏森斯来了。"听他的口吻，几乎恨不得再加一句，"那大笨蛋来了。"

柏森斯就是史密斯在胜利大楼的邻居。确实正从食堂那边穿过来。他身体发福，中等个头儿，淡色头发，脸长得像青蛙。他现年35岁，脖子和腰部已经堆上了一坨坨脂肪，然而动作却敏捷得像个小伙子。他的整个外表像那种长得大块头的小男孩，因此他穿的虽是套头制服，你无法不联想到他穿的其实是探子装：蓝短裤、灰衬衣、红领巾。你闭起眼睛也可以看到他这个形象：皱纹恐怖的膝盖与卷起袖子露出来的滚圆臂膀。此形象并非虚构，因为每逢公社旅行或任何能找到借口的运动场合，他都一定穿短裤。

柏森斯兴冲冲地跟史密斯和西明打过招呼，就一屁股坐下来。这个人的汗臭已经开始散发，粉红的脸冒着汗珠，他的汗腺一定特别发达。在公社中心的运动室里，你只要看看网球拍子的把手是否湿透，就可以知道他有没有来过了。

西明掏出了一张印满了字句的条子，捏着原子笔，一本正经地研究起来。

“你瞧他吃饭时间还用功呢，”柏森斯用肘子推了推史密斯说，“喂，老学究，你看的是什么东西，这么着迷？准是我看也看不懂的。哦，对了，史密斯，你知道我为什么找你？你忘了捐款。”

“捐哪种款？”史密斯边问边本能地摸口袋掏钱。每个人的薪水约有四分之一是要拿出来做志愿献金用的，但名堂这么多，史密斯一时不记得他答应了捐什么。

“每家每户要负责的仇恨周基金呀，本人就是我们区的财务员，我们决定要轰轰烈烈地搞一搞。让我告诉你，胜利大楼到时候一片旗海，全区无人能比！你说过捐两块。”

史密斯找到了两张又脏又皱的纸币，交了过去。柏森斯郑重其事地用文盲字体一笔一画地在记事本上记下来。

“还有，伙计，”他说，“听说我那个小崽子昨天用弹弓打了你，为这事我把他狠狠地修理了一顿，真的。我告诉他再那么干，就没收他的弹弓。”“我想是因为没看到绞刑，他才这么不高兴吧。”史密斯说。

“呀，说得对，这正是他爱国精神的表现，对不对？实在说，我那两个小喽啰顽皮极了，但一谈到对党的热忱，那就是另外一回事。他们念念不忘的就是探子团的活动和战争。你知不知道我那宝贝女儿上星期六到伯哈斯德郊游时做了什么好事？这是探子团的集体行动，对不对？她居然找到了两个女团员跟她一起出队伍，整个下午跟踪一个陌生人。穿过树林到达阿米萨姆时，她们就把他交给巡逻警察。”

“她们干吗跟踪他？”史密斯有点吃惊地问。

“我那孩子肯定他是敌人的探子，”柏森斯得意地说，“就比如说他是跳降落伞下来的吧。但最要紧的一点是，你知道她怎么想到要跟踪他的？她说他穿的鞋子怪得很，她从来没看过。她由此推论他是外国人，才7岁的小鬼，脑筋蛮机灵的呢，是不是？”

“那人后来又怎样了？”史密斯问。

“这个我就不知道了，可是如果他被这个的话，我一点儿也不觉得奇怪。”柏森斯边说边仿了一个瞄准步枪的姿势，然后舌头发出咔的一声。

“好极了。”西明心不在焉地说，眼睛一直没离开那张字条。

“说实在的，这种事我们真的不能疏忽。”史密斯也只好附和着说。

"我的意思是如今还在打仗。"柏森斯说。

好像是要证明柏森斯说的不是废话，他们头上的屏幕喇叭声大作。但这次奏的，不是军事捷报的音乐，仅是迷裕部公布的前奏曲。

"同志们！"一个慷慨激昂的年轻声音高声说，"同志们请注意，我们有天大的好消息宣布。我们在生产的战线又打了一次胜仗。我们各种消费品生产的数字已经完成，证明了我们今年的生活水平，比去年提高了20%以上。今天早上大洋邦各地均有自发的庆祝游行，工人同志们离开工厂和办公室，到街上去高举大旗，欢呼感谢老大哥的口号，感谢在他英明的领导下给我们崭新幸福的生活。以下是我们生产的数字。粮食类……"

"崭新幸福的生活"这句话一再出现，这是迷裕部最近的口头禅。柏森斯的注意力受喇叭声所吸引，这时半张着嘴巴，像煞有介事地全神倾听着。迷裕部的数字他是没法听懂的，只是下意识地知道这一定又是值得庆祝的成就。他掏出一个又大又脏的烟斗来，里面半斗烟丝虽已经烧得差不多了，却没有挖出来。烟草的配给额是一星期一百克，你又怎么能常常把烟斗塞满？史密斯小心翼翼地平拿着纸烟，稍微斜了一下烟丝就会倒出来。新配给的明天才开始，而他只剩下四根了。此刻他听着屏幕泻出来的新闻和数字，离他较远的人声和鸭叫就听不到了。看来好像还有人游街喊口号，感谢老大哥把巧克力的每周配给额提高到二十克呢。可是昨天不是才宣布过，配额减为每周二十克的么。这怎么可能？迷裕部的报告硬把"减"说成"增"，老百姓们就又轻易相信？没错，他们又相信了。柏森斯就像痴呆的动物一样毫无困难的相信了。那个看不到眼睛的家伙狂热地相信了，而且怀着满腔怒火，要把会上提出上星期的定量是三十克的任何人挖出来，批判他，蒸发他。西明通过某种更为复杂的方式也相信了，那需要用到"双重思想"。如此说来，他是不是独一无二地拥有那种记忆？

"是不是只有我一个人还没有失去记忆的能力？"史密斯问自己。

屏幕中继续传来迷裕部公布的神话数字。与去年比较，今年我们有更多的食物、衣服、房子、家具、饭锅、汽油燃料、船只、飞机、书籍、孩子。总之，除了疾病、犯罪案件和疯狂病症没有增加外，其他什么东西都增产。每年每月每日每分每秒，每人每事都都在向上嗖嗖地快速发展。

史密斯也学着西明刚才的样子，拿起勺子在台面那滩已经蔓延四周的菜汁上长长地画了一条。他一肚子怨气地沉思着。他们现在过的物质生活，过去也是这个样子？吃的东西，是不是一向都味同嚼蜡？他目光在饭厅浏览了一周。天花板低低的，人又拥挤，墙壁经过多少人在上面揩拭过，摸着黏黏腻腻的。金属做的台子椅子，老弱伤残，排得密密的，你坐下来吃饭，无法不碰到旁人的肘子。调羹弯折、托盘缺口、杯子质料粗糙笨拙。杯盘外面油污未净，裂缝藏污纳垢。饭厅浮荡的气味集各种酸臭之大成：劣质杜松子酒和咖啡、瓜菜肉汁的铁腥味和食客穿的脏衣服。你的肚子和皮肤每分每刻都向你抗议，使你觉得你的生命像被剥夺了一些本来属于你的东西。

确实，他对所有事物的记忆都没有太大差别。在他能够清楚记得的无论哪个时候，从来都是吃的东西不够，内衣或袜子总是到处有洞，家具总是陈旧不堪，以至于就要散架，房间里暖气供应不足，地铁拥挤，房屋摇摇欲坠，面包黑乎乎的，茶叶成了稀缺之物，咖啡尝来像是脏东西，香烟供应不足。除了合成的杜松子酒，什么都不便宜，什么都缺乏。

这种情形到你年岁增长，体力日衰时，滋味会分外不好受，但这也表示了这种生活一点儿也不正常？脏乱不堪的环境、物质的匮乏、无休无止的冬天、湿黏黏的袜子、难得操作正常的电梯、洗澡无热水、岩石一样的肥皂、卷得松兮兮的纸烟和食而无味的饭菜！你一想起，心就下沉。这是正常现象吗？我们一定有某种隔代遗传的记忆，知道从前的东西不是这样子的。否则我们为什么一想到现状，就觉得事事难以忍受史密斯又在饭厅四周看了一次。几乎每个人都很丑，即使不穿套头蓝制服而改穿其他衣服，还是一样的丑。饭厅远远的一角，一个身材瘦小，相貌极似甲虫的男子独占一桌，默默地饮着咖啡，小眼睛不时疑神疑鬼地溜来溜去。不往周围看一看，太容易就会相信党所树立的完美体格形象——身材高大、肌肉发达的男青年和胸部丰满的少女，头发金黄，生气勃勃，晒足太阳，无忧无虑——不仅存在，而且甚至占大多数。这真是神话，史密斯想。其实以他的眼光看来，大部分居住在第一空域的居民，都是矮小、黝黑和其貌不扬的。怪的是政府各部门多的是甲虫类型的男人。他们个子矮小，未到中年就发起福来，两条短短的腿行动还算灵活，就是嵌着两粒小眼珠的厚肉脸上却毫无表情。只有这类人在党的统治下还是活得好好的。

屏幕响了一阵喇叭声，原来迷裕部的公告已经毕。接下来的是轻音乐。柏森斯显然是被刚才报出的数字迷住了，从嘴里拿开烟斗说：“迷裕部今年的成就可不赖啊，”他善颂善祷的摇着脑袋瓜，“对了，史密斯，你有没有多余的剃须刀片借我？”

“抱歉，”史密斯说，“我自己那块已经用了六个星期。”

“唔，我也只不过问问而已。”

“真抱歉。”史密斯又说了一遍。

邻桌那个像鸭子般嘎嘎叫的声音刚才在播报迷裕部通知时暂停了一会儿，这时又响起来，跟以前一样吵。不知怎的，史密斯突然想起了头发疏落、风尘满面的柏森斯太太。不用两年，她的孩子就会向思想警察检举她。她会被蒸发掉，西明也会被蒸发掉，史密斯自己会被蒸发掉，奥布莱恩会被蒸发掉。柏森斯呢，他不会的。那个有眼无珠说鸭语的木偶也不会。那些行动敏捷，那些甲虫一样在部里迷宫般的走廊里敏捷穿行的男人也永远不会被蒸发掉。那个黑头发女孩，也就是小说司的那个女孩，她也永远不会被蒸发掉。史密斯好像有第六感似的，知道谁可以保住性命，谁难逃一劫。只不过至于什么是活下来的原因，有点不大好说出来。

这时他突然从沉思中惊醒。邻桌的女孩半转过身，是那个黑头发女孩。她在斜视他，但奇怪的是她看得很专心。在他们眼光接触的刹那，她又望向别处。

史密斯脊背冒着冷汗，一种极度恐惧的感觉掠过他的心头。这种感觉几乎转瞬即逝，然而留下一种让人不得安宁的难受感。她看他干吗？为什么她老是跟踪着他？可是他记不起她是比他先来的，还是他坐下来后她才出现的。但昨天仇恨节目时，她不是就坐在他后面么，这又是什么理由呢？很有可能，她真正的目的是想听清楚他喊得够不够响亮。

他早些时的想法又重现了：她也许不是正规的思想警察。而糟糕的正是这个，因为业余探子更为危险。他不知道她盯了他多久，大约五分钟的样子吧，而在这五分钟内，说不定他面部的表情不很“正确”。在公共场合或屏幕视线之下胡思乱想，是最危险不过的事了。一个小小的动作有什么不对，人家就把你看穿了。比如说你面部抽搐一下、无意露出来的焦虑之情、喃喃自语的习惯。总之，任何显出反常迹象或意图隐瞒的动作，都可看作包藏祸心的证据。表情不当，比如屏幕传来前方捷报时你却露出一面不肯相信的神情，是刑罪的一种。新语叫“面罪”。

那个女孩又转过身子。也许说到底，她并非真的在跟踪他，也许她连续两天和他坐得那样近只是碰巧。纸烟已经熄了，他小心地把未燃烧的一截搁在台边。如果烟丝不掉出来的话，下班后再抽。左边那个木偶可能是思想警察派来的探子，因此说不定三天内他就会在仁爱部的地窖受刑，但尚未抽完的纸烟绝不能浪费。西明把字条折好，塞进口袋。柏森斯又开腔了。

“我跟你说过了没有，史密斯?”柏森斯咬着烟斗哧哧地笑着问，“我是说那两个小鬼把在市场内一个卖东西的老太婆的裙子烧了。为什么?因为他们瞧见她用一张印有老大哥的宣传画纸包香肠，他们偷偷地走到她背后，烧了一盒火柴。我想伤势一定不轻。真是小流氓作风，是不是?可是他们的热忱真感人。今天探子团给他们的训练的确是一流的，比我们那个时候还要好。你猜他们给小鬼的最新配备是什么?钥匙孔窃听筒！前天晚上我那小丫头带了一个回来，就在我们客厅做实验，说过的话用这听筒来听，比平常清楚一倍。当然这不过是一种玩具，但主意实在不错，对不对?”

就在这时，屏幕中发出一声刺耳的哨声，是该回去工作的信号。他们三个人都一跳而起去抢乘电梯。史密斯剩下那截纸烟的烟丝已经全部被抖了出来。

第六章

史密斯在日记中写道：

三年前，漆黑的晚上。靠近某火车站一条窄小的横街上，她靠在墙外一扇小门的前面。街灯昏暗，几乎没有光线。她面孔年轻，虽然脂粉极厚；吸引我的正是那白白的脂粉，就像面具，还有红唇。女党员从不擦脂粉。街上无人，无屏幕。她说两块钱。我就——

我实在无法写下去。他闭起眼睛，拼命用手指揉眼皮，真希望能把一再出现的景象抹去。他几乎忍不住地要大声骂粗话。再不然就是以头撞墙，踢翻桌子或把墨水瓶扔出窗外。总之，如果能够把一直折磨着他的记忆擦去，他愿意做任何蛮横、暴乱和痛苦的事情。

他想，你最大的敌人是自己的神经系统，你内心的紧张随时可能会以可见的表象反映出来。他想到几周前在街上碰到的一个男人，那是个很是其貌不扬的男人，党员，年龄在35－40岁之间，长得又高又瘦，手里拿了个公文包。他们相距几米远时，他注意到那个男人的左脸突然可以说是因为痉挛而扭曲了一下，他们擦肩而过时又是一下。只是那么轻轻地抽搐一下，颤动一下，而且显然还是习惯性的。可是史密斯当时就禁不住这么想这个家伙完蛋了。最可怕的当然是那男子对自己面部表情的活动完全没有知觉。然而最致命的危险是说梦话，在温斯顿看来，那可是防不胜防。

他深深地吸了口气，继续写道：

我随着她穿过门廊越过后院到了一个地下室厨房。靠墙有床，桌上有灯，灯光很暗。

他咬紧牙关，有种想呕吐的感觉。跟着这女人到地下室厨房的同时，他想起了凯思琳，他的太太。史密斯已经结婚了，或者最少是已经结过了婚。总之他是有妇之夫就是，因为据他所知凯思琳还活着。此刻他又好像闻到地下室厨房那阵闷人的气味了。那是臭虫、脏衣服和廉价香水的混合体。香水的气味虽然难闻，但对史密斯来说仍有一种吸引力，因为女党员从来不用香水，至少你不敢想象到她们会用香水。只有普通女人才擦这个。在史密斯的脑海中，香水和偷情是分不开的。

史密斯这次跟女人“偷情”，也是两三年来的第一遭。嫖妓当然不为“党法”所容，只是像这一类法例，有胆量的人有时还是不惜以身试法的。危险的确有，但不会严重到送掉老命。捉到了，如果又无前科的话，顶多劳改五年。只要避免给人“捉奸在床”，偷情的机会多得是。贫民区有的是等着卖身的女人。有的以一瓶杜松子酒就可以成交（普通阶级照规矩是不能喝这种酒的）。你甚至可以说党的态度是默许娼妓存在的，以使未能完全压制的本能有途径发泄。单纯的放荡并无太大关系，只要是在偷偷摸摸和缺乏乐趣之中进行，而且只涉及底层的女人。不可饶恕的罪行是党员之间的乱搞，但是，尽管在大清洗中，被告都无一例外坦白犯了这种罪。很难想象真的会发生这种事。

党的目标不仅是阻止男人和女人形成相互忠诚的关系，这种关系可能是党无法控制的，党真正的也是未曾讲明的。目的，是让性行为完全没有快乐。不要爱得过分，因为性欲就是敌人，不管婚内还是婚外。党员要跟谁结婚，得事先呈报“婚委会”通过。有时请愿书被打下来，不是因为其他理由，而是“婚委会”的人觉得这对男女，爱的只是对方的肉体，因此难以照办。当然，这也从未明明白白地写出来过。要找借口，其他冠冕堂皇的理由多的是。男婚女嫁唯一被认可的目的就是制造小同志将来为党服务。基于这种理由，夫妇间应把性行为视作一种令人厌烦的小手术，如灌肠子。这也不是明文规定的，不过每个党员从还是孩子的时候就开始，就受到反性观念的熏陶这倒是事实。青年反性联盟倡导的，就是禁欲思想和独身主义。所有小孩都应是人工受精的产品（新语叫“人受”），出生后由公家机构养大成人。史密斯虽然知道这种主张并不受重视，但大致来讲，倒与党的意识形态相当吻合。党的目的就是要消灭人类的性本能。消灭不了的话，至少也要歪曲真相，把性行为贬为脏得令人要吐的勾当。他也不知道党为什么要这样做。另一方面，他也觉得党反性的本质，一点儿也不足为怪。拿女党员来说，党的心机可说是成功了。

他又想到凯思琳。他们分手快有十一年了吧？真奇怪，他想到她的时候并不多呢。有时他居然忘了他是结过婚的人。其实他们相处的日子，不过十五个月。党不准夫妇离婚，但如果没有孩子，倒是鼓励你分居。

凯瑟琳身材高挑，淡色头发，很严肃，举止极为得体。她的脸部轮廓分明，老鹰一般，如果不了解这张脸背后几乎是空洞无物，就可能认为这是一张尊贵的脸。他们刚结婚后不久，他就认定了，虽然只是因为比起其他绝大多数人，他对她更熟悉罢了。在他认识的所有人当中，她毫无疑问是最愚蠢、最俗气、头脑最空洞的一个。她脑袋瓜里装的，除了口号外再无别的东西了。而交给她的任务或指示，不管怎样荒谬绝伦，她都一字不改地全部接受下来。真是一条活声带。他心中就给她起了个“活声带”的绰号。但如果不是为了一个最大的障碍，他还是可以跟她相处下去的。那障碍就是性生活。

他的手一触摸到她的身体，她不是连忙退缩，就是浑身僵硬起来。你拥抱这个女人时的感觉，就像拥抱木偶一样，只是这个木偶的四肢都可以活动而已。最为奇妙的是，即使她紧紧地搂着你，你竟会同时觉得她正尽全力把你推开。也许这是她硬邦邦的身体给他造成的错觉吧。

她总是挺卧在床上，紧闭眼睛，既不反抗也不合作。她在献身。史密斯开始感觉尴尬异常，随后又觉得恐怖极了。虽然如此，史密斯相信这种婚姻还可以忍受下去的，如果大家都有默契，今后断绝房事的话。可是，令人难以相信的是，凯思琳不肯这么做。她说如果能够，他们必须生出一个小孩，所以要继续有房事，得有规律的每星期一次，除非是在不可能怀孕期间。她甚至常常早上就提醒他，把它作为一件当天晚上一定要做、不可忘记的事情。她对这公事有两个称谓。一是“生孩子”，一是“尽我们对党的责任”。没错，她真的说过后面那句话。没多久，只要她献身那天一到，他就惶惶然不可终日。幸好一年下来还是没有孩子，后来凯思琳也答应不必再试了。不久他们也就分手了。

史密斯无声地叹了口气。他再次捡起笔写道：

她倒在床上，一点儿也没有给你做心理准备或什么的，就用最粗暴最恐怖的方式，以迅雷不及掩耳目的动作拉起裙子。我……

他的思绪又回到地下室厨房去了。他站在昏暗的灯光下，一鼻子都是臭虫和廉价香水的味道。他心中压抑着的挫折感与愤怨之情，使他不禁想起凯思琳雪白的胴体来。那具躯体被党的催眠力永远施了定身术。为什么总是这样？为什么他无法拥有自己的女人，而是隔几年一次来做这种龌龊事？但要跟一个女人真正的恋爱简直是不可能想象的事。所有女党员的心态都一模一样，她们的贞操观念犹如对党的忠诚一样牢不可破。通过小心的早期培养，通过比赛和洗冷水澡，通过在学校、侦察队和青年团里没完没了地向她们灌输的垃圾，通过演讲、游行、歌曲、口号和军乐，自然的感情已被清除出她们的内心。他的理智告诉他事情总有例外，只是他的心不肯相信而已。她们的感情刀枪不入，这正是党所乐见的。史密斯热切盼望的，就是要推倒女党员这面“贞操墙”，只要一生能推倒一次，就已经足够了。他当然希望有女人爱他，但这个“破墙”的意念，此刻比被爱还要热切。能够好好地跟一个女人行一次房事，就意味造反成功了。欲念是思罪。虽然凯思琳是他妻子，但如果他有办法引起她这方面的兴趣，也形同诱奸。

故事还没完，得写下去，他想。

我拧开了灯。我在灯光下看到她时……

在阴暗中待过之后，煤油灯光好像很明亮。他第一次看清那个女人的样子。他向她迈近一步，然后停下来，心里充满欲望和恐惧。他痛苦地意识到在这种地方的危险性，完全有可能巡逻队会在他出去时抓住他，事实上，此时他们可能正在门口等着。怎么可能不达到目的就走？这非得记下来，非得坦白招供不可。这时他突然看到，灯下的女人原来是个老太婆。她脸上的粉涂得厚厚的，令人担心它会像夹纸板制的面具一样，随时折裂。她的头发已经斑白，但最恐怖的部分倒是她嘴巴微张的时候，里面是个黑黑的洞穴。她的牙齿全掉光了。

他仓促地写着，笔迹潦草不堪：

当我在灯下再看到她时，才发觉到她已经是上了年纪的女人了，少说也有50岁。可是我还是干了。

他又用指头揉着眼睛，写是写下来了，但感觉上没有区别，预期的心理治疗效果没有达到，他要破口大骂、喊脏话的冲动一点儿也没有降低。

第七章

史密斯在日记中写道：

如果还有希望，只有寄托在普通群众身上。

“普通群众”就是普通阶级的简称。为什么希望只建在普通群众身上？因为大洋邦85%以上的人口是普通群众，老大哥平日对他们疏于管教。摧毁党的原动力，理应从这里出来。党无法从内部推翻，其敌人，如果有敌人的话，无法走到一起，并相互确认。即使传言中的兄弟会存在（有可能而已），其成员碰头也只可能是以三三两两的方式。反抗意味着一个眼神、声音里的一点儿变化，最多会是偶尔的一句传闻而已。

普通群众不同，只要他们了解到自己力量多大，行事不必偷偷摸摸。他们只要集体站起来，像马一样把身上的苍蝇抖去就成了。他们了解到自己的力量而又决定行事的话，明天早上就可以把整个英社瓦解。他们早晚应该会想到的。可是他记得有一次在一条拥挤不堪的街上走，前面巷子突传来千百个女人呼叫的声音。那是愤怒和失望的混合声，“呀！呀！呀”的嗡嗡回声不绝。他的心脏猛烈跳动起来。来了！他想。这是暴动，普通群众终于觉醒了！他走到闹事地点时，只见两三百个女人围绕着露天市场的摊子在争吵。她们脸上所露的哀戚之情，就像一条沉船的搭客。就在那时，普遍的绝望一下子又变成许多张嘴巴的争吵。好像是某个摊点在卖铁锅，是种质量很差的不结实货色，但是不管什么样的饭锅，总是很难买到，在那时出乎意料地停止供应了。成功买到铁锅的女人在费劲地拎着铁锅走掉，却被别的人推推搡搡。还有十几个人围着那个摊点吵闹，指责那个摊主看人卖货，另外还藏着铁锅。接着又响起一阵大吵大嚷声。有两个身材臃肿的女人，其中一个披头散发，正在争夺铁锅，都在用力想从对方手里扯过来。有一会儿，两个人都在同时用力拉，结果铁锅的把手掉了。史密斯看在眼里，觉得心里乱极了。可是他注意到几百个喉咙同声发出的怒吼，真让人害怕啊。这些喉咙如果能为比这更重要的事怒吼一次就好了。他又写道：

如果他们一直不觉醒，不会造反。只有造了反以后才会觉醒。

这两句话真像从党的册子搬过来的，他想。他们自然一直宣称把普通群众从各种桎梏中解放出来的，就是英社党。在解放前，普通群众受尽资本主义者的折磨。他们吃不饱饭，还要挨打。女人被迫下煤矿坑工作（现在也是)，小孩不到 6 岁就被卖到工厂去做苦工。可是在同时，党又教导党员说，普通群众是天生的低等动物，必须用一些简单的规定把他们置于服从的地位。事实上党对普通群众知之甚少，也不必知得太多。只要他们不懈工作，继续生孩子，他们的其他活动也就不必多管了。你让他们自生自灭的话，他们就会像阿根廷的平原上没有笼缰的牛群，回复到一种他们认为是原始自然的生活方式，类似祖先过的日子。他们出生后，在贫民窟长大，11 岁开始工作，度过短短的一段青春发育期，20 岁结婚，30 岁就踏入中年，而大半死于60 岁。他们的烦恼或记挂着的事，无外乎是消耗体力极多的工作、养儿育女、整理家务、为芝麻绿豆的事跟邻居吵架、看电影、足球和喝啤酒。而兴趣最浓的是赌博。管理这类人并不困难。在他们的圈子中埋伏几个思想警察就成。他们的任务是散布谣言，把有问题的危险分子暗记下来，机会一到就把他们蒸发掉。然而没人努力向他们灌输党的意识形态。普通群众实在并不需要强烈的政治意识。如果他们能保持原始的爱国思想，在必要时可借报国之名，要他们加长工作时间或接受更少的配给，那已经够了。即使他们有时不满现状，也不会带来什么麻烦，因为他们本来就没有什么概括性的思想，他们不满的事实，因此也有一定的范围。更大的罪恶，他们倒没有注意到。大部分的普通群众家中，连屏幕也没有。

普通群众的日常生活，民防警察也很少管。伦敦的犯罪率极高，是一个充斥着小偷、强盗、妓女、毒品小贩和形形色色骗子的天地，但是因为犯罪都发生在群众自己中间，因而无关紧要。在所有道德问题上，他们也被允许继承其先辈的规范。党在性问题上的禁欲主义并未强加给他们。乱交不受惩罚，允许离婚。甚至如果群众表露出有宗教信仰的需求或者愿望，也能得到许可。他们不配被怀疑，正如党的标语所称："群众和动物是自由的。"

史密斯俯下身去抓静脉疸。又痒起来了。说来说去，还是无法知道解放前的生活是个什么样子的。他从抽屉取出一本跟柏森斯太太借来的儿童历史书，在日记上抄下这一段：

从前，在光辉灿烂的革命还没有完成以前，伦敦不是我们今天所看到那么漂亮的。那时候的伦敦，黑暗、肮脏、可怜透了。住在那儿的人，没有几个吃得饱。许多许多的人没有鞋子穿、没有房子住。比你还要小的孩子，每天要工作十二小时，主人家凶透了。工作稍微慢一点儿，就要被皮鞭抽打。吃的东西呢，只是发了霉的面包和清水。然而在一片赤贫状态下，还有几幢华美大屋，里面住的是富人，每家都有三十几个人侍候。这些富人被称为资本家。他们长得肥胖而丑陋，面相邪恶，就像本页后面的插图那样。你可以看到，他身穿长长的黑色大衣，那被称为大氅，头上戴的是顶古怪而发亮的帽子，样子像是火炉管。被称为高顶礼帽。这就是资本家的统一着装，其他任何人都不允许穿。资本家拥有世界上的一切，其他所有人都是他们的奴隶。他们拥有一切土地、一切房屋、一切工厂和一切金钱。任何人不服从他们，他们可以把他投进监狱，或者让他失去工作而饿死。凡是普通人跟资本家说话时．必须向他鞠躬作揖，取下自己的帽子，并称他为“先生”。全体资本家的头领被称为国王，而且……

这故事下面要说的话都是史密斯熟悉的。比如，拖着细麻布长袖子的主教、穿着貂皮袍子的法官还有折磨犯人的手枷、脚枷、皮鞭和各式各样的其他刑具。还有一样大概在小孩的书中不会讲出来的事：初夜权。资本家老爷欢喜，就可以和任何一个在他工厂内工作的女工睡觉。

但你又怎么知道上面所记的事，有多少是事实，有多少是谎言？如果说普通人的生活比革命前有所改善，那也许还有几分道理。可是你骨子里的感觉，却告诉你这不是事实。你凭本能就知道目前的生活，无法忍受，而从前跟现在一定有点不同。现代生活的特色，令他感受最深的，倒不是它的残忍面与朝不保夕的恐惧，而是生活本身成了荒凉、灰暗和落寞的代名词。只要你四周打量一下，就知道大家过的生活，跟屏幕播出来的谎言风马牛不相及，跟党将来要完成的理想参照，也是遥遥无期。即使就党员的生活来讲，大部分的时间，都是在与政治毫无关联的琐事上浪费掉。刻板的党事做完后，就到地下车站挤位子，然后就缝补破袜子、向别的同志乞讨一片糖精，再不然就是抢救有剩余价值的烟屁股。

党所竖立的未来远景巨大辉煌。到处都是钢筋水泥建筑物、机器庞大、武器杀伤力惊人。那时全国草木皆兵，各个思想极端、行动一致、口号相同。他们不断工作、战争、取胜、迫害别人。三亿人口，但只有一张面孔。

现实却是处于衰败中的肮脏城市，在这里，填不饱肚子的人们穿着破烂的鞋子拖着脚步走动，住修修补补过的建造于19世纪的房屋，里面总有股煮卷心菜味和厕所里的那种臭味。他似乎看到了伦敦的景观，辽阔而又破败，是座拥有上百万垃圾桶筒的城市，跟这一景观混合在一起的，其中有风尘满面、头发稀疏的柏森斯太太，一筹莫展地看着那堵塞了的洗涤槽干着急。

他伸手到脚踝去抓痒。屏幕夜以继日地向你的耳膜轰炸，举出数字证明今天的日子好过多了。食物和衣服的数量增加、居住的环境改善、娱乐节目也此以前精彩。总之，大家比五十年前的人活得长久些、工作时间少些、个子大些、健康些、强壮些、快乐些、聪明些、受的教育也多些。党说：今天成年人的普通群众中，有40%认得字；解放前，只有15%而已。党又说：今天婴儿的死亡率，1000人中只有160个；解放前，则有300个。这等于如同有两个未知数的等式。完全有可能的是历史课本上的每个词，甚至那些已被不加怀疑接受的，都完全出自想象。据他所知，可能根本没有过什么“初夜权”的法律，也没有被称为资本家的人和高顶礼帽这种着装。一切都已隐没在迷雾中。过去被清除，连清除行为也被忘却，谎言变为真理。他生命中只有一次抓到足以证明党政史的确实证据。那是事发后才弄到手的，这才宝贵。他把那文件捏在手上捏了半分钟。那该是1973年吧，总之这约莫是他跟凯思琳分手后不久的事。但真正与这事情有关的日期，应推回七八年前去。

这故事应从60年代中说起，那时大清党运动进行得如火如荼，许多原来的革命领袖都在那时期清除了。到了1970年，除了老大哥外，其余一个也没留下来。各领袖不是被判叛国罪名；就是反革命。戈斯坦逃了，躲在什么地方，谁都不知道。有些人失踪了，但大部分抓了去公审认了罪后就蒸发掉。保留了性命的有三人：琼斯、阿诺逊和卢瑟福。他们被捕时，一定是在1965年。正如以前发生过的案子一样，他们失踪了一年多，死活不知，突然又出现公开自己的罪行，包括通敌（那时的敌人也是欧亚国）、盗用公款、谋杀党的亲信同志、阴谋倾覆老大哥早在革命前就已经肯定的领导权、捣乱破坏，导致千千万万的人无辜牺牲。坦白完这些罪行后，他们得到赦免并被恢复党内地位，被安置在听起来很重要，实则是挂名性质的职位。三个人都在《泰晤士报》上发表了声泪俱下的悔过书，分析自己离经叛道的理由和经过，最后答应一定要将功赎罪。

这三个人释放了以后，史密斯在栗树咖啡馆也见过他们。这三个人物实在太有传奇性了，他虽然好奇，却只敢用眼角瞧他们。他们比他年纪大多了，可说是古老世界的遗物，党早年英雄史迹最后的样本。他们身上依稀仍有地下斗争和内战留下的风采。虽然有关他们生平和日期的记载在那时候已经模糊了，在史密斯的印象中，这三个人成名要比老大哥早。事实是否如此，现在倒无关紧要了。他们是罪犯、敌人和贱民，一两年内准会在这世界上消失。没有一个落在思想警察手里的人逃得了的。他们只是等着人家送回坟墓的尸体。

他们坐的台子附近没有别的酒客。大家都避免靠近他们，免得受怀疑。三人默默地坐着，面前摆着三杯掺了丁香叶的杜松子酒，这是栗树咖啡馆的出名饮料。三人中卢瑟福的外貌史密斯印象最深。他原是极有名气的讽刺漫画家，线条锋利如匕首，在革命前和革命时期的作品极能煽动民众情绪。现在他的东西偶然也在《泰晤士报》上出现，不过是对他早期风格的模仿，奇怪地缺乏活力，也没有说服力，总是对古老主题的炒冷饭：贫民窟的住户，饥饿的孩子，巷战，戴着高顶礼帽的资本家，甚至在街头防御工事里，那些资本家似乎仍坚持要戴高顶礼帽。他不断努力，想重振雄风，却毫无指望。他块头大，长着一头浓密油腻腻的灰发，满脸皱纹，嘴唇隆起。他以前准是个体格魁梧的男子，只是现在除了肚皮鼓起外，身体各部都明显下垂了，像一座山在你面前崩溃的模样。

史密斯在咖啡馆看到他们时，冷冷清清的。他也记不起为什么会在这个时间跑到这儿来。屏幕播放着舒缓的音乐声。那三个人坐在角落几乎一动不动，从不说话。服务员又主动拿来几杯酒。他们旁边的桌子上有张棋盘，棋子已经摆好，但是没人下。然后可能总共才过了半分钟。突然，屏幕节目换了，调子和音色也变了。代之而起的是一种难以描述的声音，既像嘶鸣，也像调侃，沙哑得近乎阴阳怪气。史密斯暗称它为黄腔。接着有声音歌唱了：

在遮荫的栗子树荫下，
我出卖你，你出卖我。
他们躺在那里，我们躺在这边，
在遮荫果树荫下。

那三个人一动也不动。但当史密斯偷偷地瞧了卢瑟福一眼时，大块头的眼睛里已经噙着泪水。而也在这个时候他才注意到，阿诺逊和卢瑟福两人的鼻子，原来已经断了。他心中战栗了一下，虽然他自己也说不清楚究竟是被断鼻子吓坏了，还是联想到后面的故事而害怕了。

此后不久，他们三人再次被捕，似乎从上次被释放的那一刻起，他们马上开始了新的阴谋活动。在对他们的第二次审讯中，他们除了坦白所有旧的罪行，还坦白了一连串新的罪行。他们被处决，下场被写进党史以昭后世。事隔五年后，这次他记得清楚是在1973年。史密斯拿起气筒喷到他桌上来的一卷文件，翻到一张别人夹在其中而最后忘记捡回来的剪报。那是十年前《泰晤士报》的上半版，因此上面印有年份和日期。除文字外，还有一张党的代表团在纽约开会的照片。中立者赫然是琼斯、阿诺逊和卢瑟福三人。错不了，因为照片下的文字说明，就有这三人的名字。

问题是两次审讯中，三个人都供认就在那一天，他们是在欧亚国的国土上。他们从位于加拿大的一个秘密机场飞到西伯利亚的某个接头地点，去跟欧亚国总参谋部的人会面，并向其泄露了重要的军事秘密。这日子史密斯记得清清楚楚，是因为那天刚好是夏至，而且这件事也会记录在无数文件中。

那么只有一个解释了，这三个人的供词全是假话。

自然，这事情本身并不算得是什么发现。十年前的史密斯，也不会相信在清算中犯死罪的人，真的干了他们在供词中招认的各种罪行。这次不同的地方，无非是他手上握有具体的证据。这是历史被颠倒的一个证据，犹如地质学家在意想不到的地层捡到一块化石，把已经建立的理论推翻了。如果能够把这事公之于世，并说明党这种措施所代表的是什么心态，已经足以将党摧毁于无形了。

他继续埋头工作。刚才他一看清楚这相片是怎么回事时，他就用另外一张纸盖着它。真幸运，他打开它时，从电屏的角度看来，它是上下颠倒的。

他把便条簿摆在腿上，椅子推到后面，能够离开屏幕越远越好。保持脸部没有表情不难，而且，只要你用些气力，呼吸的轻重也可以调节。但心脏跳动的快慢可不容易控制了。屏幕的收听效果奇佳，听得到的。他耐心静坐让情绪平复，一直害怕这期间会有什么意外事件出现让他原形毕露。比如，室内吹来一阵风，把桌上文件吹倒。这就完蛋了。大概过了十分钟后，他也没有揭起盖在上面那张纸，就把照片连同其他废纸一起丢进思旧穴去。一分钟内，历史化为灰烬。

那是十年，不，十一年前的事了。也许他本来可以将那张照片保存到今天。奇怪的是，他用手拿过那张照片这件事甚至到现在，对他来说似乎仍具意义，虽然那张照片本身及它所记录的事件都只是记忆。他想知道的是，因为一件存在过的证据不再一度存在过，党对过去的控制是不是没那么强了。但今天即使你有魔力能把照片的灰烬重组起来，也不能用作改变历史的证据了。事实上，史密斯发现这照片时，大洋邦与欧亚国的战事已经停息，因此卢瑟福二人通的敌，一定是东亚国的情报人员。再说，他们死后的历史还有其他订正，两次或三次，他记不起来了。最大的可能是党把他们的供词改了又政，改得面目全非，使得原来的事实和日期，一点儿也没有关联。历史不但改变，而且不断改变。最令他感到像做噩梦一样难受的，是他从来不明白为什么要花这么大的工夫去做瞒天过海的事。他了解伪造历史的明显功用，但最终的目的究竟为什么，他就有点不懂了。他拿起笔来，在日记簿上写下：

我知道怎样去做，却不明白为什么要做。

他怀疑自己究竟是不是疯了，他以前也多次的这样问自己。或许疯子只是种少数派。相信地球绕着太阳转曾被认为是疯子，到了今天，相信过去不可改变会被认为是疯子。抱着这种信念的人，可能只有他一个。那么他就是疯子了。自己疯了并不怎样可怕。最可怕的是，你这种想法可能是错的。

他拿起了那本借来的儿童历史故事书，看了印在封面上的老大哥照片一眼。老大哥催眠的眼睛也瞪了他一眼。他马上感到一股摄人的力量向他袭来，钻入他脑袋、扰乱他神经、窒息他信仰。我们几乎可以说，这股力量根本否定史密斯独立知觉的存在。

总有一天党会宣布二加二等于五，你也得相信。二加二得五这新发现党迟早会发表的，这符合他们的逻辑。不仅经验的正确性，而且客观现实的存在性本身，都被他们的哲学无声地否定。常识成了邪说中的邪说，但可怕的不是他们会因为你有另外的想法杀了你，而是他们有可能是对的。你怎么肯定二加二真的等于四？地心真的有吸力？历史真的不可涂改？如果过去的经验和外在的世界只存在我们的观念中，而观念可受控制。那么不，不成。他的勇气突然涌现。也没有故意地去联想到他，奥布莱恩的脸却在他脑海中浮现出来。他比以前更肯定地相信，奥布莱恩是站在他这一边的。这日记是为他写的，写给他的。这日记像一封无休无止的信，虽没有人会看到，但它是写给某个特定的人，并因为这一点而文字生动起来。

党告诉你不要相信自己耳朵听到的以及眼睛看到的，这是他们最主要、最基本的命令。想到针对他的极大力量和党的知识分子能够轻而易举地驳倒他，他的心沉了下来。他无法理解那些高深的辩词，更不用说反驳。但他是对的一方，他们错了，而他是对的。明显的、简单的和不作伪的事实，一定要维护。真理就是真理，这一点不能放弃。地球是圆的，宇宙的轨迹不变。石头是硬的、水是液体、地心有吸力。

抱着面对奥布莱恩讲话的心情，同时也为了后世留下两句重要的格言，他在日记中写下：

所谓自由就是说二加二等于四的自由。承认这一点，其他一切迎刃而解。

第八章

从走道尽头传来丝丝咖啡的香味，飘到街上。那是纯咖啡的香味，不是胜利咖啡。史密斯不觉得停下脚步。在也许有两秒钟的时间里，他又回到了童年时生活过的那个世界，他已经快忘掉了。跟着听到砰的一声响，煮咖啡那家人的门关了，香味也随之消失。

他在路上走了几公里，静脉疽抽动起来。这已经是三个星期内第二次没到公社中心的晚会了。开小差实在是不明之举，因为谁在那天晚上缺席，他们都查得清清楚楚。照规矩讲，党员是没有自由活动时间的，而除了晚上睡觉外，不应有个人单独行动。党的假定是，如果你不是在工作、吃饭和睡觉，那你一定正在参加团体活动。此外你做任何使人想到离群的事，就说一个人出外散步吧，都有危险。这种行动新语叫“私活”，意味着个人主义思想和怪癖行径。但今天晚上史密斯走出迷理部时，实在难以抗拒4月间沉醉春风的诱惑。天空一片蔚蓝，入春以来难得看到。相对之下，那漫长嘈杂的公社节目就更难忍受了。玩的游戏既费气力，又闷得怕人。此外还要听演讲，还要假惺惺一番靠着杜松子的酒意来培养同志间的情感。因此一时冲动之下，他离开了公车站，不分东西南北地在不知名的伦敦街头漫步。

“如果还有希望，”他在日记上写道，“只有寄托在普通群众身上。”这些话在他脑中反复出现，它陈述的是一项神秘的事实，但显而易见是荒谬的。他已经走到一带褐灰色的贫民区，就在以前圣潘克拉斯车站的东北面。他走的那条斜街，是用圆石砌成的，两边有两层楼的小屋子，破落的门口，直开到行人道上去，乍看好像鼠洞。路面石块的缝里是一滩污水。各屋子昏暗的门口和街上两边的横巷子居然满是人头。嘴上擦着劣质口红的如花少女，追逐着如花少女的少男，让你看到十年后这些少女会变成什么样子的臃肿妇人，和哈着腰、拖着八字脚走路的老人。还有衣衫褴褛光着脚在污水嬉戏一听到母亲叱喝就作鸟兽散的小混混。这街上屋子的窗门，最少有四分之一是破裂得要用木板支撑着。

这些人对史密斯也不理会，只有两三个用好奇的目光看他一眼。两个身材高大的妇女在一处门口说着话，她们系着围裙，砖红色的手臂交叉在胸前。史密斯走近她们时，听到其中几句。

“是呀，我跟她讲，‘说来容易呀。但如果你是我，你还不是跟我一样的做。批评别人可容易，可是你的问题跟我的不一样呀！’”

“呀，对啦。”另一个接话道，“是的。”那两个尖嗓门突然停了下来。

他打她们面前走过时，两人都饱含敌意地仔细看了他一眼。说来也不是什么敌意，只算是一种警觉，一种看到不知名的野兽在你面前经过时的本能紧张反应。这地区平时想来是不常看到党员的制服。说实话，除非你有任务在身，其他情况不应在这种地区露面的。你若遇到巡逻警察，说不定要你停步。“同志让我看看你的证件。你在这里干吗？你什么时间下班的？你平常回家也走这条路吗？”他们会问你诸如此类的问题。当然，没有什么法令说你不可以拐路回家，但如果思想警察知道，就会对你注意了。

突然，整条街上一片骚动，到处传来警告的喊叫声，人们像兔子一样蹿进门。一个年轻女人从门里跳出来，把一个正在污水坑里玩耍的很小的小孩子一把拎起来用围裙包着，然后又跳回门里，动作用时极短，一气呵成。同时在这一刹那，一个穿着像手风琴乐师黑西装的男子从一条横巷里冒出，直奔史密斯面前，紧张地指着天空嚷道：

“汽船，汽船，快炸了，赶快趴下。”也不知道为了什么原因，普通群众给火箭弹的译名叫“汽船”。史密斯连忙伏身在地。普通群众的警告，通常很准确。他们好像有第六感，能在几秒钟前就预知火箭弹的来临，虽然这武器的速度比声音还快。史密斯双臂抱头，接着就听到一声隆然巨响，几乎地面都要跳起。不少零星物体掉到他背上。他站起来张望一下，才知道靠自己最近的一扇玻璃窗炸碎了。

他继续向前走。火箭弹已经炸毁了前面离此几百公尺的几座房子。天空冒着一股黑烟，地上灰尘滚滚，不少人已经聚拢在那儿观看。史密斯前方的人行道上有一小堆灰泥，他能看到中间有一片鲜红的血迹。走近后，他看到那是只从腕部截断的人手。除了血肉模糊的断处，那只人手完全变成了白色，简直像是用石膏浇成的。

他把那东西踢进了阴沟，然后为了躲开人群，他转到右边的偏街上。三四分钟后，他已经离开了受到炸弹影响的地带，而街头那种肮脏而拥挤的生活仍在继续进行，仿佛什么事情也没有发生。这时快到二十点，普通群众常去光顾的酒吧已经挤得水泄不通。酒吧的旋转门转个不停，里面的尿臭、锯木屑和啤酒的酸味扑面而来。在一处由房屋正面凸出来而形成的角落处，三个男子靠紧站着。中间那个拿着一份对叠的报纸，旁边两人也就挨着他的肩膀观看。史密斯虽然还没有靠近得看清楚他们的面上表清，但也可以从他们全神贯注的模样，猜出他们看得准是什么重要的新闻了。史密斯还有几步就到他们面前时，三个人突然站开，其中两个开始吵架，来势汹汹的，好像随时会动武的样子。

“你妈的听我说好不好？我告诉你吧，十四个月来，‘七’字压尾的从来没中过一次奖。”

“中过，当然中过！”

“没错，末位是七的就是赢过了。我差不多能告诉你到底是哪个浑蛋数字，末位要么是四要么是七，那是在2月份——2月里的第二个星期。”

“2月你个奶奶！我全白纸黑字地写下来了。我告诉你，没有——”

“呸，你给我闭嘴吧！”第三个人说。

他们是为彩票的事争吵。史密斯离开了他们，十米左右回过头来看，他们还是吵得面红耳赤。每周一次给人发大财机会的彩票，是普通群众唯一认真研究的大事。大概有数百万的普通群众把彩票的存在视为活下去的主要理由，如果不是唯一理由的话。彩票是他们快乐的泉源、愚昧的证明、止痛的灵药和知性的刺激。只要是涉及彩票的事，平日连自己姓名拼写也有困难的人，居然能做起复杂的数学问题来，记忆力也出奇的准确。成千上万的人就靠精研“彩票学”维生，卖中奖秘籍、预测及卖幸运符。

史密斯的工作与彩券的经营无关，因为负责这玩意儿的单位是迷裕部，但他知道（其实党内每个人都知道）大部分的奖额是虚构出来的。只有小奖才真付钱。中大奖的人都不存在。在大洋邦内处处信息不畅的情况下，这也不难安排。

如果还有希望，只有寄托在普通群众身上，你必须坚信这一点。这话你写下来，你可能只觉得合情合理而已，但只要你看一看街头上跟你擦身而过的人，这话就成了一种信念了。他刚才拐入的横街是下斜坡的小路。好像以前到过这区域，附近就有一条大道。前边什么地方突传来一阵呼喊声。小路尽头是个大拐弯，走下一层石阶就是一条凹陷的巷子，前面有几个贩卖发蔫了的蔬菜的小摊子。史密斯记起来了。这窄巷通到大街，再转一个弯，大概走五分钟就是那家旧货店。他那本现在用来写日记的本子就在那儿买的。而他那支羽毛笔杆和那瓶墨水，也是在离旧货店不远的一家小文具店买的。

他在石阶上停了下来。窄巷的对面是一家阴暗的小酒吧，玻璃窗看似盖上薄霜，其实只是久未拭擦的灰尘。一个弓着背但行动尚算敏捷的老头儿推开旋转门走进去。他霜白的小胡子像飞蛾的触须一样翘起来。史密斯看着这老头进去时，突然想到他最少也有80岁了，因此革命期间他已经是中年人。他，还有为数不多的其他一些人，是和已经消失的资本主义世界之间仅存的联系纽带。党内就没有几个人的思想是在革命前形成的。老一辈的在五六十年代大清算时已经除掉，硕果仅存的几个，早就吓得交代了，不敢再谈什么知性问题了。如果你要找一个活着的人给你讲革命初期的真实情况，那非普通群众莫属。

突然，他在日记上抄下那段儿童历史故事浮于脑际，而他好像再也无法按捺得住心头那阵疯子似的冲动。要跟着老头进酒吧，跟他搭关系，然后问他问题。他会这么问："请你告诉我你童年是怎样过的？那种生活像个什么样子？那个时候的日子是否比现在好过，还是比现在难受？"他马上走下石阶，穿过窄巷，生怕稍一耽搁就会胆怯改变主意。当然这是疯狂的行为。不用说，他是昏了头，照例没有白纸黑字的命令规定他们不可以跟群众说话或者光顾他们的酒馆，然而这种行为很难不被人注意到。巡逻队出现的话，他可以声称是突然感到头晕，不过他们大概不会相信。他一推门进去，就闻到一阵扑面而来的酸啤酒恶臭的奶酪味。大家一见他进来，谈话的声音马上降低。他觉得背后每个人的眼睛都好像盯着他的蓝制服。房间的另一角落，本有几个人在玩投镖游戏的，看到他进来，也就停手差不多半分钟。

比他先进来那老头站在柜台前面，与酒保吵起嘴来。酒保是个大块头的结实小伙子，小臂极粗，有一群人手持酒杯看着他们争吵。

"我问你问得够礼貌的了，是不是？"老头儿气冲冲地耸着肩膀说，"你是说这个小酒馆里没有一品脱的杯子？"

"品脱到底是个什么词？"酒保的指尖撑在柜台上，身子往前倾着说。

"听听他说的是啥，还自称酒保呢，可是不知道什么叫品脱！一品脱嘛，就是半夸脱，四夸脱是一加仑。下次还非得从一二三教起。"

"从来没听说过，"酒保说，"一升，半升——我们就按这两样卖。你面前的架子上有杯子。"

“我就喜欢要一品脱，”老头儿坚持道，“你甭想那么容易让我不说品脱了，我年轻那会儿根本没这么论升卖。”

“你年轻那会儿我们还在树上住呢。”酒保说着扫了一眼其他人。

众人轰然大笑，刚才史密斯给他们带来的戒备心全解除了。老头的脸长着霜白的密麻短髭，此时气得一脸通红。他转身要走，口中还是咕哝个不停，与史密斯碰个正着。史密斯轻轻地用手扶着他。

“我请你喝一杯，好不好？”他说。

“呀，好一个君子。”老头又伸了伸肩膀说。他好像没注意到史密斯的蓝制服。过后，“品脱，”他挑衅地向酒保说，“一品脱黄汤。”

酒保拿了两个粗厚的玻璃杯子，在柜台下面的水桶冲洗了一下，就盛了两份半升的棕黑色的啤酒。在普通群众酒吧内，你能够喝到的就是啤酒了。理论上说普通群众是不许喝杜松子酒的，虽然谁要喝都有办法弄来。玩投镖游戏那个角落又热闹起来了，其他酒客又为彩券的事高谈阔论。他们显然一时已经忘记史密斯的存在。靠窗的地方是一张松木台，在此跟老头聊天不怕别人会听到。危险总是危险的，但房间内没有屏幕。这一点史密斯进来时就看清楚了。

“那家伙大可以给我倒一品脱来的，”老头坐下来后，又唠唠叨叨地说，“半升不够，不过瘾。一升又太多，膀胱受不了。价钱当然也是问题。”

“从你年轻时到今天，你一定经历过不少变化了。”史密斯试探着说。

老头浅蓝色的眼睛，从投镖板移到酒吧各座位，又从座位移到男厕的门上，好像要从这些地方找出变化的痕迹。

“那时的啤酒比现在的好，”老头儿最后答腔了，“也便宜些。我年轻的时候，淡啤酒，我们那时叫黄汤。只卖四便士；当然，那是战前的事了。”“哪个战前？”“都一样。一直在打仗，哪搞得清楚。”老人含糊地说，然后举起杯子，又挺了挺肩膀，“祝你身体健康。”

他的尖喉结在瘦瘦的喉部奇怪地上下快速抖动，啤酒就消失了。温斯顿走到吧台那里，又拿了两个半升过来。老头儿好像忘了他对喝一升啤酒的成见。

“你比我年纪大多了，”史密斯说：“在我还未出生前，你已经是壮年。

你一定记得革命前的日子是怎样的。我这种年纪的人，对从前的事真的一点儿也不知道。我们只能看书，但书上说的事未必可靠。这就是我想听听你意见的缘故。历史书说，革命前的生活与目前完全不同。那时百姓挨穷、受迫害、人间毫无正义可言。总之，情况坏得超乎我们的想象力就是。就拿伦敦来说，大部分人从生下来到死，从没有真正吃饱过。半数人以上得光着脚板走路。一天工作十几个小时，9 岁后就再没有受教育的机会，晚上十个人睡一间房。但同时有少数人，大概只有几千个吧，哦，他们叫‘资本家’，却有钱有势，要什么有什么。住高楼大厦，奴婢成群，出入汽车马车代步，喝的是香槟酒，戴礼帽。”

老头听到这里眼前一亮，马上张嘴道：“呀，礼帽，真奇怪，你也提到这东西，昨天我也想到礼帽呢，鬼才知道为了什么原因。我只想到好多年没看到这东西了。绝迹了，一定绝迹了。我最后一次戴礼帽，是为了参加妹妹的葬礼。唔，我记不起是哪一年了，大概是五十年前的事吧。当然，礼帽不是买的，租来应付应付而已。”

“问题不在礼帽本身，”史密斯耐着性子说，“问题是，这些资本家，靠着律师、牧师和其他特权人物撑腰，为所欲为。什么东西都是为了他们的利益而存在。像你这种普通老百姓和工人，就是他们的奴隶。他们要怎样摆布你，就怎样摆布你。他们可把你像牛马一样运到加拿大。如果他们看中你的女儿，就可以跟她睡觉。他们可以叫人用鞭子打你。你走过他们面前，就得脱去帽子。每个资本家出外总有一群走狗跟随，听他指挥。”

老头儿突然又高兴起来。

“走狗，”他几乎叫出来，“喏，对你说，这又是一个我好久没听到的字眼。走狗，这真可以把我带回旧时代了。我想想看，呀，好像千万年以前的事了。那时我偶然在星期日下午散步到海德公园去听那些笨蛋演讲。救世军啦、天王教徒啦、犹太佬啦、印度阿三啦，总之各式各样的人物都有就是了。其中的一个笨蛋，抱歉，名字忘了，他呀，真会说话，一点儿也没骗你。你猜他怎么说的？‘走狗！资产阶级的走狗！统治阶级的奴才！’还有，对了，他爱用的另一个字眼是‘寄生虫’，对了。哦，还有，是‘狼心狗肺’，当然，你知道，他这些话都是针对工党说的。”史密斯觉得他们的谈话真是牛头不对马嘴。

“我想知道的是，”他说，“跟以前的日子比较，我们的自由是多了，还是少了？现在你受的是人的待遇吗？从前的有钱人，就是那些高高在上的人……”

“上议院，”老头儿打岔说。

“好的，就说上议院吧。我问你的问题是这些人之所以能够把你像狗一般地看待，就因为他们有钱而你是穷光蛋？比如，你走过他们面前，得脱下你的帽子，恭恭敬敬地称呼他们一声‘大人’，对吗？”

老头儿似乎在沉思，开口回答前，他喝掉了杯子里四分之一的啤酒。

“对的，他们最起码要你脱帽为礼。我自己一点儿也不习惯，但还不是乖乖做了，有什么办法？”

“我在历史书看到这些人和他们的走狗常常把你们从行人道推到水渠去，有没有这回事？”

“至少有一个人推了我一次。现在想来就好像是昨天才发生似的。那天晚上是‘赛船夜’，闹得真不像话。我在莎夫茨伯里道跟一个笨蛋迎头碰个正着。他穿得可体面了，白衬衣、礼帽、黑大衣。他走路时左弯右拐的，冷不防，我就撞到他了。他说：‘你走路不带眼睛？’我说：‘这条路是你买下来的吗？’他说：‘你再敢放肆，看我不扭断你的脑袋。’我说：‘你醉了，等会儿我送你到警局。’嘿，想你也不相信，他一手抵着我胸口，狠狠地一推，几乎把我推到一部正驶过来的公交车底下去，那时我血气方刚，真想把他干了，只是……”史密斯越听越觉得拿他毫无办法。这位老先生记忆中的东西，都是毫无意义的细节。再听他讲一天，也听不出什么究竟来。党的历史记载说来有点道理了。说不定不但有道理，而且全部可能是真的。但他还要最后试一次。

“也许我的话没说清楚，”他说，“我的意思是这样，你活了一段长长的日子，你在革命前的社会长大，是不是？就说在1925年吧，你已经是成年人。凭你的记忆，你对比一下，1925年时的生活比今天要好还是坏？或者说，如果由你选择，你要过今天的生活呢，还是回到旧时代？”老头若有所思地看着投镖板。他把啤酒喝完，动作比先前慢了点儿。他张嘴说话时，颇有哲学家洞明世事的神气，好像啤酒已经使他变得温顺起来。

“我知道你要听的是什么话，”他说，“你希望我说：‘唉，要是能够再年轻一次就好了'，是不是？大多数人都会这么想。年轻人身强力壮。你如果活到我这把年纪，就会知道身体上没有一样是好的。我的腿不听我指挥，膀胱那更不用说了。每天晚上要起来六七次。可是，你要听我说，年纪大了也有些好处的。至少要烦心的事就与年轻人不同。比如，不必再愁怎样去讨个好女人，那可省了不少事啊。你相不相信，我差不多有三十年不近女色了。想也没想过。"史密斯背靠窗台而坐。再谈下去也不过是白费时间而已。他正要准备再买一份啤酒时，老头儿突然站起快步走到厕所去。那额外的半升酒显然发生效果。史密斯默默地对着面前的空杯子发呆，过了一两分钟后，他不自觉地就跑了出来。不到二十年后，他想，像"革命前的日子比现在好过吗"这个极其简单但再重要不过的问题，再也没有人可以回答了。其实，即使现在也回答不出来，因为剩下的几个遗老已经无法把新旧两个世界的情况作什么比较。他们记忆中的东西，琐碎无聊：哪天和同事吵架、丢了的脚踏车气筒怎样找回来、一个死去多年的姐妹的脸上表情或七十年前一个多风的早晨卷起的沙尘旋涡。但关系最大的事件，他们却一无所知。他们就像蚂蚁，只看到小的，看不到大的。在记忆已经失灵、文字记录被伪造时——在这些事情发生时，就只能接受党所声称的人们的生活状况已经得到提高，因为没有可供参照的标准，那种标准现在既不存在，以后也永远不会再有。

他紊乱的思绪突然中止，他停下脚步张望了一下。他是在一条窄窄的街道上，几间光线阴暗的小铺子杂处于居民房屋中。就在他头顶上，吊着三个掉了颜色的金属球，看样子好像曾经镀过金，他好像知道这是哪里。没错，他正好在一间杂货店的外面，他在那里买过日记本。此时，他有点害怕起来。到这儿来买那本簿子已经是再冒险不过的事。自己不是发过誓永不涉足此地么？可是脑袋犹豫不决的当儿，两条腿已经不由自主地走到这儿来。他开始写日记的动机，原是为了防止这种自杀性的冲动。差不多21时了，这店还开着。他想到站在行人道上引人注目，干脆就踏进铺面去。要是巡逻警察盘问，他可以说是来这里买剃须刀片的。

店主刚点上油灯，要挂起来，气味虽不好受，但给人一种温暖的感觉。他也许有60岁，身材单薄，弯腰弓背，鼻子长长的，给人以和蔼之感，厚厚的眼镜片后面是一双和善的眼睛。他的头发几乎全白了，眉毛却依然浓密，仍是黑色。他的眼镜，他那轻手轻脚、小心翼翼的举动以及他身穿黑色丝绒旧夹克这几个特征，都让他模模糊糊的有种睿智的样子，像个搞文学的，或者音乐家。他的声音软得近乎飘逸，口音不像一般普通群众那么粗糙。

“你站在门口时我就认出你了，”店主对史密斯说，“你就是那位跟我买那本小姐用的纪念册的先生，那册子的纸张可真漂亮。从前，那种纸张叫‘粉纸’。这一类的东西少说也绝迹五十年了。”说到这里，他的眼睛透过下垂的老花眼镜，打量了史密斯一下，然后问道：“你想到了要买些什么东西么？或者只是随便看看？”“我路过这里，随便进来看看。”史密斯胡乱应对着说：“没有什么特别的东西要买的。”

“也好，因为我实在没有什么东西会令你满意的。”他摊了摊柔软的掌心，歉意地说：“你也看到的了，铺子空空的，是不是？不妨坦白对你说，古董旧货这门生意，也快完蛋了。根本没有几个人要买旧东西，要买也没有现货供应。家具、瓷器、玻璃，破的烂的也七七八八了。金属做的器皿呢，不用说，都熔掉来做别的东西。说来我也多年没看见过黄铜制的烛台了。”

事实上这店子里面摆满了各式各样的东西，只是几乎没有一样东西值钱。地板上的地方很挤，因为靠墙一圈堆着不计其数的画框。橱窗里有一碟一碟的螺钉螺母，豁了刃的铅笔刀，指针根本走不了的失去光泽的手表，还有其他各种各样的没用的物件。只是墙角那里的一张小桌子上面，有一堆杂七杂八的小玩意儿：上了漆的鼻烟壶、玛瑙胸针之类。里面也许有些有意思的东西。史密斯缓步走过去时，视线被一个圆滑的物体吸引，这东西在油灯下发着柔和的光辉。

他捡起来看，是一块很重的水晶玻璃，一边扁平一边隆起，差不多是半球状。它的色泽与结构都很别致，给人一种雨水的滋润与柔和的感觉。玻璃块隆起部分的作用等于一面放大镜，史密斯因此清楚地看到此物里面有一弯卷起来的东西，像玫瑰，也像海葵。

“这是什么东西？”史密斯很着迷地问。

“那是珊瑚，是的，”那个店主说，“肯定来自印度洋，他们把它嵌进玻璃里面，制造时间会在一百多年前，不过从样子看，还要更早些。”

“真美!”史密斯说。

“嗯，真美。”店主赏识地附和着说，“可是今天有这种眼光的人也不多了。”他咳了一阵，随后又说：“喏，你要买的话，就付四块钱吧。我记得以前像这么一块东西，最少也可卖个七八镑。唔，一镑等于今天多少元，我也不会算了，总之不少钱就是。可是现在谁还有兴致买古董呢，实在剩下来的也没有几件了。”史密斯连忙掏出四块钱给他，跟着就把这心爱的东西放入口袋。令他着迷的，固然是这东西的美，可是更吸引他的，却是它氤氲着的思古幽情。这种油光水滑的玻璃，他生平没有见过。论实用价值，这东西派不上什么用场，虽然他猜想得到当时的人大概多用来当镇纸用。但史密斯觉得它特别可爱的地方，正是它毫无显著的实用价值。

这东西塞在口袋里，重死了，幸好并没有怎么鼓起来。无论如何，一个党员收藏这样一块东西，不但有点怪怪的，同时也可能会惹祸上身。任何旧的东西、美的东西，都会引人注意和怀疑。那老店东从他手上接过四块钱后，面露喜色。史密斯这才想到，给他三块，甚至两块，他也肯卖的。

“楼上还有一个房间，你有没有兴趣看看?”老店东问，“除了几件家具，也实在没有什么东西了。如果你要看，我得点灯。”他又点亮一盏灯，弯着腰慢慢地在前面带路。走上陡峭破烂的楼梯后是一段狭窄的过道，然后进了一间房间。它不对着街边，而对着一个铺鹅卵石的院子和一片烟囱丛林。温斯顿注意到里面的家具摆放得仍像有人住的样子。地板上有一条地毯，墙上挂了一两张画，靠壁炉处还有一张老爷扶手椅子。壁炉架上是一个十二小时计算的玻璃钟，滴答滴答地响着。临窗的一角，是一张大床，占了全房差不多四分之一的面积，床垫还保留着。

“我太太逝世前我们都住在这里，”老店主用近乎抱歉的口吻说，“现在我打算把家具零售出去。喏，那是张漂亮的红木床，或者说至少把上面的臭虫弄干净后算得上吧，不过我想您会觉得它有点太笨重了。”说着，他把油灯提高了一下。在柔和的灯光下，这房间可真诱人。史密斯突然想到，要是每周肯花几块钱，就可以租下这个房子。问题是他敢不敢冒这个险。这主意实在有点荒唐了，他一下子也就放弃了。但这房子的一切，又一次引得他唤起一种怀旧的念头，勾出他一些原始的记忆。他想象得到以前的人坐在这样一个房间里是什么滋味。壁炉生着火，你瘫坐沙发椅上、双腿搁在壁炉前面的围栏、铁架上吊着水壶烧水。只有你一个人，却有充分的安全感，因为你知道没有人会监视你，没有声音跟踪你。房间除了水壶喷出来的音乐与玻璃钟的滴答滴答声音，此外一片宁静。

“没有屏幕啊！”史密斯忍不住低声地说。

“哦，我从来没买过这类东西，”老人说，“太贵了，再说也不需要。你看，您看那边的墙角还有张不错的折叠桌，不过您要是想用边上的桌板，当然得换上新合页。”另一角落还有一个小书架，史密斯如获至宝地走过去。架上摆的，都是废物。搜查与焚烧旧书的命令，执行得非常彻底，普通群众区域也不例外。你在大洋邦各地，再也难找到一本在1968年以前出版的书籍了。老店主在床对面挂在壁炉旁边的一张装在青花木框架内的图片前站着。

“你对旧图片有没有兴趣？”他试探性地问道。

史密斯走过去看看。那是一幅钢雕版版画，画中是一座椭圆形建筑物，有着长方形的窗户，前方还有座小塔。那座建筑的周围还有栏杆，在它后面，还有似乎是一座雕像之类的东西。温斯顿盯着它看了一会儿，他对此似曾相识，但不记得有那座雕像。

“架子是嵌在墙上的，”老人说，“当然，你要的话，我可以把螺丝钉取出来。”

“我认得这座房子了，”史密斯终于说，“现在已经塌了。就在正义宫外面那条街的中间，是不是？”“对啦，法院的外面，多年前炸毁了。以前是教堂，圣克莱门蒂教堂。”

老人歉意地笑了笑，好像自己也知道所讲的事有点荒谬。接着，他又哼着：

圣克利门蒂的钟声说，橘子与柠檬……

“那是什么？”史密斯问道。

“哦，‘橘子和柠檬，吟着圣克利门蒂的钟。’这是我小孩时唱的歌谣。其余的记不起来了，结尾倒没有忘记。是这样的，‘这是照亮你床头的蜡烛，那是斩断你人头的砍刀，小孩子边唱边舞，手连手拱起来让你从下面穿过。唱到那是斩断你人头的砍刀时你刚好在下面，他们就松手把你抓住’。这歌每句都提到教堂的名字，全伦敦的主要教堂都在里面。”史密斯很想知道圣克利门蒂教堂究竟建于哪一个世纪的。伦敦建筑物的年代实在不容易弄清楚。任何宏伟的建筑物，只要样子还算新的，党一定说是革命后的建筑。而任何较古旧的房子，一定是中世纪黑暗时代的遗物。资本主义的几个世纪被认为未能产生任何有价值的东西。人们从建筑上学到的历史不会比从书本上学到的更多。雕像，铭文，纪念碑，街道名……一切可能揭示过去的都被有系统地更改了。

“我一直不知道那房子原来是教堂。”史密斯说。

“剩下来的教堂，其实还不少，”老人说，“只是现在再没有教堂就是。好吧，那首歌谣还有什么句子？呀，我记起来了，‘圣克利门蒂的钟声说，橘子与柠檬，圣马丁教堂的钟声说，你欠我三个铜板……’我记得的，也就是这么多了。一个铜板，和现在的一分钱差不多。”

“圣马丁教堂在哪里?”史密斯问道。

“圣马丁？今天还在呢，就在胜利广场，与画廊并立，就是前面有三角形柱廊，台阶很高的那幢建筑。”

史密斯知道了。现在的圣马丁是博物馆，陈列着各式各样的宣传资料，如火箭弹和浮游堡垒的模型、描述敌人残忍无道的蜡像等。

“以前那地方叫‘在田间的圣马丁’，虽然我从来没有在那儿附近看见过什么稻田。”老人补充说。

史密斯没有买那张钢板雕刻。这东西比刚才买的水晶玻璃更引人注目了。再说，除非把框架除下，否则根本无法带回家。他在店里待了几分钟，相谈之下，得知他的名字不叫威克斯——人们有可能根据铺子门面处的题字作此推论——而是查灵顿。查灵顿先生似乎是个鳏夫，年纪为63岁，住在那间铺子里已有三十年。这三十年里，他一直想把橱窗上的名字改过来，但从未着手去做。史密斯口中虽忙着和查灵顿聊天，心中却念着那几句快要忘掉的歌谣。

圣克利门蒂的钟声说，橘子与柠檬，圣克利门蒂的钟声说，你欠我三个铜板……

可真怪了，你心里念着时，就仿佛真的听到钟声。那个已经消逝了的伦敦的钟声，仍然在某个被遗忘的角落在你耳畔响着。从一个鬼影似的教堂的尖顶传到另一个尖顶，他好像听到钟声雷鸣。事实上就他记忆所及，他从未听过教堂的钟声。

他告别了查灵顿先生，一个人走下楼梯。好不让这个老头儿看到他迈步出门前，先要察看一下街道。他已经打好主意，再过一段时间，比如说一个月，他会冒险再来这间铺子看一看。那也许比开小差不去集体活动中心更危险，但是买过日记本后，不知道那个铺主是否可以信赖，就又再来第二趟已经够蠢的了，然而……

对，他又想，他会再回来。他会再买一些美丽然而没用的东西。他要买圣克利门蒂教堂的钢板雕刻，从框架拿出，藏在制服的上衣内带回家。他要继续发掘查灵顿先生的记忆，把歌谣的全部诗词学会。要把房间租下来的疯狂念头，又一次浮现于脑中。大概有五六秒钟之久，他兴奋得大意起来，出门前忘了先在窗口张望一下。他甚至把刚才听来的歌词即兴地乱哼起来：

圣克利门蒂的钟声说，橘子与柠檬，圣马丁教堂的钟声说，你欠我三个铜板……

突然，他感到魂飞天外。在面前不到十米的地方，有一穿着蓝制服的人朝他的方向走来。小说司的那个黑发女郎，灯光虽暗，但他一下子就认出她来。走到他面前时，她瞪了他一眼，然后又若无其事地快步跑开了。

史密斯一下子好像全身瘫痪，动弹不得。好一会儿，他才转身往右边走，完全没注意到他走的是回家的相反方向。无论如何，他心中的疑团得到解答了。这黑发女郎在监视着他。她一定跟踪着他到这儿来的。这里离任何党员的住宅区也有几公里，不可能说她在同一个晚上凑巧也在这样一些横街窄巷上散步吧？那真是太巧合了。她是思想警察？还是好管闲事的业余探子？这时已经无关紧要了。她监视他、跟踪他，这才是问题的关键。说不定她还看着他走进酒吧了。

他走路很费劲，每走一步，口袋里那块玻璃都撞击他的大腿，他有点想把它掏出来扔掉。最糟糕的是他觉得肚子难受。有几分钟，他觉得如果不能马上找到一间厕所，他就会死掉，但在这种地段没有公共厕所。幸好抽搐的痛楚终于过去，只剩下一种麻木的感觉。

史密斯走的是一条死巷子。他停下脚步，盘算了一下，然后掉头再走。他转身时才想到，那女郎三分钟前才和他擦身而过，如果他此刻加快脚步，说不定会赶上她。他可以尾随着她，到一偏僻的地方再用石块把她脑瓜打碎掉。身上带着那块水晶玻璃正管用。可是这念头一下子就过去了，因为费劲的事，连想一下也觉得吃力。一来他不能跑；二来连拿石块去击人的勇气都没有。再说她年轻力壮，说不定会还手。

他也想过要不要赶回公社中心，在那儿流连到关门为止，这样最少会给自己留下半个晚上的现场证据。可是他连这一点也办不到。他现在浑身困倦，只想早些回家静坐下来。

他回到家时已经过了22点了，电源的总开关23时半就关上。他跑到厨房，倒了差不多一茶杯分量的胜利杜松子酒，一口饮尽，然后再到桌子坐下，从抽屉取出日记簿来，却没有翻开。屏幕内有女人用黄铜似的声音高歌爱国歌曲。他眼睛一直盯着日记簿的大理石纹封面，尽力把这黄铜声音摒除意识之外，但是一点儿力气也没有。

他们会在夜里来抓你，总是在夜里。正确的做法是在他们来抓你之前自我了断，无疑有些人正是这样做的，许多失踪事件其实都是自杀。然而在全然无望得到枪支以及任何速效万灵毒药的世界上，自我了断需要极大勇气。他有点震惊地想到，疼痛和恐惧在生物学上完全无用。就在需要做出某一动作时，身体总是变得失去活动能力，从而背叛了自己。刚才要是他动作快一些，说不定就可以干掉那黑发女郎，可是一想到面临的危险，就失去勇气了。由此他更想到一个人面临危机时，要抵抗的通常不是外在的敌人，而是自己的身体。即使现在喝了杜松子酒，他的心情仍受到腹中麻木痛楚的干扰，不能清晰的思考。其他看来轰轰烈烈或悲壮感人的场面，也一定经过这类考验吧。在战场、在刑房或在下沉的船上，你要牺牲奋斗的目标常常会忘掉，因为你全部的精神和体力都集中到躯壳上。即使你没有被恐惧所吓倒，你没有痛得呼天抢地，剩下来的生命也不过是每分每秒与饥寒斗争、与失眠纠缠、与坏肚子和牙痛交战的经验而已。

他打开了日记，一定得写些东西。屏幕上那女人已经换了一首曲子。她的声音好像玻璃碎片一样扎在他脑海中。他尽力把思绪转移到奥布莱恩去，这日记是为他写的，给他写的。可是他想到的，却是思想警察把他抓去后可能发生的事。如果他们一下子就把你蒸发掉，那没关系，反正抓到了也难逃一死。可是死前（没有人会提到这些事的，虽然谁也知道有这些事）总有例行的招供程序。匍匐在地、屈膝求饶、骨头折碎、牙齿断落、头发结着血块。既然结果都一样，你为什么要忍受这些？少活几天或几个礼拜不行吗？从来没有一个受监视的人逃得掉，从来没有人拒绝招供。一旦犯了思罪，总有一天就遭受到蒸发的命运。既然恐惧改变不了既定的命运，为什么要拖延活下去呢？他的思想，慢慢终于集中在奥布莱恩的身上来。“我们将来会在没有黑暗的地方见面。”对，他对史密斯说过这句话。他知道这话的意思，至少他认为自己听懂了。没有黑暗的地方就是想象中的未来，永远看不到的未来，但凭着一种神秘的预感，却可以参与。

屏幕的声音还在耳边嗡嗡地响个不停，他无法再思索下去了。他点了一根烟，一不小心，半根烟叶倒在舌头上。说烟叶不对，应说是烟沙，一沾在舌头上就不容易吐出来。老大哥的形象此时涌入脑际，取代了奥布莱恩了。像前几天所做的，他从口袋里掏出一枚硬币看着它。那张脸往上盯着他，凝重，平静，警觉，然而在两撇黑色八字胡后，隐藏的是什么样的微笑？像个沉重的不祥之兆，他又看到那几条标语：

战争是和平
自由是奴役
无知是力量

第二部分

第一章

一天早上，上班的时间大概过了一半，史密斯离开办公室到厕所去。灯光明亮的长走廊，只有他一个人。突然走廊的另一端有人出来，朝他这边走。黑发女郎，自那天晚上在旧货店门口遇见她后，已经有四天没碰面了。她走近他身前时，他才注意到她的右手缠着绷带，颜色与制服一样，因此刚才看不出来。她大概是在转动某台大型搅拌机时压伤了手，在小说司，这是种常见的事故。

离史密斯差不多四米时，黑发女郎摔了一跤，痛得尖声大叫。她一定是撞到右手的伤口了。史密斯停了步，她也半跪着站起来，脸色惨白，两片嘴唇看来更红润了。她在盯着他的眼睛看，她哀婉的表情看上去与其说像是出于疼痛，倒不如说是出于恐惧。

史密斯的心情一时陷入矛盾。站在他面前的不正是要置自己于死地的敌人吗？另一方面，她也是人啊，受着痛楚的折磨，说不定骨头已经断了。他已经本能地上前要扶她了，看到她跌倒并压在那只缠了绷带的手臂上时，他似乎也感到了疼痛。

“有没有摔伤？”他问。

“没关系，我的手臂一会儿就没事了。”

她说话的声音有点颤抖，好像心脏跳个不停，脸色很苍白。

“你没摔断骨头吧？”

“没有，真的没事，只痛了一会儿。”

她伸出手给他，脸色已经开始恢复，看来好多了。

“没关系，”她又再说了一遍，“只是手肘震荡了一下。同志，谢谢啊。”

说完后她就继续朝她原来的方向走，脚步轻快，好像什么事也没有发生过一样。此事从头到尾，不过短短半分钟。没有任何表情，已经成了大家本能的习惯。再说，他们刚才站的地方，正好是屏幕前面。话虽如此，刚才史密斯说不定露出一两秒钟惊奇的神色，因为他伸手扶那女郎时，她塞了一点儿什么东西给他。这准是她有意塞给他的。那东西很小，平平扁扁。他走进厕所时，就把那东西塞进口袋，用手指捏着，原来是一张叠成方块的纸，站在尿池前面时，他用另一只手把这方块在口袋里打开。一定是字条之类的东西。他几乎忍不住要进抽水马桶间打开来看，但最后还是忍住了，因为他知道这是最愚蠢不过的事。如果你要指出一个屏幕眼在二十四小时内都看着你的地方，那就是抽水马桶间。

他回到小隔间坐下，把那纸片随便地丢在桌上的一大堆文件上，然后戴上眼镜，把说写器拉到面前。“等五分钟，”他心里说，“最少五分钟。”他的心忍不住怦怦地跳动着，幸好他正在处理的文件是例行公事，订正长长的一串数字，并不费神。

不管纸上说的是什么，总之与政治有关就是。他能猜到的只有两个可能。一是他一直担心的事：女的是思想警察。他想不通思想警察为什么要用这种方式去传达命令。看来一定是有什么特别的理由吧。如果这猜想是对的，那字条说不定是恐吓信、一个面谈的通知、要他自杀的指令，再不然就是要诱他进去的一种圈套了。

想到第二个可能时，他激动得难以自制。那就是：这纸条不是思想警察交给他的，而是一个地下组织的密件。这么说，“兄弟会”真的存在了，而那黑发女郎就是会员。当然，这想法荒谬绝伦，但他手上捏着纸条的刹那，想着的正是这个。他开始推想到其他的解释和可能性，还是两分钟以后的事。即使是现在，虽然他的理智告诉他那张便条很可能意味着死亡，然而他仍不相信，他不切实际的希望变得欲罢不能，心脏也在剧烈地跳动。他的心怦怦跳着，费了好一番气力才不让声音发抖，把订正的数字对着说写器念出来。

他把处理好的文件卷起，投入气筒。从厕所回来到现在，已经过了八分钟了。他调整了眼镜，轻轻地叹了口气，又把另一堆文件拉近。那女郎塞给他的纸条，就在这堆文件上面。他把它摊开，上面是三个不太工整的大字：

我爱你

他吓得瞠目结舌，竟忘了把这犯罪的证据随手丢在思旧穴。到他清醒后快要投进去时，忍不住还要再看一下，虽然明知这举动会让人怀疑他为什么对这纸条发生这么大的兴趣。他要弄清楚究竟有没有看错了。

在这天上午剩余的时间里，他很难专心工作。比不得不专心干那些琐碎工作更难做到的，是掩饰住自己的激动心情，不让屏幕看到。他感到腹内犹如火烧。去热气腾腾、人头涌动、声音嘈杂的食堂里吃午餐成了件折磨人的事。他本来希望独自吃完就走，谁料偏遇到柏森斯这个大笨蛋，一屁股就坐在他旁边。他的汗臭几乎掩盖了碎肉汁的气味。话匣子一开就说个没完。说的都是有关仇恨周筹备的事。他讲得特别热心的是他女儿所属那个探子队为这节目而特制的老大哥面具，据说有两公尺宽。更要命的是在喧哗的人声中，史密斯全没听懂这家伙在说什么，因此得三番五次要他把无聊透顶的话重说一遍。这期间他只匆匆地看过黑发女郎一次。她在饭厅远远一角的一张台子上，旁边还有两个女孩子。她好像没有注意到他，而他再也没有往那边瞧了。

下午还好过一些。午餐时间一结束，就来了件棘手的复杂工作，要费上几个小时来做，而且需要将别的所有事情都放在一边。此项工作包括伪造一系列两年前的生产报道，以此来归罪于一个如今失了宠的内党要员。这正是史密斯的看家本领，因此两个钟头内他埋首工作，居然没想起黑发女郎来。但工作完后，她的面孔又在他脑海出现了。他多希望能够有一个独自沉思的机会，好好地把这事情的发展想一番。今天晚上他得去公社中心，因此在饭堂又一次胡乱把肚子塞饱后，就到那边报到去。他参加了形式庄严无比但内容愚不可及的所谓“小组讨论”，打了两局桌球，灌下几杯杜松子酒，听了半小时的演讲，演讲题目是“英社与棋戏的关系”。连他的灵魂也闷得要出窍，可是今天晚上他平生第一次没想到要开小差。自看到“我爱你”三字后，他求生的意志突然加强。冒小小的风险他也认为是太不值得的事了。一直等到二十三点钟他回家睡在床上后，他才真正找到沉思的机会。在黑暗中，只要你不作声，屏幕也看不到你，你安全了。

要解决的是个实际问题：怎样才能与那女郎联络和安排约会？他不再考虑她可能是为他设下陷阱的问题，他知道没这种可能，因为在递给他纸条时，她无疑情绪激动，显然已经吓得六神无主，对她来说这也在情理之中。他根本没想过拒绝她的主动。仅仅五天前的晚上，他还想拿块鹅卵石砸烂她的脑袋呢，不过那不重要。他想起她那赤条条、朝气蓬勃的年轻躯体，正像梦中所见。他曾经把她看作其他的人一样，一脑袋谎言与仇恨，一肚子冰块。一想到自己说不定会失去她，失去那洁白的少女胴体，心头急得发热。他最担心的倒是如果他不能马上跟她联络上，她就会改变主意了。但要跟她接触，谈何容易啊。这等于在棋盘上给人将死后还想再跳一步。你走到哪里，屏幕眼跟到哪里。事实上，看了纸条后的五分钟，什么可能跟她联系的方法都一下子掠过脑际，只是这个时候他才有时候逐一检讨一番，犹如审视台上摆着的一堆工具，看看哪件合用。

显然，像上午那种邂逅不可能再来一次。如果她在记录科上班，那比较容易办到。小说司在这栋七楼的方向，他实在模糊，再说他也没有借口到那儿去。如果他知道她住在哪里，知道她下班的时间，也许可以想办法在她回家的路上"巧遇"一次。但如果要在迷理部门口等她出来再跟她回家，那就危险了，因为在门口闲荡会引人注目。至于通过邮局寄一封信则根本不可能，那照例根本无密可保，因为所有信件在邮寄途中都会被拆看，这已经成了公开的秘密。事实上今天的人已经很少写信了。有什么消息要转达的话，那你去买一张上面早已印好各种日常用语的明信片，把合用的句子勾出来就是。

即使要写信给她也办不到，因为他不知道她叫什么名字。最后他决定还是在饭堂跟她联络最安全。如果能有机会碰到她一个人吃饭，只要台子在饭堂中央（也因此离屏幕远一点儿），只要四周的人谈话的声音不断，只要上述这三种条件能够持续半分钟，那么，他就有把握跟她交换三言两语。

此后一星期，生活如同烦躁的梦境。第二天，直到他要走时，她才到食堂，哨声已经响了起来，大概她被调到了晚一点儿的另外一班。擦肩而过时，他们并未互相看一眼。第二天，她在通常时间到的食堂，不过是跟另外三个女孩坐在一起，而且正好在电屏下方。接下来是极其难熬的三天，她根本没出现过。他的全部身心，都好像被一种无法忍受的敏感所折磨，几乎什么也不能掩饰，那让他所做的每个举动、发出的每个声音、进行的每种接触，以及说出或听到的每句话都成为痛苦不堪的事。梦中也无法忘记她。那几天的日记一片空白。如果还有些安慰的话，那只有在工作时间碰到需要他特别花脑筋的任务，使他暂时忘记这黑发女郎。究竟发生了什么事呢？他毫无头绪。又不能向人打听。她可能蒸发掉了、可能自杀、可能调到大洋邦另一边去。但更可能是她改变了主意，决定躲避他。

最后，那个女孩又出现了。她的胳膊上不再挂着绷带，而是在手腕处贴了块胶布。他兴奋之余，忍不住正眼看了她好几秒钟。跟着的一天午饭时，如果不是一个不速之客突然出现，他差点就有跟她说话的机会。他到饭堂时，她一个人坐着，台子也不靠近墙壁。时间尚早，饭堂还没有几个人。领午餐的队伍向前缓慢移动着，可是史密斯快到柜台时停住了，因为前面有人抱怨说还没有拿到糖精。到他拿到盘子，移步到她的方向时，她还是一个人坐着。他一边漫不经心地走着，一边打量着她附近有无空台子。他距离她大概只有三米了，还差两秒钟就大功告成。

一个声音在后面招呼他。他装着没听见。“史密斯！”声音喊得更响亮了。躲不过了，他只得向后转。原来是一个发色金黄、一脸蠢相的年轻人，笑着请他到旁边的空位子坐。他跟这金发青年并不熟，可是他不能拒绝。人家既跟你打了招呼，你怎可以弃他于不顾走去跟旁边无伴的女人坐？那太明显了，他只好笑着坐下。威尔萨对着他傻笑。史密斯突生幻觉，看到自己朝他的傻样子走去，黑发女郎的台子一下就坐满了人。

但她一定注意到他的举动了，说不定已经了解他的用意。第二天他提早来，果然，她已经在那儿，在昨天附近的台子一个人坐着。刚好排在他面前的那个人是个身材矮小、走路很快、长得像甲虫的男人，脸扁，眼睛极小而且多疑。温斯顿拿着托盘从柜台那里转过身时，看到矮个子男人正在向那黑发女郎坐的台子笔直走去。自觉希望又落空了，前面不远的地方就有一个空位，但史密斯从他的外貌可以看出，这个甲虫样的人很会照顾自己利益的，因此准会选最空的台子坐下。

史密斯跟在后面走，心头重得像铅块。除非他能单独面对她，否则什么计划也没法实现。前面突然轰的一响，只见矮个子男人四脚朝天，他的托盘飞得老远，汤水和咖啡流了一地。他挣扎起来后狠狠瞪了史密斯一眼，他心中一定以为这是后面跟上来的人的恶作剧。幸好他瞪了眼就算了。五秒钟后，史密斯终于坐到女郎的台子上来，心脏还怦怦地跳个不停。

他没看她，而是马上摊开托盘里的午餐吃了起来。很重要的是赶在别人到来前马上开口说话，但在这时，他陷入极度恐惧中。从她首次接近他以来已经有一个星期了，她会改变主意，她一定是改变了主意。这种事不可能有什么结果，现实生活中不会发生。如果不是这时看到耳朵长着长毛的诗人阿普福思，一瘸一拐地托着餐盘踱来踱去找空位子坐，他说不定一句话也不敢开口。阿普福思对史密斯有好感，如果看到他旁边有空位子，准会坐下来。

能够采取行动的时间，大概只有一分钟。史密斯和那女郎默默地低头吃着扁豆汤。史密斯开始喃喃说话。两个人仍然是低着头忙着吃的，就靠着一呼一喘的空档，面无表情的交换了下面几句话：

“什么时候下班?”史密斯问。

“18 点 30 分。”

“在哪儿见面?”

“胜利广场，靠近纪念碑。”

“到处都有屏幕。”

“只要有一大堆人，就没有关系。”

“用什么暗号?”

“不用。除非你看到我四边都围着人，否则别接近我，别盯着我，只要站在我附近就成。”

“什么时间?”

“19 时。”

“好吧。”

阿普福思没看到史密斯，他在别的台子坐下来了。黑发女郎匆匆吃罢，就走了。史密斯点了一根香烟。他们没再说一句话，而两人虽面对面地坐在同一张台吃饭，却居然瞧也不瞧对方一眼。

史密斯在约定时间赶到了胜利广场，他在那根有凹槽的巨型圆柱基座附近来回走着。那根圆柱的顶端，老大哥的雕像凝视着南方的天空，第一空域之战中，他在那里击落过欧亚国的飞机（几年前是东亚国的）。圆柱前面的那条街上，有座骑在马背上的雕像，大概是英国名将奥利弗·克伦威尔吧。

19 时 5 分，她还没出现。史密斯不觉又担心起来。她不来了。改变主意了。他信步走到广场的北面去。这是圣马丁教堂，就是当年钟声吟咏“你欠我三花定”的地方，他因自己有这种识别能力而微感得意。就在这时，他看见她了，在纪念碑脚下念着（或假装在看）一份贴在图柱上的宣传画。他不能走近她那边，人潮还未出现。这儿四边的墙壁都装有屏幕。幸好不久就听到了左边传来一阵吆喝声和隆隆的汽车声。女郎迅速地绕过纪念碑脚下的狮子铜像，跑到涌来的人潮中去。史密斯也跟着跑。他一边跑，一边听到旁人喊着叫着的说话，才弄清楚原来有一批欧亚国的俘虏要在这里经过。

广场南侧已是人头攒动。一般情况下，史密斯是每次在混乱的人群中，都会自然而然被挤到外围的那种人，可他推搡着往人群中间一点点挤过去。几乎伸手就够得上那女郎站的地方了，只可惜前面一对看似夫妇模样的普通群众，两人块头大得像日本的摔跤勇士，水泄不通地堵住他的过路。史密斯只得侧着身子，光着肩膀、拼了九牛二虎之力穿过这道人肉屏障。他的肝脏快要被两个肌肉结实的屁股压碎了，幸好挤了没多久，终于杀出重围。黑发女郎就在他旁边，大家紧贴着肩膀，两眼直视前面。

一队大卡车在前面经过，车上四个角落都有手执冲锋枪、面无表情的卫兵站着。卡车内就是个子矮小的黄种人俘虏，穿着褴褛的绿色军装，挤在一起蹲坐着。他们忧郁的眼睛往车子外面眺望，但一点儿也没有显得好奇的样子。车子偶然颠簸一下，你就听到当啷当啷的响声，因为俘虏都戴着脚镣。

一卡车一卡车愁苦的面孔过去了，史密斯知道他们在车上，但他只是有一眼没一眼地看着。那个女孩的肩膀，还有一直到肘部的右臂，都在紧贴着他的肩膀和手臂。她的脸颊和他贴近得几乎能让他感受到热气。像在食堂那次一样，她马上掌握局势，开始用上次那种不动声色的声音说话，嘴唇几乎没动，而只是咕哝，容易被淹没在鼎沸的人声和卡车的隆隆声中。

“你听不听到我说话?”“听得到。”“星期天下午走得开吗?”“可以。”“那小心听着，别忘了。你去柏定顿车站。”跟着她就告诉他要走的步骤和方向，周密得如军队部署一样，令他吃了一惊。坐半小时的火车，出车站后左转，走两公里，穿过一道没了横梁的大门，越过田野小径，杂草丛生的巷子，走过矮树中的小道，长着苔藓的一株倒在地上的枯树。真像她的脑袋里面是张地图，最后她问：“都记得吗?”“记得。”“你先转左，再转右，然后再转左。那道闸门上面一道支柱是空的。”“记得了。什么时间?”“15点吧。可能你要等我一下，因为我从另外一个方向来。真的记清楚了?”“不错。”“那马上离开我。”

其实不用她说他也知道，只是目前实在无法抽身。卡车还没走完，观众还是百看不厌的样子。刚开始时有人“呸”声不绝，但这仅是几个党员的作为，而没多久他们也自动停止了。现在大家只是好奇。外国人，不论是从欧亚国来的或东亚国来的，都是新奇的动物。除了以俘虏的样子出现，几乎一个也没见过，就算是俘虏，也只能短暂地扫上一眼而已。除了不多的几个被作为战争犯绞死，从来不知道别的俘虏下场如何，他们只是消失了而已，大概进了劳改营。

蒙古脸形的俘虏已经陆续过去，跟着出现的看似欧洲人，脏脏的，满脸胡子，显得筋疲力尽。他们的目光越过长满短须的颧骨向史密斯这边投来，有时给人一种奇异的炽热感觉，但一下子又消逝了。俘虏卡车快过去了。在最后一辆卡车上，史密斯看到一个脸上须发斑白的老人站着，双手交叉在胸前，好像早已经习惯了这种束缚似的。该是他和女郎分手的时候了。在最后的一刹那，乘着人潮还在围着他们的时候，她摸到了他的手掌，迅速地捏了捏。

他们手捏手的时间，顶多不过十秒钟，感觉却似永恒。就在这短短的时间内，他已经熟悉了她手掌的细节，修长的手指、整齐的指甲，因干粗活而磨出来掌心的硬皮。还有在手腕部位的细嫩皮肤。他虽然没看到，但这么抚摸了一下，他已经感觉到好像亲眼看到过一样。就在这时他想起了一件事：他不知道她眼睛是什么颜色。褐色吧，但黑发的人眼睛通常是蓝色的。他不敢转头去看她，太冒险了。在拥挤的人群中，他们紧握着手，直视前方。他看到的不是女郎的眼睛，而是须发斑白的那个老俘虏神伤的眼睛。

第二章

史密斯沿着小巷走。阳光透过树荫，洒满一地斑点。那些树叶遮盖不到的地方，看来真像一个个金黄色的池塘。树荫下左边的地面，遍布风铃草。这是5月2日，空气柔和得使人的皮肤有被吻的感觉。附近的森林里传来斑鸠的咕咕叫声。

他来得有点早，一路走来没费什么事儿。那个女孩显然经验丰富，他因此没那么提心吊胆，而一般情况下他可能会，大概可以相信她能找到一个安全的地方。一般来说，你不能认为在乡下就一定比在伦敦安全得多。当然乡下没有电屏，可是总有危险，不知道哪里隐藏着话筒，你的声音会被辨认出来。再者，一个人出趟远门难免不被注意到。一百公里以内的活动虽然不必申请什么证件，但巡逻警察常在车站附近出没，遇到党员就要盘问。幸好这次他们没有出现，走路离开火车站时，他特地偶然回头一下，看看有没有人跟踪他。火车满载普通群众，因为天气像夏天一样暖和的关系吧，车上一片欢乐的气氛。史密斯坐的那节木椅子车厢，就给一家人坐满了。老的有牙齿全掉的曾祖母，小的有包尿布的婴儿，据说是赶到乡下跟亲戚共度一个下午。“也顺便买些黑市黄油来涂面包。”他们毫不隐瞒地对他说。

小巷路面宽阔起来。没多久就到了她说过那条夹在灌木丛中的小径。看来是牲口的过道。他没有表，但猜想还未到15点。风铃草长得密密麻麻的，走路时难免会踩到。他跪下来摘这些蓝色铃状的小花，一来为了打发时间，二来他心中动了一个念头，等下见面时送她一束花，他摘了一大束，正拿到鼻子下去嗅那微微的花香时，听到背后有人踩着地上的树枝前来，吓得浑身发抖。他决定装着没听到，继续采下去。来者可能是女郎，也可能是跟踪他的人。这时回头望去，就表示你心中有鬼。他一朵一朵地摘着，一只手轻轻地搭在他肩膀。

他抬头，是那女郎。她摇着头，显然是警告他不要作声，然后拨开矮枝步入林中。她对这小径的地势熟悉得很，因为遇到地上的水坑她看也不用看就跳过去了。史密斯在后面跟着跑。手上那束花还紧抓着不放。他看到女郎时第一个反应是如释重负。可是现在看到她苗条结实的身体在前走动，腰间系着的猩红“贞操带”刚好把她臀部美好的线条显露出来，不由得生出强烈的自卑感。即使在这一刻钟，如果她转过头来看他一眼，决定离他而去的话，他也不会觉得奇怪。甜得像蜜糖一样的空气与绿油油的树叶令他自惭形秽。这种感觉从离开车站时就产生了。5 月的阳光令他觉得既肮脏又苍白。他是个室内动物，伦敦那混合着煤烟的空气已经渗进他的皮肤毛孔。对的，她大概还没有在室外光亮的地方看过他一次。

他们已经到了她说过的那棵倒在地上的枯树。她跳过去，拨开荆棘。初看时，这地方并没有出口。史密斯跟着她走了一会儿，才发觉别有洞天，原来他们到了一个长满青草的小土墩，四边有高高的树苗围绕着。女郎这时停下来对他说：“我们到啦！”

她离他身边还有几尺，可是他却不敢上前。

“刚才我在巷子里没有说话，就是怕那里装有麦克风，”她接着说，“照我猜想，那不大可能，但谁敢担保？要是被那些猪猡认出我们的声音，那就完了。这儿是没问题的。”他还是不敢接近她，只是机械地重复她的话：“这儿没问题？”

“对，你看看这些树枝。”那是不久以前砍下的白蜡树，现在重新发芽，最大的一根也没有手腕那么粗。“藏不下麦克风是不是？再说，我以前已经来过这里。”

他们只是在没话找话。这时他向她走近了一些，她在他面前直直站立着，脸上带着微笑，看上去有一丝嘲弄的样子，似乎在纳闷他为何行动得这样慢。他手上那束风铃草好像是在闹性子一样，全滑到地上来。他握住她的手说：“你相信么，这一分钟以前我还不知道你的眼睛是什么颜色。”淡褐色，他注意到了，睫毛却是黑的。“现在你已经清楚看到我是什么样子了，很失望，是不是”他说，“我 39 岁了，还有一个摆脱不了的老婆。脚上长着静脉瘤，嘴巴装了五颗假牙。”

“那有什么关系。”女郎说。

下一分钟，她已经在他怀中，也不知是谁采取的主动。开始，他除了半信半疑外，别无其他感觉。那充满青春活力的胴体紧贴在他胸前，一头浓密的黑发摩擦着他的脸颊，呀，她别过脸来让他亲吻那两片红润的嘴唇。她两手搂着他的脖子，蜜糖、甜心地叫着他。他拉着她，让她躺倒在地上。她没有一丝反抗，他想对她怎么样都行。只是除了肌肤的接触外，他一点儿冲动也没有。他现在还是半信半疑，但同时也觉得有点骄傲。虽然生理上不能反应，但最令他高兴的是这种事居然发生了。事出也实在太突然，她的青春和美丽令他害怕，但他说不出害怕的理由来。也许长久以来他已经习惯了没有女人的生活了。

女郎站了起来，从头发上拔下一根风铃草。她靠着他坐下，搂着他的腰。

“别担心。不急，反正整个下午都是我们的。你说这是不是理想的幽会地方？这是我在一次公社郊游时迷了路找到的。谁闯进来你百尺以内都可以听到脚步声。”

“你叫什么名字？”史密斯问。

“朱莉娅。我知你叫温斯顿，温斯顿·史密斯。”

“你又怎知道的？”

“大概我追根究底的能力比你强吧。好，现在告诉我，我交给你纸条前，你对我的印象怎样？”他觉得没有任何理由要骗她。一开始就挑最坏的来讲，这也是表示爱情的一种方式。

“我恨死你了，”他说，“我想过先把你强奸，然后再杀你。两个星期前，我真的考虑过要用石块砸破你的头。你真的要知道的话，那我不妨对你说，我曾经怀疑过你是否与思想警察有关系。”

朱莉娅听后，乐得大笑起来，显然觉得这是对她掩人耳目高超技术的恭维。

“把我看作思想警察？不可能吧。”

“也差不多了，你站在我的立场看看。你的外貌、一举一动。就光说你青春健康活泼这些特质好了！都使我不禁想到你可能……”

“你以为我是个模范党员？言行纯粹，旗帜，游行，标语，比赛，集体远足……都是那些事儿。你还以为我要是有那么一丁点儿机会，就会把你当作思罪犯揭发出来，从而把你消灭，对不对？”

“对，也就是那些。许多年轻女孩都那样，你也知道。”

“都是这个浑蛋玩意儿闹的。”她说着把那条青少年反性同盟的鲜红色饰带扯下来，扔到一根树枝上。这时，好像碰到自己的腰部让她想起什么事情，她从工作服口袋里掏出一小片巧克力，把它掰成两块，一块递给了温斯顿。甚至在他接过来之前，他就从气味上判断出那是种很少见的巧克力。它是黑色的，而且有光泽，用锡纸包着。常见的巧克力是种淡褐色的玩意儿，味道正如人们所描述的，像烧垃圾的气味。但在某个时候，他尝过她给他的那种巧克力是什么味道。他第一次闻到它的香味，就在他心里唤起了某种无法确定的记忆，那种记忆是深刻的，也令人不安。

“哪里弄来的?”他问。

“黑市，”她一点也不在乎的说，“其实表面看来我实在是你所说的那类女孩子，精于各种游戏，以前还做过探子团的队长。一个星期我志愿替青年反性联盟服务三个晚上，到全伦敦的街头去替她们贴那些屁话连天的宣传画，游行时举大旗总有我的份儿。做什么事都自告奋勇，兴高采烈。这是永不落后的表现，对不对?但这也是自保的唯一办法了。”

巧克力开始在史密斯舌头上融化。味道真叫人心情舒畅。可是刚才勾起的记忆还没有消失，印象虽鲜明却又无法捉摸。最后他决定不再瞎想下去了，因为他明白这是他要忘记那一直缠着他不放的心事。

“你这么年轻，”他说，“比我年轻10岁甚至15岁吧。告诉我，我这样一个人还有什么吸引你的?”“你面上流露的气质与别人不同，因此我决定冒一次险。我知道谁属于格格不入那一类，我第一次看到你，就知道你是反对他们的。”

“他们”，看来就是指党，特别是内党。她话说得这么旁若无人，对“他们”的态度又表示得这么憎恶，虽然他知道这地方再安全不过，也难免不安起来。最令他惊奇的一点是她提到有关“他们”的事，都用粗话形容，“屁话连天的宣传画”。党员照理说是不能讲粗话的，史密斯自己就很少讲，至少在别人面前如此。

朱莉娅却不同，每次提到了党，尤其是内党，她用的字眼儿只有在横街窄巷的墙壁上看得到。史密斯并不觉得讨厌，这不过是她对党和党所代表的一切的反抗而已。不但不讨厌，反而觉得正常得很，健康得很，犹如一匹马闻到了难以下咽的稻草打个喷嚏一样。

他们已经离开那片空地，在光影斑驳的树荫下散步。只要能并肩走路，他们的手臂都搭在一起。他留意到她的腰部在没了那条饰带后有多柔软。他们一直在压着嗓门儿悄声说话，朱莉娅说在空地外面最好悄悄走路。不久，他们到了小树林的边缘，她让他别再往前走。

“别再走了，那边说不定有人，只要我们不离开树林就比较保险。”他们站在榛树下，透过树梢洒下来的阳光，照到脸上还是热热的。史密斯向前面的田野遥望，不禁暗暗吃惊。这一切似曾相识。对了，被野兔咬得秃秃的草地、横过这牧场的小径上，两旁不是有许多鼹鼠洞？越过草地不是一个久未修剪的围篱吗？里面的榆树浓密的枝叶随着微风轻荡，像女人的头发。虽然看不到，但离这儿附近不远的地方，一定有清溪汇流而成的小池塘，鲮鱼浮游其中。

“附近是不是有小溪？”他低声问。

“对啦，但不在这里，在另外一个牧场的旁边。里面有不少大鱼呢，你在柳荫下可以看到它们在池塘内游来游去。”

“呀，那就是金乡了！我是说，几乎像金乡。”他沉吟着。

“金乡？”

“说着玩的。金乡是我在梦中有时看到的风景。”

“你看！”朱莉娅轻唤着。

一只画眉鸟飞到离他们不到五米远的一根树枝上，几乎跟他们的脸部在同一高度。也许它没看到他们，它在太阳地里，而他们在树荫下。它张开翅膀，又小心收好，接着猛然把头低下一会儿，似乎在向太阳行某种礼。接着，它开始啼唱出一连串的歌声。午后的静寂中，鸟啼声大得令人惊异。史密斯与朱莉娅依偎在一起，听得出神。它一曲接一曲地唱下去，花样真多，从来没重复过，好像故意要在他们面前露一手似的。有时它停下来几秒钟，拍拍翅膀，又一鼓作气地高歌起来。史密斯一直望着它，自己的态度竟然变得有点虔诚起来。它究竟为谁唱？为什么唱？它既无伴侣，也无对手。为什么要到这孤独的林边来浪费自己的歌声？他实在怀疑这附近有没有装上麦克风。他和朱莉娅说话声音这么低，是收听不到的。这鸟的歌，那准是声声入耳。说不定在麦克风那边的某个长得像甲虫的矮个男人，静心听着的，就是这种歌声。没多久这种天然的音乐把他心中的顾虑都消除了。他好像全身沐浴在温暖的阳光下，不再思考了，只是感受。在他臂弯里的腰肢温暖而柔软。他一把她扳到面前来，胸贴着胸，她整个身躯软得要融化在他跟前了。他的手摸到哪里，那儿就像水一样的舒服。他们深深地吻着，跟开始时强凑起来的那种感觉截然不同。松开手后，两人都重重地叹了口气。那只鸟儿吃了一惊，翅膀一振便飞走了。

史密斯贴在她耳边说："现在来，好不好？"

"别在这儿。"她也悄声说，"回到那个别人看不到的地方，安全些。"

他们连忙回到小土墩，偶然踩着枯枝，发出噼啪的声音。一到树苗围绕的空地，她就转过身面对着他。两人都喘着气，但她的嘴角已恢复了笑容。她瞟了他一眼，伸手去摸衣服的拉链，然后，对了，就像梦境所见一样，一拉就把衣服脱光往地上一扔，动作也一样优雅无比，好像足以把整个英社的文化毁灭掉，她赤裸的胴体在阳光下闪耀，但他的目光正在注视的，却是她那张微带雀斑、敢作敢为的面孔。他跪在她跟前，捧着她双手。

"你以前这样做过么？"

"当然，几百次了。最少也有几十次了。"

"跟党员来？"

"是的，常常跟党员来。"

"内党党员？"

"你说那些猪猡？老天，我怎么会？但我告诉你，只要有半分机会，他们就会追求我。你别看他们装出那种道貌岸然的样子。"他的心激动得怦怦跳动。她已经干过几十次了，他真希望是几百次，几千次。任何牵连到腐败的事件都叫他产生希望。谁知道呢？说不定党的内部已经腐烂了。说不定表面看来像煞有其事的牺牲奉献精神，其实是藏污纳垢的掩饰。如果他能向他们的许许多多人传染上麻风或梅毒，那他会极其愿意去做，凡是能起到腐化、削弱和破坏作用的事情都行。他把朱莉娅拉下来，两人面对面地跪在地上。

"你听着，你男人越多，我越爱你。你懂吗？"

"再清楚不过了。"

“我憎恨纯洁，憎恨善良。我不要看到美德在任何地方存在。我希望每个人腐败得无可救药。”

“乖乖，那我太合你胃口了，因为我正是腐败得无可救药!”

“你喜欢做这个吗？我是说不单指跟我来，而是事情的本身。”

“那是最过瘾不过的事了。”

那是他最想听到的，不仅爱某个人，而且是那种动物本能，那种简单的人人皆有的欲望，那是种能将党摧毁于无形的力量。他把她按在满布风铃草的草地上，这一次再无心理上的问题了。过一会儿他们两人急速的呼吸已经渐趋平复，舒服地分开瘫卧着。阳光越来越猛烈，两人累得想睡了。他伸手捡起丢在地上的制服，给她盖着身子。他们睡着了，睡了差不多半个钟头。

史密斯先醒来。他坐起来看那张长有雀斑的脸庞。她仍在安详地睡觉，头枕在手掌上。除了嘴唇，她不能说漂亮。仔细看的话，能看到她眼角有一两道皱纹。她一头短短的黑发特别浓密，特别柔软。他想起自己仍不知道她姓什么，以及住在哪里。

那年轻强壮的躯体此刻正无助地睡着，在他心里唤起一种怜悯的、要将其保护的感情。但这种感觉，跟刚才在榛树下听画眉鸟唱歌时没头没脑涌现出来的柔情，却不大一样。他拉开盖在她身上的制服，仔细地欣赏她柔滑的腰身。在以前，他想，男人看了女人的身体，觉得实在可爱，那就成了。今天可不同，今天既无纯洁的情、也无真正的欲。没有什么感情是纯正的，因为总会夹杂着恐惧和憎恨的成分。他们合体的经过是一场战事、一个胜利的高潮。这是对党沉重的一击。这是一次政治的行动。

第三章

“这地方我们还可以再来一次，”朱莉娅说，“藏身处通常用两次还安全，不过当然要隔上一两个月。”她一醒来，举止立刻变了个样，变得机警而且有条理。她穿上衣服，把那条鲜红色饰带在腰间打了个结后，就开始安排回去怎么走。真是应该事事听她的。史密斯所缺少的就是她这种世故与常识。她参加过无数公社举办的郊游节目，对伦敦附近的乡间，了如指掌。她给他归程的路线，与他来时走的颇有出入。他下车的车站也不同。“回家时千万别走相同的路。”她叮嘱说，好像发表一种放诸四海而皆准的理论。她要先走，半小时后史密斯才能动身。

她指定了一个四天后下班相见的地方。地点在贫民区的一条街上，因为那儿有个公开市场，一般情况下总是熙熙攘攘、人声鼎沸。她会在摊点间转悠，装着在找鞋带或者缝衣线。如果朱莉娅认为平安无事，会在他走近时擤一下鼻子，否则他就和她擦肩走过，装作互不相识。但如果运气好，他们可以在人群中谈上一刻钟，安排下次会面。

“我得走了，”看到他把所有的细节弄清楚后，朱莉娅就告诉他说，“我19时30分得报到，替反性联盟发两小时的传单或做其他肮脏的事。你说这是不是狗屁冲天的事？给我拍拍身上的灰尘，好不好？我头发上有没有什么树叶树枝的？真的没有？那再见了，爱人，再见了！”她一扑扑到史密斯怀中，使劲地吻着他，跟着就拨开丛木，几乎是不声不响地隐没于林中。他现在还不知道她姓什么、住哪里。也没关系了，因为他们根本不可能在室内会面，或交换什么书信。

事实上他们没再回到那小土墩去。在整个5月分里，他们只有一次机会再发生关系。地方又是朱莉娅找的。三十年前被原子弹炸毁的教堂钟楼上。那教堂位于已经无人烟的乡间一角，虽是理想的幽会地方，但路上很危险。其余的时间，他们只能在街头见面，每次地点不同，也从来不超过半小时。在街上碰头，总可以说几句话的。

他们在熙熙攘攘的人行道上漫无目的地走着，不算是并排走，从不互相看。他们进行有一句没一句地奇特交谈，如同灯塔光柱的一闪一灭。一看到穿制服的党员或走到屏幕的附近，就自动闭嘴。几分钟后，又把断了的句子说完。到了约定分手的地方，又马上中止。第二天见面时，旧话也没有重提就把上次未说完的话说完。

朱莉娅好像对这种谈话方式非常习惯。她说这是“分期聊天”。她不用张嘴说话的能力，更是惊人。这样每天晚上见面差不多有一个月了，只吻过一次。他们正在一条横街上默默地走着（在大街以外的街上，朱莉娅从来不说话）。突然一声巨响，有如地裂天崩，史密斯倒在路旁，皮肤擦伤了，吓得要命。火箭弹准是落在附近。突然，他看到离他几厘米外的朱莉娅的脸庞，死一般苍白，连她的嘴唇也是苍白的。然而有些粉末之类的东西进到他嘴里。他们两人的脸上，都落了一层厚厚的灰泥。

有几个晚上，即使他们到达了约会的地点，也得装着没看见地各走各路。因为刚巧遇到巡逻警察或头上刚有直升飞机在盘旋。不过，除了客观环境的困难外，时间也是个大问题。史密斯一周工作六十小时，朱莉娅更长了。他们两人哪天有空，视工作的需要而定，能够凑巧空出来的时间实在不多。朱莉娅很少有一个晚上是完全空的。她大部分的工余时间花在听演讲、游行、为反性联盟发传单、为仇恨周准备旗帜、为节约运动收集款项等诸如此类的工作。这有好处的，她说，因为这就是掩护色彩。守小规破大戒嘛，她因此劝史密斯一周牺牲一个晚上的时间，与其他忠贞的党员一起志愿去参加装备军火的工作。就这样，每个星期的一个晚上，史密斯就得花四小时去装炸弹的导火线。工作闷得吓人不说。工场建筑过堂风很大，光线不足，只听到榔头声此起彼伏，和着屏幕播出的令人昏昏欲睡的音乐。

他们一到了钟楼就忙着把在街上未讲完的话说完。那天阳光强烈，钟楼上的小隔间气流不通，更热得吓人。鸽子粪臭气熏天。他们坐在满是灰尘、遍布小树枝的地板上一谈就是几小时，还要不时透过瞭望孔往外看，以确保没人来。

朱莉娅26岁，和三十个女孩子同住一宿舍。“你到哪里，都闻到女人的臭味，哎呀，我受不了。”她说。他猜对了，她在小说司工作，负责保养一座复杂的高压电动机。她说她并不聪明，只是手脚灵敏，特别喜欢操作机器。一部小说的生产过程，由“策委会”交下来的指示开始，到“润色小组”怎样去修改文字为止，她都可以讲得头头是道。但她对小说司的出品一点儿也没有兴趣。“我不喜欢读书，”她说，“跟果子酱和鞋带一样，书本只是一种产品。”

她不记得60年代初之前的事，认识的唯一一个经常说起革命前生活如何如何的人是她爷爷，在她8岁时就失踪了。念书时她是曲棍球队长，一口气获了两年体育奖。她做过探子团头目，而在参加反性联盟前，是少青队的分部秘书。她的操行记录，清白无瑕。她在这方面的声誉可从此事得到证明：“黄社”看中了她，挑选她参加工作。在那儿工作的同志，称此单位为“粪厂”，因为他们专门生产低级黄色读物，供给普通群众消费者。

她干了一年，协助生产出来的成品包括《打屁股的故事》和《女校春宵》等。这些小书都是封好的，普通群众青年偷偷摸摸的买来后，沾沾自喜，以为买了违禁品。

“这些书究竟是怎么一回事?”史密斯好奇地问。

“哎，彻头彻尾的垃圾，闷死人了。全部只有六个情节，不时混杂调换一下就是新书。不过，我负责的只是小说写作机的部分，没有在‘润色小组’做过。我没有什么文学细胞呢，连那种文学气息都够不上。”

他惊讶地得知，色情科里所有工作人员除了科长都是女孩子。有种说法是男人的性本能比女人的更难控制，因此男人受到所经手的淫秽作品腐蚀的危险更大。

“他们连结了婚的女人也不欢迎，”她补充说，“女孩子嘛，本应冰清玉洁，除了我。”朱莉娅的情史从16岁开始，对象是个60岁的党员，后来畏罪自杀了。“那倒好，”她说，“不然他们迫供时就会泄露我的名字。”自那次以后，她与不少人发生过关系。她心目中的人生简单得很。你要追求快乐，“他们”要阻止你，因此你得费尽心机去骗，去破坏规矩。她认为既然“他们”要剥削你追求快乐的自由，那你就应该尽力不要让“他们”抓到。这样才算公平。她对党深恶痛绝，话说得再明白不过，但为什么恨，却无概念性的批评。除非涉及她自己的生活，她对党的理论毫无兴趣。史密斯注意到她除了几个已经变成日常用语的字眼儿外，她一直没有说过新语。她从没听过“兄弟会”这回事，也不相信它存在。任何有组织的反党行动在她看来都是愚不可及的事，因为注定要失败的。最聪明的事莫过于在苟全性命的前提下走法律漏洞。

在年轻的一代中，像她这种心态的人究竟有多少呢?史密斯听后不禁问自己。这种人在革命中长大，以前的事一点儿也不知道，接受了党是像太阳运行一样不可改变的事实。既然不可改变，那就不必抗拒它的权力，但不妨摆脱它，犹如野兔逃避猎犬的追捕一样。

他们没讨论过有没有可能结婚这个问题，那太遥不可及了，不值得去想。即使凯思琳能够摆脱得掉，上头又怎么会通过?这简直是做白日梦。

“你太太是个怎样的人?”朱莉娅问。

“你听过新语‘思想好’这个字么?她就是这样一个人。生来思想正确，不会动任何邪念或坏主意。”“我没听过那个字，可是我就知道她是哪一类的人，而且了解得太清楚了。”他正要跟她讲自己那段婚姻生活，奇怪的是，朱莉娅早已知道其中细节了，好像她是个过来人一样。他一触摸到她的身体，凯思琳就浑身僵硬，她紧抱着他时，他的感觉是她正用全力推开他的样子，跟朱莉娅说着这些事，史密斯没有觉得有什么难以启齿的地方。凯思琳给他的痛苦经验，早已经忘却，剩下来的，只是不愉快的回忆。

“本来这种关系还能忍受下去，如果不是……”接着他告诉她凯思琳强迫他每周一晚遵守的仪式。“她恨透了，但天塌下来她也不肯放弃。她把这种关系叫作……你猜不到的。”

“对党的责任。”她想也不用想就替他说出来。

“你怎么知道？”“傻瓜，我也上过学堂啊。16 岁的孩子每月得恭听一次性教育演讲，更不必说其他的青年活动了。他们耳提面命地灌输多年，对大部分人来说应该有效吧。可是也实在难说，大家都学会了假装嘛。”朱莉娅的话题，由此展开。对她而言，什么题目到最后都与性有关，而她这方面的观察与见解也特别敏锐。她看到了史密斯看不到的问题。她了解党的禁欲主义的内在含义：不仅因为性本能会造成一个自成一体的世界，那是党无法控制的，因而可能的话，一定得把它消灭掉，更重要的，是性压抑能导致歇斯底里，这求之不得，因为它能被转化成战争狂热和对领袖的崇拜。她是这样说的：“你做爱时，吃奶的气力都用尽了。事后，你快乐无边，哪有心情去管旁的事情？‘他们’怎么受得了？他们要你一天二十四小时精力充沛。换句话说，游行示威、摇旗呐喊的行动，无非是性苦闷的发泄。如果你心中快乐，还有什么心情去理会老大哥？还会把三年计划、仇恨节目或其他祖宗十八代的玩意儿当作一回事？”“真有道理！”史密斯想。禁欲和政治正统性之间有着直接和密不可分的关系，因为党想把党员们的恐惧、仇恨和理智尽失的轻信保持在合适水平，除了抑制某种强烈的本能并把它转化成驱动力，又有什么别的办法？性冲动对党危险，党对之加以利用。他们对父母本能也照此处理。家庭无法在事实上被消灭，人们甚至被鼓励以差不多的方式钟爱他们的孩子；另一方面，孩子被有系统地改造得与其父母为敌，被教导监视其父母，并揭发他们的越轨行为。

家庭实际上成了思想警察的延伸物。这样，每个人就会被十分了解他们的告密者夜以继日地包围。

一刹那间，史密斯想到凯思琳。如果他有什么证据落在她手里，她会毫不犹豫的就会向思想警察告发他。只是她太笨了，没注意到他思想上不规矩的一面。他此刻想到凯思琳，也是有客观理由的。那是一个下午，闷热得令人喘不过气来，他额前的汗涔涔滴下。他告诉朱莉娅一件十一年前，在同样一个酷热的下午，所发生的或几乎要发生的事。

他跟凯思琳结婚三四个月。他们参加了公社旅行，在肯特区迷了路。他们本来只落后两三分钟，但不知怎的拐错了一个弯，就跑到一个石矿的悬崖上去，离悬崖十尺到二十尺的地方尽是石块。这地方根本找不到人问路。凯思琳一听到他们迷了路，就觉得忐忑不安。只要离开团体一分钟，她就觉得好像做了什么错事的。她要走来时的路，然后再到另一个方向找同游的人。就在这时候，史密斯在脚下峭壁的夹缝中看到一簇一簇的黄连花。其中一丛有两种颜色：品红和砖红。同一根茎居然有如此异样的色彩，史密斯从没见过，因此忙招呼凯思琳来参观一番。

"看，凯思琳，快来看看这些花，就在下面那一堆。你看到了吗，两种不同的颜色。"

她本来转身要走了，听到他这么说，又勉强回来，探身到崖边去看看他所指的地方。他站在她后面，手按着她的腰肢好让她站稳。这时他突然想到，在这悬崖上，只有他和凯思琳二人。没有一片树叶在颤动，没有一只小鸟在啼叫。在这种地方安置麦克风的机会，微乎其微。即使有，麦克风也不是屏幕，只能传播声音。这是下午最闷热、最令人昏昏欲睡的时间。太阳热辣辣的，汗珠流到脸上。他想到……

"你为什么不顺手一推？"朱莉娅问道，"换了我，我准会。"

"我想你会的。如果我那时的想法跟现在一样，我也会。至少我是这么想，做不做得到又是另外一回事。""你后悔了？后悔没下手？""嗯。整个说来是这样。"他们并肩坐在灰尘盈寸的楼板上。他搂着她，要她靠近自己一点儿。她把头枕在他的肩膀上，她的发香使他忘记了面前鸽粪的味道。她还年轻，他想。她对生活还有点期盼，她不理解把一个碍事的人推下悬崖并不能解决任何问题。

“实际上，却没有什么分别。”他说。

“那你为什么后悔?”

“我只是喜欢积极的，而不是消极的处事方式。在我们参加的这场比赛中，我们无法取胜。以某些方式失败比以别的方式失败要好一些，如此而已。”朱莉娅耸了耸肩，表示不敢苟同。每次他说话时意见与她相左的，她都用这方式抗议。她不肯接受个人要注定失败这种说法，虽然她也多少了解到自己总有一天大限难逃，知道思想警察终归会抓到她，蒸发她。可是她脑海中的另一部分还没有放弃这种想法，认为她可以建立一个隐密的世界，过随心所欲的生活。只要你胆子大、够狡猾、运气好就成。她不知道在这种制度下根本无幸福可言。要把这种制度推倒并非完全不可能，但实在遥遥无期，而那时说不定你早离人世了。她更不会想到，你哪一天向党宣战，那一天你已经是半条腿踏进棺材的人了。

“我们已经死了。”史密斯说。

“我们还活着。”朱莉娅木然地说。

“肉体还活着就是。活半年、一年、五年，谁知道。我怕死。你年轻，你应该比我更怕死。当然，我们能多活一天就多活一天。不过这实在没有什么分别，如果能够活得像个人，生死都一样。”“荒谬！荒谬！你要跟谁睡觉？跟我？还是跟骷髅？你活着不觉得高高兴兴？你不要有感觉吗？这是我、这是我的手、我的腿，我是个有血有肉的人。你不喜欢吗?”她扭动身子，挺着胸脯抵着他。虽然隔着外衣，他仍可感觉到她坚挺成熟的乳房，向着他身体发射着青春的活力。

“我当然喜欢。”他说。

“那就别再说要死啦要死啦的，好不好？老头子，你听着，我们得商量下次见面的时间与地点。我看我们还是回到树林那小土墩去吧，也等够时间了。这一次你得走新路，我已经计划好了。你坐火车，好吧，我画个图给你看。”

她在地上拨了一些泥土，从鸽巢取下一枯枝，在地上给他指引方向。

第四章

史密斯已经跟查灵顿先生租下了他铺子上面的简陋房子。他四周打量了一下，靠窗的双人床上，已经有现成的被单、毯子和没有枕套的长枕。在壁炉架上的古老定时器滴答地响着。摆在角落里的桌子上面是他上次买来的水晶镇纸，在昏暗中发着柔和的光辉。壁炉铁栅前面是一个煤油炉、一个长柄平底锅和两个杯子。这都是查灵顿先生供应的。史密斯在炉子生了火烧开水，他带了一包胜利咖啡和一些糖精来。那只老爷钟的时针指着7时20分，那就是19时20分。朱莉娅在十分钟内就要到的。

愚蠢啊愚蠢，他心里一直在说：这是明知故犯、无缘无故、自寻绝路的愚蠢，在党员能犯下的所有罪行里，数这种罪行最不可能掩盖。最先令他动这个念头要租下这房子的，是那块水晶玻璃：他脑中老是升起这块压纸器放在折叠桌子上所生出的温馨感受。正如他所想象的一样，租房子的事，一拍即合。查灵顿先生显然乐得每月增加几块钱的收入。还有值得一提的，就是当他知道了史密斯租这房子是为了跟情人幽会时，一点儿也不觉得惊讶，也不觉得受骗。这老先生识趣地顾左右而言他。他说独处是件很重要的事情，谁都希望有地方让他们可以偶尔独自待一下。他们有了这么一个地方时，对任何一个知情人而言，不再外传是唯一有礼貌的做法。临离开前，查灵顿先生还特意告诉史密斯这房间有两个出口，除了经过他铺子的正门外，还可走后院，通到横巷去。

窗子下面有人唱歌。史密斯隔着窗帘探望出去。6月的太阳离下山还很早，楼下洒满阳光的院子里，一个身材高大女人的脚步声来回地响于洗衣盆和晾衣绳之间，正在往绳上夹一溜四方形的小片东西，温斯顿认出那是尿布。那个女人结实得像根巨大的圆柱，长着肌肉结实的红色手臂，腰上系了一条粗麻布围裙。只要嘴里没噙着衣服夹子，她就会用浑厚的女低音唱道：

这只不过是没有希望的痴想，
消失得像春天一样快，
可一句话，一个眼色，
使我意马难收，失魂落魄。

过去几周里，这曲子在伦敦到处能听到。其实，这不过是“音乐科”

小组为了迎合普通群众嗜好而大量生产的无数歌谣之一。谱写这些歌曲时，完全不用人动手，而是由一部韵曲机写出来。然而那个女人能把它唱得悦耳动听，以至于把那种臭大粪的东西变得几乎可以称得上悦耳。他能听到那个女人的歌声，她的鞋子走在石板路上发出的刺耳声音，还有街上小孩子的哭喊声，远处还隐隐传来隆隆的汽车声，但房间里似乎安静得出奇，那是没有电幕的缘故。

愚蠢，愚蠢，愚蠢啊！他又想。不可想象他们一连几周都来这个地方而不被抓到，然而对他们两人来说，有个完全属于他们的、在室内而且近在咫尺的藏身之处，这种诱惑太大了。自上次他们在教堂的钟楼见面后，一直没办法安排再单独聚会的地点。为了准备仇恨周的节目，每个人都得加班。事实上距离这一周还有一个多月的时间，但领导方面为了慎重其事，筹备工作也因此变得繁重而复杂了。好不容易他们终于安排了一个下午见面，而且说好了再到林中的小土墩去。在出发前一天的晚上，他们在街上匆匆地谈了一下。跟过去的习惯一样，两人在人群中迎面走来时，大家都装着看不到对方，但这次史密斯看一眼就注意到朱莉娅脸色比平时苍白。

“完了，”她审视形势后，低声说，“我是说明天的事完了。”

“什么？”

“明天下午我不能来。”

“为什么？”

“还不是老问题，这次早来了。”

他一下子气得要炸了。自认识她后的一个月来，他对她的欲望性质起了变化。开始，色欲的成分很少。他们第一次的性关系是靠意志力完成的。但第二次后就不同了。她的发香、她的红唇、她柔滑的皮肤好像已经渗透了他身体的每一个细胞：她成了他日常生活不可或缺的一部分。他不仅需要她，而且更觉得有权利占有她。因此当她告诉他不能来时，他马上就有被骗的感觉。

就在这时候，路上的行人对他们一推一碰，他们的手无意地搭在一起。她匆匆地捏了捏他的指尖。他立即感应到，这是柔情而不是欲念。这时他了解到，你既和女人相处，碰这种钉子不但正常，而且也无法避免。

这么想着，心中突然生出一种对她从未有过的爱怜感觉。他真希望他们是结婚十年的夫妇。他希望他跟她漫步街头，名正言顺的，不是偷偷摸摸的，一边闲话家常，一边采购家庭用具。但目前最大的希望倒是有一块可以让他们独处的地方，使他们不必每次见面就因觉得机会难逢而做起爱来。

他正式考虑到要租查灵顿先生的房子，是第二天的事。他把这主意告诉她时，她马上同意了，爽快得令他觉得有点意外。两个人都明白这是疯狂的决定，好像故意向坟墓走近一步的样子。他坐在床边等候朱莉娅时，不禁想到迷仁部的地窖去。这个早晚要降临的大限，就这么不讲理地在你的意识中时隐时现。逃是逃不了的，但或许可以拖延一下。可是难以理解的是，史密斯不但没有拖延，还不时明知故犯，故意缩短这日子的来临。

有人急步上楼，朱莉娅一闪身就进来了。她挎了个棕色粗帆布工具包，就是他有时看到她在部里上下班挎着的包。他向前一步，想把她抱到怀里，她却很着急地挣开，部分原因是她还挎着工具包。

“等会儿，”她说，“给你看看我带了什么来。你有没有带那种垃圾胜利咖啡过来？我想你可以把它扔掉，因为我们不需要了，你看。”

她跪在地上，打开帆布袋，掏出了一大堆像扳手和螺丝起子之类的工具。工具下面，呀，原来是一纸包一纸包的宝贝。史密斯接过了第一包，打开来看，里面是一些类似沙粒的东西，松松的，气味有点陌生，但也好像以前什么时候闻到过。

“糖？”他问。

“糖，不是化学糖精，这是面包，白面包，不是我们在饭堂吃的鬼东西。这是果酱，这是罐头牛奶。呀！这才是真正的宝贝，看，我包了好几层布，因为……”

她不用跟他解释理由他也知道，因为那种气味已经弥漫在整个房间了。这是一种热辣辣的香气，唤起他童年记忆的香气。不过，现在偶然也会闻得到就是。有时这香气从走道的门缝传出来，有时在挤拥的街头轻轻的飘着，一会儿又消失了。

“咖啡，”他喃喃地说，“真咖啡。”

“内党专用咖啡，这儿足有一公斤。”

“怎样弄来的?”

“全是内党的东西。你想要的，那些猪猡应有尽有。这都是他们的用人顺手牵羊牵出来的。看，我还带了一包茶叶。”

史密斯也在她旁边蹲坐着，打开茶包的一角，说：“真茶叶呢，不是黑莓叶子。”

“最近茶叶倒多得很，听说‘他们’占领了印度，或是什么地方的，”她淡淡地说，“听着，老头子，你转过身去三分钟，干脆到床的另一边去坐吧。别走到窗前，等我说‘好了’你再转过头来。”

史密斯透过麻纱窗帘往后院了望。那女人还在洗衣盆和晒衣绳之间走来走去。她从口中取出两个木夹子后，就感情充沛地唱起来：

虽说时光最能疗伤，
虽说旧恨转眼遗忘，
旧时笑声泪影，
历历在我心上。

看来她已经把靡靡之音的曲词背得滚瓜烂熟。她的歌声随着月甜润的空气飘荡，蛮悦耳的，快乐中微带伤感。你从她的声调中可以猜到，如果6月的黄昏不老，如果要晒的尿布永远晒不完，她可以站在那里快乐地唱上千年。奇怪的是，他从没有听过党员自发地一个人在唱歌。这不但看来有点离经叛道，而且教人想到你性情古怪，就像自言自语的习惯一样。大概人只有站在饥饿边缘上才有歌可唱吧。

“好了。”朱莉娅说。

他转过身，一下子几乎认不得她了。他本来以为她是会光着身子的，但她没有。眼前看到的转变使他更为惊异：她抹上了脂粉。

她一定溜到普通群众区的店子买了一套化妆用品。口红擦了、双颊抹了胭脂、鼻子扑了粉、眼皮上还涂了点儿什么东西，使人看来眼睛明亮些。她的化妆术并不高明，但史密斯对这种事懂得本来也不多。他从来没看过女党员涂脂粉的，想也没有想过。她脸上的改变叫人吃惊。这边一点那边一抹，不但人漂亮多了，而最要紧的是更女性化了。她的短发和男性化的制服反而衬出这份女性的妩媚。他拥她入怀时，一阵紫罗兰的化学香味扑鼻而来。他想起了昏暗的厨房地下室和那女人的血盆大口。她用的就是这种廉价香水，但现在也懒得计较这些了。

“还擦了香水呢。”他说。

“唔，怎么样？你猜我下一步要做什么？我要想办法买一套上衣裙子。在这房间内我要做一个女人，不做你的同志。穿裙子、丝袜和高跟鞋，去他妈的制服。”

接着他们两人就脱下制服，爬上红木床。认识朱莉娅以来这是史密斯当着她面前脱光的第一次。他一直觉得自己虚弱苍白的身体见不得人，更不用说腿上的静脉疸和脚踝间那块疤了。床上没有被单，但上面那张毯子已经磨得光滑。这张床的面积和弹簧的弹性都给他们新奇愉快的感觉。“臭虫一定多得惊人，但管不得这些了。”朱莉娅说。今天除非在普通群众家中，否则再难看到双人床了。史密斯童年时偶然睡过，但朱莉娅看也没有看过。

不久他们就入睡了。史密斯醒来时，老时钟的指针快到二十一点钟了。他没动，因为朱莉娅的头枕着他的臂弯。她面上的脂粉，一半已经擦到他的脸上和枕头上去，但剩余的那抹淡红，正好衬托出她双颊的娇艳。夕阳的一道黄色光线照射在床腿上，照亮了壁炉，锅里的水已经沸腾。下面院子里，那个女人已经不再唱歌了，街上却仍然传来隐隐约约的小孩子的叫嚷声。他在模模糊糊琢磨像此时这样，一男一女在夏日傍晚的凉爽空气中不穿衣服躺在床上，想做爱就做爱，想聊什么就聊什么，没有觉得必须起来不可，只是躺在那里听外面平和的声音，这在已被消灭的过去是不是一种很寻常的体验？肯定从来不会是寻常的，不是吗？朱莉娅醒来，揉揉眼睛，撑起半个身子看看壁炉。

“一半的水已经烧光了，”她说，“我起来弄点儿咖啡好了。我们还有一个钟头。你们的房子什么时候停电？”“二十三点三十。”

“我们宿舍是二十三点，但你还得早些进去，因为……嘿，滚开，你这臭东西。”

她马上俯身到床边捡了一只鞋子，振臂一挥，直往墙角掷去。这姿势跟她在“仇恨节目”时把字典扔到屏幕上戈斯坦的画像一样。

“什么事?”他吃惊地问。

“老鼠。我看到它从洞口探出鼻子来，不过，这已经够吓坏它了。”

“老鼠?”史密斯嗫嚅地问，“房间有老鼠?”“哪儿没有老鼠?”朱莉娅一点儿也不觉得奇怪的，又躺了下来。“我们宿舍的厨房也有。伦敦某些区域简直就是个大老鼠洞，到处都是。你知不知道老鼠会咬婴儿的? 真的不骗你。住在鼠区的妈妈，半步也不敢离开孩子。咬人的都是褐色的大老鼠，而最讨厌的就是它们了。”“别再讲了。”史密斯喊道，眼睛闭得紧紧的。

“哎呀，你的脸怎么苍白得这么厉害? 怎么搞的? 听到老鼠你就不舒服?”“全世界最恐怖的东西，莫过于老鼠了。”她把自己贴紧温斯顿，四肢缠在他身上，像是在用她的体温让他放心。他没有马上睁开眼。很长一阵子，他有种他不时会做的噩梦中的感觉。基本上总是完全一样：他站在一堵黑暗之墙的前方，墙那边是某种无法忍受、恐怖得不敢面对的东西。在梦里，他最基本的感觉总是在自欺欺人，因为他其实知道那堵黑暗之墙后面是什么。他用尽九牛二虎之力，他甚至本来能把那种东西拖出来，但总是在还没有发现那是什么之前醒来。不知为何，它总是跟他打断朱莉娅的话时，她正说着的东西有关。

“实在抱歉，”他说，“现在没事了，我就是怕老鼠。”“不用怕，我们这里不会再有那些鼠娘生的东西。等会儿我们离开前先把碎布堵住洞口，下次再来时我带些混凝土把洞口好好地封住。”这么一说，史密斯的恐怖感已经消解了一半。现在他不禁为自己刚才的举动感到汗颜。他靠着床头的木板坐着。朱莉娅起来穿上制服后就动手做咖啡。咖啡浓香刺鼻，他们只得把窗子也关起来，否则说不定就有好管闲事的人出现。咖啡香醇，不在话下，但拌了纯糖后的液体所产生的滑润感觉，是嚼了糖精多年的史密斯几乎忘记了的享受。朱莉娅一手插在口袋，一手捧着擦了果酱的面包，在房间四边浏览着。她对书架并不注意。但对于怎样修理桌子，却有独到的见解。过后，她就倒在扶手椅上，要看看是否坐得舒服。那只古老的旧钟她倒端详了好久，觉得它虽然古怪，却是蛮好玩的。她把那块水晶玻璃拿到床上来，要在较亮的光线下好好地观看一番。史密斯不久就从她手上接过，因为他一直都被这块玻璃油光水滑的样子吸引着。

“你想这是什么东西?”朱莉娅问。

“我想这什么东西都不是。我意思是说这东西从来没有什么实用价值。这正是我喜欢它的原因。至少这是‘他们’忘了删去的一块历史，也是一百年前的人留给我们的讯息，如果我们看得懂的话。”“那么那边那张画呢?”说着她向对墙挂着那块钢板雕刻点了点头。“那会不会又是一百年的信息了”“可能还要多一点儿。我猜有两百年吧，但也难说，今天凡是与年代有关的事都拿不准。”她走过去看了一眼，说：“这就是那鼠娘养的探头探脑的地方。”她用脚踢了踢雕刻下面的墙壁。“这是什么地方?好像在哪儿看过。”“一间教堂，最起码以前是叫圣克利门蒂教堂就是。”史密斯答道。他想起了查灵顿先生教他念的那首童谣的片段，跟着带着怀旧的心情吟了出来：圣克莱门待教堂的钟声说，橘子和柠檬。”

令他大为惊奇的是，朱莉娅居然接口说：

“圣克莱门待教堂的钟声说，你欠我三个铜板，
响着老贝利的铃声说，几时还我！

接着，她又说：“我也不记得后面怎样说的了。结尾是这样：但是照亮你床头的蜡烛，那是斩断你人头的砍刀！就是这么多了。”这条歌真像一个秘密口令，你念一半，我念一半，就差了一点点，“老贝利的铃”后面一定还有一句的。也许查灵顿先生碰到什么灵感，会记起来。

“谁教你的?”他问。

“祖父。我小时候他常常念给我听。我 8 岁时他去世了。柠檬究竟是什么样子的?”她随意地问，“橘子我看过，是一种厚皮、黄色、圆圆的水果。”“柠檬的样子和味道我倒记得清楚，”史密斯说，“五十年代时这种东西相当普遍，味道酸得你嗅一嗅就流眼泪。”“那雕刻画后面准有臭虫，”朱莉娅说，“哪一天我把它拿下来好好地清理一下。到该走的时间了吧?得把脸上的脂粉拭掉。不忙，待会儿我就替你把口红抹去。真是多此一举，是不是?”朱莉娅离开后，史密斯并没有立刻起床。房间越来越暗了。他侧着身子凝望着那块水晶玻璃。最令他出神的不是里面那片珊瑚，而是玻璃的本身。虽然它是透明的，然而里面却深不可测。对了，它的外表真

像苍穹，里面却蕴藏着无尽的天地。他觉得自己有办法挤进这个天地去。而实际上他已经在这天地间。红木床、桌子、古老的时钟、雕刻画，甚至水晶玻璃本身也置身其间。这房间就是水晶玻璃，他和朱莉娅的生命就是里面的珊瑚，并成为一种永恒之物。

第五章

西明失踪了。一天早上他没来上班，当时还有几个没心眼儿的人提到此事，但到第二天，谁也没有再谈到他了。第三天，史密斯跑到记录科前厅去看布告栏。其中一项是象棋俱乐部会员的名单，而西明是会员之一。这名单什么都没有改变，只是少了西明的名字。证据已经充足了：西明已经失踪。他从来也没有存在过。

天气热得吓人。迷理部大厦虽然没有窗子，但有冷气，所以气温没有什么影响。但外面的人行道能灼伤行人的脚板，高峰时地铁里的恶臭更是能把人熏死。仇恨周的筹备工作已经进入高潮，各部门工作人员都得加班。游行示威、开会、军队操演、演讲、蜡像展览、放映有关纪录片和屏幕的节目，都得及时准备。此外还要搭楼台、扎要被烧被吊敌人的模拟像、写标语口号、谱新歌、散布谣言和伪做照片，等等。朱莉娅的小说司，暂时不生产小说，集中制造描述敌人暴行的册子。史密斯呢，除了固定的工作外，还得遍翻《泰晤士报》旧档，修饰将要为领导引用的新闻稿。到深夜时，一群喧闹的群众深夜在街上闲逛时，市里有了种奇特的火热气氛。跟以前比起来，火箭弹轰炸得更频繁了，有时候在很远的地方，还传来巨大的爆炸声。谁都不明所以，因此谣言四起。

专为仇恨周特制的主题曲《仇恨之歌》已经谱写了出来，一天到晚地在屏幕上播送。它有种野蛮的、咆哮般的节奏，不能称之为音乐，而和擂鼓声类似。它和着行军步伐声由几百个嗓门吼出来，令人不寒而栗。群众一下子就喜欢上了它，在午夜大街上，它和仍受欢迎的《这不过是种无用的幻想》此起彼伏。柏森斯的两个孩子，夜以继日地就用他们的梳子和厕纸含混吹奏着。史密斯晚上的时间比以前更紧凑了。在柏森斯的领导下，成群结队志愿服务的人，忙着为迎接仇恨周而装饰街道，缝旗帜、贴宣传画，在屋顶竖旗杆。他们也考虑不到危不危险，竟在街上两边房子间搭了铁线，用来悬挂长旗。柏森斯夸口说，单胜利大楼就有400公尺长的旗布。搞这类活动，正中他下怀。炎热的天气加上做粗活儿的需要，给了他晚上改穿短裤汗衫的绝佳借口。你跑到哪里都看到他的影子，总在推、拉、锯、砸、即兴出点子、跟每个人说笑并给予同志式的鼓励，而且从他身上的每处褶子，都在向外散发着似乎源源不绝的刺鼻汗臭。

新制的图片宣传画遍贴伦敦各地。这图片三四米高，里面是个手执冲锋枪、穿着巨型军靴、面无表情的欧亚国士兵。图片下并无没有说明。无论你从哪个角度看去，那个经过缩短特写处理的枪口，都是瞄准你准备随时发射的样子。在伦敦街头，看到墙壁，就看到这蒙古脸的士兵，其出现的次数，比老大哥的画像还要多。普通群众一向对战争的态度冷淡得很，这次也被鞭策进入周期性的爱国主义狂热中。似乎要与普遍的情神状态保持一致，这一期间火箭弹比以前炸死的人更多。有一颗落到了位于斯泰普尼区的一家电影院，几百人被埋在废墟之下。附近居民参加出殡的行列，走了好几个钟头。这葬礼也给了他们憎恨敌人的机会。另外一个则落在小孩玩耍的荒地，几十个孩子被炸得血肉模糊。随着普通群众就到街头泄愤示威了，焚烧戈斯坦的人像，几百张欧亚国士兵的宣传画被撕下来以助火势。也有人趁火打劫，到商店去抢东西。不久就有谣言传出，说这些火箭弹是无线电控制的。有对老夫妇被怀疑有外国血统，他们的房子因此被烧毁，两人都窒息而死。

只要他们找到机会，史密斯和朱莉娅就到查灵顿先生楼上的房子会面。天气热得难受，他们打开了窗子，把床移近，扯下了毯子，脱光衣服并躺着。老鼠果然没再出现，可是臭虫在热天繁殖得特别快，多得令人费解。这都无所谓了，干净也好，脏也好，这儿是天堂。他们一进来后，就把从黑市买来的胡椒在房子四边撒下，迫不及待地脱下衣服做爱。睡了一觉后，会发现臭虫正在集结，准备大规模反攻呢。

6月中他们相会了六七次。史密斯再没喝杜松子酒了，不再觉得有这个需要。他体重增加，静脉疽也已经痊愈了，脚踝上面皮肤只剩下一块褐色的疤痕。早上的那阵咳嗽发作也不再有。日常生活不再不可忍受，他已经没有在屏幕前做鬼脸或破口骂脏话的冲动。他们现在有了一个几乎可以说是家的会面地点，虽然不能经常去，虽然每次只能留一两个钟头，已经觉得心满意足了。重要的是铺子上面的房间还存在。知道它还在那里，完整无损，就几乎相当于自己身处其内。那个房间自成一统，是一块袖珍的过去，绝了种的动物可以在其中徜徉。查灵顿先生也是条绝了种的动物，史密斯想。每次上楼前，他都会停下来跟这老先生聊几分钟。他好像很少出门，或根本不出门。也没见过有什么客人来。他好像幽灵一般地生活着，活动的天地除了铺子外就是铺子后边那狭小的厨房。除了烧饭的用具外，厨房还有一古老的留声机，有个巨大的喇叭。

他好像为有机会说话而高兴。在那堆分文不值的货品中间走动时，他长长的鼻子、厚厚的眼镜片、弯得低低的套着丝绒夹克的肩膀，总让他隐约有种收藏家的样子，而不是个生意人。每次看到史密斯时，他就半热心地把一些破铜烂铁指给他看，像瓷器瓶子的塞子、破鼻烟盒子的漆盖、里面装着逝世多年的孩子头发的金铜饰盒或诸如此类的东西。但他绝不是为了做生意，好像看到史密斯也能欣赏到旧东西的价值自己也开心了。听这老先生谈话，感觉就像听古董八音盒子奏出的声音一样。令史密斯高兴的是，他终于一点一滴地从查灵顿先生模糊的记忆中学会了不少歌谣的片段。一首关于二十四只八哥，一首关于长着弯弯角的奶牛，还有一首关于可怜的公知更鸟之死。“我刚好想到您也许感兴趣。”每次他想起新的一首时，就会自我解嘲地轻轻笑着这样说，不过他从来只能记起几行而已。

史密斯和朱莉娅两人都清楚，这种日子不会维持多久。事实上他们心中一直有这个阴影。有时死亡的影子好像近在床前，随时要抓人的样子。每次这种低潮到来时，他们就拥得更紧，好像是判了死罪的犯人，在行刑前的五分钟拼命地把爱吃的东西塞到嘴巴里去一样。

但有时他们也有幻觉，不但觉得安全，而且相信目前的幸福永远也不会改变。他们觉得只要走进这房间，别人就伤害不到他们了。走到这儿来既困难又危险，但一进了房间就仿佛进了圣殿。这感觉就像史密斯对着水晶镇纸凝视时一样，他想自己可以走进这假玻璃的世界，而一进到了里面，时光就停止了。

他们经常随心所欲地做起关于逃避的白日梦，他们的好运将永远持续下去，他们会像这样，在余生继续这种秘密行为。要么凯思琳会死去，通过精心地安排，他和朱莉娅能结婚，要么会一同自杀，要么会藏匿起来，改头换面之后再学讲普通群众的口音，然后到工厂去找工作，在偏僻的地区住下，不让别人认出身份，度过余生。

这真是白日梦，他们太清楚了。在现实的环境中，他们是逃不了的。最实际的一个计划就是自杀，但他们不愿意就这样死去。有一天就活一天吧，凑合地过着毫无前途的日子。这是天性，自然得像肺的功能一样，只要还有一口空气，就吸一口空气。

有时他们的话题会岔到别的地方去，谈到怎样去参加反党的组织，但苦于不知道从何入手。兄弟会即使存在，如何加入仍是个难题。史密斯告诉朱莉娅他对奥布莱恩这个人所产生的“亲切感”。他说他当时几乎压不住心头的冲动，要走上前去对奥布莱恩招供，“我是党的敌人，请你帮助我！”令史密斯觉得意外的是，她并不觉得这种想法鲁莽。她习惯从别人的面庞来判断别人，因此觉得史密斯只凭奥布莱恩眉目的表情而判断他可以信赖，实在没有什么奇怪。再说，朱莉娅深信几乎每个人私下都憎恨党，一有机会就违反规定，但她不相信大规模的叛乱组织可以存在。她说有关戈斯坦的事迹和他的地下组织，全是党为了配合实际需要编造出来的。当然，你得合作，装出深信不疑的样子。她自己就不知有多少次，在党的大会和群众示威游行中，声嘶力竭地叫着，要杀死一些她从未听过其名字的人。而他们究竟犯了什么罪，只有天知道。遇到公审时，少青队的人马总会日夜不停地包围着法院。她当然循例参加，喊着“把卖国贼碎尸万段”的口号。在“两分钟仇恨”节目里，她骂戈斯坦的话都比别人到家。可是戈斯坦究竟是谁，她一直搞不清楚，更不用说他代表什么理论了。她是革命后长大的一代，对五六十年代意识形态的斗争，非常模糊。要参加一个与党作对的政治运动，在她说来简直不可思议。党是战无不胜的。它永远存在。而一旦永远这个样子。你要反抗可以，但只能采取阳奉阴违的方式。充其量也不过是搞些独立的暴力事件，如暗杀那个头子或炸毁某些建筑物。

对某些事情，朱莉娅的观察力远比史密斯敏锐，也更不容易受党的宣传所左右。有一次他不知因为谈到了哪些问题而附带谈到与欧亚国的战争，她竟然对他说，以她的看法根本没有什么战争。每天落在伦敦的火箭弹，可能就是大洋邦政府自己发射的。为什么？让大家害怕呀！像这种看法他想也没有想过。更令他听来觉得羡慕的是，在“仇恨”节目中，她最大的困难就是忍着不笑出声来！但除非党的教训影响到她的生活，否则她是懒得去问其根由的。一般情况下，她易于接受官方编造的鬼话，但那只是因为真相和谎言之间的区别对她来说，似乎并不重要。例如，她相信在学校里学到的是党发明了飞机的说法。（史密斯记得50年代后期他上学时，党只声称发明了直升飞机；过了十几年，朱莉娅上学时，党已经声称发明了飞机；而对下一代人，党会声称发明了蒸汽机）。他告诉她在他出生之前和革命以前飞机很早就已存在时，在她眼里，这一事实完全没意思。反正，谁发明飞机还不是一样。令史密斯最为震惊的，还是从谈话中得知，她完全忘记四年前大洋邦交战的国家是东亚国，而不是欧亚国。没错，她认为整场战争都是假的，但显然根本没注意到敌国的名字已经改变。“我以为我们一直在跟欧亚国打仗。”她含含糊糊地说。这让他有点吃惊，飞机的发明是在她出生前很久，但战争对象的改变才是四年前的事，是在她早已成年之后。他跟她争辩了也许有一刻钟之久，到最后，他总算成功地复苏了她的回忆，她确实朦朦胧胧地想起来敌国一度是东亚国而不是欧亚国，但这点在她看来仍然无关紧要。“谁在乎呢？”她不耐烦地说，“总是一次操蛋的战争接着一次，不管怎么样，我们知道新闻全是谎话。”

有时他跟她讲他在纪录科的工作，特别是他自己所做的不要脸的“订正”工作。这些事似乎也没有令她吃惊。她并没有觉得谎言变为真理有什么可怕。接着他告诉她有关琼斯、阿诺逊和卢瑟福的事，也跟她说了自己怎样一度握有可以改变历史的证据。她听说后也没有表示怎么惊奇。起先，她完全不明白这件事的要点。

“他们是你的朋友？”她问。

“不是，我从来不认识他们。他们是内党党员，比我年纪大得多了。他们属于革命前那一代。我好不容易才认出他们来的。”

“那有什么好担心的？杀人和被杀是天天都有的事，对不对？”

他想尽办法要她明白此事的意义。这是一个特殊的例子，并不是有人被杀那么简单。你有没有意识到从昨天往前的过去实际上都已经被消灭了？如果过去还存在的话，那只在少数实在的物体看到，如我们眼前那块水晶玻璃。我们常常提到革命，但对革命的实况一无所知，更不用说革命前的岁月了。每一份有关记录，要不是焚毁就是篡改。每一本书都经改写，每张图画都经重绘，雕像、路名和建筑物都换了名字，每个日期都随意修订。这种偷天换日、改头换面的工作，每天每分每秒都在进行着。历史停顿。除了党永远是对的永恒的，什么东西也不存在。我自己当然知道他们伪做历史，可是我永远也拿不出证据来，虽然我自己也是个“伪史专家”。文件经“订正”后，不留什么作弊痕迹。唯一的证据只存在我脑袋中，而我也实在无法知道除我自己外还有没有别人分担我这种记忆。在我一生中，只有那么一次在事后，事情发生了多年以后，掌握过确实的改史证据。“那有什么用处?”“没有用处，因为几分钟后我就把证据毁了。但此事如果今天发生，说不定我会留下来。”

“我才不干呢，”朱莉娅说，“我也肯冒险，但得有些价值，不会为一张旧报纸去玩命。对了，你要是把报纸留了下来的话，可能派了什么用场?”

“很难说，但那至少是个证据。如果我当时有胆量拿去示人的话，可能会撒下一些令人对党生疑心的种子。我相信我们今生今世改变不了什么事情，但反抗的势力，也许会在一些角落诞生。先是几个人纠合，然后慢慢壮大，说不定因此留下一些记录，让后世的人继续我们未完成的工作。”

“我对后世没兴趣，我只关心我们。”“你只有腰身以下的一半才算叛徒。”他对她说。

她听后想了想，觉得这句话机智风趣，高兴地扑入他怀中。

她对党的说教带来的后果一点儿也没兴趣。每次他一开始说起英社的原则、“双重思想”、过去的易变性、对客观现实的否认以及使用新话单词时，她就变得厌倦和困惑。她说她从未留意过那种事情，但是既然知道全是垃圾，干吗还要让自己操那份心呢？她知道什么时候欢呼，什么时候发嘘声就够了。如果他非要谈论这种事，她有个让人难堪的习惯，就是会睡着，她是那种可以在任何地点、任何时间睡着的人。从跟她多次谈话得来的经验，史密斯知道要在她面前装腔作势地摆出一副思想正确的模样（虽然作姿态的人自己也不真的了解“思想正确”是什么意思），一点儿也不困难。实在说，最易接受党的世界观的，就是那些对此一窍不通的人。稍经诱导这些人就可以接受歪曲得最离谱的事实，因为他们从没想过要为此付出多大的代价。另一方面，他们对世事也冷淡得很，从不注意身边以外发生了什么事。糊涂也有好处，至少他们不会疯掉。你告诉他们什么，他们就相信什么。而他们吞下去的东西，不留渣滓，因此对他们没有害处，正如小鸟口中的一粒玉米，不经咀嚼就吞下肚子一样。

第六章

终于发生了，他一直希望得到的信息终于出现。好像他一辈子就等着这件事情发生。

那天他在迷理部的走廊走着，差不多到了朱莉娅塞纸条给他的地点时，突然发觉一个身材比他高大的人跟在他后面。那人轻咳了一声，明显是要跟他说话的暗示。史密斯猛地转身，原来是奥布莱恩。

好不容易等到这面对面的机会，史密斯此刻却想拔腿就跑。他心跳得厉害，差点说不出话来。奥布莱恩上前，友善地拖着他的臂弯走。他说话礼貌中带着严肃，这就是他与大部分内党党员不同的地方。

“我一直想找机会跟您谈谈，”他说，“我最近读了您在《泰晤士报》上写的新语文章。我想您对新语有种学术方面的兴趣，对不对?”史密斯现在比较镇静了，回答说：“谈不上什么研究，业余的兴趣而已。这不是我研究的范围，而且我从来没有参加过编写的工作。”

“您写得倒是很得体，”奥布莱恩说，“这不只是我的看法。我最近跟您的一个朋友谈过，他是个专家，可是我这会儿想不起他叫什么。”史密斯心头觉得一阵绞痛。毫无疑问这个名字一时忘了的朋友就是西明。西明不但死了，而且删除了，是个“非人”。因此奥布莱恩不能提到他的名字，那太危险了。他提到史密斯的朋友是新语专家，就等于给他一个暗示。这属于“思罪”的一种，奥布莱恩用暗号的方式告诉史密斯他朋友西明的收场，无形中把他拖下水，变为自己的从犯。

他们走了一段路后，奥布莱恩就停下来。他用惯有的亲切姿态推了推眼镜，继续说：“我想告诉你的，就是你文章内用了两个已经作废了的字。当然这是最近的事。你看了第十版的《新语词典》没有?”“没有。还没出版吧？我们在纪录科工作的人用的还是第九版。”

“第十版还要等几个月才能正式发行，但试行本已经在流传了。我刚好有一本，你有没有兴趣先看看?”“那太好了。”史密斯说。他已经猜出后面的事情怎样发展了。

“这版改进的地方不少，都是别出心裁的。我想你会对怎样减少动词这一问题特别有兴趣。我看看，我差人给你送来好不好？怕的是像这种事我常常忘掉。我看最好是你哪个时候方便到舍下来一趟，你觉得怎样？等下我把地址抄给你。”他们正站在屏幕前，奥布莱恩分别在两个口袋摸了摸，掏出一个小小的牛皮封面记事簿和一支金钢笔。就在屏幕下面，好像谁有兴趣要看他写什么都欢迎一样，他撕下了一页纸把地址抄下来。

“晚上我多数在家，”他说，“如果外出，用人会把字典给你的。”他走了，史密斯手上那块纸片也用不着隐藏了，但他还是把地址默记，几个钟头后就连同其他文件一起丢到思旧穴里。

他和奥布莱恩顶多只谈了两分钟。这事儿只有一个可能：奥布莱恩特别想出这方法让他知道他的住址。大洋邦不设电话簿之类的名册，除了直接交谈外你找不到谁的地址。奥布莱恩没有说出来的话是：你要找我，我就住在那里。说不定字典内还会藏了一些秘密文件。这回假不了，一直想着的那个谋反集团真的存在。他已经摸到边缘了。

他知道不久就要听从奥布莱恩的指挥了。说不定明天，说不定还要等一阵子。今天发生的事，其实是多年前开始的延续。最先仅是一个不受控制的反动意念，第二个阶段是写日记。现在已经由语言转到行动阶段了。最后的一步呢，就是踏进迷仁部的地窖去。他都接受了这些事实。在开始时就预见后果。虽然这样，这事还是让人害怕。或者，再准确点说，他在预尝死亡的滋味，体验半死半活的情况。他跟奥布莱恩说话，弄明他的意思后，心里不禁打了个冷战。他感到自己正一步一步地走到阴冷的坟墓去。他知道坟墓早在等着他。

第七章

史密斯醒来，满眼都是泪水。朱莉娅睡眼惺忪地倚着他睡，喃喃地问他：“怎么了?”

“我梦到。”他没说完就停下来。要告诉她的事复杂得语言难以表达。除了梦的本身外，还有醒后几秒钟之间涌现的回忆。

他闭上眼睛再躺下来。梦境依稀还在。他梦到的东西，非常清晰，历时也长。那是个庞杂而亮堂的梦，他的整个人生似乎在他面前展开了，就像夏天雨后傍晚时分的风景，全展现在玻璃镇纸内。玻璃的表面就像天空的穹顶，在此穹顶下，万物都沐浴在清晰柔和的光线中，从那里，可以看到无限远的地方。这个梦境也是包含在其中，确实，从某种意义上说它存在于他母亲的手臂动作里。和三十年后在新闻纪录片中出现的犹太母亲，在直升机炸死他们前用身体掩护孩子的姿态一样。

"你知道么，我一直以为我母亲是被我害死的。"他说。

"你为什么要杀她?"朱莉娅问，她几乎已经睡着了。

"我的意思是害死，不是杀死。"在梦中他记得最后一次看见母亲的情形。醒后几分钟陈旧的事都到眼前来了，这是他多年来一直要尽量忘记的事。究竟是哪一年的事，他记不清楚了，但事情发生时，他可能是12岁了。

那时他父亲已经失踪了，但究竟失踪了多久，他也忘记了。他只记得那个时候什么都是乱糟糟的，情况很不安定。空袭是经常的事。警报一来，大家都到地下车站去躲。市面郊区，一片疮痍。街头巷尾满贴告示，只是他那时不知道上面说些什么。青年人集帮结队流荡街头，穿的都是同一颜色的衬衫。他还记得面包店前面长长的队伍和远处的机枪声。但印象最深的，还是从来吃不饱。他跟其他男孩子常常花整整一个下午，徘徊于垃圾箱与废物堆之间，为的就是要捡人家丢了的包心菜根茎或马铃薯皮。有时他连发了霉的面包皮也不放弃，把煤渣抖出就放到嘴里。

除了捡垃圾箱的东西外，他们也站在运牲口养料的货车必经之道，等卡车经过。车子经过路面不平的段落时，一头一簸的，有时会掉下一些油渣饼的碎片来。

他父亲失踪时，母亲既没有表示惊奇，也没有大哭大叫。但人显然变了，整天都是无精打采的样子。史密斯看得出来，她在等待着无可逃避的命运降临。要做的事情她都做了。烧饭、洗衣、缝补、整理床铺、打扫房间、拭擦壁炉架子，但手脚奇慢，好像一个走动的人体模型。她高大的身躯，显得毫无活力。她可以抱着他妹妹，在床上一坐就坐上几个钟头，动也不动。妹妹那时大概两三岁，体弱多病，不爱说话，脸瘦得像猴子。有时妈妈也会紧紧地搂着史密斯不放，一句话也不说。虽然他年纪小，虽然他事事只想到自己，虽然他妈妈从没提过，但他已经意识到这一定与快要发生的事情有关。

他记起他们住过的房间，那是阴暗而且空气不流通的房间，好像那张铺着白色床单的床占了一半地方。壁炉挡板那边有个煤气灶，还有块放食物的搁板。门外平台那里，有个褐色的陶制水池，跟其他几个房间的一样。他记得母亲那雕像般的身躯在煤气灶前弯着，在搅动炖锅里的什么东西。他记得最清楚的是他从未吃饱过肚子，还有吃饭时进行的凶狠抢夺。他老是缠着他的母亲，问她为什么东西总不够吃。他要么是又喊又叫，要么是哭哭啼啼，装出可怜巴巴的样子。目的都是一样：要多拿些吃的（他还记得哭喊时的声调，先是呜咽，然后有时突然哇哇大吵大嚷一番）。他妈妈总是会多分他一点儿的，因为她认为男孩子得多吃些。但不管她给他多少，他还是嚷着不够。每次吃饭时，妈妈总提醒他不要太自私，他妹妹生病，也得吃东西。但也没用，一看到她分饭菜的勺子在他盘子上停下来，他就野性突发，要把她手上的锅子抢过来，或把妹妹的饭菜倒在自己的盘子上。他知道这样做会把他母亲和妹妹饿死，但他还是做了，甚至相信这是应该的。他腹中的饿火让他觉得抢吃的有理。在早晚两顿饭之间，如果他母亲没看到，他就到壁橱偷东西吃。

有一天，配给的巧克力发下来了，过去几周或者几个月里都未发过。他清楚地记得那珍贵的一小片巧克力。他们三个人分得两盎司重的一片（那年头他们还用盎司计重），显然应该平分成三份。突然史密斯脑中好像有人告诉他：你应该全部拿过来。接着他就大嚷大叫了。母亲对他说不能这么不知足。于是母子两人一个哄骗说理、一个又哭又啼地吵个不休。他妹妹双手搂着妈妈，就像小猴子抱着母猴一样，转过头来用她大而忧郁的眼睛看着他。母亲最后把四分之三的巧克力分给史密斯，四分之一给妹妹。妹妹接过后，傻傻地瞪着它，大概不知道这是好吃的东西。史密斯看在眼里，突然一跃而起把她手上的巧克力抢过来夺门而逃。

“温斯顿，”他妈妈在后面喊着，“快回来，把巧克力还给你妹妹。”他停了步，但没有走回去。他母亲焦灼的眼睛一直凝视着他的脸。即使在这一分钟，她心中想着的，还是那快要发生的事，但那时他不知道究竟是什么事。这时他妹妹知道东西被抢了，低声抽泣起来。他母亲搂着她，把她的脸紧贴自己胸前。他从这举动猜到，他妹妹快死了。他转身疾步下楼，手上的巧克力开始融化了。

这是他最后一次看到母亲了。他吞下了那片巧克力后，觉得有点惭愧，在街上荡了几个钟头，直到肚子饿得不能再忍受了才回家。想不到他的母亲已经失踪了。当时失踪已经渐渐普遍。除了母亲和妹妹不见外，房内什么东西都一样。她们没拿任何衣服，母亲那件大衣还在。到今天他还不知道母亲是死是活。说不定她下放到劳改营。妹妹呢，可能跟史密斯一样，送到孤儿营（他们称为“感化中心”），这是内战后才建立起来的机构。但也可能跟母亲一道去了劳改营。再不然就丢在什么角落自生自灭了。

那梦境在史密斯的脑海里依然生动，特别是手臂的遮挡保护动作，其中包含了梦境的全部意义。他又想起两个月前的另外一个梦。那次，他母亲坐在一艘沉船上，跟她坐在那张铺着白色床单的肮脏床上的样子一模一样，他的小妹妹仍在贴着她，是在他下面很深的地方，而且每分钟都在下沉，但她仍透过颜色越来越深的水看着他。

他把母亲失踪的故事告诉了朱莉娅。她眼睛也没有张开，改换了一个睡姿，说：“我想你小时候一定是个王八蛋。”她语言不清地说：“所有小孩都是王八蛋。”“不错，但问题在……”

听她的呼吸声就知道她又睡着了。他真希望她能醒着听他讲有关他母亲的故事。在他的记忆中，她并不是什么特殊的女人，也不算聪明。可是她有一种纯洁而高贵的气质。这因为她信奉的做人标准，都是发自内心的。外在的影响改变不了她。对她来讲，一个不实际的行动不一定是有意义的行动。你爱一个人的话，就认真地去爱他。直到你一无所有，你还可以一样爱他。史密斯把巧克力抢去后，她就紧紧地抱着妹妹。这没有什么用处，改变不了什么事实，也不能把巧克力讨回来，更不能逃过自己的或妹妹的死亡命运。但她还是拥抱着妹妹，好像这是天经地义的事。

纪录片中那个乘小艇逃命的妈妈，也用自己的身体掩护孩子，虽然在机枪扫射下，她身体的掩护作用，也强不过一张薄纸。党所做的最坏之事，是说服人们仅靠冲动或感情解决不了任何问题，而同时让你在现实世界中变得彻底软弱无力。一旦落入党的手里，你感觉到或者没感觉到什么，你做了或者控制住没做什么，那都完全无关紧要。不管发生什么事，你都是消失得无影无踪了，你和你的行为从此湮没无闻，你被不留痕迹地从历史河流中清除掉。可是对上两代的人来说，这实在有点不可思议，因为他们还没有修改历史的习惯。他们对个人信奉的道德价值从不怀疑。他们重视人与人之间的关系，一个完全徒劳的动作、一个拥抱、一滴眼泪、向垂死之人所说的一句话等等，都具有自身的价值。

史密斯这时突然想到今天还抱着这种信念的，只有普通群众。他们效忠的对象，不是党、不是国家，更不是一个抽象的观念。他们积极维持的，只是私人关系。有生以来史密斯第一次觉得以往瞧不起普通群众的态度是不对的。他们不但有突然一天觉醒起来改变世界的潜伏力量，最要紧的是他们保全了人性。他们没变得铁石心肠。普通群众还流传了人类原始的情感。史密斯得重新用心学习的情感。想到这里，他记起了一件事：几个星期前空袭时，他在行人道上不是看到一条断了的手臂吗？他不是像踢包心菜一样，一踢就踢到沟渠去了吗？“普通群众才是人，”他大声说，“我们不是。”“我们为什么不是人？”朱莉娅醒来了，反问他说。

他想了想，换了题目道：“你有没有想过，对你和我来说，最聪明的事，莫如于现在就离开这里，今后再不见面？”“当然想过，而且还不止一次。但我不打算离开。”

“我们运气不错，但不可能永远靠运气。你年轻，看来又正常得很，纯洁得很。如果你不和我这类人来往，说不定还可再活五十年。”

“谢了，我想通了。你怎么做，我也怎么做。你也不必太泄气，我懂得怎样照顾自己。”“我们也许可以再相处半年，甚至一年，反正谁知道呢。最后总要分手的。你有没有想过到时我们多孤独？我们一旦被捕后，谁也帮不了谁。我招供了，他们固然会枪毙你。但即使我不招供，他们也一样会枪毙你。不管我说什么、做什么，或者不管我怎样守口如瓶，也拖延不了你的死刑。到时我们谁也不知谁的死活。我们什么力量都没有。最要紧的是，我们不能互相出卖，虽然我也知道到后来结果都一样。”“你是说招供？”她问，“我们当然会招供，谁抓进去都招供不误。有什么办法，他们用刑折磨你。”“我不是说招供，招供不等于出卖。你说什么做什么都没关系，感情才是重要的。如果他们能迫使我不再爱你，这才是出卖。”她想了一会儿，然后肯定地说：“这个他们做不到。他们可以逼你招认任何事情，但却不能逼你相信你讲的话是真的或假的。他们不能跑到你脑子去。”“这倒是真的。”他心中也因此燃起了一丝希望，“他们还不能够钻入我们的脑袋里。如果你觉得保全人性是值得的，即使最后也发生不了什么效果，但在精神上来说，你已经把他们打败了。”

他想到了永远在监听的屏幕，他们可以日日夜夜地监视你，但只要你能保住项上人头，就仍然能智胜他们。他们尽管聪明绝顶，却仍然未能掌握如何发掘一个人心里在想什么的方法。也许等你真正落到他们手里后，就并非绝对如此了。没有人知道迷仁部里面的实际情形，但也不难想象：酷刑、药物、探测你神经反应的精密器具，然后关禁闭、夜以继日地审讯，不让你睡觉。直到你完全崩溃为止。如果他们要从你嘴里探听的是事实，那你无法隐瞒，因为他们总会不择手段要你供出来。但如果你认为人生的意义不是苟全性命，而是活得像个人，说到底，那又有什么关系？他们无法改变你的感情，在这个问题上，连你也不能改变自己的感情，即使你心里想。他们能够详细至极地挖出你所做、所说及所想的任何事，然而你内心仍然不可征服，它的运转即使对你自己来说，也是神秘莫测的。

第八章

史密斯和朱莉娅现在所站的房子，是长方形的，灯光柔和。屏幕声音很低。蓝黑的地毯，厚厚的让人有踩在天鹅绒上的感觉。房间的尽头奥布莱恩正伏案工作。台灯的罩子是绿的，桌上堆着一大堆文件。用人带他两人进来时，他连头也懒得抬起来。

史密斯的心脏跳个不停，他真不知道自己是否还会说出话来。他们来了，到底还是来了，那是他唯一的想法。来这里已经算是够轻率的，两人一起来，就更是愚蠢，尽管他们来时，确实走了不同的路线，只是在奥布莱恩的门口会合。单单走进这样一个地方，就需要鼓足勇气才行，从里面看一眼内党党员所住的地方，或者说就连进入他们所住的这一区，都是很少有的事。这一排排高楼大厦特有的气氛和气派、佳肴美食的香味、上好烟草的芳香、快速宁静的电梯、来回穿梭着白制服的用人。看到的、听到的、闻到的都摄人心魄。虽然他造访的理由极为充分，走起路来还是提心吊胆的，生怕神出鬼没的黑衣警卫随时出现检查证件，然后撵他们出去。

奥布莱恩的用人却一点儿也没有为难他们。这人个子矮小、黑发、穿白制服，面部毫无表情，可能是个中国人。他带他们走过的一条走廊，也是铺了厚厚的地毯，两边墙壁粉擦得一片乳白。这又是一种先声夺人的威势。史密斯从来没看过一条走廊不是肮脏的。

奥布莱恩正全神贯注地看着手上的一份文件。他那张凝重的脸庞俯视着，以至于能看到他鼻子的轮廓，样子既令人敬畏，又是聪明的。大概有二十秒钟的时间，他纹丝不动地坐着。突然他把说写器拉到面前，用迷理部的行话念道：

“项目一逗号五逗号七批准句号建议包括第六项加加荒谬近于罪想取消句号前所未有建设不取加满估计机械顶上句号通知结束。”念完后他才慢慢地站起来，走过不发出脚步声的地毯到了他们面前。说完那些新语单词后，他身上好像少了点儿官气，脸色却比平时更为阴沉，似乎因为被打扰而感到不快。这时史密斯又尴尬又恐惧。他会不会做了一件最愚蠢的事了？他又怎么知道奥布莱恩跟他是同路人？除了那短短一瞬的目光和一两句模棱两可的话，他还有什么证据？其余一切，都是想象出来的吧？到了这个田地，他原来到这里拿字典的借口已经用不上了。拿书何必两个人来？奥布莱恩这时走到电幕前，好像想起了什么似的，突然转身，按了按墙上的开关。啪的一下，屏幕停了。

朱莉娅禁不住发出低声的尖叫。史密斯虽然也吓呆了，但这实在是意外，他也忍不住地说：“你的屏幕可以完全关掉？”“对，我们有这种特权。”奥布莱恩回答说。

他已站到史密斯和朱莉娅两人面前。高大的个子，居高临下地盯着他们，脸上的表情还是跟先前一样的不可捉摸。他板着脸等着史密斯先说话。但说些什么呢？奥布莱恩显然还是不高兴。他是个大忙人，而他们两人出现打断了他的工作。

谁也没有作声。屏幕关闭了以后，房间寂静无声。一分一秒的好像过了千年。史密斯好不容易才能集中精神正眼看着奥布莱恩。过了一会儿，奥布莱恩的面色终于缓和了一点儿，用他习惯的姿势推了推眼镜。

“你先说还是我先说?”他问。

“我说吧,”史密斯马上答道,“屏幕真的关了?”“关了,在这房子内说的话,只有我们三个人听到。”

“我们来这里,因为……”

他顿了顿,因为他自己也搞不清楚他来这里的目标。另一方面,他实在也不知道奥布莱恩能够帮他什么忙,因此也不能告诉他为什么找他。但既然自告奋勇要先说话,不得不勉为其难,虽然自己也知道对方听来一定觉得这种借口虚假得很。

“我们来这里,因为我们相信你与一个地下反党组织有关。我们愿意参加。我们是党的敌人,反对英社的宗旨。我们是思罪犯,通奸犯。我把这些事告诉你,无非也是要把我们的性命交在你手上。如果你要检举我们,我们只好认命。”

说到这里,史密斯好像听到房门开了,转头一望。果然,那个黄脸孔的东方人连敲也不敲就打开门走进来。他捧着一个盘子,上面盛着玻璃瓶和几个杯子。

“马丁是我们的人,”奥布莱恩面无表情地说,“马丁,把盘子拿到这边来,放在台上吧。椅子够不够?好了,那么我们大家坐下来谈吧。马丁,你自己也拉一把椅子来,我们谈的是公事,在十分钟内你不必做仆人了。”马丁依言坐了下来。他虽然没有显出局促的样子,但你还可以看出来他是个仆人,一个享受着特权的仆人。史密斯从眼角瞄了他一眼。不用说,这人一生都在扮演一个角色,因此连一分钟也不敢放弃这角色应有的表现与性格。

奥布莱恩拿起瓶子,把杯子盛满了深红的液体。史密斯隐约记得许久以前好像在墙上或广告板上看过类似的东西:一个由小灯泡组成的大瓶子一上一下地移动,把“液体”倒在杯中。现在面前的液体,由上面看下去是黑色的,可是在瓶子内则闪亮如红宝石,味道酸酸甜甜的。史密斯看到朱莉娅拿起杯子好奇地嗅了一下。

“这东西是葡萄酒,”奥布莱恩淡淡地笑着说,“你在书上一定看过了。这东西供给党外享用的恐怕不多。”跟着他的面色又严肃起来,举杯说:“我想我们应该先为我们的领袖依曼纽尔·戈斯坦的健康喝一杯!”

史密斯有点兴奋地举起杯子。用葡萄或其他果子酿制的酒，他书本上看过，做梦做过，就是没有尝过。像水晶镇纸和查灵顿先生所记得的歌谣片断一样，这种东西是属于已经过去了的浪漫时代。在他的心底，他称那个时代为黄金时代。

也不知什么原因，他一直以为葡萄酒是甜甜的，如黑莓子酱，并且一到肚子就见酒力。事实并不如此，他喝了一口后就大感失望。可能是他喝了胜利杜松子酒多年，已经尝不出这酒的真正味道来。他把空杯子放下。

“那戈斯坦真有其人了？”他问道。

“对的，真有其人，而且还活着，人在哪里我就不知道了。”“那么那个叛乱组织也是真的了？不是思想警察杜撰出来的了？”“不是，真有这个组织，我们叫‘兄弟会’。可是除了‘兄弟会’真的存在和你是其中一分子外，其他的事情你永远不会知道。我等会儿再跟你解释。”他看看腕表，又说：“我虽然是个内党党员，也不敢把屏幕关上半小时以上。你们实在不应一道来的。离开时你们一人先走。这样吧，同志，”他朝朱莉娅点了点头，继续说，“你先走。我们能够谈的只有二十分钟。让我先问你们一些问题吧。大概地说，你们准备做些什么事？”

“任何我们能力所及的。”史密斯答道。

奥布莱恩在椅子里把身子转过一点儿，好正对着史密斯。他几乎对朱莉娅视而不见，似乎想当然地认为史密斯能代表她说话。他闭眼一会儿，然后开始以低沉而无感情的声音提问起来，好像是例行公事，是种问答教学法，问题的答案他已经心里有数。

“你们愿意牺牲自己的生命吗？”

“愿意。”

“你们愿意杀人吗？”

“愿意。”

“去干可能导致几百个无辜百姓丧命的破坏活动呢？”

“愿意。”

“去向外国出卖你的国家呢？”

“愿意。”

“你们愿意去欺骗、造假、勒索、腐蚀儿童的思想、散发让人上瘾的药品、教唆卖淫、传播性病，做任何可能导致道德败坏以及削弱党的力量的事吗？”

“愿意。”

“比如，如果向小孩脸上泼硫酸这件事在某种意义上说对你们有利，你们也愿意去做吗？”

“愿意。”

“你们愿意隐姓埋名，余生都当一个服务员或码头工人呢？”

“愿意。”

“如果我们命令你们自杀，你们也愿意吗？”

“愿意。”

“你们愿意你们两个人永远分开不再见面吗？”

“不！”朱莉娅突然插了一句。

史密斯等了好一会儿才答话。有那么一阵子，他甚至好像无力说话。他的舌头在无声地动着，先是想发出某个词的音节，接着又想发另外一个词的开头音节，他不知道说什么好。“不。”他最后说。

“你说了实话，那很好，”奥布莱恩说，“我们什么都要知道得清清楚楚。”

他转过身去对着朱莉娅，然后用较有表情的腔调补充说：

“你知道么？即使他将来能活下来，也会变成另外一个人。我们说不定要给他一个新的身份。他的行动、手脚的形状、发色，甚至连声音也都改变了。你自己也一样。我们的整型专家可把任何人脱胎换骨。为了需要，我们有时得把一只手或一条腿割去。”

史密斯听到这里，忍不住又偷偷地打量了马丁一眼。他看不到什么疤痕。朱莉娅脸色变得苍白，雀斑也更显露了，但她勇敢地正面瞧着奥布莱恩，喃喃地好像说了同意的话。

“好，那就解决了。”奥布莱恩说。

台上摆着一个银盒子，里面是香烟。他心不在焉地把盒子推到他们面前，自己也取了一根，然后站起来来回地踱步，好像这样比坐着容易思考。这纸烟烟草很好，结结实实的，纸质柔滑。奥布赖恩又看看腕表，说：“马丁，你该回到厨房去了。十五分钟内我就得把屏幕打开。你离开前把这两位同志的面孔牢记下来，因为你将来还要跟他们见面，我自己就说不定了。”

就像他们在大门时一样，马丁的黑眼珠在他们面上打量了一遍，态度一点儿也不友善。他虽然在记下了他们的外貌，却对他们一点儿兴趣也没有。即使有也看不出来。也许一个整了容的面孔是难有表情的，史密斯想。马丁一句话也没有说，也没有举手或点头示意，就离开了，一声不响地把门关上。奥布莱恩来回地踱着步，一手插在黑制服的口袋，一手捻着纸烟。

“你要知道，”他开腔了，“你们是秘密作战的。永远如此。你收到命令，就要不问缘由地去执行。过些时候我会给你看一本书，你就会知道我们现在所处的社会是哪一种社会。这书也会告诉你我们毁灭它的方法。书看完了后，你就是兄弟会的正式会员。但除了我们斗争的基本目的外，你永远不会知道其他细节，也不会知道摆在眼前的任务性质。我可以告诉你‘兄弟会’确有其事；却不能告诉你会员是一百万，或一千万。就你们的圈子来讲，你甚至不知道‘兄弟会’的人数够不够十个。跟你接触的，有三四个人，但下次再跟你接触的，不会是同样的同志。马丁是你接触到的第一个，因此不用更换。给你们的命令，都是由我发出的。如果有需要跟你们联系，马丁就是线人。你被捕后，就招供，但除了你们所做的事外，也没有什么可招的。你能出卖的，充其量也不过是三四个无关紧要的人。大概连我你也出卖不了，因为到时我不是死了，就是变成另外一个人，另外一个面孔。”

奥布莱恩又在柔软的地毯上走来走去。虽然他很魁梧，举动中却仍具有非凡的优雅之处。即使在他把手伸在口袋里，或者把弄那根香烟时，仍能散发出优雅的气质。他给人一种印象：他不仅有力量，而且自信和善解人意，尽管带有嘲讽意味。不管他内心可能有多么热切，他一点儿也没有狂热分子的那种执着的样子。说起谋杀、自杀、性病、截肢和易容时，他隐约有种开玩笑的样子。“这不可避免，”他的话音似乎这样表示，“这是我们一定要做的，不能退缩。然而如果生命再次变得值得活下去，我们就不会做这件事。”温斯顿对奥布莱恩的钦佩之情油然而生，那几乎是崇拜。一下子他竟把戈斯坦忘了。你只要看看奥布莱恩坚强有力的肩膀，既丑陋又睿智豪迈的面孔，你不会相信他这个人会被击败的。他绝对是个事事洞悉先机、韬光养晦的人。连朱莉娅也被他吸引住了，一直全神贯注地倾听着，连手上的烟也忘了抽。

“你既然听过有关‘兄弟会’存在的话，”奥布莱恩又开始说话了，“自然会对这个组织产生了许多幻想。比如说，在你的想象中这是个庞大的叛乱组织，会员常在地窖聚会，在墙上传口讯，或靠暗号和手势互相招呼。事实上这都是神话。‘兄弟会’会员无法认出对方是否是同志。而除了几个线人外，任何会员都不知其他同党的身份。就算戈斯坦本人落在思想警察手上，也不能供出全部会员的名单，也不知哪里才可以找到全部会员的名单。很简单，根本没有这份名单。‘兄弟会’也因此不会被一网打尽，正因为它不是一个普通的组织。除了一个不可毁灭的理想外，再没有其他东西把所有会员结合在一起。而这理想也是支持你精神唯一的力量，因为你没有同志爱，也没有什么鼓励和慰藉。你出了事后，没有人会帮助你，因为我们从来不援救会员。如果有绝对的需要不能让一个被捕的同志讲话，我们也许会送一张剃须刀片到狱中。你要习惯过没有希望和没有结果的生活，因为工作一个时期后，你就难免失手。招供后，就牺牲了。这就是你所看到的唯一结果。我们一生中，没有可能看见什么转变。我们实际上是已经死了的人。真正的生命寄希望于未来，我们会仅仅以几捧尘土、几块骨头参与到未来，然而未来有多远不得而知，可能在一千年后。目前，我们除了把清醒的范围渐渐扩大，也没有其他能做的事了。我们不能集体去做，只能以单独传播的方式，把我们的知识与经验向外推出，一代传一代的推出。在思想警察的阴影下，还有什么更好的办法?”

他说完后又看了看腕表。“也到了你该离开的时间了，同志，”他对朱莉娅说，“等一下，瓶子里的酒还没喝完。”

他把三个杯子倒满，然后举起自己的杯子。

“这次为什么而干杯呢?”他问道，口气还是半带嘲讽，“为愚弄思想警察成功而干杯？还是为老大哥早归道山？为人类？为未来?”“为过去。”史密斯说。

“对，过去更重要。”奥布莱恩严肃地附和说。

他们喝完了杯子里的酒，然后过了一会儿，朱莉娅起身要走。奥布莱恩从橱柜顶上取下一个小盒子，递给她一片扁平的白色药片，要她放在舌头上。他说在出去时别冒酒气，这一点很重要，因为开电梯的是个善于观察的人。门一关上，奥布莱恩就似乎忘记有她这个人了。他踱了两步，停下来。

“现在我们得解决一些细节问题，”他说，“我想你一定有什么可以躲过屏幕的藏身之地吧。”史密斯就告诉他他已经租下查灵顿先生的房子。

“那就暂时应付应付吧。过些日子我们再替你安排别的，要紧的是常常换地方。目前我要张罗的，就是怎样把那本书送到你手上。”

史密斯注意到，即使奥布莱恩提到那本书时，也是加重语气的。

“那本书？”

“你明白么？我说的是戈斯坦那本书。我想办法尽快交给你，但说不定要等好几天。流传的也没有几本了，想你也猜得到。我们每印一本，思想警察就追查出一本。但这没关系，这本书是消灭不了的，如果最后一本也难逃劫数的话，凭我们的记忆，也差不多可以一字不落地再印一本。你带公文包上班么？”

“通常都带。”

“什么样子的？”

“黑色，破烂不堪，有两条带子。”

“黑色，破烂不堪，有两条带子。好。过几天，我不能给你确定的日期。你上班时收到的文件中，其中有一份会出现一个错字，你要求再送一份。第二天你上班时就不用带皮包。那天在街上某一个时候，会有一个男人上前按按你的手臂说：“我想这皮包是你的。他给你的皮包中就有戈斯坦的书。十四天后你就得归还。” 两人都沉默起来。过一会儿，奥布莱恩打破沉寂说：“还有两分钟你就得走了，再见。如果真能再见的话。” 史密斯抬头望他，然后迟疑地问：“在没有黑暗的地方再见？” 奥布莱恩点头，没有显出惊异的样子。“对，在没有黑暗的地方再见。” 他说，好像懂得史密斯的暗示。“但现在，在你离开前，有没有想说的话？有没有什么口信要我转达？或者有什么问题？”

史密斯想了一下，好像也没什么问题想问了，更没有想泛泛而言地唱高调。他想到的不是直接跟奥布莱恩或者“兄弟会”有关的任何事情，他脑子里出现的，是混合在一起的图像，包括他跟母亲度过最后一段时间的阴暗房间，查林顿先生铺子上面的房间，玻璃镇纸，钢板雕刻和青花木框架。他随口问道：

“你有没有听过这么一首歌谣？开始一句是这样的：‘圣克莱门待教堂的钟声说，橘子和柠檬’。”

奥布莱恩点了点头，接着用近乎虔诚的声音把整段诗念出来：

圣克莱门待教堂的钟声说，橘子和柠檬，
圣克莱门待的钟声说，你欠我三个铜板，
圣马丁的铃声说，几时还我？
老贝利的铃声说，等我富有了。

“你还记得最后一行？”史密斯惊奇地说。

“对，我还记得最后的一行。可惜的是，你得离开了。等一下，我得先给你药片。”

史密斯站起来后，奥布莱恩伸出了手。他重重地握着，史密斯掌心几乎给他压碎了。到门口时史密斯回头一笑，但奥布莱恩似乎正准备把他这个人忘得一干二净的。他的手指按着屏幕的开关，等他离开。奥布莱恩的后面，是书桌、绿色的灯罩、说写器和堆在铁篮子内一叠叠的文件。这件事情已经结束。他想到过半分钟后，奥布莱恩又会重新为党重要工作。

第九章

史密斯人累得像块果汁软糕。对，一点儿也没有夸张，这是他自然而然地想到的比喻。他的身体累得发软，也软得透明。他觉得如果把手举起，会看到光线透过来。全部血液和淋巴液都因为无比繁重的工作而被抽干，只留下由神经、骨骼和皮肤组成的骨架子。所有知觉都似乎被放大，工作服在摩擦他的肩膀，人行道让他的脚底发痒，甚至把手张开抓住都是种费力的动作，能让他的关节咯咯作响。

在五天内他工作了九十多小时。在迷理部的同事也是如此。现在大功告成，在明天早上以前，什么公事也没有了。他可以在查灵顿先生的房子过六小时，然后还有九小时躺在自己的床上。

午后的太阳，异常柔和。史密斯正向通往查灵顿先生铺子的昏暗街道走去。他习惯地东张西望，看看有没有巡逻警察在旁边，但直觉地相信今天是不可能有人上前盘问他的。他手上拿着的皮包，异常沉重，走一步，就撞击他膝盖一下，使他的腿又痛又麻。皮包内是“那本书”。他拿到手已经有六天了，但一直没有打开，更不用说翻看了。

仇恨周的第六天，在经过游行、讲话、呼喊、歌唱、旗帜、宣传画、电影、蜡像、军鼓敲打和小号尖响、操正步的踏地声、坦克履带的轧轧声、大批飞机的轰鸣、枪炮齐响。这样过了六天之后，最高潮颤动着接近顶点，对欧亚国的全面仇恨沸腾着达到狂乱的程度。将在仇恨周的最后一天被公开处以绞刑的两千个欧亚国战争犯如果落到人们手里，无疑会被撕成碎片。可是不早不晚，消息传来，大洋邦的交战国不是欧亚国，而是东亚国，欧亚国是盟国。

当然，这种事党是不会承认的。只是一下子，非常突如其来，大家都知道东亚国是敌，欧亚国是友。敌我交替时，史密斯在伦敦市中心一个广场上示威。那是晚上时分，苍白的面孔与猩红的旗帜在灯光下相映成趣。挤在广场上的有好几千人，其中有一千左右穿着探子队制服的学童。在满披红布的讲演台上，某个内党的演讲家正向人群做着慷慨激昂的讲话。他个子虽小，手臂却特长，脑袋也奇大，几根乱发在秃顶上飘呀飘的。他整个身躯活像仇恨的化身，一手拿着麦克风，一手在头上的空间拼命指比画。透过扩音器，他声音非常刺耳，一直数落着欧亚国的暴行。屠杀、放逐、掠夺、强奸、虐待战犯、滥炸平民、夸张宣传、恣意侵略、乱毁条约等等。只要你在场听他演讲，你对他的话不得不由衷信服，继而觉得义愤填膺。

每隔一阵子，人群的愤怒沸腾起来，喇叭的声音被野兽般的咆哮声压了下去，那是从几千个喉咙里不可遏制地爆发出来的。而最为野性十足的喊叫，来自那些学童。他口沫横飞地讲了大概二十分钟，突然有一信差走到台上塞了一张纸条给他。他一边打开字条来看，一边还是滔滔不绝地说话。他的声音和态度没什么改变，内容也没改，但一下子敌国的名字改了。一句话也不用说，大家马上就知道这是怎么一回事。大洋邦的敌人是东亚国，跟着秩序大乱。在广场悬挂的旗帜与宣传画，对象全搞错了，文不对题，超过一半的宣传画上印错了脸。这还用说么，准是戈斯坦阴谋分子的破坏行动，马上就有人开始把宣传画扯下来，旗帜被撕成碎片踩到脚底。探子团的人马格个奋不顾身地爬到屋顶，把悬在烟囱上的横幅剪下来。两三分钟后，大功告成。刚才在台上演讲的内党党员，还是那个模样，手拿麦克风、身子靠前、另一只手在头上比画着，慷慨激昂地在数落着敌人的罪行。再过一分钟，人群中又爆发出因愤怒而引起的野蛮咆哮声。仇恨周跟刚才一样，丝毫不走样地进行，只是仇恨的对象变了。

现在回想起来，史密斯印象最深的，就是那内党党员看了那纸条后，可以在完全不变换语法的原则下，由仇恨欧亚国一转转到东亚国，丝毫不露痕迹。但除了这偷天换日的一刻外，那内党党员还说了些什么，他就没注意到了，因为他的注意力刚好在这时候分散。探子团和其他的人忙着撕宣传画时，有人拍着他的肩膀说："对不起，我想这皮包是你的。"那人长得如何，他没看到。他也随手把皮包接下，一句话也没有说。书是到手上了，但至少也要等好几天才有机会看。示威告终后，他就马上回到迷理部去，虽然那时已经接近二十三点。迷理部其他员工，也一样匆匆赶着回去办公。屏幕此时正催促着他们赶回所属单位报到，看来是多此一举了。

大洋邦在跟东亚国打仗，大洋邦一直在跟东亚国打仗。过去五年内的政治性文献的绝大部分都已完全落伍，所有报道和档案、报纸、书籍、小册子、电影、录音、照片，等等。一切都必须以闪电般的速度改掉。虽然没有什么指示，但大家都明白，纪录科各主管都希望见到一个星期内，所有曾经提到与欧亚国冲突的记录或与东亚结盟的经过，都全部消失。

这项工作极其艰巨，而且由于不得明言涉及的做法而更显艰巨。纪录科的同事，一天工作十八小时，中间分两段时间休息，每次三小时。休息的地方就是从地窖拿上来的床垫，散布走廊各处。吃的是三明治和胜利咖啡，由饭堂的员工推着手车来回输送。每次史密斯到走廊去打盹儿前，都尽量把手上的事情先做完。但每次睡眼惺忪地爬回来时，总能看到新的文件如雪片般堆在桌上，飘到地上，把半个说写器也埋了。因此他回来后第一件事就是把这些文件堆起来，腾出可以工作的地方。最要命的是这种工作并非全部是例行公事的。有的只要更换一下名字就行了，但如果要写的是一份详细的报告，那要费不少心思和想象力。不说别的，单是要把战争从地球某点转移到某地，也需要丰富的地理知识啊。

到了第三天，他眼睛刺痛得难受。每过几分钟就得擦一下眼镜。这就像在撑着干一件极其累人的体力活儿，一件有权利拒绝去干，然而又神经质地渴望将其完成的活儿。就他记忆所及，他并没有为瞪着眼说谎而不安，虽然他对说写器念的每一个字，或铅笔删改的每一句话，都是欺神骗鬼的行为。他跟科里每个同事一样，一心一意地要把谎言说得天衣无缝。到了第六天早上，喷筒吐出来的东西少了。曾经有一次半小时内什么文件也没有出现。过后再跳出一个筒子来，就从此中止了。在同样时间中，各单位的情形也一样。整个科的人都偷偷地舒了口气。一项无名的艰巨工作完成了。从此没有人能够拿出文字的证据来，说大洋邦曾经跟欧亚国交过锋。令大家意想不到的是，到了十二时，部里忽然宣布说下午不用上班了，明天早上再来。自七天前从那人手上接过了那皮包后，史密斯一直与它形影不离。上班时夹在腿中，在走廊打盹儿时充当枕头。现在总算可以带回家去了。他刮过胡子后就泡了个澡。水是不冷不热的，但他几乎睡着了。

他走上查灵顿先生的房子时，觉得骨骼关节吱吱作响，但感觉是异常兴奋的。他身上累，却不再困乏。他打开窗户，点亮肮脏的小油炉，在上面放了一锅水，准备煮咖啡。朱莉娅很快也会来，还有“那本书”也在这里。他坐在那张脏兮兮的扶手椅上，解开了公文包的系带。

书皮是黑的，装钉得很蹩脚，封面既无书名，也无作者名字。印刷的字体也跟常见的略有不同。书页的边上磨损很大，而且一不小心整页就脱下来，足见看过的人不少。首页是：

寡头集体领导的理论与实践

伊曼纽尔·戈斯坦著

第一章：无知是力量

有史以来，或者说，自新石器时代结束以来，世界上可分为三类人：上等、中等和下等人。这三类人个别还有各种分类，称谓也各有不同，人数和一种人对另一种人的看法虽然各代不同，但社会上的基本结构却从来没改变过。虽然历经变乱，这基本的模式却不走样，正如陀螺仪一样，无论你朝哪边推得多远，最后还是回到老地方。

这三类人的目标永难协调……

史密斯看到这里，停了下来，主要是让自己知道，他是舒舒服服而又安全地看着自己要看的东西。他一个人在这里，既无屏幕、钥匙孔外，又不用担心有人偷听，更不用慌忙转过头去看看有没有人监视，然后马上用手按着书本。初夏甜润的空气吻着他的脸颊。远处传来小孩子嬉戏的声音。房间内除了古董钟的滴答声外，再没有其他的声音。他舒服地靠着扶手椅背坐着，脚搁在壁炉的围栏上。这真幸福啊！突然，正如一个人有时会翻一本他知道最终会把每个词都一读再读的书本那样，他把书翻到另外一处，发现已经是第三章。他继续阅读：

第三章：战争是和平

世界分成三个大超级强国，事实上在20世纪中叶前就出现这个形势了。俄国吞并了欧洲和美国接管了大英帝国后形成了两个大国，也就是欧亚国和大洋邦，事实上已经成立了。第三个国家，东亚国，是经过混战十年后才正式出现的。这三个大国的边境，在某些地区是没有什么标准的。有时那块地方属于谁，要看战争的结果而决定，但通常来说是依据地理形势而划分。欧亚国的版图占了欧亚内陆的北面，由葡萄牙到白令海峡。大洋邦则由美洲、大西洋诸岛（包括不列颠群岛）、澳大利亚和非洲南部所组成。东亚国比其余两国小，西边的疆域还没有明切确定，以成员来讲则包括中国、日本、满洲、蒙古和西藏。

这三个超级大国，不时一国与另一国结盟，联手打第三国。如此混战下去，已经有二十五年的历史了。应该指出的是，这个时候的战争，不是像20世纪初那种疯狂而毁灭的战争，三个国家打的，都是有限战争，因为他们任何一国，都没有力量摧毁对方。再说，他们也不是为了物质的理由打仗。论意识形态，他们也没有什么显著的区别。

但这并不表示说，战争的行为和对战争的态度不像以前那么残酷了。

事实正好相反。在这三个国家里，战争歇斯底里症在各国内部都经久不衰并普遍存在，像强奸、劫掠、屠杀儿童、把大批人口变成奴隶，甚至发展到煮死及活埋这样针对战俘的报复行为都被视为正常。而只要干这种事的是自己人而非敌军，那就是英雄行径。

从数字上看，这种战争牵连的人数不多。参与其中的大部分是训练有素的专家。死亡的人数也远比以前的战争少。真正的战事大多数在陌生的边境发生，而正确的地点究竟在哪里，一般人只能瞎猜一番。如果不是在边境地带交手的话，就在浮游堡垒防卫的海上战略地带。对居住于大都市如伦敦的人来说，战争除了经常造成物质短缺外，就是偶然听到一个火箭弹坠地的声音，杀死了几十个平民。战争的性质事实上已经变了。再正确点说，打仗的理由是经过权衡事态的轻重而决定的。20 世纪初的几次世界大战，早有这个构想，只是其实际价值到现在才认识清楚，才认真实行。

为理解如今的战争，因为战争或结盟的对象每隔几年总会变化，但总是同样的战争。人们必须首先理解战争不可能是决定性的。三者的任何一个都不可能完全被征服，甚至另外两国联合起来也做不到，它们过于势均力敌，而且相互之间的天然屏障太难克服。欧亚国被其辽阔疆域所保护，大洋邦依靠大西洋和太平洋的宽度，东亚国靠的是其居民善于生养以及勤劳的本性。从实际意义上说，也没可以为之打仗的原因了。三个超级大国已经建立了自给自足的经济系统。如果三国为了经济的理由而交战，原因不是为了争取资源，而是人力。各大国的国境之间。存在一个哪个国家都不曾长期占领的地带，大致呈四边形，分别接连四个港市：摩洛哥的丹吉尔、刚果首都布拉柴维尔、澳洲的达尔文和中国的香港。这四角地区合加起来的人口，占全世界的五分之一。三个强国就是为这四个地区和北极的所有权而常常冲突。事实上没有一个国家能够完全控制这个地区。今天你占了这一角，明天说不定就易手了。大洋邦每隔几年就化敌为友，或化友为敌，目的也不外是见风转舵，从中拿些好处。

这三国必争之地藏有丰富的矿物。有的地区盛产重要的植物原料，如树胶，不产这东西的寒冷地区，只好用化学物提炼，成本就贵多了。但最有价值的莫过于这地区所提供的廉价劳工。谁统治了赤道非洲、中东诸国、南印度、印度尼西亚群岛，就无疑可以主宰千千万万廉价辛勤苦力的命运。这一带的居民，地位如同奴隶，经常变换主人。在统治者的眼中，他们的价值形同石油煤矿，是制造军火武器的燃料、侵略战争的马前卒、第二代劳工的工头。新一代劳工一起，制造更多军火武器、侵略更多领土。如此新陈代谢、周而复始地循环下去。

我们应该知道的是，这三国的战火很少烧到这四角地区以外的地方。欧亚国的边境，就是伸缩于刚果盆地和地中海北岸之间。印度洋和太平洋各岛屿，不断被大洋邦和东亚国互相抢夺。欧亚国和东亚国在蒙古地区的界线，一直不曾稳定过。此外三强不断争夺的，就是北极人际罕见的地带。这三个超级大国的实力，实在差别不大。战争都是在外围打的，战火从未蔓延到本土。靠近赤道地区的人，劳动力虽受剥夺，但对世界的经济和财富并无贡献。他们生产的东西都消耗在战争上，而发动战争的目的就是要争取更多的人才物力，为下一场战事做准备。如果这些奴隶还有什么价值的话，就是他们投入的劳动力与产品，使本来就一直进行的战事节奏加快。可是即使这些奴隶不存在，世界社会的结构，以及这结构运作的基本原则、大致上不会有什么差别。现代战争的主要目标就是要在不提高人民生活水平的原则下，尽量消耗机器的成品（根据双重思想的原理，内党的头子可以同时认识这一点的重要性，也可以完全不知道有这回事）。自19世纪末以来，怎样处理剩余消费品常是工业社会的第二大难题。现在世界上还有这么多人在挨饿，这问题本不应成为问题的。即使不用焚烧倾倒的手段处理，剩余消费品的问题一样可以解决。今天的世界，与1924年以前的日子相比，是个荒芜的饥饿、破落的世界。与当时的人所幻想的未来世界比较，那更不知从何说起了。20世纪初，几乎每个念过书的人想象中的未来社会，生活优裕、工作效率高、秩序井然：一个钢铁玻璃和洁白混凝土建筑起来的美丽新世界。科技发展日新月异，一般人也因此而假定这种发展会继续下去。事实并不这样。经过多年的战争与革命，国家与人民变得一穷二白，在没有精力去发展科技。但另外还有一个原因，科技的头脑，全是经验主义思想模式的培养，而这种思想习惯与集体结训的社会生活方式格格不入。整体来说，今天的世界较五十年前落后。有些特别落后的地区稍见改善，而一些与战争武器或警察监视平民的技术，也有进步，但重要的科技实验与发明，可以说大部分停顿了。50年代原子战争破坏的地方，一直没恢复过来。机器带来的危机与问题仍然存在。机器一开始出现时，有头脑的人马上想到，人类做牛马的日子已经结束了。人类既不用做牛马，不平等的现象也会跟着改善。如果机器真的用作改善人类生活的工具，那么饥饿、苦工、肮脏、文盲和疾病在两三代间就可以消灭。实际上机器并非有意为此目标使用，而是按照一种自动的过程。在19世纪末到20世纪初差不多五十年时间里，机器确实大大提高了普通人的生活水平。这是通过生产出有时不可能不分配的财富来完成的。

但均富社会的存在，对统治集团是一种威胁。在某种意识而言，均富社会出现之日，就是等级社会崩溃之时。哪一天每个人的工作时间缩短了、吃饱了、住有浴室和冰箱的房子、拥有汽车甚至飞机。那么最显见的，也可说是最重要的不平等社会现象已经消失。大家有了房子车子，张三和李四的分别，就不易看出来。理论上说，这样一个社会是可以存在的：财富（个人可以拥有私产和奢侈品）大家平分，权力则集中在少数特殊分子身上。但实际上这样一个社会不能维持多久。社会既安定，大家又有空暇时间，平日受惯贫穷折磨的民众就会念书识字，最后也学会了独立思想。有了教育基础，他们早晚会发现，那些当权的少数分子根本是尸位素餐者，因此就会把统治者推倒。以长远的目光看，等级社会只能靠无知与贫困维持。20世纪初有些思想家梦想过要回到农业社会去，主意虽好，但却不切实际。首先这是反潮流的倾向，因为“机械化”的需要，几乎已经成了世界人民的天性。第二，凡是工业落后的国家，在军事上过于软弱，最终为先进国家所统治。

另一方面，通过控制物品产量来让广大人民保持贫穷状态，也不是令人满意的解决办法。在资本主义的最后阶段，约在1920－1940年之间。很大程度上采用的就是这种办法。许多国家的经济，故意让其停滞、土地荒弃、不再增添资本设备，很大一部分人没有工作，靠政府慈善行为才得以苟延残喘。然而也会导致军事上的弱势，因为它造成的贫困显然并非必需，使得反抗不可避免。问题是怎样让工业的车轮继续转动，而又不增加世界上的财富。必须生产出货物来，却又必须不去将之分配。实践中，只能通过不断的战争才能达到这一目标。

战争的行动就是摧残，不但摧残生命，还毁灭劳动力的成果。战争就是把大量本来可以改善人类物质生活的物资炸成碎片、消失于同温层，或沉埋于海底。不能把这些资源转给老百姓享用，怕的是他们最后变聪明了，再不受控制。交战时的武器若被敌方毁坏了，那是正常的消耗。但把没用过的武器作废，重新再做新的，也符合消耗劳动力而不生产任何消费品的原则。举个实例吧，建造一条浮游堡垒的人力物力，足够制造几百条货船。浮游堡垒一旦作废，又得重新动用所有的人物资源再做一条。而浮游堡垒的存在，并没有改善任何人的物质环境。原则上，制造战争的目的是为了消耗供应国民的基本要求后剩下来的物资。事实上国民的基本需要从来没满足过。一半以上的民生必需品常常缺货。这是有好处的。政府的政策是故意要让即使算是既得利益阶级的人也稍尝一下物质缺乏的滋味，好让他们偶一得到些甜头就有飘飘然的感觉。再说，也只有这样才显得张三比李四神气。

以20世纪初的标准来说，即使内党党员过的也是刻苦的生活。可是正因为他们有特权享用一些奢华的东西，如宽敞的房子、较好的衣服料子、私人用的汽车或直升机，而除了吃的喝的和抽的比别人高一等外，还有两三个仆人使唤。让他和外党党员的生活有天渊之别。而外党党员比起不见天日的群众来，就是我们所说的普通群众，又有不少的好处。整个社会的气氛就像个四面被包围的城市：谁能吃到一块马肉就是富人。另一方面，既然大家认识到国家处于战时状态，为了求生存，也只好把权力交托给少数的几个人手上了。

可以看出，战争不仅完成了必需的摧毁工作，而且完成得在心理上也能接受。原则上说，通过建造庙宇和金字塔，挖个坑然后再填上，或者甚至是生产出大批货物然后放把火烧掉这些，也能很简单地把过剩的劳动力浪费掉，然而这些方法仅能提供等级社会的经济基础，而非感情基础。在此，要关注的不是普通群众的精神面貌，只要让他们一直处于工作中。他们的态度便无关紧要，重要的是党自身的精神面貌。照理说，即使是身份最卑微的党员，也是个能干、勤奋、在有限的范围内还可能表现小聪明的人。但这还不够。他还得是个言听计从的无知狂热之徒。整天支配着他的就是恐惧、憎恨、崇拜和胜利的亢奋感。换句话说，他应该经常保持一种处于“战时状况”的心态。是否真有战事发生？那不要紧。而既然现代战争没有全面胜利的可能，前方战事处于顺境也好，逆境也好，都无分别。最重要的只有一样：经常保持战时的心境。

党需要党员一心二用已经是极为普遍的事，而这种境界在战争情绪中更容易达到。党员的地位越高，这种心态也越明显。因此内党党员对战争的歇斯底里情绪和对敌人的仇恨也特别强。内党党员职责在身，有时是需要知道有关战争的新闻报导中，哪一条是真的，哪一条是假的。有时他也知道整个战争都是虚假的，要么是根本没有发生、要么是作战的目的与冠冕堂皇的官方宣言完全是两回事。但这完全没有关系，因为他略施双重思想的法则，就可以把其中矛盾统一了。为了这个原因，没有一个内党党员怀疑过大洋邦跟敌国所动过的干戈，而最后光荣的胜利毫无疑问是属于世界盟主的大洋邦。

所有内党党员都把征服世界视为牢不可破的信念。怎样去达成目标呢？一是扩充领土，伸张权力。这是渐进式的征服。激进式的是发明无可抵御的新武器。大洋邦政府因此非常热衷于发展新武器，而对有想象力与发明天才的人来说，研究新武器计划也成了少数的思想出路的一种。在今天的大洋邦中，“科学”一词，名存实亡。《新语词典》中找不到这个字。过去所有科学上的成就都是经验主义思考模式的结晶，而这种模式是与英社的信条格格不入的。大洋邦即使在科技上有些进展，其目标也是为了削减人类的自由。在实用技术方面，如果不是大开倒车就是迟滞不前。耕田用牛马，写作用机器。但任何对党执政有利的事情（如战争与警察查人私隐的科技），经验主义的研究方式还是受到鼓励的。至少是可以容忍的。党的目标是征服世界和全面消灭任何独立思想的种子。有鉴于此，党列了两大课题：一是如何探知一个人的脑子正想着什么；二是如何在没有预警的情况下于几秒钟内消灭上亿人口。今天的科学研究，就是集中在这两大课题上。而今天的科学家只有两种，现在的科学家要么是集心理学家和审讯者于一身，对脸部表情、动作和说话音调所蕴含的意义进行极其细致地研究，而且对让人说实话的药物、休克疗法、催眠和拷打肉体的效果进行试验；要么他是个化学家或者物理学家，或者生物学家，只研究专业上的特定分支，跟杀人有关。

在和平部庞大的实验室里、在隐藏于巴西森林的实验站里，在澳洲的沙漠地带、在南极洲的荒岛中，你可看到这些科学家和其他专家孜孜不倦地工作。有些人忙着拟订未来战争的作战计划。另外一组则要发明更大的火箭弹、威力更大的炸药和更有功效的电镀方法，让敌人的炮火毁不了经过这种电镀的装甲车或其他作战工具。也有人研究杀伤力更大的毒气，或是毒性最烈可以溶在水里的毒药，把整个洲的农作物全部毁掉。这一组的专家还有任务，发明一种对任何抗体免疫的病菌，使所有药剂失灵。军械专家负责的，是发明一种“潜地车”，可以埋在地下走动，就如潜水艇徜徉于深海一样。另外一个努力的方向是一种可以停泊在空气中的飞机，就如船只停泊于水中。还有一个特技小组的工作值得一提。他们要在太空设反光镜台，把太阳的热力浓缩成杀人武器。另外一个计划：引导地心热力制造人工地震。但上述的计划，一个也没有接近实现阶段，三强中谁也没有比谁领先。我们要特别指出的是，三强早已经拥有原子弹，一种比他们科学家正研究的还要恐怖千万倍的武器。虽然党依照惯例宣称原子弹是他们发明的，事实上早在40年代初就出现了。第一次大规模使用原子弹大约是50年代初的事。几百颗原子弹掉在各工业重镇上。主要受灾的地区是俄国的欧洲大陆、西欧和北美。这次灾难给全世界各国领导阶层一个很大的教训：再来几个的话，全人类的社会组织就完蛋了。没有社会，他们就没有权力。

自此以后，大家虽然没有签订什么条约或交换过什么口头承诺，原子弹战争就绝迹了。但三强还是不断地制造原子弹，相信决定性的一刻早晚要降临，这样他们就可以先发制人。别的方面，战争的方式三四十年来没有什么大改变。使用直升机的次数比以前多，因为轰炸机的地位在很大程度上已被自动推进的炮弹所取代。军舰已经落后，代之而起的是几乎不可击沉的浮游堡垒。但除此以外就没有什么新发展了。坦克、潜水艇、鱼雷、机枪，甚至步枪和手榴弹还继续使用。报纸和屏幕虽然对战况夸大，事实上伤亡的数字远比从前的战争少。那时候两三个星期内的死亡人数动辄就是以十万百万计算。

三强尽量避免发动可能伤亡惨重的战争。如果他们要大举行动，通常是突击盟军。这就是他们共有的战略。这战略是打打谈谈，一到时机成熟就用迅雷不及掩耳的手法把一连串包围着对手的基地夺过来。成功后就跟对手签订友好条约。需要多少年才能解除对手对你的戒心，你就友好多少年。这期间，装有核弹头的火箭弹可以集中到所有战略据点。到最后，这些火箭弹在同一时间发射，造成铺天盖地的效果，以至于不可能进行反击。然后再跟剩下的对手国家签订友好条约，并为下次攻击做准备。几乎不值一提的是，这种如意算盘只是白日做梦而已。没有实现的可能。不仅如此。除了赤道及北极附近的被争夺地区，从来没有哪个国家进攻过敌国领土。这就说明了各大国之间在某些地方有确定的边界。例如，欧亚国很容易就能攻占不列颠群岛，从地理位置上说，那是欧洲的一部分，另一方面．大洋邦也能将其边界扩张到莱茵河甚至维斯图拉河，但那样就违反了各大国都遵循的关于文化统一性的不成文原则。如果大洋邦占领以前被称为法国和德国的地区。就需要或者消灭掉当地的居民，那会是一项实行起来极为困难的工作，或者把差不多有一亿的人口同化。单从科技发展而言，这些人的成就与大洋邦国民不分伯仲。

其余两国面对的，也是类似的问题。就他们的社会结构而言，自己的国民除了偶然遥望一下战犯或有色人种的奴隶外，绝对不能跟外国人接触。即使是暂时的盟友，也须以猜疑的目光看待。除了战犯外，一般大洋邦居民从未看过欧亚国和东亚国的国民是个什么样子。他们又不能学习外语。党怕的是，一旦他们与外国人接触，他们不但会发现外国人也有眼耳口鼻，而且最后总会知道，党告诉他们有关外国人的坏话都是一片谎言。此时也，他们久居的封闭世界开了洞口，而他们赖以支持自己士气的恐惧、仇恨和自以为是的道德感就瓦解了。因此，所有三方都意识到不管波斯或者埃及，或者爪哇岛，或者锡兰易手多少次，除了炮弹，一切都绝对不可越过边界。

除了这个不犯“文化整体”原则外，还有一个从不说出来但大家照行不误的事实。那就是这三大国的生活形式都是大同小异。在大洋邦盛行的哲学叫英社，在欧亚国盛行的哲学被称为新布尔什维主义，而在东亚国盛行的哲学有个中文名字，通常译作“死亡崇拜”，但相信翻译成“消灭自我”更为贴切。大洋邦的国民不准学习这两国的哲学思想，虽然党指导他们对这些信仰口诛笔伐，斥为败坏道德与常识的野蛮言论。实际上，这三种哲学几乎无法分别。所支持的社会体系根本没有任何区别，都是同样的金字塔结构，同样有着对半人半神领袖的个人崇拜，经济同样由连绵战争所维持并为战争而服务。因此，三者不仅不能将对方征服，而且征服了也不会有任何获益。他们像一个三脚架一样，你支持着我，我也扶持着你，大家互相依靠。就像大洋邦的内党党员一样，其余两国的统治集团既洞悉世界大事真相，可又一无所知。他们献身征服世界大业，同时也清楚战争不能停止，打仗不能希望打赢。既然本土永无被征服的可能，歪曲现实的勾当就可为所欲为。这不但是英社的特色，其余两个对手也各有一套掩人耳目的把戏。我们在这里得重复说过的话：连绵不绝的战争把战争的基本性质改变了。

以前，战争之所以为战争，无非是它早晚有完结的一天，谁胜谁负，骗不了人。过去的战争也是人类社会直接接触到物质现象的一种经验。不错，任何时代的统治者用尽各种手段去瞒骗老百姓，歪曲让他们知道外间情况的真相。但这也有个限度。如果局势的发展牵涉到军事上的胜负，就不能再讲假话了。打败仗就会失去自由，就要接受其他悲惨的后果。统治者因此得对老百姓提出严重警告：我们不能吃败仗啊，物质的事实不能装着看不到。在哲学、宗教、伦理和政治的范畴中，二加二可以等于五，但你设计一支手枪或飞机，二加二只能等于四。不切实际、毫无效率的国家迟早会被人征服的，而错觉与幻觉对效率精神的发展没有帮助。再者，为追求效率，就有必要向过去学习，那就意味着对过去发生的事要有相当精确的观念。当然，以前的报纸和历史书经常是带着偏见和经过歪曲的，但不可能像如今这样进行伪造活动。战争能可靠地让人保持理智，对统治集团而言，它也许是让理智得以保持的所有措施中最重要的。不管战争是赢是输，没有哪个统治集团毫无干系。

上面说的是古老的战争。今天打的既是连绵仗，战争已经没有威胁可言，也谈不上有什么军事需要。科技发展可以停顿，而最明显的事实可以否认或置之不理。我们前面说过，勉强可以称为科学的与武器研究有关的计划，还在进行着。但我们上面也说过，这类研究与做白日梦差不多，而研究出不了成果也不重要。效率，甚至军事效率都不再需要。在大洋邦除了思想警察外，其他机构都是拖拖沓沓，懒散不堪。既然三强永远不怕被对手征服，因此各成独立天地，可以放手去散播自己的异端邪说而不用担心别人斥其谬误。只有在日常起居生活中你才会感到现实的压力：饿了要吃饭、渴了要喝水、冷了要穿衣、困了要睡觉，还有就是提防误喝毒药或不小心从高楼跳出窗口。当然，在生与死之间、肉体的快感和痛苦之间，还存着明显的分别，但这几乎也是人类感觉中剩下来的唯一明显的区别了。

大洋邦的居民既跟自己过去的历史和外国的世界隔绝，就无形中变成浮游星际的航天员，真的不分南北东西了。这种国家里的统治者地位至高无上，就连以前的法老或恺撒都未曾达到。他们必须避免他们的追随者饿死太多，以致造成不便，而且还不得不与对手国家在军事技术上保持同样的低水平。然而一旦达到这些起码条件，他们就可以将现实随心所欲地进行扭曲。

三强所打的仗，如果我们拿以往战争的标准看，实在是装腔作势而已。这正如某种反刍动物打架时，头上的角度预先调好，所以看起来虽然打得轰轰烈烈，实际上不伤皮肉。但装腔作势的战争，也有其意义。一方面它可以消耗剩余物质；另一方面又可维持等级社会所需要的精神状态。现在的战争完全成了一种内部事务。从前各国的统治者，大概认清了大家共同的利益，与敌国交战时也会手下留情，不把破坏面扩张得太大。但他们真的打仗，战胜的一方在战后总会掠夺战败国一番。我们今天的战争可不一样，打的不是敌国的人马，而是自己的子民。战争的目的不是防止侵略或侵略别人，而是保持现存的社会结构一成不变。“战争”这个名词因此容易使人误解，也许说得准确点，就是通过将其变得连绵不断，战争已不复存在。从新石器时代一直到20世纪早期的战争对人们造成的那种独特压力也不复存在。而代之以很不相同的其他之事。如果三大国不是互相开战，而是同意永远保持和平，每个国家的边界都不受侵犯，结果将完全一样。因为在那种情况下，每个国家都仍是自成一统的天地，永远不会有外来危险所带来的使人头脑清醒的影响。持久的和平就等于持久的战争。虽然大部分党员只是一知半解，但这就是党的口号“战争是和平”的含义所在了。

看到这里，史密斯把手上的书放下。远处有火箭弹爆炸之声。在没装屏幕的房间闭门读禁书这种幸福感仍在心中荡漾着。疲倦的身体靠着柔软的椅背，窗外飘来的微风拂着面颊，一个人安全的独处一室，这真是一种刺激性的感受。这本书把他迷住，或者可以说这本书增加了他的信心。不错，书上所说的事，对他说来都不新鲜，但这正是迷人的地方。如果他有机会把自己凌乱的思想组织起来，他要说的话大概也是这样。这本书的作者思想跟他接近，但气魄大多了，而且更有系统，更胆敢直言。最好的书就是描写你已经熟悉的事情的书，他想。他正要翻到第一章时，就听到朱莉娅在楼梯上的脚步声，于是连忙站起来迎接她。她把褐色工具袋扔在地上后就投入他的怀中。他们已经有一个多星期没见面了。

“那本书我已经拿到了。”吻过后，他说。

“真的？那好极了。”她随口说，显然没有多大兴趣，跟着就跪在油炉旁边煮咖啡。

他们在床上躺了半小时之后才旧话重提，谈到那本书。傍晚的凉意刚好可以让他们盖上床罩。楼下照常传来熟悉的唱歌声和靴子走在石板路上的摩擦声。史密斯第一天到这里时看到的那个手臂浑圆如圆桶的妇人，好像是后院一个经常的摆设一样。只要还有一丝光线，你就可以看到她在洗衣盆与晒衣绳之间走来走去，口里不含着衣夹时就郎呀妹呀地高歌一番。朱莉娅躺在一边，好像随时要入梦了。他伸手把地上的书捡起来，靠着床头的木板坐起来。

“我们要把书看完，”他说，“我们就是你和我。‘兄弟会’所有会员都要看。”“你念吧，大声点儿。这方法最好，因为你一边念可以给我一边解释。”说着，她眼睛已经闭起来了。

时钟指向六点钟，即十八点，他们还有三四个小时。他把书本搁在膝盖上，开始读了起来：

第一章：无知是力量

有史以来，或者说，自新石器时代结束以来，世界上可分为三类人：上等、中等和下等人。这三类人个别还有各种分类，称谓也各有不同，人数和一种人对另一种人的看法虽然各代不同，但社会上的基本结构却从来没改变过。虽然历经变乱，这基本的模式却不走样，正如陀螺仪一样，无论你朝哪边推得多远，最后还是回到老地方。

“朱莉娅，你是不是还醒着?”

“我在听着呢，你念下去吧，精彩极了。”

他接着念下去：

这三类人的目标永难协调。上等人要维持现状。中等人要抢上等人的位子。下等人呢，如果还有目标的话，就是要消除等级的区别，创造人人平等的社会（但下等人有一特色：他们被劳役所缠，只有偶然才会注意到自己日常生活以外的事情）。自人类有历史以来，一种轨迹大致相同的战争来回反复出现着。上等人掌权到一段相当长的时间后，早晚会突然失去自己的信仰，或怀疑他们是否还能有效率地统治下去，或两者一起发生。这个时候中等人就假借为自由和正义而战之名，把下等人拉到自己的阵线，推翻上等人。目标既达后，中等人就把下等人一脚踢回深渊，恢复他们原来的牛马生活。自己呢，就升格为上等人了。

很快，新的中等阶层从另外一种或两种人中分离出来，斗争又重新开始。三种人中，只有下等阶层从未哪怕是暂时达到过目标。说自古至今从未有过实质上的进步是夸大其词，即使在现在，虽然处于下降时期，一般人的生活水平跟几个世纪前比起来还是有实质性的进步。但无论是财富的增长，还是举止的文明化、改革或者革命. 都不曾向着人类的平等推进过哪怕一毫米。从下等人的观点看，历史上所有的变迁只有一个意义：除了主宰者的名称变化。从来别无其他。

到了19世纪末期，上述那种战争模式越见显著。当时有不少新兴学派出现，认为历史的发展是周期性的，并肯定人类不平等的现象是无可改变的法则。这种说法自古就有，不同的是现在的议论方式和以前却有显著的分别。以前为等级社会存在必要说话的，几乎全是上等人。它被国王、贵族和靠其过着寄生生活的牧师、律师之类的人鼓吹，一般来说，是通过承诺死后可以进入一个想象出来的世界，从而淡化等级社会的严峻性。中等阶层只要仍在为掌权而斗争。便总是使用自由、平等、博爱这些字眼儿。

然而如今的情况是，受到四海之内皆兄弟的观念目前还没有，只是希望不久就会有掌权的人们的攻击。过去，中等阶层打着平等的旗帜闹革命，然后当旧的专制一被推翻，就马上会建立起新的专制，而新的中等阶层实际上事先就宣称要实行专制。

社会主义的理论出现于19世纪初，是可以上溯到古代奴隶起义的一系列思想链条上的最后一环，更深受过去乌托邦思想的影响。但1900年以后出现的社会主义各种门派都有这个共同点：它们差不多都放弃了建立自由平等的理想。20世纪中叶的运动，无论是大洋邦的英社也好、欧亚国的新布尔什维克主义也好，东亚国的死亡崇拜也好，都有自觉的目标，即保持不自由、不平等永远不变。当然这些新运动是从旧运动衍生出来的。除了沿用旧名外，还偶而要拿出它们的意识形态做幌子。但新运动背后当权者的真正目标是要抑止进步和在对自己有利的时刻冻结历史。跟旧例一样，历史的钟摆摇到一边。但这次不同的是，钟摆就停顿在那一边。过去的历史轨迹，也重演了一部分：上等人被中等人推翻；中等人变成了上等人。但这一次飞上枝头的上等人采取策略，他们将永远盘踞高位不被推翻。

社会主义之所以能够兴起，部分原因是我们的历史感日趋成熟，对历史的知识也日渐丰富。这种情形在19世纪前是不可能出现的。历史周期说的概念现在可以理解了。既然可以理解，就可以随意调整。但最基本的原因是这样：到了20世纪初，人人平等这理想至少在技术上说来是可以实现的。不错，个人聪明才智有别，工作也因此有专门化，某甲比某乙待遇好些在所难免。但阶级分明、财富悬殊太大的情形，再无必要了。从以往历史发展的各阶段看，阶段的分歧不但无可避免，而且绝对需要。不平等的制度是追求文化时付的代价。机器发明了以后，这情形改变了。虽然不少其他工作还需要人来做，但这些人再用不着像祖先一样在社会上和经济上过着各种不同阶级的生活。

从快要夺权的新中等人集团的观点看来，人人平等这观念再不是要追求的理想，而是需要避免的危机和威胁。在古老的社会中，因为正义和平的事实无法出现，大家却相信这样的社会可能存在。几千年来，人的想象力一直被“桃花源”式的乐土所吸引：居民过着守望相助的生活，没有法律束缚，更无须替人家做牛马。这个憧憬对历代政权变迁后的受益者也一样有吸引力。就拿法国、英国和美国革命分子的后代来说吧，他们谈到人权、言论自由和法律之前人人平等这种观念时，他们也多少相信自己是诚意的，而他们的作为也多多少少受到这些观念的影响。

然而到了20世纪40年代，所有主要政治思想的主流都是独裁主义的了。恰恰就在有可能实现时。人们却不再相信有人间天堂。每一种新的政治理论，不管如何自称，都导致倒退回等级化和军事化。大约到了1930年，在普遍正变得严峻的形势下，那些停止很久的做法，有些停止几百年了。不经审讯关押，把战俘当作奴隶使用。公开处决，刑讯逼供，扣押人质乃至放逐整个地区的人口……不仅变得平常，而且被自认开明和进步的人们容忍甚至辩护。

经过了十年的外战内战，经过了世界各地发生的革命和反革命活动，英社、布尔什维克主义和死亡崇拜才慢慢演进成一套完整的政治理论。实际上，这些理论早在20世纪初各种独裁制度中萌芽。不但如此，三强日后划分的世界版图，也早在那时看到轮廓了。哪一种人最后统治世界，也一样看得清清楚楚。新贵族阶级大部分由下列各种人组成：官僚、科学家、技师、工会领袖、公共关系专家、社会学者、教师、新闻从业员和职业政客。这种人的出身，这些人来源于领工资的中产阶级和工人阶级中的上层，由以垄断工业和中央集权政府所组成的贫瘠的世界造就，并团结到一起。跟旧时代相应阶层的人们比起来，他们没那么贪婪，更不易被奢侈生活所诱惑，更渴望拥有纯粹的权力，而最重要的是，他们对自己正在进行的行为有更清醒的认识，在镇压反抗方面更有决心。最后一个区别最重要。拿今天的独裁政权与过去的相比，以往的独裁者并非全力维持，而且缺乏效率。旧时的统治集团，常常或多或少地受到自由思想的感染，什么地方出了漏洞，听之任之。他们也懒得理会其子民心中在打什么主意。事情不表面化，从不紧张。

以今天的标准衡量，中世纪时的天主教教会也显得很宽容。过去政府对人民的压制不像今天有效，其中一个原因就是当时的执政者没有可以二十四小时监视其子民的工具。印刷术的发明，方便操纵民意。电影和收音机出现后，更加事半功倍了。随着远程视像技术的开发，技术进步使得用同一台设备同时接收和传送变得可能，人们从此无法再过不受干涉的生活。在其他信息渠道都已断绝的情况下，任何公民，或者说至少每个重要到值得被监视的公民都可能每天二十四小时处于警方监视之下。也二十四小时被置于官方的宣传声浪中。这样，不仅是完全服从于国家的意志，而且在所有问题看法上的绝对统一就史无前例地成为可能。

五六十年代革命时期过后，社会又依上中下重组一番。但新的上等人集团不再像前辈那样依本能来统治，他们非常明白要保护自己的权势需要采用什么手段。他们老早就认识到寡头政治最稳定基础是集体领导。由一个小集团拥有财富和特权，把守比较容易。本世纪中叶进行的所谓“消灭私有财产”运动，其实意味着财富集中到了比以前少得多的人们的手里，不同之处是新的财富拥有者是个集团，而不是许多单独的人。分开来讲，党员除了身边琐碎对象外，不能拥有任何东西。集体来说，党拥有大洋邦的一切，因为它不但管制一切，而且还可以随意调动一切。革命后那几年，党在这方面所采取的措施没有遭受什么反对，因为他们把这种行动说是捐私归公的程序。大家都知道资产阶级一清算后，社会主义就跟着到来。资本家真的清算得一干二净：工厂、土地、矿场、房子、交通工具一一没收。既然这些东西再不是私产，于是就变成公产。英社由早期的社会主义运动衍生出来，承袭了这运动的名词术语，也是第一个执行社会主义公产化的政权。结果是事先预料到的：经济不平等现象永久化。

但要奠定等级社会的万世基业，可不止这么简单。一个统治集团被推翻，只有四个可能。国家被外国征服，管制不严，民众谋反，疏于防范、让强大而对现实不满的中等人集团坐大。最后一个是失去自信，无心恋于权力。这四个因素很少独立出现，通常都是并发的，只是程度不同而已。任何统治集团如果能够防止上述四种问题发生，就可永远掌权。由此可见领导人的心态是党存亡的关键。

20世纪中叶后，第一个危险因素已经不存在。三个分割世界的超级大国事实上谁也征服不了谁。假若其中一国的人口有剧烈地转变，那就会出问题，然而作为一个拥有广泛权力的政府，很容易就可以避免这样。第二个可能性仅是理论上的问题。民众从来不会自发地去造反，他们更不会因为受到压迫而作乱。其实，他们既然与世隔绝，没有其他标准来比较，又怎会知道自己是受人压迫呢？旧时代常常出现的经济危机不但已经不需要，而且不准发生。但这不是说再无脱节混乱的局面出现，而是出现了也没有什么政治后果，因为老百姓即使有冤情，也无处可说。至于有关生产过剩问题，可说是自工业革命以来一直存在于我们社会的问题。但这问题可用连绵战略解决（详见第三章），连绵战对提高老百姓士气作用极大。因此从我们现在的统治者眼光看，目前最大的危机是那个能干、权力欲强而又怀才不遇的新集团的分裂，从而产生出自由主义和怀疑主义精神。这就是说，问题在教育，要不断促进领导集团和紧挨其下的更大的行政管理集团的觉悟。而大众的觉悟则要以否定的方式来影响。

既有这种背景，你就可以推论到大洋邦是怎样一个社会。金字塔的顶端就是老大哥。老大哥是无所不能、永不犯错误的。每一种成就、战果、科学发明、所有人间的学问和智慧、快乐和德行，都是拜老大哥的领导和启发才在人间出现。谁也没见过老大哥。他是招贴纸上一个面孔、屏幕上一个声音。我们几乎可以肯定地说老大哥长生不老。他是哪年出生的，谁也说不清。老大哥就是党对外时代言人。他的功能是包罗爱、惧、敬各种情感于一身。这也对的，对一个人投射这种情感总比对一个组织容易。

老大哥以下是内党，党内限于六百万人，或人数不得超过大洋邦人口的2%。内党之下是外党。如果内党是首脑，那么外党就是四肢了。外党之下是民智未开的群众，我们习惯称为“普通群众”，人数约占全人口85%。用我们前面提过的分类法称呼，普通群众是下等人，因为赤道附近的奴隶人口主子经常更替，不能作为大洋邦社会一部分。

理论上讲，这三个集团的成员并非世代相传。内党党员的后代理论上并非生来就是内党党员。能否当上内党或外党党员，要在16岁时通过考试决定。也不存在任何种族歧视或任何明显的一个地区控制另一个地区的现象。党的最高层有具有犹太人、黑人、南美人血统的党员，每个地区的行政管理者总是从那一地区的居民中挑选出来的。大洋邦的所有居民都没有自己被别人从一个遥远的首都殖民的感觉。大洋邦根本不设首都，而挂名领袖的行踪谁也不知道。

语言方面，英语是大家通晓的语言，新语是官方语言，但除此以外再无其他限制。维持党领导一心一意的力量，靠的不是血统，而是共同的主义。无可否认的，我们的党看起来阶级分明，形同世袭。一个阶级跟另一个阶级的人，极少往来，比资本主义当政时或工业革命前的日子有过之无不及。在党的两个组织之间，偶尔也通讯息，但目标不外是把内党的脓包踢开，或把野心勃勃的外党党员引进来，不让他们因对现状不满而找麻烦。实际上，普通群众是没办法升格到党内来的。他们中若有才华特高的（因此也最可能成为不满情绪的核心），思想警察就要格外留意，伺机清除。

但这种事情也不是一成不变的，也与原则无关。党并不是旧文中所说的“阶级”，也不会像从前那样把权力传递给儿女。因此到了真的无法找到最能干的人负责领导工作时，它是随时随意地从普通群众圈子中招募新一代的好手。在非常时期，党的非世袭制度发生过很大清除反对势力的作用。老一派社会主义者，一生致力于反抗他们所谓的“阶级特权”，他们有这么一个假定：凡是非世袭的制度都不能持久。他们错了，没想到寡头政治的延续不靠父子相传那一套。他们更没有静下来想一想，世袭的贵族制度都是短命的。像天主教教会这种选拔继承人的组织反而绵延不绝。寡头政治的真义不在个人的私私相授，而是某种世界观和生活方式的持久延续。这是一种死人控制活人的政治制度。统治集团之所以为统治集团，就是因为它有权提名继承人，党无意保留谁的命脉，它只要保全自己的政治生命。只要等级结构保持不变，谁掌权都无关紧要。

所有反映我们这时代特色的信仰、习惯、趣味、感情和心态，一方面固然是为了要维持党的神秘性，但更大的用意是不让人家看到我们现有社会的真相。武装造反，或任何造反的初步动向，现在是没有可能的事。普通群众是没有什么可怕的。你让他们自生自灭的话，他们将一代传一代地活下去，工作、繁殖、死亡。他们没有谋反的冲动，而且不会明白世界可以变成另外一个样子。只有当工业技术的发展使得有必要对他们进行更高层次的教育时，他们才会变得危险，但是既然军事、商业以及竞争都不再重要，普通群众的教育水平实际上是降低了。党的领导对普通群众的意见是不屑一顾的。普通群众可以享受知识自由，因为他们根本没有知识可言。党员就不同，即使他们对鸡毛蒜皮的事稍持异见，党也不会放过。

党员由生到死都在思想警察监视之下。即使他一个人独处，也不敢肯定真的再没有人看着他。不论他在哪里，睡着、醒着、工作或休息时、在浴缸或床上。思想警察可以完全不让你知道就查清你的底细。他一举一动，都有参考价值。他交的朋友、消遣方式、对妻子和孩子的态度、独处时面上的表情、做梦时说的梦话，甚至他身体转动时特别的姿势。一一收入关心你的人的眼底。这还不算。除了你犯的过失他们查得出来外，你的怪癖（即使毫不伤大雅）、你突然改变的习惯、你紧张时的小动作（这可能是你内心冲突的迹象），他们都观察入微。党员没有任何选择的自由。可是另一方面，他的行动又不受任何法律或书面制定的守则限制。大洋邦不设法律。你某些行动与思想，被侦查出来后难逃一死，但你并没有犯法，因为从没有人告诉过你这是犯法的行为。持续不断地清洗、逮捕、拷打、监禁和蒸发这些惩罚手段并非针对实际所犯罪行而使用，而只是为消灭可能在未来某个时候犯下某种罪行的人而使用。

党员因此不但思想要正确，而且还要敏觉。党要他们保持的观念与态度，从来不会明明白白地说出来，因为一说出来就难免露出英社内在的矛盾。如果一个人天生思想正确（新语叫“好想者”），那么在任何情况下他们不用思想也知道什么是真正的信仰或正确的情感。但话又说回来，一个自孩提开始就受严格思想训练的人，在新语所说“罪停”“黑白”和“双重思想”范围打转的人，长大后就不会愿意也不可能就任何问题深思熟虑了。

作为一个党员，应摒绝一切个人情感。他对党的事情热心不懈，对外国的敌人和国内的叛国者永远仇视。党的胜利就是自己的胜利。在党的权力与智慧面前，自己永远渺小，微不足道。任何因无聊而荒凉的生活而产生的不满之情，都可由“两分钟仇恨”节目消解。任何因生活环境可能产生的怀疑或反叛心态，都可由他早期所受的思想训练压制下去。这种训练的第一课再简单不过，连小孩子都可接受。新语叫“罪停”，意思是说危险思想还没进大脑前就有自动关闭思路的本能，如同本能。它包括掌握不了类推、看不到逻辑错误的能力，如果某个最简单的论点对英社不利。就对其进行误解的能力，还有对可能导致向异端思想发展的思绪感到厌烦或者抵制的能力。

简单地说，“罪停”就是保存百年所需要的愚蠢。但光是愚蠢还是不够的，因为正确思想的全面意义有这么一个假定：你控制你脑筋活动的能力，应该像柔软体操专家控制自己身体肌肉那么活动自如。大洋邦社会就是依靠老大哥无所不能和党永不犯错这个信念支持的。事实上老大哥并非无所不能，而党也犯错误，因此处理事实时就需要处处因时制宜，经常保持灵活的伸缩性了。“黑白”一词，应运而生。和其他许多新语的字眼儿一样，此语有两个自相矛盾的意义。用在对手身上，就是说某某有颠倒黑白的习惯，强词夺理，罔顾事实。用在党员身上这表示某某对党的忠诚，为了党的需要不惜把黑说成白。但这也表示某某有相信黑是白的能力、承认黑是白的本性和一股脑儿地忘却自己曾经有过黑白分明的习惯。历史为什么要经常改写，道理很明显。而这种改史的工作由受过黑白训练的专家担任，是名副其实的“得心应手”。黑白思维逻辑，在新语称“双重思想”。

改史的理由有两个。一是辅导性的，也可说是防范性的。原来党员的心理也跟普通群众差不多。他们能够在现实生活任劳任怨，无非是对过去的日子一无所知，因此无从比较。不让他们看到历史的缘由跟把他们与外国人隔绝的道理完全一样。这样子他们才会相信他们的生活比祖先过得幸福，而物质生活标准也经常提高。

可是这还不算是最重要的理由。改史的最大任务是保证党永远不犯错误。单是订正演讲辞、统计数字和所有记录以证明党的估计与预测完全正确还不够。党规的转变或和别国缔约撕约的事，也得证明从来没有发生过。承认自己改变过主意或修订过政策方针，无疑是承认自己有弱点。比如说，欧亚国或东亚国今天是我们的敌人，那么这个国家从来就是我们的敌人。如果事实不符，那么事实就得修正。迷理部每天制造伪史，既为维持大洋邦的安定，也为方便迷仁部执行镇压与监视的工作。

历史可以重写是英社的基本信条。他们认为已经发生了的事件，除了存在于文字记录或人的记忆中，别无客观存在的实证，记忆中的事情若与有关记录相吻合，那就是历史了。既然党不但控制了所有记录，也控制了每个党员的思想，因此党要历史怎么说，历史就怎么说。由此推演，我们可以知道历史虽然可以修改，但党从来没修改过历史。因地制宜的版本一创造成功后，这一版本就是历史，过去其他有关记载从不存在。明白了这一点，你就知道同一样事件，常常在一年之内三更四改，最后变得面目全非的道理了。党永远代表绝对真理，而绝对的真理只能有一个面目。

可以看出，控制过去最重要的，取决于对记忆的训练。确认所有文字档案都跟目前的正统性相一致无非是种机械行为，然而也需要记住，事件是按照所希望的方式发生的。如果有必要重新安排记忆或者篡改文字档案，就有必要忘掉自己做过这种事。正如其他心智活动一样，这种技巧是可以学习的。大部分党员都学会了，其他思想正确而又聪明的人当然也一样可以学习。在旧语的词汇中，这叫“现实控制”。新语叫“双重思想”，虽然双重思想包括的范围还要广。

“双重思想”就是让两种矛盾思想并存于脑中的逻辑。党内的知识分子既然知道自己的记忆中哪一部分需要调整，当然也明白自己在瞎改事实。但只要他稍一运用“双重思想”的逻辑，就可以安慰自己说：我并没有违背现实啊。他运用“双重思想”的过程中，一定得非常清醒的，否则思想就不逻辑。但清醒之中同时得带有几分糊涂，否则自己会因作伪而觉得不安。“双重思想”是英社立国之本。党主要的信条因此是：清清醒醒地骗人、稀里糊涂地存在。因为对自己也不诚实是不会产生坚定信念的。这种习惯培养下来，大家都学会了这把戏：瞪着眼睛说鬼话，自己却相信这是真话；忘记任何对党不利的事实，但到有需要时又从记忆勾回来，派过用场后又遣之回去：否定客观的现实存在，但同时又不忘研究这个已经否定了的现实真相。这种种手段都是绝对需要的。比如，你提到“双重思想”这个观念时，就得运用“双重思想”的逻辑。为什么？因为你既用“双重思想”这个名词，无疑就承认自己会捏造事实，但只要用“双重思想”一想，就想通了。“双重思想”就是这么运作下去，谎话永远比真理走前一步。党就用这种手段去冻结历史的，而就我们所知，今后几千年还可能继续冻结下去。

是因为要么他们变得僵化，要么变得软弱，要么变得愚蠢自大，不能与时俱进地调整而被推翻，要么变得开明而且懦弱，在需要使用武力时却让步，所以也被推翻了。因此我们可把他们的失败归纳为两类：稀里糊涂型和自讨苦吃型。

党的特别成就不外是创制了矛盾自动统一的思想系统。再没有任何知识基础可以像“双重思想”那么可保英社的万世功业了。一个统治者要继续统治下去，就得把现实感转移，权术也是，无外乎是糅合了对自己永远正确的信心，加上从过去的过失吸取教训。

毋庸置疑，“双重思想”最高明的实行者，是那些创造出“双重思想”并知晓它是种超级思想欺骗系统的人。我们这个社会上，对世事最明察的人也是最看不清其本质的人。总而言之，越是理解透彻，越是幻觉重；越是聪明绝顶，越是头脑昏庸。这事实可用对战争的反应来说明。社会地位爬得越高的人，歇斯底里情绪也越高涨。对战争的看法最接近理性的人，就是那些居住在争端地区的奴隶。对他们来说，战争不过是连绵不绝的灾难，像浪潮一样，一个接一个的向他们的身体冲去。他们对哪边取得胜利，实在毫无兴趣，因为新主人来了，除了他们的名字外，什么都没有改变。他们的工作如常，所受的待遇也如常。

比奴隶地位稍微高一点儿的就是我们所说的普通群众。他们只是间歇性地记得战争的存在。有此需要时，你可把他们的恐惧与愤恨的情绪煽动起来，但如果你不管他们，他们一下子就可以忘记有过战争这回事。对战争显得最热心的，是党内各阶层，尤其是内党党员。明白征服世界是不可能的人，却又坚决要征服世界。这种把两种相对的观念混为一谈的习惯，是大洋邦社会一大特色之一。即使没有实际的需要，官方的意识形态也是充满矛盾的。比如，党打着的是社会主义的旗帜，却不遗余力地去排斥原是社会主义运动所拥有的所有原则。党对工人阶级的藐视，史无前例，可是它给党员穿的制服却是工人装。它一方面有系统地破坏家庭关系，可是自己的领袖却叫“老大哥”。

直接管理我们生死的四个部门名称，也是故意藐视事实的证据。和平部管理战争，真理部供应谎言，仁爱部包办酷刑，裕民部出产饥荒。这些矛盾既非意外，也不是普通的欺诈行为。这是“双重思想”深思熟虑的结晶。只有矛盾统一了以后才可永保权力。只有这样才可避免重蹈过去寡头政权执政者的覆辙。如果要永远压制人类平等的出现，如果高等人要永保其位，那么只好让这半痴半醒的心态持续下去了。

然而仍然存在一个直到现在，我们险些将之忽略的问题，这就是：为何要避免人人平等？假设这一过程中的方法已得到正确说明，这种为了将历史凝固在某一特定时间的不遗余力、精确计划的全部努力出于何种动机？

这就是秘密的所在了。我们上面已经看到，党的神秘性，特别是内党的奥妙处全系于“双重思想”的逻辑。但这还是解释不了夺取权力的冲动、双重思想和思想警察制度的建立、无休无止地战争和其他党坐定了以后才出现的措施。要了解此中原因，一定要先弄清埋藏其后面的动机不可。这动机就是……

史密斯看到这里，发觉身旁的人动也没动过。人对新鲜的声音敏感，对沉静也一样敏感。朱莉娅侧着身子睡，从腰以上是赤裸裸的。她一边脸颊枕着手臂，几缕头发垂到眼前。胸脯规律地起伏着。

“朱莉娅？”没反应。

“朱莉娅，你睡了还是？”没反应，她睡了。他把书掩上，慎重地放在地上，然后扯起被罩，替她也盖了起来。

他还是不知道那书所说的“秘密所在”是指什么。他只知道“怎么做”，却不知道“为什么要做”。就像第三章一样，并没有告诉他任何他以前不知道的事实，只是书上说的比自己想的有系统而已。这两章文字给他最大的收获就是：他知道自己并没有发疯。正在下沉的夕阳把一缕黄色光线从窗户斜射进来，照在枕头上。他闭上眼睛，照在脸上的阳光和挨着他的那个女孩的光滑躯体给了他一种强烈的、催人欲睡的、自信的感觉。他是安全的，一切正常。

临睡前他还喃喃念着：“一个人的头脑是否清醒，与统计数字无关。”好像这句话包含着深刻智慧似的。

第十章

史密斯醒来时，感觉好像睡了好久，但看看那个古董钟，才23点。他打了一会儿盹儿。院子下面又有熟悉的歌声传来：

这只不过是没有希望的痴想，
消失得像春天一样快，
可一句话，一个眼色，

使我情不自禁，失魂落魄。

这懒洋洋的调儿一直大受欢迎，历久不衰，不像《仇恨之歌》那么短命，朱莉娅闻声而起，伸了个舒服的懒腰后就起床。

“肚子饿了，”她说，“我们做些咖啡吧！妈的，油炉熄了，水也冷了。”说着，她把油炉拿起来摇了摇：“油也烧完了。”

“大概可问查灵顿先生要一点儿吧。”

“奇怪的是，我上床之前还是满满的。我先穿了衣服吧，有点冷了。”史密斯也跟着起床，穿上衣服。

院子里的歌声又飘到耳边来：

虽说时光最能疗伤，
虽说旧恨转眼遗忘，
旧时笑声泪影，
历历在我心上。

史密斯一面扣着制服的腰带，一面走到窗前。太阳一定沉在屋子后面了，院子再没有阳光。石板路湿湿的，好像刚擦洗过一样。天空也是刚擦洗过吧，史密斯想。你看，烟囱管帽之间的那片蓝，多柔和明朗。那个女人在不知疲倦地大步来回，衣服夹子塞在嘴里又取出。一会儿唱歌一会儿不出声，晾着一块又一块取之不尽的尿布。他怀疑她是不是以洗衣为生，要么只是为二三十个孙辈操劳不已。

朱莉娅已经站在他旁边，他们一起出神地看着院子内那个大块头。他遥望着这女人惯有的动作，她举着浑圆的手臂够上晒衣绳，母马似的屁股翘得高高的。史密斯第一次感觉到这女人好美。他生平没有想过，一个年逾五十女人的身体，先因生儿育女而变得臃肿，后又因工作需要而受风吹雨打！居然还能看出得美来。但既然他觉得这是美，那又有什么不对？这个结实如花岗石的红皮肤身体，当日也有过含苞待放的日子。如果少女的身体如玫瑰花，那么她就是蔷薇。为什么她要受歧视。“她真美。”史密斯说。

“她的屁股少说也有一尺宽。”朱莉娅说。

“这就是她美的特色。”

他轻搂着朱莉娅柔软的腰身。从臀部到膝盖，她半边身子紧紧地靠着他。他们两人发生过关系，但注定不能有儿女。这是他们绝不可以做的事，他们传宗接代的方法，只靠口信，只靠心灵的照会。院子里那女人，没有头脑，只有肌肉发达的躯壳、仁慈的心肠和多子多孙的肚皮，史密斯真想知道她究竟生了多少个儿女。少说也有十五个吧？她有过如春花灿烂的短暂时光，说不定有过一年娇艳如野玫瑰的日子。后来呢，突然发胖得有如加工施肥培养出来的果实，变得粗糙不堪。以后的日子就是在洗衣烧饭、擦地板、缝缝补补的日子中度过的。先替儿女做牛马，后来又替儿女的儿女做牛马，三十余年如一日。

她的歌声由头到尾没停过。史密斯对她产生的一种神秘的虔诚感，渐渐竟然与烟囱管帽后面万里无云、灰蒙蒙的天空混在一起了。大家都以为天空到处都是一样的，在欧亚国和东亚国如此，在大洋邦也是如此。而在日光底下生活的人，也是大同小异的。普天之下，千万百万的人民就像在大洋邦一样。对别的同类生活一无所知，被仇恨与谎言所隔离。但也正如大洋邦的国民一样，他们从未学会思考，但正是在他们的心里、肚子里和肌肉里，储备着某一天将推翻这个世界的力量。如果有希望，它就在群众身上。用不着非得把那本书读完，他就知道戈斯坦最后要表达的一定也是这意思。未来属于群众。不过他能不能肯定他们翻身做主人时，对他来说，他们建立起的世界不会跟党的世界一样，让他感觉格格不入？是的，他可以肯定，至少那将是个理智的世界。只要有平等，就会有理智。或早或晚，那都是将要发生的，力量会觉醒。普通群众是不朽的，看看院子里那个勇敢的女人，你就不会怀疑这点。最终他们会觉醒，直到那天到来之时，虽然可能要过一千年之久。他们会克服各种各样的困难活下来，像小鸟一样，从一个躯体向另一个躯体传递活力，那是党所缺乏的，也无法消灭。

“你还记不记得我们见面的第一天，那只在林边对着我们唱歌的画眉鸟？”史密斯问。

“它才不是对着我们唱歌呢，”朱莉娅说，“它是给自己唱歌。可能这也不对。它只是在唱歌而已。”

鸟唱歌，普通群众唱歌，就是党员不唱歌。在伦敦、在纽约、在非洲、在巴西、在神秘的边境以外的禁地、在巴黎和柏林的街道上，在无边无际俄国平原的村落上、在中国和日本的市集上，在全世界各地你都可以看到同样一个不可征服的普通群众母亲，结结实实地站着，虽因生儿育女和苦工的折磨而变得体态粗大，却一直歌唱下去。有觉醒性的一代一定是从这种强健的腰身诞生出来的。你已经死去，未来是他们的。但你若能在精神上像普通群众一样世代繁衍下去，相传二加二等于四的真理，那么这个未来你一样可以参与。

“我们已经死了。”史密斯说。

“我们已经死了。”朱莉娅应着。

“你们已经死了。”一个声音在他们后面冷冷地说。

他们马上跳开。史密斯感到五内俱寒。他看到朱莉娅眼角泛白，脸色变得奶黄，颊骨上残余的胭脂还在，吊得高高的，好像要脱离脸上的皮肤升起的样子。“你们已经死了。”那个像铁石一样冰冷的声音重复一次说。

“在画后面。”茱莉娅轻声说。

“在画后面。”那个声音说，“站着不许动，没有命令一步也不许动。”大限终于到了，一筹莫展。他们连想也没想过要在别人出现前逃命。不可想象敢于违抗传自墙上的冷酷声音之命。只听见啪的一声，好像一个锁扣被扣上，还有打碎玻璃的声音。那张画掉到地上，露出后面的屏幕。

“现在他们可以看到我们了。”朱莉娅说。

“现在我们可以看到你们了，”那声音说，“站到房中间来，背对背，手放在脑后，你们谁都不要碰谁。”

他们的身体没有接触，但史密斯好像感觉到朱莉娅的身子在发抖。或者说不定自己也在发抖。他勉强可以忍着不让牙齿打战，但两条腿却不由自主。楼下屋子内有皮靴踩踏的响声，院子里好像来了不少人。他听到有重物被拖过石板地的声音。妇人的歌声停止了。接着有一阵长长的好像是东西滚动的声音，好像是洗衣盆被人一脚踢翻滚过庭院的样子。怒骂申斥的声响四起，一阵痛苦的呼喊过后，声音就停止了。

“屋子四面被包围了。”史密斯说。

“屋子四面被包围了。”铁石的声音说。

他听到朱莉娅磨牙的声音。

“我们干脆就在这里说再见吧。”她说。

“你们干脆在这里说再见吧。”声音说。跟着一个不同的声音响起。这声音有点单薄，但相当文雅，史密斯好像以前听过。这个新出现的声音说：“另外，顺便说句不跑题的话：‘这儿有支蜡烛照着你去睡觉，这儿有把斧头把你的头剁掉。’”听到有东西掉到史密斯背后的床上来。一张梯子的前端已经破窗而入，有人爬上来。一下子房间就站满了身穿黑制服、足蹬镶铁皮靴、手执警棍的彪形大汉。

史密斯已经不发抖了，眼睛也不转动游移。只有一件事要紧：保持别动，保持别动，以免让他们有理由打你。一个长得像职业拳击手的那种扁平下巴、嘴巴只是一条缝的男人跟他面对面地站着，用拇指和食指掂着警棍，像是在考虑什么事情一样，把它上下晃悠着。史密斯跟他打了个照面。自己的手放在脑后，身体完全外露，这种感觉，赤条条的，很不好受。

那个人把白色的舌尖伸出来舔了一下应该是嘴唇的地方，然后走了过去。又听见啪的一声，有人从桌子那里拿起玻璃镇纸，把它砸到壁炉底部的石头上摔成碎片。

那一块珊瑚的碎片，脆弱得像蛋糕上面糖制的粉红色玫瑰蓓蕾，在地板上滚动。这东西原来一直是这么渺小的吗？史密斯想。他听到后面砰的一声响，跟着是“哇”的一声叫喊，而自己的脚踝被人重重地踢了一脚，几乎使他失去了平衡而倒下来。

朱莉娅的太阳穴被一个男子敲了一记，痛得她弯下腰来，最后倒在地上，拼命地舞动手脚，喘着气。史密斯不敢转头看她，但她苍白的脸和喘气的样子，好像就在他的眼前。史密斯自己虽然惧怕得不得了，但朱莉娅承受的痛楚，他真的感同身受。痛苦当然难受，但朱莉娅目前要做的，是把呼吸恢复过来。

然后，有两个人拉着膝盖和肩膀把她像麻袋一样抬走了。史密斯侧眼看到她翻过来的脸，蜡黄而微带痉挛，眼睛闭着，颊上残脂犹在。这是最后的一瞥了。

史密斯木然站着，他还未挨打。一些毫无意义的思想不由自主地浮现脑际。不知查灵顿先生有没有落网？院子里唱歌的普通群众妈妈呢？不知他们怎样对付她。他小便急得不得了，也真奇怪，两三个钟头前才上过厕所。壁炉上的钟指着九，那就是说21点。为什么天还没黑呢？8月的晚上到了21点应该黑了。是不是他和朱莉娅都把时间搞错了，一睡睡了一夜还以为是23点，其实已经是第二天早上的8时30分。可是他不想再想下去了，一点儿意思都没有。

走道传来轻快的脚步声。查灵顿先生进来了，黑制服男子的态度马上变得恭顺起来。查灵顿先生的外表也有转变。他目光落在被砸得粉碎的玻璃镇纸上。

“把碎片捡起来。”他用命令的口吻说。

一个男子应命俯身收拾。查灵顿先生说话时不再有浓重的伦敦口音。呀，这就是他刚才在屏幕后听到的文雅口音，他仍穿着旧天鹅绒外衣，但原来斑白的头发现在已经变成黑色。对，他的眼镜也不见了。他目光凌厉地打量了史密斯一眼，好像对他说“你没看错人”，然后没再理会他了。

查灵顿先生的外貌虽然还可以辨认，但事实上等于换了一个人。身体站得挺直，连个子看来也比以前高大。他的脸整容的部分不多，但给人的观感却和以前大大不同。原来浓浓黑黑的眉毛现在变得疏淡。皱纹不见了，因此整个脸的线条也随着改变。连鼻子也不那么鹰钩。现在的查灵顿先生是个年约35岁、冷静而警觉的人。

史密斯突然想到这是他这辈子第一次正眼看到一个表明了身份的思想警察。

第三部

第一章

史密斯不知身在哪个部门。可能在迷仁部吧，但也难说。狱室的天花板很高，没有窗户，四边的墙壁是闪亮的白瓷砖。灯光从哪里来的虽然看不到，但映在瓷壁上，寒气袭人。室内不时传来阵阵的嗡嗡声，想是与空气调节的机器有关。除了进门的地方，墙壁四周是刚够屁股坐下来的板凳。门的对面是个没有坐板的马桶。每一面墙都设有电幕。

他感到腹内隐隐作痛，自从被推进一辆没有窗的囚车带走以来，就一直感到那里疼。但他也感到饥饿，那是种折磨人的、影响健康的饥饿。他可能有一天时间没吃过东西了，也可能是一天半，他也不知道，很可能永远也不会知道。被捕以来，他就没再吃过东西。

他双手搭在膝盖，静静地坐在板凳上。如果你稍微移动一下，他们就在屏幕上呵斥你。他只得乖乖地规规矩矩地坐着。饥饿越来越难忍，他多希望吃到一块面包啊，他忽然想到制服的口袋里可能还有些面包。腿部不时地有些什么东西摩擦着他，想来是一块不小的面包皮呢。最后他受不住诱惑，冒险伸手到口袋去。

“史密斯，”果然屏幕上有人大声说，“679 号史密斯，手不准插在口袋里。”他只得把手拉出来，搭在膝上。他们押他到这个地方前，先把他关在一处看来是普通牢房或巡逻警察临时拘留所的地方。他不知道在那里究竟待了多久，但最少也有几个钟头吧。在没有时钟也没有阳光的情况下，难以判断有多长时间。那是个闹哄哄、臭气熏天的地方，他曾被关在跟现在这间差不多大的牢房里，可那间脏得要命，而且总是挤满十到十五个人。他们中的大多数是普通罪犯，但其中也有几个政治犯。他一直靠着墙不做声地坐着，被身上肮脏的人挤来挤去。虽然他心中恐惧，肚子又痛，再难有兴趣注意到周围发生的事了，但党员罪犯和普通罪犯的举止分别实在太大了，他不用特别注意也看得出来。党员怕得不敢作声，普通群众却是无所畏。他们不但有胆量对狱卒破口大骂，自己随身的东西被扣押时，吵得几乎要动起粗来。地上随处可以看到他们写下来的泄愤脏话。电幕的指导员要他们遵守秩序时，反被他们奚落一番。他们还有其他的惊人之举：在衣服里偷运食物进来大饱口福。

但并不是所有的犯人都对狱卒无礼的。有些实在跟他们亲热得很，交谈起来时直呼他们的外号。有的则跟他们说尽好话，无非希望获得一两根香烟。狱卒对这些普通犯人可以说是诸多容忍，虽然职责所在有时难免下手重一点。史密斯在这牢房内常常听到他们提到劳改营，大概是他们最后会被送到那里去吧。劳改营也没有什么可怕的，他想，只要你懂得门路，认识规矩。走后门、拉关系、偷鸡摸狗，总之各式各样的勾当都在劳改营发生。你甚至可以买到用马铃薯酿造的私酒。在那儿掌权的，都是普通罪犯，特别是流氓和杀人凶手这类人物，他们可说是劳改营的贵族阶级。所有吃力的活儿都交给政治犯去做。

临时拘留所里各种各样的囚犯走马灯般地来来去去：毒品贩子，小偷，强盗，黑市交易者，醉汉，妓女。有些醉汉很凶，别的囚犯不得不合力把他制服。有个身材高大、60 岁左右的女人被四个看守一人抓着一条腿或胳膊抬进来，她仍在乱蹬乱嚷，她的乳房沉甸甸地垂着，一头浓密的白色鬈发在挣扎时散开了。几个看守扯下她用力踢人的靴子，就顺势把她丢在史密斯膝上，几乎把他的股骨折断。那婆娘撑起半身在他们后面破口大骂“你这些野种”不停。警卫离开后她才发觉自己坐的地方有些不平，连忙挪开屁股，坐到板凳上去。

“真抱歉啊，小心肝，”她说，“不是我坐在你身上的，你是看到那些野种把我摔下来的，是不是？他们真会欺负女人，对不对？”说到这里她顿了顿，拍拍胸脯，打了个嗝儿，接着又说：“请原谅，我不大舒服。”

她弯下腰往地上吐个不停。

“呀，舒服多了，”她闭着眼睛靠着墙壁说，“我说呀，别忍在肚子里，想吐就吐出来。”她精神恢复过来后就打量了史密斯一眼，马上对他产生了好感。她伸出粗大的手臂搂着他的肩膀，把他拉近身前，啤酒和呕吐的气味直喷向他脸上。

“小心肝，你叫什么名字？”她问道。

“史密斯。”

“史密斯？怪了，我也姓史密斯。谁知道呢，”她用慈祥的声音补充说，“我可能是你的母亲哦。”有可能的，史密斯想。年纪差不多，身形也差不多，再说，劳改二十年人的样子也会改变的。

除了这老妇人外，别的囚犯没一个跟他说话。很奇怪的是，普通囚犯对党员囚犯视而不见，他们称党员囚犯为“党棍”，语气里带着轻蔑和不屑。党员囚犯似乎害怕跟别人说话，最主要的，是害怕互相交谈。只有一次，两个女党员在长凳上被挤到一块儿时，一片嘈杂中，温斯顿无意间听到她们很快交谈了几句，特别提到所谓的“101 房间”，他不知道是什么意思。

他们把他转移到这狱室来，是两三个钟头以前的事吧。腹中的隐痛一直没停过，时好时坏，他的思绪也随之开阔或收缩。痛得厉害时，他忘记了一切，只想到食物。痛苦减轻时，心中就充满了恐惧。有时他预想将要发生的事，情况逼真得令他呼吸停顿。他感到警棍打在他的肘部，钉了铁掌的靴子踢在他小腿肚上，他看到自己在地上爬行，嘴里的牙齿被打落，但还在尖叫着请求饶恕。他很少想到朱莉娅，因为他的思想无法集中在她身上。他爱她，不会出卖她，但这仅是一个事实，一如他所知道的算数法则是个事实一样，没有感情的存在。他也很少关心过朱莉娅现在怎么样了。他倒常常怀着一丝希望地想到奥布莱恩。他一定知道自己被捕吧？对的，他早就说过“兄弟会”从来不搭救落难会员的，但如果可能的话就会送剃须刀片进来。如果他要自尽，他大概有五秒钟的时间，因为狱卒一看到就会抢过来。剃须刀片割血管时，将会给他一种灼热而冰冷的感觉。拿剃须刀片的手指，说不定也会受伤，刀锋戳到骨头。他那种病躯的所有感觉全回来了，即使是最轻的痛楚，也让他缩着身子颤抖不已，他拿不准就算他有机会使用剃须刀片，他究竟会不会用。更为理所当然的是活一时算一时，即使到最后还是要被拷打，多活上十分钟也好。

为了打发时间，他试着数过墙上的瓷砖，可是每次数不到一半时就把数字弄混了。他经常想着的，是自己置身何处，或现在是什么时间了。一会儿他认定了外面准是大白天，可是转瞬间他又相信天已经黑了。他的直觉告诉他这地方的灯火是永远不会关闭的。这是个没有黑暗的地方。现在他明白为什么奥布莱恩这么快就听出他话中的暗示来。仁爱部整栋大楼是没有窗户的，他的牢房可能就在这建筑物的中心，但也可能靠着墙边。它可能埋于地下第一层，也可能在楼上第三十层。他的思想在这大楼内到处漫游。通过身体的感受去推测自己究竟是浮于空中，还是深埋于地底。

外面响起皮靴走路的声音。铁门当的一声打开，一个年轻警官敏捷地一步跨入。他身穿整洁的黑制服，浑身上下像擦亮的皮革一样闪闪发光，他苍白而缺乏表情的脸庞像是蜡制面具。他向外面的看守示意把领来的囚犯带进来。进来的犯人是诗人阿普福思。

门砰的一声又关上了。

诗人怯怯地在房内来回地踱了一下方步，然后停下来，好像猜想到这房子另有出口似的。不久他又开始踱步了。他没注意到房内还有别人，因为他的眼睛凝视着离史密斯头上约一公尺的墙壁上。他没穿鞋子，又脏又大的脚趾从破袜的洞口钻了出来。看来几天没刮胡子了，从面部到颊骨长了密麻麻的短髭。这种粗豪的流氓气概，与他神经兮兮的举动和瘦弱的大个子身材很不对称。

史密斯勉强振作起来。他得冒着被屏幕喝止的危险跟阿普福思说一两句话。说不定"兄弟会"的人就是托他带剃须刀片来的。

"阿普福思。"他招呼着说。

屏幕居然没有干涉。诗人愣了一下，有点吃惊，目光慢慢转移到史密斯身上。

"啊，史密斯，想不到你也来了。"

"你犯了什么罪?"

"不妨跟你说实话，"他笨拙地在史密斯前面的板凳坐下来，"罪名只有一种，对不对?"

"你犯了?""显然我犯了。"他伸手揉了揉太阳穴，好像要回忆一些什么事情似的。

"这种情况是有的，"他含糊地说，"我能想到有一次，可能就是那次。那一次是不谨慎，一点儿没错。我们当时正在为吉布林的诗歌创作出定稿，我在其中一行的末尾保留了'上帝'，这个词，我也是没办法!"他抬眼看着史密斯，几乎是愤慨地又说道："那一行没法改，那首的韵脚是'棍子'，你知不知道英语里总共只有十二个词跟'棍子'押韵？我一连几天绞尽脑汁地想，但的确没有其他可以押韵的词。”先前烦躁不安的神色消失了，代之而起的是一种沾沾自喜的光彩。学究发现了一些毫无实际价值的证据时，露出的就是这种扬扬自得的满足神色。史密斯感觉到阿普福思知识分子的热情，透过密密麻麻的胡子和污垢发射出来。

“你有没有想到过，”他说，“整个英语诗史都受到了英语缺乏韵脚这一事实的决定性影响?”史密斯没有直接回答他。他确实不知道，而他对这问题也一直没有注意。此时此地，像韵脚这种问题，不但索然无味，而且无关紧要。

“你知不知道现在是什么时间?”史密斯问道。阿普福思显得有点吃惊，随后回答：“哎呀，我想也没有想过。他们是两天前，也许是三天前，把我抓来的。”说着他的目光在四面墙壁浏览了一会儿，好像要找窗户的样子。“这种地方白天黑夜没什么差别，我不明白怎样才能计算出是几点了。”他们前言不搭后语地又谈了几分钟，冷不防从屏幕里传来要他们住嘴的呵斥。温斯顿平静地坐着，两手交叉着。安普福斯的身躯庞大得没法舒舒服服地坐在窄凳子上，他不安地扭来扭去，瘦长的两手一会儿扣着一个膝盖，然后再换到另一个上。屏幕里传来命令，厉声要求他老老实实坐着。时间在流逝，二十分钟，一小时，难以判断。外面再次响起皮靴声，温斯顿的心头一紧。很快，非常之快，也许再过五分钟，也许就是现在，那靴子声会意味着轮到他了。

门打开，那个冷面的年轻警官跨进牢房，手向阿普福斯一指：“101房间。”

诗人笨拙地跟着几个狱警茫然地走出去。

又过了一段漫长的时间。史密斯腹中的痛楚又变本加厉了。他的思想老是绕着这六个方向兜圈子：肚子的疼痛、面包、鲜血和呼喊声、奥布莱恩、朱莉娅和剃须刀片。皮靴声又来了，史密斯的肚皮又抽搐了一下。门开处，随着空气飘来一阵强烈的汗臭味。柏森斯荡了进来，身上穿着卡其布短裤和运动衫。这可令史密斯惊异得张大了嘴巴。

“怎么你也来了?”他说。

柏森斯看了史密斯一眼，既不觉得惊奇，也不显得有兴趣。他目光流露的，只是自己受苦受难的神情。进来后他就没有安静过，还是那副跳跳蹦蹦的样子，但每次他把那圆胖胖的膝盖伸直时，你可以看出他实在是发抖。他眼睛张得大大的，好像无法制止随时随地要审视周围一切的冲动。

“你犯了什么罪?”史密斯问。

“思罪!”柏森斯几乎呜咽着回答说。他声音的腔调意味着两种截然不同的心态：一方面是承认自己的罪行；另一方面似乎连自己也不敢相信自己竟会犯思罪。他站在史密斯面前，恳切地向他说道：“照你看，他们不至于要枪毙我吧？对，他们不会杀只有思想有毛病，但无实际犯罪行为的人。你说对不对？思想嘛，有时自己也控制不了。我相信他们会给我公平的审判，这一点我有信心。他们有我过去行为的记录，对不对？你也知道我是哪一类的人，头脑可能简单一些，但办事热心啊，我为党服务，竭尽所能，对不对？照你看，劳改五年就成了，是不是？再不然就是十年。像我这个人劳改营也用不着的。生平的差错就是这么一次，他们是不会杀我的，对不对?”“你有罪吗?”史密斯问。

“当然有罪,”柏森斯面对屏幕，装出一副卑屈的样子，故意大声叫道，“党怎么会冤枉好人?”他的青蛙脸较之前平静多了，现在用近乎虔诚的声音说，“思罪可怕，防不胜防。你知道我怎样受害的吗？在我睡觉的时候，对啦，这是事实。我十年如一日地做着我分内的事，鬼才知道这主意怎样钻到脑袋来。吓，我睡觉时竟说梦话！你知道他们听到我说了些什么?”他压低了嗓子，表情就像一个病人为了健康，不得不听医生的吩咐破口说脏话一样。

“我说了打倒‘老大哥’，对了，一点儿不错，而且可能不止说了一次。我不妨告诉你，我真感激他们，因为他们及时救了我。你想想看，这心中的魔鬼不及早铲除，还了得？你知我在法庭时要跟他们讲些什么话吗？我会说：‘谢谢你们啊，你们及时救了我。’”

“谁检举你的?”

“我的小娃娃,”柏森斯伤感的声调糅合了骄傲的成分，“她在钥匙孔听到了我说梦话，第二天就向巡逻警察告发。才 7 岁的小鬼，挺伶俐的，对不对？我对她不但不怨恨，反而以她为荣，这证明我给她的教育完全正确。”

他又急匆匆地走来走去，向马桶渴望地瞟了好几眼。到后来，他突然猛地扯下短裤。

“对不起，伙计,”他说，“我忍不住了，憋着呢。”

他的大屁股一下坐到马桶上，温斯顿用手捂住了脸。

“史密斯！”屏幕里传来了呵斥的声音，“697号温斯顿·史密斯，把手放下来，在牢房里不准捂着脸。”史密斯手放了下来。柏森斯开始方便，哗啦哗啦地响个不停。碰巧马桶排水的设备坏了，室内臭得昏天黑地，历久不散。

柏森斯被带走了，新的犯人又来，不久又被带走。一个女犯被押到101室受理。史密斯注意到她一听到101的数字时浑身发抖，脸色也变了。他不知道自己是什么时候押到这儿来的。如果是上午，那么现在该是下午了。如果是下午，那么这时是深夜。

现在连他一起一共有男女犯人六名，都静静地坐着。史密斯的对面有个男人，胖得没了下巴，牙齿外露，特别像是某种个头很大、对人无害的啮齿动物。他红一块白一块的胖脸颊下部有很明显的颊袋，很难不让人以为他在那里还藏了点儿食物。他那双灰白色的眼睛胆怯地在人们的脸上扫来扫去，接触到别人的目光时，他很快就望向别处。

门开了，又有新犯人进来，史密斯一看这男子的面貌，心里不禁打了个寒战。这人看来有点阴险，样子却是普普通通的，可能是个工程师或是个技工，但最令人寒心的是他的脸瘦削得看不见肉，简直就像一具骷髅头。正因为脸上没肉，嘴巴和眼睛大得吓人。他目露凶光，好像对某人某事怀着无可化解的仇恨似的。

那男子在离史密斯不远的板凳坐下。史密斯不再看他了，但那人瘦削痛苦的脸仿佛一直就在他眼前动荡。突然他明白过来了：那人快要饿死。除了史密斯以外，其余的人似乎也同时认识到这一点，因为他看到各人的身子都不安地移动了一下。那没下巴的人目光不断往骷髅头似的脸上打量。看了一眼，又别过头去，然后好像受到强烈引诱似的又看一眼。他在板凳上一直坐立不安。最后他忍不住站起来了，颤巍巍地走到骷髅头面前，探手到制服的口袋去，腼腆地掏出一片面包来。

马上就听到屏幕怒吼的声音。没下巴的人立即跳回原位。骷髅头也慌忙把手伸到背后，以证明自己的清白，并没有拿那片面包。

“本姆斯特，”屏幕中喝道，“273号本姆斯特，把面包放下来。”

没下巴的人就把面包丢在地上。

“站在那里，对着门口，别动。”屏幕中说。

没下巴的人听命地站着，他那个袋形的脸颊不由自主地颤动着。

门开了，年轻的警官闪身进来后，跟着就有一个虎背熊腰的狱卒出现，站在没下巴的人面前。警官以手示意后，就见他使尽浑身气力，重重地朝没下巴的人口鼻砸了一拳。这一下打得好狠，没下巴的人身子倒地后，滑过半个房间，停在马桶的前面。他好像昏迷过去了，血从他口鼻渗出来，嘴巴发着呜呜咽咽的声音。好一会儿他才摇摇摆摆地爬起来，口里冒着鲜血，两颗假牙也掉在地上了。

其余的犯人静悄悄地坐着，手搭在膝盖上。没下巴的人爬回他原来坐着的板凳，一边脸已经呈现淤黑。他嘴巴已经肿胀成猩红的一块，中间是个黑洞，血水不时滴到制服的胸口来。他眼睛还是溜来溜去，只是现在的犯罪感更显明了，好像要看看别人是否因他所受的侮辱而更瞧不起他。

门又开了。年轻的警官向骷髅头略一抬手，说：“101 室。”

史密斯身边的人喊了一声，跪倒在地上，双手合抱求饶道：

“同志，长官，你用不着送我到那房间啊，我不是什么都告诉了你吗？你还要知道什么？我知无不言，言无不尽。你问我好了，我原原本本地告诉你。你准备什么供词，我都签名，但请不要送我到 100 室。”“101 室。”长官说。

骷髅头本来脸白如纸，现在竟变成了绿色，使史密斯难以置信。

“你要怎么处置我，就请便吧，”他嚷道，“你们已经饿了我几个星期，干脆就让我饿死算了，再不然，一枪把我毙了或者把我绞死、判我二十五年徒刑，你要我检举什么人？你说名字吧，我什么都告诉你。我不管这人是谁，也不在乎你怎样折磨他。我除太太外还有三个儿女，最大的一个还不到 6 岁。你高兴的话，把他们全部带来，在我面前割断他们的喉咙，我不会哼一声。但请不要送我到 101 室。”“101 室。”警官说。

骷髅头发了狂一样环视室内各个犯人一周，好像要找替身似的。最后他目光落在刚才给他面包吃的没下巴的人，伸出瘦削的手臂指着他咆哮说：

“这个才是你要的人，不是我。他挨打后，背后说的话你们没听到，只要给我一个机会，我会一字不落地告诉你。他才是反党的人，不是我。”警卫上前，骷髅头又惨叫道：“他说的话你们没听到，屏幕出了故障。我不是你们要的人，是他！”两个强壮的看守上前要抓住他的胳膊，但就在那时，他身子在牢房的地板上一扑，抓住了撑着长凳的一根铁腿，像头野兽一样，发出凄厉的号叫。两个看守抓住他，想把他扯开，他却以惊人的力气不放手。在也许有二十秒的时间里，他们在拉扯着他。其余犯人手搭膝盖的静静坐着，直视前方。吼声停了，那人除了紧握铁柱外，连斗的气力也没有了。不久突闻凄厉的呼声，原来其中一个警卫用皮靴一脚踢断了他一个手指，跟着就把他拖起来。

“101 室。”警官说。

骷髅头踉跄地跟着出去了，低着头看着受伤的手，再没有任何抗拒的力气了。

又过了一段很长的时间。如果骷髅头离开时是午夜，现在该天亮了。如果是早上，现在是下午。室内只剩下史密斯一人，已经好几个钟头了。在窄板凳坐了这么久，痛苦不堪，他只得站起来走动。幸好屏幕没有喝止。那片没下巴的人丢下来的面包仍在地上。开始时他忍不住频频往地上看，后来觉得口渴更难受。嘴巴发黏，气味难闻。空气调节机的嗡嗡声和室内一直没有转换过的光源，使他有点晕眩，脑袋空空的。疼痛难忍时他站起来，但马上又坐下，因为晕眩得实在无法站定身子。

每当他身体上的感觉稍微可以控制时，那种恐怖感就会回来。有时，他怀着越来越小的希望想着奥布莱恩和剃须刀片。如果早晚会给他东西吃，可以想象他会拿到藏在食物里的剃须刀片。朱莉娅也依稀出现在他的脑海里。她正在某个地方受苦，也许比他受的苦要大得多。她可能此时正在号呼叫痛。“如果我增加我的痛苦可以救朱莉娅一命的话，我愿不愿意做？会的，我愿意。”他想。但这仅是一个知性的决定，他愿意为她多受苦难，因为他知道应该这么做。可是他心中并没有这种感觉。在这里除了痛苦和预知痛苦到来，你什么感觉也没有。还有一个问题：正当你受苦时，你可不可能为了某种原因希望增加自己的痛苦呢？这问题目前还没有答案。

皮靴的声音又起了，门开处，奥布莱恩走进来。

史密斯吃惊地站起来。奥布莱恩出现得太突然了，使自己完全失去警戒之心。这是多年来他第一次完全忘记屏幕的存在。

“他们把你也弄到手了？”史密斯惊呼。

“他们老早就把我弄到手了。”奥布莱恩用一种近乎歉意的嘲弄口吻说。

他说完后站在一旁。后面是个裸着上身的警卫，手执一条长长的黑棍子。

“史密斯，别骗自己，你老早就知道有今天的结果的。”奥布莱恩说。

对，他现在明白了，他一直就知道，可是已经没有时间想这些。他眼睛盯着的，只是看守手里的警棍。它有可能落在任何地方：头顶，耳朵，上臂，肘部……

落在肘部，他猛然跪了下来，身体几乎瘫软，他用手紧捂着被打了的肘部，眼前直冒金星。没想到，真没想到打一下就能那么疼。眼前冒过金星之后，他能看到另外两个人在俯视着他，看守在嘲笑他那扭曲的身体。这一闷棍最少解答了一个问题：不管什么理由，你绝不能希望增加自己的痛苦。受折磨时你只期望一件事情：停止痛苦。世界上没有比肉体痛苦更难受的事情了。

第二章

他躺在像是张行军床之类的东西上，不过离地面更高一些，他被绑在床上动弹不得，似乎有比平时更强的灯光正好照在他脸上。奥布莱恩站在他旁边，目不转睛地俯视着他，在他的另一侧，站着个身穿白大褂、手持注射器的人。

他现在眼睛虽然睁开，却没有马上打量四周的环境。他觉得自己好像是从另外一个世界游到这房间来的。那是一个深埋水下的海底世界。自己在那世界耽搁了多久，他就不清楚了。自被捕以来，既没见过阳光，也没看过黑夜。再说他的记忆也是无连贯性的，有时他的意识完全空白，连做梦时那种残存的意识也没有。空白过后意识又恢复过来。但这片空白的时间究竟是一周，一天或仅仅几秒钟，他就无法知晓了。

从第一次肘部被打以来，噩梦便开始了。后来，他意识到当时发生的全部只是个前奏而已，是差不多每个囚犯都须经过的常规审问。罪名很长，为敌国采取情报和从事破坏活动等。这是每个犯人都循例招认的罪名。虽然招供是种例行手续，但皮肉之苦却是真的。史密斯一共被打过多少次，每次打多久，已经记不起来了。但他记得每次都有五六个穿黑制服的人一同出现施刑。有时用拳头，有时用木棍、铁杆子或皮靴。很多次他在地上滚来滚去，像头牲畜一样不知羞耻地将身体扭来扭去，一直在企图躲避脚踢，然而没用，那样只不过招致被踢得更多，就在肋骨、腹部、肘部、小腿、腹股沟、睾丸、尾骨等地方。

他就是这样接二连三地遭受皮肉之苦。到了最后，他觉得最残忍和最不可原谅的事情，倒不是这些男子心狠手辣，而是自己怎么不会昏死过去。有时他的神经完全失去控制，拳头还未下来，他就已经开始求饶，把已经犯过的和想象出来的种种罪行一一招供。但有时正好相反。他下定决心，拒绝招供，除非痛楚难忍，一个字都不说。有时他预先准备了要让步，对自己说："招供是逃不了的，但慢慢来，能多忍受一分钟就多忍受一分钟。他们再踢两三下，那个时候我才招认。"有时他被揍得再也站不起来，那些汉子就像摔一袋马铃薯一样把他丢在地窖的石板地上，让他休息几个钟头，然后从头再来。

有时他们让他恢复体力的时间会长一些，虽然实际上有多久他自己也不清楚，因为他要不是昏迷不醒就是睡着了。他记得自己被关在一个小隔间内，有木板床，墙上有个突出来的架子和一个洗脸盆。吃的有热汤和面包，有时还有咖啡。这期间，有一个脾气暴躁的理发师进来给他剪头发、刮胡子。穿着白制服的人也进来过，职业性地按了按他的脉搏、测量了他的神经反应、翻了翻他的眼皮、探手摸他的身体看看骨头有没有被打断。检查了以后，就在他手臂上打了一针让他睡觉。

毒打的次数减少了，但威胁性仍然存在，史密斯怕的就是自己说的口供，他们万一不满意，自己又再落在那几个男子手上。问他话的人，不再是穿黑制服的暴徒，而是戴着眼镜的党的知识分子，长得矮矮胖胖，行动却异常敏捷。他们轮班来折磨他，每次总在十小时以上吧，他想。这些戴眼镜的问讯人，虽然照样要他受皮肉之苦，但他们真正的用心，显然不单是要在肉体上折磨他。他们掴他耳光、扭他的耳朵、扯他的头发、命他单腿站着、不准他小解、用最强烈的灯光照在他脸上，让他眼泪直流。但这仅仅是一种手段，目的在于奚落他和摧毁他思考与争辩的能力。

他们最厉害的武器是疲劳审讯，一个钟头接一个钟头地问下去，提出迷惑性的问题，让他说出不想说的话，给他设置陷阱，歪曲他所讲的一切，证明他每次都在撒谎和说话自相矛盾。到最后，他竟放声哭出来。精神疲劳固然是个原因，但对自己感到惭愧也是原因之一。有时审讯一次，他会哭上六七次。大部分的时间他们用语言侮辱他，他回答时略一迟疑，就恐吓说要把他送回看守的地方去修理一下。可是有时候他们的腔调一变，称他为同志，以英社和老大哥的名义去感化他，问他现在对党的忠诚如何，希不希望有机会洗刷以往的罪行，等等。经过连续几小时的疲劳审讯，神经已临崩溃，所以即使这种柔声细语也一样会引出史密斯的眼泪来。

疲劳审讯的方式果然比黑衣男子的拳脚有效。他的意志力全部垮了，他们要他说什么他就说什么，要他签名他就签名。他目前最关心的是要猜出他们要他招认什么罪行，一猜到就在他们发问前先供出来。因此，他的罪名包括：暗杀党内显要党员，散发煽动性传单，盗用公款，出卖军事情报给敌国和各式各样的阴谋颠覆行动。他招供了自 1968 年以来就做了东亚国十多年的奸细；招认了自己信奉宗教、崇拜资本主义、是个在性行为上有堕落嗜好的人。此外，他还招认了自己是个杀妻罪犯，虽然他和审问他的人都知道凯思琳还好好地活着。在口供上，多年来他跟戈斯坦保持个人联系，是个地下组织的会员，会员包括了所有他认识的人。招认所有想象得出来的罪名、拖每个认识的人下水，十足轻而易举的事。再说，这也没有冤枉自己。他不一直就是党的敌人吗？在党的眼中，思想与行动是不能分开的。

然而也出现了另外一些记忆，孤立地出现在他脑海里，就像一圈全是黑色的照片。

他在一间不知道是明是暗的牢房里，因为除了一双眼睛看不到别的。在旁边，有台仪器正缓慢而有规律地滴滴答答走着。那双眼睛变得越来越大，越来越亮，突然他从座位上飘浮起来，跳进那双眼睛便被吞没了。

他被绑在一张椅子上，灯光射眼，四面是钟面形状的控制盘，有一男子在看管。门外有沉重的皮靴声，铁门当的一声打开，那蜡面的警官带着两个狱卒进来。

“101 室。”警官说。

那看守着控制盘的男子没有转身，也没有看史密斯一眼。他只是看着控制盘。

史密斯正转动轮椅通过一条极阔的走廊，它有一公里宽，被灿烂的金色光线照射。他用最大的嗓门儿哈哈大笑，并喊叫着坦白的话。他什么都坦白，甚至把被拷打时挺住没说的话也坦白了。他对着已经熟悉他一生的听众复述自己的身世。在走廊上滚下来的，还有狱卒、问讯者、奥布莱恩、朱莉娅和查灵顿先生。他们也像他一样，疯狂地大笑着。有些预料到将要发生的恐怖事情，不知什么原因，最后竟然没有发生。他已经没有问题了，不会再受折磨了，他一生中每一细节都已经公开了，也获得谅解和宽恕。

他好像听到了奥布莱恩的声音，拼命要从板床上挣扎起来。自受刑以来，史密斯总觉得奥布莱恩就在他身边，只是自己看不到他而已。奥布莱恩犹如一部电影的导演。指挥黑衣暴徒去毒打他的是奥布莱恩、及时制止他们不要下手太重的又是他。决定史密斯该受多少折磨、哪时可以喘一口气、哪时吃饭睡觉、哪时接受皮下注射。都是他一个人发的命令。问题是由他出的，答案也是他提供的。总之，奥布莱恩是他的折磨者、保护人、审判官、朋友。有一次他听到一个声音在耳边说话，虽然他不知道自己是打了针后昏睡时听到的，还是正常睡眠状态中听到的或清醒时听到的。这声音对他说："温斯顿，别担心，你在我手上。我监视你七年了。现在已经到了转折点。我会救你的，会把你变成完人。"他不敢断定这就是奥布莱恩的声音，但可以肯定的是，这声音与七年前在梦中对他说"我们将会在没有黑暗的地方见面"的声音完全一样。

盘问怎样结束的，他记不起来了。在黑暗的地方待了一阵子后，就被移到现在这小隔间来。他平卧着，身体的每一个重要部分，包括脑后，都像被什么东西绑着，动弹不得。奥布莱恩带着一种既严肃又忧伤的神色，俯视着他。从下往上看，他的脸庞显得粗糙而衰老，眼下有眼袋，从鼻子到下巴有一些劳累留下的皱纹。他比史密斯想象的还要老，可能有或四十五者 50 岁。他的手下面有个控制盘，上面有个控制杆，盘上还有数字。

"我对你说过，如果我们还会见面的话，地方就在这里。"奥布莱恩说。

"我知道。"史密斯答。

奥布莱恩也没有给他什么警告，手略一转动，史密斯就浑身刺痛。这种痛苦可怕极了，因为他看不到痛苦是从哪儿来的，只觉得身体已经受到严重的伤害。他不知这种痛苦是真的，还是电波制造出来的。但不管真的假的，他觉得身体各个关节慢慢脱位了。额前一直冒着冷汗，但令他最觉得恐惧的是脊背会不会因此折断。他咬着牙，用鼻子深呼吸，决定能多忍一分钟，就沉默一分钟。

奥布莱恩细看着他面部的表情，说："现在你害怕的是下一秒钟身体某一部分会折断，是不是？你最担心的是脊背，你在脑中几乎可以清清楚楚地看到椎骨一节一节折断的情形，脊髓跟着流光。你想着的，就是这个，对不对？"

史密斯没有答腔。奥布莱恩扭动了转盘，痛楚马上消失了。

"刚才你受的痛苦是四十度，"奥布莱恩又说，"你可以看得出来，这转盘最高的数字是一百。好，你记着，等会儿我问你话时，你知道我可以随时有让你受苦的能力，而你痛苦的轻重，也完全由我控制。如果你跟我说谎，或答话时支支吾吾、装糊涂。因为我知道你的知识水平如何！你马上就要吃苦的。这点你明白了？"

"明白了。"

奥布莱恩听后，态度柔和多了。他推了推眼镜，踱了几下方步。说话声音温文，也显得非常有耐心，态度和口吻像个医生、教师或牧师，像是在劝导，不是惩罚。

"温斯顿，"他说，"我愿意在你身上花心血和时间，因为你值得我这么做。你自己也知道问题出在哪里。多年来，你对自己的情况自然了解，只是一直不肯承认而已。你的问题就是神经不正常。记忆力衰退，该记得清楚的事你记不起来，而从来没发生的事，你却自以为是事实。幸好这种病态是可以治疗的，你没有及早治好，只不过是你不愿意而已。其实，只需稍微调整一下你的意志力就行，可惜连这一点你都不肯做。我可以看得出来，即使在这一分钟，你还是不肯放弃你的病态思想，因为你以为那是一种了不起的德行。好吧，我们举一个实例。目前大洋邦跟谁作战？"

"我被捕时，是东亚国。"

"东亚国，对。大洋邦的敌国，一直就是东亚国，对不对？"史密斯深深吸了一口气。他张开嘴巴要说话，但说不出来。他的眼睛一直看着控制盘上面的数字。

"温斯顿，说实话，说你知道的实话。"

"我记得的就是在我被捕前的一个星期，东亚国还是我们的盟友。我们的敌人是欧亚国，关系维持了四年。在此以前……"奥布莱恩举手制止他。

“我们举别的例子，多年以前，你产生的许多幻觉中，最严重的莫过于你相信因叛国与叛乱罪名而被正法的党员琼斯、阿诺逊与卢瑟福死得冤枉。你认为你看过证据充足的文件，可以证明他们的供词全是伪做的。你相信你看到了确凿无疑的文件证据，可以证明他们的坦白都是假的。有一张让你产生了幻觉的照片，你以为你真的在手里拿过。那是张像这样的照片。”奥布莱恩的手指捏着一张报纸的剪报。大约有五秒钟吧，史密斯看得清清楚楚，对了，就是这张照片，不会错的。琼斯、阿诺逊和卢瑟福因党务到纽约开会的照片。十一年前，他把玩了一下就马上毁尸灭迹的照片。它在他眼前只出现了短短的几秒钟，又消失了。可是要紧的是，他看到了，真的看到了。他挣扎着要坐起来，可是半分也动不了。这一刻他连控制器的恐怖也忘了，只希望能再捏着那照片半分钟，或者至少再看一眼。

“证据是存在的。”他喊了出来。

“谁说的?”奥布莱恩反问道，一边走到房子的对面。墙上有思旧穴。他拉开盖子，一声不响地把那张剪报投了进去。纸片随着暖流而下，顷刻化成灰烬。奥布莱恩转过身来。

“烧成灰了，”他说，“甚至不是可以辨认出来的灰，是尘土。它不存在，从来没存在过。”

“可是它存在过，现在也存在。它在记忆里存在。我记得，你也记得。”

“我不记得。”奥布莱恩说。

史密斯的心不觉一沉。这是“双重思想”。这真令他陷入困境了。如果他知道奥布莱恩在撒谎，那还可以解释。但要命的是，奥布莱恩真的可能完全忘记这张相片存在过啊！真的如此，那么他也会忘记他否认过记得那张照片，然后又忘记这一行为本身。你怎么能肯定这仅仅是个花招而已？也许大脑的疯狂混乱状态真的有可能发生，正是这想法打败了史密斯。

奥布莱恩若有所思地望着他。

“党有一句有关控制过去的口号，”他说，“请你念出来吧。”“谁控制过去，控制未来；谁控制现在，控制过去。”史密斯应命念道。

“谁控制现在，控制过去。”奥布莱恩认可的慢慢点头说，“那么，温斯顿，依你看来，过去有没有真正的存在的证据呢?”史密斯又一次陷于困境了。他向控制盘瞄了一眼。他不但不知道为了减轻痛苦，究竟该说“有”呢还是“没有”呢。最苦恼的是：连他自己也不知道哪一个才是真正诚实的答案。奥布莱恩淡淡地笑道：“温斯顿，看来你也不是什么哲学家。我不问你，大概你也没有想过存在究竟是什么一回事吧？好，我说得更具体点。过去会不会在空间存在？过去会不会在某一个地方、某一个真实的世界继续发展下去?”

“不会。”

“那么过去如果存在的话，到哪里去找?”

“文字的记录，所有书写下来的有关记载。”

“好，还有呢?”

“在我们的脑中、人类的记忆中。”

“说得有理。好吧，我问你，如果我们党控制所有记录、控制人类的记忆，那么算不算也控制了过去呢?”

“但党又怎能消灭人类记忆的习惯?”史密斯嚷着说，又一次忘记控制器的存在了。“记忆的习惯是与生俱来的，不由自主的，你怎能控制别人的记忆？不说别人，我的记忆你就控制不了!”奥布莱恩脸色变得沉重起来，他的手按在控制盘的把手上。

“正好相反，控制不了记忆的是你自己。你被捕到这里来，就是为了这个原因。你既不谦虚，也不知自律。你不肯抛弃私见，服从大我，因此你选择的是疯子的道路，是少数中的少数。温斯顿，我告诉你，只有受过训练的头脑才看到现实。你相信现实是客观的、外在的、不求佐证的、自成天地的。因此，你如果从幻觉中看到一样东西，你就会假定在现实中也会看到同样的东西。可是，温斯顿，我要告诉你的是，现实不是外在的。现实只存在人的脑中。但这‘脑中’不是指个别的头脑，因为个人会犯错误，而且早晚要灭亡。党的头脑不同，它是集体的，因此也是不朽的。党认为是真理，那就是真理。除了用党的观点去看的现实是现实外，此外再无其他现实。温斯顿，这就是你得从头学起的地方了。这牵涉到意志力的运用，因为你需要消灭自我。在你头脑变得清醒前，你得否定自己。”

奥布莱恩说到这里顿了顿，好像要给史密斯足够的时间去消化的样子。

“你还记得你在日记上写过的话吗？”他接着说，“自由就是说二加二等于四？”

“记得。”

奥布莱恩举起左手，伸出四只手指，大拇指屈起来，不让史密斯看见。

“我竖起来的手指有多少？”

“四个。”

“如果党说不是四个，是五个。那你说有多少？”“四个。”话还未说完，史密斯已经痛得喘气。控制盘的指针指着五十五。他浑身冒着冷汗。吸进肺里的空气，化作痛苦的呻吟声吐出来。他咬着牙，但一点儿也减不了身上的痛楚。奥布莱恩目不转睛地望着他，还是竖着四个手指。他按了按控制杆，史密斯的痛苦稍微减轻了点。

“多少个？”

“四个。”

指针跳到六十。

“多少个？”

“四个，四个，你要我怎么说？四个。”

指针又跳高了，但这次他没有看。他看到的只是奥布莱恩森严的面孔和他竖起的四个手指，像擎天的巨柱一样挺立在他眼前，巨大而模糊，好像在摇晃着，但数目错不了的：四个。

“温斯顿，多少个手指？”

“四个。别再用那东西折磨我了，四个，四个。”

“温斯顿，多少个？”

“五个，五个，五个。”

“那没用，温斯顿，你在撒谎，你还是相信看到四个。好，再来一次，多少个手指？”

“四个，五个，四个，你要我说多少就多少吧，只要不让我受苦就是。”他醒来时突然发觉奥布莱恩的手臂环抱着他坐着。缠绕着他身体的电线之类的东西已经松开了。他大概是昏过去几秒钟吧。他感到很冷，在控制不住地颤抖，牙齿咬得咔嗒咔嗒响，眼泪在顺着脸颊往下流。有那么一阵儿，他像个婴儿似的抱紧了奥布莱恩，奇怪的是，那双抱着他肩膀的粗壮手臂给了他安慰。他有种奥布莱恩是他保护者的感觉，疼痛是外来的，来自别人，而奥布莱恩会让他免受疼痛。

“你学东西学得很慢，温斯顿。”奥布莱恩温和地说。

“我有什么办法？”他哭泣着说，“我眼睛是看东西的，看到了四怎能说五？”“有时二加二等于四，温斯顿，但有时是三，有时是五。有时同时是三四五。你还得努力学习，要清醒不容易。”

奥布莱恩又扶他躺下，他身体又被绑得紧紧的。痛苦已经略微减轻，也不再颤抖了，只感到虚弱和寒冷而已。

奥布莱恩向那个身穿白大褂的人点头示意，那人在整个过程中一动不动地站着。白大褂弯下身子仔细检查了他的眼睛，摸了摸他的脉搏，耳朵贴在他心口听，到处敲了敲，然后向奥布莱恩点点头。

“好，再来一次。”奥布莱恩说。

史密斯马上又全身陷于痛苦中。控制盘上的指针，大概指着七十或七十五的数字吧。他闭上眼睛。他知道奥布莱恩的手指还是竖着，还是四个手指。现在最要紧的事是忍着痛苦，等痉挛过去。他已经懒得理会自己有没有哭出来，阵痛逐渐退去，他睁开眼睛，看到奥布莱恩把转盘数字减低。

“多少个手指，温斯顿？”

“四个，我假定了四个，如果可以的话，我希望看到五个，我现在正努力。”

“那你选择一条路：让我相信你看到五个，还是真的看到五个。”

“真的看到五个。”

“再来一次。”奥布莱恩下令说。

指针上的数字，是八十或九十吧。史密斯一定昏过去多次，因为他只能断断续续地记起为什么身上受着痛苦，一片手指的森林跳舞般地动来动去，时而交织，时而分开，一根遮挡着另一根，接着又重新显露出来。他试着数过这些手指，虽然自己也不明白动机何在。这些手指是数不清的，他自己也知道，因为这牵涉到四与五之间这个神秘的观念问题。

痛苦又减轻了。他睁开眼时，所见的还是刚才的印象：数不清的手指，如会走路的树，在自己左右两边交错移动。他又闭上眼睛。

“我现在竖着多少个手指?”“我不知道，真的不知道，只知道你再来一次的话，我就死过去了。四个、五个还是六个，最老实的答案就是不知道。”“有进步了。”奥布莱恩说。

白衣人在他手臂上注了一针，史密斯马上觉得有一股暖流流过全身，舒服极了，使他几乎忘记刚才的痛苦。他张开眼睛，感激地望着奥布莱恩。看到他那张既丑陋又聪明的粗线条的脸，史密斯禁不住对他产生了敬爱之心。如果他能动的话，他一定会伸出手搭在他手臂上表达这个意思。他对奥布莱恩的敬爱之情，从没像这分钟那么强烈过。这不单为了他制止了他的痛苦。他对这人原先的感情又回来了，那就是奥布莱恩究竟是敌是友，都无所谓。最要紧的是这人谈得来。也许一个人对知己的渴求，比爱情还甚。奥布莱恩把他折磨得近乎疯狂状态，而他也知道，等一会儿就送自己上死路。可是这都没关系。在某种意识来讲，他们的关系超越一般友情：他们的确是推心置腹之交。虽然谁都没有提到这点，但他相信他们将来总会在什么一个地方再见，然后好好地聊一番。

史密斯注意到奥布莱恩俯视着自己时，脸上有一种特有的表情，好像在说：你的心事我完全了解，因为我也这么想。

奥布莱恩再开口说话时，神态悠闲得像在聊天。他问史密斯：

“你知道身在何处吗?”“不知道，但我猜是仁爱部吧。”“那你知不知道在这里待了多久了?”“不知道。几天、几个星期、几个月？我想是几个月吧。”“你知道我们为什么把犯人带到这儿来吗?”“逼供。”

“不对，不是这个理由。再试试看。”

“惩罪。”

“不对，”奥布莱恩叫道。他的腔调变了，面色虽然凝重，但掩盖不了兴趣勃勃的神情。“我们带你来这里，既不为了逼你招供，也不是要惩罚你。要不要我说出来？你在这里，因为我们要治疗你，不让你发疯，你得明白，温斯顿，我们带到这里的每个人没有谁在离开时还没被治好。你所犯的各种愚笨的罪行，我们一点儿也没有兴趣。党注意的不是表面的行为，只关心行为后面的思想。我们不但消灭敌人，而且我们还要改造敌人。你懂吗?”奥布莱恩弯下腰去看史密斯。从史密斯的角度看去，他的脸奇大奇丑，也许是距离太近的缘故吧。除了大与丑外，史密斯还注意到他脸上另一特色：一种你常在疯人眼睛里看到的亢奋。史密斯的心不禁又下沉了。如果可以的话，他真想钻到床底。说不定他一时兴起，又转动控制器了，他想。但奥布莱恩在这个时候却走开，踱着方步。跟着激动地说：

“你首先要了解，在这个地方是没有烈士和殉道者的。你一定读过历史上有关宗教迫害异端分子的记载吧，比如天主教在中世纪的大审判。那种行动注定要失败。目的在铲除异端，结果正好相反。异端不但没有被消灭，反而因此连绵不绝。他们在刑架烧死一个异教徒，成千成万的同类继之而起。为什么？因为宗教法庭公开杀害它的敌人，在他们没有悔过前就烧死。正确地说，正因为他们不肯悔过，不肯放弃他们真正的信仰，才会被烧死。自然，所有荣耀属于牺牲者，而恶名则由施刑者担当。20世纪则有所谓极权主义者的例子，如德国的纳粹党和俄国的共产党。俄国人对付异端分子的手段，比天主教宗教法庭残忍得多。他们以为从历史上得到了教训，平心而论，他们至少学会了这一点：不能制造殉道者。在提犯人公审前，他们用尽心机，摧毁了犯人最后一点儿尊严。他们施酷刑之余，还把犯人隔离关闭，直弄到每个落在他们手上的人都变得摇尾乞怜、面目可憎，要他们供什么就供什么。他们除了指控别人，也会辱骂自己。可是，过了几年后，结果又与宗教迫害异端分子一样。死去的人成了烈士、殉道者。他们当时受凌辱的过程，已经为人淡忘。我们不禁又要问：为什么？首先，谁也看得出来，他们的供词是屈打成招的结果，因此不是真的。我们这里不犯那种错误。在这里吐出的供词，都属于事实，因为我们要让它变成实情。但最重要的一点是：我们不让死者有起来反抗我们的机会。因此，温斯顿，你不要做白日梦，以为后世会为你平反。后世永远不会知道你是谁。你在历史上的痕迹将会被清除得一干二净。我们把你炼成气体，倒入平流层。你毫无痕迹留下：名册上没有你的名字，没有一个活着的人会记得你。过去没有你，将来也没有你，你从来没存在过。”“那为什么又要折磨我呢？”史密斯禁不住怨恨地想。奥布莱恩好像听到了他心声似的，突然停了步。他的脸靠近，眼睛半眯着说：

“你在想，既然我们打算把你毁灭得不留痕迹，既然你说的做的最后毫无分别，那么我们又何必花这么大的工夫盘问你呢？你心里想的个就是这疑问，是不是？”

“是的。”史密斯说。

奥布莱恩微笑着答道："温斯顿，你是我们模式中一个缺陷，一个必须擦去的污点。我不是才跟你讲过我们和过去的迫害者不同吗？我们对口是心非的顺从和可怜兮兮的驯服不会满意。到你最后向我们投降时，得正心诚意。我们不会毁灭一个抗拒我们的异端分子。他抗拒一天，我们就让他活一天。我们要转变他的信仰、控制他的思想、改造他。我们把他心中的毒素和幻想洗涤干净，把他诱导到我们这边来，不但表面属于我们，整个心灵也得认同我们。在我们杀他前，先把他变为我们自己的人。我们不能忍受世上任何一个角落有错误的思想存在，即使它是隐秘的、不会惹起问题的。即使在处死一个人时，我们也不允许他有任何离经叛道之处。过去，异教徒在走向火刑柱时，仍然是个异教徒，同时还在宣扬他的异端邪说并为之得意。即使那些俄国大清洗中的受害者，在他们走过过道等着挨子弹时，他的脑袋里仍然有反抗思想。但是我们在把大脑崩掉之前，先要让它变得完美。旧专制主义者的命令是'你们不许怎么样'，极权主义者的命令是'你们要怎么样'，而我们的命令是'你们是怎么样'。我们带到这里的人再也没有一个跟我们为敌，每个人都洗干净了。琼斯、阿诺逊和卢瑟福这三个可怜虫，你不是曾经相信过他们是无辜的么？我告诉你，他们一一都垮下去了。我审问过他们，因此亲眼看到他们的意志力怎样逐渐消失！他们匍匐在地、哭着、呜咽着。到最后，他们的表情再不是痛苦和恐惧，而是后悔。我们审问完毕时，他们只剩下了躯壳，除了悔意和对老大哥的爱心外，再无其他感情。他们对老大哥的爱意，看了令人感动。他们最后要求尽早行刑，这样可以保证他们死时还是思想正确的人。"奥布莱恩的声音变得有点如醉如痴，面上露出的狂热仍然不减。他不是在演戏，史密斯想。他相信自己说的每句话，因此不是个说谎的人。最令史密斯受不了的，相比之下他觉得自己的智力低下。他看着这个块头虽大，但姿态异常优雅的人在自己的视野内走来走去。奥布莱恩无论在哪一方面都比自己强大，他想。没有一种他想过的，或可能想到的观念不为奥布莱恩洞悉先机，不为他排斥。他的思想涵盖了史密斯的思想。但如果这是真的话，奥布莱恩又怎么会是疯子呢？一定是自己疯了，史密斯想。

奥布莱恩停下步来，俯视着他，声音又变得冷峻起来。

"温斯顿，你千万别做白日梦，以为你向我们无条件投降就可以挽救你自己。我们从来不放过走入歧途的人。即使我们让你度过余生，你也逃不过我们的掌握。你在这里经历的事，因此也一辈子洗脱不了。这一点，你得先弄清楚。我们将把你压得死死的，你永远不能翻身。即使你活上一千年，也无法恢复烙在你身上的伤痕。你将永远不会体验人类普通的情感。你的感情将如槁木，失去了对爱情、友情的本能，失去了求知欲和道德勇气，因此也谈不到什么人格的完整了。总之，到时你连欢笑的能力也没有，因此也无法享受什么生命的乐趣。你将是个空洞的人，我们将你挤得空空的，然后把我们的成分将你填满。”奥布莱恩说到这里，顿了顿，向白衣人举手示意。史密斯感觉到有什么仪器塞到他脑后来。奥布莱恩坐在他的床边，因此他的脸几乎与史密斯同一水平。

“三千。”他吩咐白衣人说。

两块微湿的垫子贴在史密斯两边的太阳穴。他吓得缩了缩身子。将要尝到另一种花样的痛苦了。

奥布莱恩用一只手按着他，似乎要他不要担心。

“一次不会有什么痛苦，”他说，“你看着我的眼睛吧。”史密斯听到一阵震天动地的爆炸声，或者可以说像是爆炸声，因为他不知道是否真的有声音发出来。但他看到刺眼的强光，这倒是假不了的。他没有受伤，只觉得好像被什么东西推到了地上，虽然他本来就躺着的。他的脑袋也受到影响。他的视力恢复过来时，他记得他是谁、身在哪里、面前凝视着自己的是谁，但在感觉上，好像有一大片空白，恰似脑髓给人挖了一块一样。

“等会儿就好了，”奥布莱恩说，“看着我的眼睛。大洋邦跟哪一国打仗？”史密斯想了想。他知道大洋邦是什么意思，也知道自己是大洋邦的国民。他还记得有东亚国和欧亚国这两个国家，但谁跟谁打仗就搞不清了。事实上，他根本不知道有过战争。

“我不记得了。”

“大洋邦现在跟东亚国交战。你记起来了？”

“是的。”

“大洋邦一直跟东亚国交战。自你出生以来、自觉存在以来、自有历史以来，我们一直与东亚国交战，战争从未停过。你记起来了？”

“是的。”

“十一年前，你创造了有关三个因叛国罪被判死刑囚犯的神话。你以为看到了一份可以证明他们无辜的文件。可这份文件从来没存在过。是你杜撰出来的，后来连自己也相信是真的。你还记得你最先发明这份文件的情形，是不是?”

“是的。”

“刚才我给你看掌中的手指。你看到五个，记得吗?”“记得。”

奥布莱恩举起了左掌，大拇指曲在掌心。

“这里有五个手指，看到了没有?”“看到了。”他真的看到，虽然时间不长。他看到五个手指，奥布莱恩的左掌一个手指也不少。可是一下子眼前景物变了，他只看到四个手指。那种过去有过的恐惧、仇恨和困惑再次纷至沓来。但是有那么一刻，他不知道有多久，也许有半分钟，是清清楚楚、很有把握的一刻。在那时，奥布莱恩的每个新暗示都填充了那块空白，成为绝对的真实。在那时，二加二很容易可以根据需要等于五，也可以等于三。那一刻在奥布莱恩把手拿开之前就已经结束。虽然他无法再次体验那一刻，但他仍然记得，如同一个人会生动地记得许多年前的一次经历，而当时他其实是另外一个不同的人。

“现在你看清楚了，”奥布莱恩说，“二加二等于五是可能的。”

“是的。”史密斯说。

奥布莱恩满意地站起来。史密斯看到他左边的白衣人打破一个注射剂的瓶子，把针管插进去。奥布莱恩转过身，推了推眼镜，面带笑容地对史密斯说：“你还记得你在日记上说，不论我是你的敌人或朋友都无所谓，因为至少我懂你，可以谈得来？你对了，我爱跟你谈话，因为我对你的思想有兴趣。你的思想与我的相近，只是你疯了。你愿意的话，在这一节结束前，你可以提出几个问题。”

“任何问题?”

“对的，”奥布莱恩看到他的眼睛一直注视控制盘，又补充说，“已经关了。你第一个问题是什么”“你把朱莉娅怎么处置了?”奥布莱恩的面又露笑容了。“温斯顿，她出卖了你，毫无保留、不假思索地就出卖了你。我没见过这么容易就范的人。你如果有机会再看到她，再不会认得她了。她的叛逆性、狡猾性格、愚昧和肮脏思想，全被我们洗擦得干干净净。她的改变完美得像是教科书的例子。”“因为你用刑逼她。”奥布莱恩没有理会他。

“下一个问题。”他说。

“老大哥存在吗?”

“当然存在。党存在，而老大哥就是党的化身。”

“他存在的方式，是不是跟我一样?”

“你不存在。”奥布莱恩说。

史密斯又一次陷于苦恼中。他固然知道，或至少可以想象出来，证明他不存在的逻辑，但那不过是语言上或文字上的游戏，荒谬之极。奥布莱恩明明看到我，却说“你不存在”，这种话不就是逻辑谬误吗？但说出来又有什么用？一想到奥布莱恩会用一种无可反驳的疯狂辩证法把他击倒，他已经泄了气。

“我想我是存在的，”他疲累地说，“至少我认识到我的存在。我坐下来，将要死去。我有手有脚，在宇宙间我占据了一个独特的地方。没有一个固体可以同时占据相同的空间。老大哥是否在这个意识上存在的?”

“那无关紧要，他存在就是。”

“老大哥会不会死?”

“当然不会。他怎会死？下一个问题。”

“那么兄弟会呢？存不存在?”

“温斯顿，这个你就永远不会知道了。如果我们把你的事办完后，决定放你走，即使你活到90岁，你这问题也不会得到答案，它将是你脑中无法解答的谜。”史密斯无言地躺着，胸口起伏急速了一点儿。他还没问一开始就想问的问题。这非问不可，但话一到嘴边就停住。奥布莱恩脸上显现出一种近乎观看他表演的神色，连他的眼镜也露出嘲弄的光芒。他已经知道我要问的是什么了，史密斯突然想到。这么一想，话就漏了出来：

“什么是101室?”

奥布莱恩面上的表情没有变，冷冰冰地说：

“温斯顿，你知道100是什么。每个人都知道101室是什么。”他说完后就对着白衣人摆摆手，看来这一节完了。针管插在史密斯臂上，几乎马上就睡着了。

第三章

“你的改造过程，分为三个阶段，”奥布莱恩说，“那就是学习、了解和接受。你现在进入第二阶段。”史密斯像在第一阶段时一样，仰卧在床，但绑着他的带子比以前松弛些。除了脚可以略微移动外，他还可转头四边张望，手肘也可以举起来。控制盘也没以前那么恐怖了。如果他思想敏捷些，还可以躲过它的袭击，因为奥布莱恩只有在他愚不可及时才开动机器。有时在他们整整一节谈话里，控制盘一次也没用上。

他不知道一共有多少节，总之全部过程好像无休无止一样。可能是几个星期吧。有时从一节到另一节要等几天，但有时仅是一两个钟头。

“你躺在这里，”奥布莱恩说，“你一定觉得奇怪，为什么仁爱部要在你身上花这么多时间。我记得你还单刀直入地问过我一次。即使我们释放了你以后，你还是解答不了这个疑团的。你可以了解到你所处社会的运作程序，但你不会知道其基本的动机。你在日记上不是写过么，‘我知道怎样去做，但不明白为什么要做’。你一想到为什么时，就会怀疑自己的神经是否正常。你看过‘那本书’，戈斯坦的书，即使没看完，也看了一部分。这书有没有告诉你一些你从前不知道的事？”“你看过了？”史密斯问。

“我写的，也就是说我参与了写作。你也知道，没有哪本书能由一个人写出来。”

“它说得对不对？”

“就其所描述的部分来说，可以说是真的。但它所谈到的计划，都是废话。什么秘密的积聚知识、逐渐开导民智、最后促成老百姓造反、推翻党的领导，等等。书不用看完，你也可以预想到这就是它要说的结论了。我告诉你，这都是鬼话。普通阶级永远不会造反，一千年，一万年也不会。因为他们不能造反。我相信不用告诉你其中道理，你自己已经知道。因此，如果你抱过什么平民起义暴动的幻想，从此可以死心了。党是推不倒的。党的领导是千秋万代的。你的思想应以此为出发点。”

他走近史密斯床前，又再重复一次说：“党的领导千秋万代，好，我们现在回到‘怎样’与‘为什么’的问题。党怎样维持它的权力，你了解得很清楚。现在你告诉我，为什么我们抓着权力不放？我们的动机是什么？我们为什么要权力？说吧。”他看到史密斯没有说话，催促他说。

史密斯还是不作声，他精神已经疲倦不堪。相反，奥布莱恩却越说越起劲，那种疯子特有的狂热又流露在他脸上。他猜得到奥布莱恩要说的话党不是为了本身的利益而追求权力。党要权力，是为了群众的好处。群众是软弱的、无能的动物，不能面对真理，又不会珍惜自由，因此必须受人统治，受比他们强的人欺骗。人类只有两个选择：一是自由；二是幸福。对大多数人来讲，幸福比自由重要。党是弱者的永远监护人，牺牲自己的幸福成全他人，背负做坏事的名义，为的就是日后给大家带来好日子。

最可怕的是，史密斯想，最可怕的是奥布莱恩要是对他说这种话，他一定自己也会相信。你从他脸上就可看出来，奥布莱恩什么也知道。他比史密斯知道得更清楚，世界的真实情况是怎么样的、老百姓过的是哪一种非人生活、而党又用什么手段与谎言去统治他们。奥布莱恩了解到这些问题，也衡量了这些问题，觉得这不是什么大不了的事，因为追求目标，就要不择手段。你面对一个比你聪明的疯子，又有什么办法呢，史密斯想。这疯子礼貌地听过你的申辩后，又继续坚持他的疯狂信仰。

“党是为了我们的利益而统治我们，”他有气无力地说，“你们相信人类不适于自己管理自己，所以……”

他刚开口就几乎大叫起来。一阵剧痛穿透了他的身体，奥布莱恩把控制盘上的控制杆扳到35的位置。

“那是蠢话，温斯顿，愚蠢！”他说，“你明白你不该说这种话。”

他把控制杆扳回来，继续说道：

“现在让我告诉你这个问题的答案，你听着，党追求权力，完全是为了权力的本身。我们对别人的利益一点儿也不感兴趣，我们只对权力感兴趣。财富、奢侈及物质享受、长生不老或幸福的生活，一点不吸引我们！除了权力，赤裸裸的权力。什么是赤裸裸的权力，等下你就会知道。我们跟以前寡头政权不同的地方，就是我们知道我们所做的是什么。其余的人，就算他们跟我们有相像的地方，相较起来都是懦夫和伪君子。德国的纳粹党和俄国的共产党在方法上跟我们很接近，但却从没有勇气承认他们的动机。他们假装，说不定他们自己也相信，他们是为了不得已的理由才夺权的，为时不会太久，因为只要他们执政不久，人间就会出现一个自由平等的天堂。我们跟他们不一样。我们深信，没有人会夺了权后会自动放弃的。权力是目的，不是手段。没有人会为了捍卫革命而去成立独裁政权，革命的目标就是为了成立独裁政权。迫害的目的就是为了迫害。苦刑的目的就是苦刑。权力的目的就是为了权力。你现在开始懂我的意思了？”

史密斯又一次被奥布莱恩疲劳憔悴的面容吸引住了。粗看来，它的特色没有什么改变，仍是那么坚强、粗野、残忍，充满了智慧。你还可以看出他为了控制心中那股激情所作的努力。但他确是累了，眼袋明显，颧骨下方皮肤松弛。奥布莱恩俯下身，故意让他看清楚自己憔悴的脸。

“你在想，”他说，“你在想我的脸又老又疲惫。你在想，我一方面谈论着权力；另一方面，我甚至挡不住自己身体的衰败。温斯顿，你难道不明白个人只是细胞，有了细胞的疲劳，才有机体的活力。你给自己剪指甲会死吗？”

说完后他又离开了史密斯，一只手插在口袋，踏着方步。

“我们是权力的祭司，上帝是权力，”他说，“目前对你来讲，权力只是个名词，因此你也该了解权力的真正意义是什么了。首先，你要知道，权力是集体的。除非个人认同集体的意志，否则他就没有权力。党的口号你是知道的，‘自由是奴役’。你有没有想过这口号可以倒过来？‘奴役是自由’，赤手空拳的话，一个自由自在的人终会被打败。这是改变不了的事实，因为人注定要死。这也是人类最大的挫折。可是如果他愿意与党合成一整体，换句话说，放弃自己的身份与党完全认同，那么他的权力不但大得无法衡量，而且长生不老。第二件你得认识到的是：权力就是控制人类的权力。控制人的身体固然是权力。但最重要的还是控制人的思想。控制事物，或者，如你所说的，控制外在的现实，并不重要。我们对事物的控制已经到了随心所欲的绝对境界。”史密斯一下子忘了控制器的威胁，扭动着身子要坐起来，结果徒劳无功，反而弄得浑身疼痛。

“你怎能控制事物？”史密斯嚷道，“天气冷热，你管得了？地心吸力的定律，你打得破？还有疾病、痛苦、死亡……”

奥布莱恩举手制止他说下去：“我们控制了思想，就是控制了事物。什么是现实？还不是境由心生。温斯顿，你慢慢就会懂得的。我们没有什么不能做的事。飞天遁地，无所不能。如果我愿意，我可以把这层楼像肥皂泡沫一样吹起来。我没有做，因为党不让做。你干脆把 19 世纪的宇宙定律忘了吧，因为我们创造自己的定律。”“你就是不能创造自己的定律，你还不是这行星的主人。欧亚国和东亚国呢？你还没有征服。”“那无关紧要。我们哪天高兴，哪时就征服天他们。但即使我们按兵不动，那又有什么分别？我们可以让他们不存在。大洋邦就是世界。”

“但这世界小如尘埃，而人更微不足道。人的存在有多久？地球上荒无人迹的日子有几千万年。”

“胡说，我们多老，地球就有多老。地球又怎可能比我们老呢？有人的意识存在，才有事物的存在。”

“但地球的地层不是藏有无数原始生物，如恐龙、大象等的化石吗？人类那时还没出现。”“你看过这种化石么，温斯顿？当然没有。化石是19世纪生物学家发现的。在人类出现以前，什么东西都不存在。如果人也有绝种的一天，到时什么东西也不存在。除人以外，再没有其他东西。”“可是宇宙在我们之外，你看看夜间的星星吧，有些离我们一百万光年，我们一辈子也接触不到。”

“什么是星星？”奥布莱恩漠然地说，“那不过是几公里外的星火。如果我们有需要，当然接触得到，或者干脆把它们炸掉。地球是宇宙中心，太阳和星星绕着地球转动。”

史密斯又一次痛苦地扭动身体，可是这次他没说话。奥布莱恩好像听到了他无言的抗议似的，接着说：

“当然，为了某些目标，我们说太阳绕着地球运行是不对的。我们的船只在海洋行驶时，或者我们预言日食的时间，为了方便，得假定地球绕着太阳走，也得相信星星离我们百万光年。但那又算得什么了？你以为我们不可以使用两种不同的天文学原理名？看我们的需要而定，星星离我们可远可近。你认为我们的数学家做不来吗？你忘了‘双重思想’的逻辑？”

史密斯陡然瘫在床上。不管他说什么，结果总是被对方一棒打回。但他知道，他心底知道，自己是对的。认为人的意识是唯一衡量现实的标准，这种说法一定有什么办法可以击破的。这种理论，不是老早就证明站不住脚么？它甚至有个名称，他忘了是什么。

奥布莱恩嘴角露出浅浅的笑意，他俯下头来看他，说：

“温斯顿，我不是老早讲过，哲学不是你的拿手把戏。你要找的字眼，是‘唯我论’。可是你错了，我们的一套不是‘唯我论’。如果你一定要找个名词，或者可以叫‘集体唯我论’吧。但那也不对。事实上正好相反。但我们说得太远了。”他改换了口气说：“真正的权力，我们必须日日夜夜奋力争取的权力，不是对物体的权力，而是对人的权力。”他顿了一下，有那么一阵子，他又带上了老师提问一个有希望的学生时的样子，“一个人怎样对另一个人实施权力，温斯顿？”

史密斯想了一下，“通过让他受折磨。”他说。

“对了，让他受苦。单是顺从还不够。除非一个人身上正受着痛苦，你无法知道他是跟着你的意志走还是我行我素。权力因此是使人痛苦，使人羞辱。权力是把别人思想拆得粉碎，然后再按自己的模式重组起来。你现在开始了解我们要创造的是什么样子的世界没有？我们创造的世界它跟先前的改革家设想过的愚蠢的、享乐主义的乌托邦刚好对立，它是个恐惧、背叛和痛苦的世界，是个践踏和被践踏的世界，是个随着自身的完善变得不是没那么残忍，而是更加残忍的世界。我们这个世界的进步将是向更多痛苦发展的进步。以前的文化老爱自称建立于仁爱与正义的基础上。我们的，则建于仇恨上。在这个世界上，除了恐惧、愤恨、打倒别人的快乐和自羞自辱外，人类再无别的情感。因为我们将会把其余的情感废掉。事实上，我们已经把革命前遗留下来的思想习惯改变了。我们割断了父母子女的亲情、人与人之间的道义关系。丈夫不敢信任太太、父母不信任儿女、朋友的定义已经不存在。将来连太太与朋友都不需要。孩子一生下来就被党收养，就如我们从母鸡的窝中拿鸡蛋一样。性本能将被淘汰，繁殖行为是一年一次的公事，就像每年的配给证得重新签发一样。我们将会消除男女在性交时感受到高潮的能力。这方面的工作，我们的神经学家已经着手研究。除了对党得要绝对的忠诚外，任何人或事都可以出卖。要爱，就爱老大哥。欢笑的声音，只有一个人在看到对手倒下来时才会出现。艺术、文学、科学绝迹人间。我们那时到了无所不能的地步，也就用不到科学了。美与丑也无分别。好奇心与享受生命的能力也将消失。所有竞争性的快乐也被减少。但温斯顿，别忘记，永远不会消失的快乐就是对权力的迷恋，而且会越迷越深，越来越微妙。任何时刻你都可以体验到胜利者的刺激，踩在一个已无还手之力的敌人上的刺激。你如果想知道未来如何，就想象一下皮靴踩踏在一个人脸上的滋味吧。不是践踏一下就收回来，而是永远践踏下去。”

奥布莱恩停了下来，好像他预料到史密斯要发问似的。史密斯真希望能够蜷缩在床，因为他的心好像结冰了。他没说话。奥布莱恩继续说下去：

“记得要永远永远地践踏下去，因为那张脸一直等待着我们的皮靴。异端分子的脸、社会公敌的脸随时出现，也随时被击败、被凌辱。自你落在我们手上后所经历的一切，不但会重演，而且还会变本加厉。侦察犯人的行为、互相出卖、逮捕、苦刑、死刑、失踪……这种事永远不会停止。将来的世界，既是恐怖的世界，也是胜利者的世界。党越强大，越不容异己。反对的势力越弱，镇压的手段越强。戈斯坦和他的邪说也会永远存在。每时每刻他们都被我们打败、侮辱、奚落，但他们将与党共存。过去七年来我和你合演的戏，会不断重演，一代一代地演下去，而且演技会越来越高超。异端分子落在我们的手上，任由我们摆布，痛得呼天抢地后，垮了。变得可鄙，到最后他彻底悔悟，从自我中拯救出来，自愿爬到我们的脚前。这就是我们正在建设的世界，温斯顿。这是个一场胜利接着一场胜利，一次凯旋接着一次凯旋的世界。没完没了压迫着权力神经的世界。我看得出，你开始明白那个世界是怎么样的了，但是到最后，你不止理解它就够了，你还会接受它，欢迎它，并成为其中一部分。”

史密斯的精神逐渐恢复，微弱地抗议说：“你们做不到。”

“你这话是什么意思，温斯顿？”

“你不可以创造一个像你刚才描述的世界。这仅是梦想，事实上是不可能的。”

“哦，为什么？”

“因为不可能以恐惧、仇恨和残酷为基础建立一种文明，它永远不会支持很久。”

“为什么不可能？”

“它不会有活力，会解体，会自行毁灭。”

“胡说。你的印象是仇恨比爱更有消耗性，怎么会呢？即便如此，那又有什么关系？假设我们决定让自己衰老得更快，假设我们调快人类生命的速度，20岁时就已衰老，还是同样的问题，那又有什么关系？你难道不明白个体的死亡不是死亡吗，党是不朽的。”

正如他所预料的一样，奥布莱恩的逻辑使他毫无反击之力。再说，他真怕跟奥布莱恩再纠缠下去的话，又得受皮肉之苦了。可是，他就不能保持缄默。他不想跟奥布莱恩辩论，而除了对他刚才说的话感到难言的恐怖外，他实在再无其他理论根据，但他还是用微弱的声音把话说了：

“我不知道你说的话是否有理，而且，我也不想计较。只是我觉得你终归要失败的。总有一些事情会击倒你，生命会战胜你。”

“我们控制生命，温斯顿，控制生命每一部分，每一层次。你一定以为有什么叫人性的东西，会受不了我们的作为，最后必然会反对我们。但我们创造人性！人是可以捏造的。再不然你又想旧事重提，回想你的普通阶级或奴隶造反理论去。你是白费心思了，温斯顿，他们孤立无援。党就是人类，其余的不值一提。”

“我不管，他们会打败你就是。他们早晚会看出你的真面目，然后就把你们撕得粉碎。”

“你看到什么迹象认为这种事一定会发生？你有什么理由相信这种事一定要发生？”

“没有。可是我相信事情早晚要发生。我知道你要失败。宇宙间有一种东西，我说不出来，是精神也好、原则也好，总之这种东西你征服不了就是。”

“温斯顿，你信上帝吗？”

“不。”

“那么，这种我们征服不了的东西是什么？”

“我不知道。是人的精神吧。”

“你认为你是人吗？”

“当然。”

“如果你是人，温斯顿，你是最后一个人了。你的种类已经绝后，我们是继承人。你知不知道你是孤立的？你已经身处历史潮流以外，因此不存在。”说到这里，他的态度改变了，语言也尖锐些。“而由于我们手段残忍，瞒骗欺诈，所以你认为在道德上你比我们高一等？”“对，我认为我比你们高一等。”奥布莱恩没有说话，因为录音机已经响了起来。过了不久，史密斯认出其中一个声音是他的。这是他加入‘兄弟会’那天晚上跟奥布莱恩对话的录音。他听到自己答应愿意说谎、偷窃、伪造、谋杀、分发毒品、逼良为娼、散布性病，在孩子的脸上倒硫酸。奥布莱恩不耐烦地摆了摆手，好像觉得此事实在多此一举似的。跟着他按了开关，声音就停了。

“起床吧。”他说。

绳子松了，他自己下了床，在地板上摇摇晃晃地站着。

“你是最后一个人，”奥布莱恩说，“你是人类精神的监护人，好好地看一下你自己的样子吧。脱去衣服。”史密斯把绑着他制服的绳子解开。制服本来有拉链的，但早已经扯断了。自被捕以来，这可能是被迫脱光衣服的第一次。制服底下是几片脏脏黄黄的破布，依稀可以看出是内衣裤的形状。他把这些碎布脱下时，注意到房间尽头有个门字形的三面镜。他走上去，还没走到一半就忍不住惊叫出来。

“再走近点儿，”奥布莱恩说，“站到两边镜子的中间，这样你才看清楚自己的侧面。”

他停下脚步是因为他被吓坏了。一个驼背、面色苍白、貌似骷髅的物体正向他走来，让他感觉恐惧的，是它的实际外表，而不单是知道那就是他自己这一事实。他又向着玻璃镜走近了一些，那个怪物的脸部好像向前突出，是因为它弯着腰的姿势所造成。那是一张绝望的囚犯的脸，有着和秃顶连成一片的宽阔前额、鹰钩鼻子和似乎被击打过的颧骨，颧骨之上是一双凶狠而警觉的眼睛。脸颊上布满皱纹，嘴巴有种凹进去的样子。这无疑是他自己的脸，但在他看来，他的脸跟内心比起来改变得更多，表现出来的情感跟他所感到的不一样。他已经部分秃顶。他一开始以为自己已经变得脸色苍白，但只不过是他的头皮变成了苍白色。除了手和脸部，他浑身上下一片苍白，积着陈垢，灰垢下面还有处处皆有的红色疤痕。脚踝附近的静脉曲张溃疡处红肿了一大片，皮肤正在掉碎屑。但真正可怕的，是他身体的消瘦程度：他的肋骨腔窄小得像是骷髅身上的，腿上瘦缩得以至于膝部比大腿还粗。这时他也明白了奥布莱恩让他看看侧面是什么意思。他脊椎的弯曲度让他触目惊心，他瘦削的肩膀往前方耸着，好保持有胸腔，只剩骨头的脖子在头颅的重量之下似乎在对折着。如果让他猜，他会认为这是个，60 岁男人的身体，而且患了某种不治之症。

“你不是认为我的脸，一个内党党员的脸，形容枯萎吗？”奥布莱恩说，“你自己的脸又怎样？”他一把抓着史密斯的肩膀，把他扭过来面对着自己。

“你看你的样子，”他说，“浑身都是污垢。你看看你的脚趾缝、你脚踝上流脓的伤口，你臭得像一只山羊，你知不知道？相信你自己也闻不出来。你瘦得还像个人吗？你的二头肌小得可以夹在我食指拇指之间。你的脖子脆弱得像胡萝卜，一弯就断。自你落在我们手上后，你知你体重减了多少？二十五公斤，你的头发也是一把一把地掉下来。你看着！”

他伸手到史密斯发上一拉，果然扯下一束头发来。

“张开嘴巴，”他接着说，“一共还剩下十一个牙齿。你进来时有多少个？剩下来的也快掉光，看！”

他用食指和拇指捏着史密斯仅有的一个门牙。史密斯的下腭感到一阵刺痛，奥布莱恩已经把他本来动摇的牙齿拔了出来，随手就往地上一丢。

“你已经在腐烂了，”他说，“身体各部分就像脱发和牙齿那样掉下来。你是什么东西？臭皮囊而已。好，转过身来，你看到镜子里面是什么东西？那就是最后一个人了。如果你是人，那镜中物就是人类。穿上衣服吧。”史密斯用缓慢而僵硬地动作穿衣服。如果不是看到镜子，他真不知道已经消瘦得这么可怜了。此时他只想到一件事：他在这里度过的时间，一定比想象中还长。就在穿内衣裤的时候，他突然为自己被折磨得不成人形的身体感到可怜。跟着不由自主地倒在床边一张小凳子上，放声地哭出来。他自己知道样子多丑，举动多失礼，一把盖在脏衣服的瘦骨头在强烈的灯光下像孩子一样哭起来，但他实在没有办法压抑自己。

奥布莱恩走过来，几乎可以说是好心的用手搂着他的肩膀：

“这种事情不是永远的，”他说，“你什么时候选择要它停止，它就会停止。一句话，全看你了。”“你干的好事，”史密斯饮泣说，“你把我弄成这个样子。”“不，温斯顿，你是咎由自取。你开始与党作对时，就接受了这种命运。从你第一次反党行动开始，就撒下了日后的种子。后来发生的一切，都是你可以预料到的。”他顿了顿，又继续说：

“我们收拾了你，温斯顿。我们把你毁了。你已经看过你的身体像个什么样子。你的心智也是一样。我想你心中已无傲气。你被人踢过、鞭打过，侮辱过、你痛得叫苦连天，你在洒满了你的血液和呕吐物的地板上打过滚。你哭着求饶过，你出卖了每个人和每件事。你想得到一件比这些更堕落的事还未发生在你身上吗？”

史密斯哭声已经停了，虽然泪还是滚下面颊来。他抬头望着奥布莱恩。

“我没出卖朱莉娅。”他说。

奥布莱恩低头看了他一眼，然后沉吟说：“对，你没有出卖朱莉娅，这倒是真的。”

史密斯对奥布莱恩那种牢不可破的敬畏心情，又一次涌现心中。多聪明啊，，他想。他的话只用说一半，奥布莱恩就会明白。任何人站在奥布莱恩的地位，必会对他说：“你早就出卖她了。”在酷刑下，他还能够隐瞒什么东西？有关朱莉娅的一切，他已经从实招来，她的嗜好、性格和以往的生活。他和朱莉娅每次幽会的经过和细节，也供得清清楚楚，包括黑市买来吃的东西，他们间的奸情和他们略微谈过的反党计划。可是，依照他和朱莉娅对出卖所下的定义而言，他没有出卖她。他还爱她，而他对她的感情也没有改变。奥布莱恩聪明的地方，就是不用听他解释就明白他的意思。

“请你告诉我，”他说，“他们什么时候才枪毙我？”

“可能要等一段日子，”奥布莱恩说，“你这案子很复杂。但别失望，每个人早晚都会痊愈的。最后我们才会枪毙你。”

第四章

史密斯状况好多了。如果每天这个词还适用，那么他每天都在长胖起来，强壮起来。

小隔间内的灯光和空气调节机的嗡嗡声还是一样令人难受，但这是他被关以来所待过的地方设备最好的。木板床上有垫子、有枕头。此外，还给了他一张小凳。他们让他洗了一次澡，也让他不时地在室内的小锡盘洗脸洗手。水居然还是温暖的。内衣裤和制服也配了新的。静脉疽也有药敷上。剩下的几个牙齿已经拔掉了，镶了假牙。

这种日子一定过了好多星期，或好几个月了。如果他现在有兴趣计算时间的话，也不是不可能的，因为每隔一段时间他们就送吃的东西来。他猜想是每天三顿吧，只是他实在搞不清楚哪一顿是在哪一个时间吃的。饭菜出奇的丰富，第三顿一定有肉类。有一次他们还送来一包香烟。他没有火柴，只是狱卒每次送东西来都给他点火。过了这么久没碰过香烟，因此第一次抽进嘴里几乎把他呛死。但他没有放弃，省着抽，每顿饭后抽半根。

他们给了他一块书写用的石板、半支粉笔，可是起先他碰也没碰它。即使在清醒的时候，他的脑筋还是呆滞的。他常躺在板床上，非到吃饭时间才起来，躺着的时候，有时是在睡眠，但有时是醒着做白日梦，只是眼睛不张开来就是。他已经习惯了在强烈的光线下睡觉了。他现在发觉在亮处暗处睡觉实在没有什么区别，唯一可能不同的是，在强烈的灯光下睡觉，做起梦来比较有连贯性而已。

在这段日子中他做了好多梦，而且多是甜蜜的梦。他要么是梦到金乡，或者是梦到和母亲、朱莉娅和奥布莱恩同坐在阳光普照的废墟内，漫无目标，爱谈什么就谈什么。他醒着时想到的，就是梦境。现在皮肉之苦的恐惧已经消除了，他思想的能力也似乎跟着丧失了。他并不觉得无聊，也没兴趣跟人谈话或做些帮助打发时间的事情。如果吃的喝的不缺、不受盘问和毒打、能够保持身体清洁，总之，如果能让他独个儿躺在那里不受干扰，他已经觉得满足了。

慢慢地，他睡觉的时间减少了，虽然还是不愿意走下床来。他要静静地躺着，让自己感觉到体力一点一点地恢复。他不时用手指摸摸这里、压压那里，为的就是要证明他日渐结实的肌肉和皮肤不是一种幻觉。最后他自己也相信真的胖了，大腿确实比膝盖粗了。有了这种信心后，他就每天做运动，虽然开始的一两天是勉为其难的。他在室内兜圈子走路，不久就发觉到居然可走三公里左右的路程。到他的脊背也渐渐挺直了，他试着做一些比较复杂的运动，但不久就发觉自己真的是心有余而力不足，除了在房间踱步，什么东西也做不来。比如，他不能拿起凳子平举，不能金鸡独立地用一条腿站立。他要蹲在地上，结果弄得大腿小腿疼痛不堪，只好连忙站起来。

他俯卧着试图用双手撑起身体，但一点儿希望也没有，他甚至无法把自己撑起一厘米高。然而又过了几天后，就是在又吃了几顿饭后，他连这项壮举也能完成了，后来他一口气就能做六次。在他心里，竟然开始对自己的身体感到自豪，而且时不时地还抱有一种信念，即他的脸庞也在长回正常模样。只是当他正好把手放在秃顶的头皮上时，才会想起曾从镜子里望向他的那张布满皱纹、备受摧残的脸庞。

他的思想也恢复了活动。他坐在床上，背靠着墙，石板放在腿上，打算认真地开始改造自己。

他已经向党投了降，这已经是无可否认的事。现在想来，事实上远在他决定采取反党行动之前，他早已经准备要投降的了。他一踏入仁爱部的门，不，应该说他和朱莉娅一起站着听到屏幕声音时开始，就了解到自己要和党作对是多么浅薄无聊的事。七年来思想警察对他的监视，就像实验室的人用显微镜看甲虫一样明察秋毫。他的一举一动，一言一行，无不记录在案。他的思路如何，也可由他的小动作推论到。他在日记簿上面放了一粒白沙，自以为聪明绝顶，可是他们在看了他的日记后，把沙粒放回原位，自己却蒙在鼓里。

他们放录音带给他听、拿照片给他看。对了，有些照片是他和朱莉娅在一起的。对了，连那些动作也拍了出来。他实在不能跟党作对下去了。再说，党是对的。党一定对。不朽的、集体的头脑怎错得了？你能用什么外在的标准去衡量党的措施？脑筋清醒与不清醒实在是数字上的观念。只要你的思想模式跟他们一样就成了，只是手上的铅笔越来越觉得沉重。他用笨拙的字体把脑中想到的事情记下来：

自由是奴役

跟着不经思考的在这句子下面写道：

二加二等于五

写完后他的脑筋马上觉得有点什么不对似的，好像是要逃避一些什么东西，精神无法集中。他知道下面要出现的是什么，只是一时记不起来。但结论既然知道了，推理就不难了。

权力是上帝

他什么都接受了。历史是可以改写的。但大洋邦却从来没改过历史。大洋邦在跟东亚国交战、大洋邦一直跟东亚国交战。琼斯、阿诺逊和卢瑟福三人罪有应得。他从来没看过可以给他们翻案的照片。这照片从来没存在过，是他伪造的。他想起来他记住过相反的事情，但那种记忆是不可靠的，是自欺心态的产品。你看，多么轻而易举的事。只要你投降，其他一切不就顺理成章了么？这等于一个逆流游泳的人，突然转变方向顺水游一样。除了你自己的态度外，什么也没有改变。注定要发生的事情，总是要发生的。真想不通自己为什么要跟党作对。每一件当初认为困难的事情最后都变得这么容易，除了……

任何事情都有可能的，地心引力的定律胡说八道。如果我愿意，奥布莱恩说过，“我可以把这层楼像肥皂泡沫一样地吹起来”。

史密斯现在想通了。如果奥布莱恩认为他已经把这层楼吹起来了，而同时我也认为已经亲眼看见他吹起来了，那么这层楼就已经吹起来了。

突然他的思想像一块沉埋海底的破船木板一样冒出水面来。“房子没有吹起，只是我们想象它吹起而已。这是幻觉。”但马上他又把这块木板压下去。这个思想上的谬误显而易见，因为它假定思想以外某一处地方，还有一个“真实”事情发生的“真实”世界存在。但这样一个世界又怎会存在呢？除了经过我们意识的认知，我们还懂得别的东西么？一切现象都在我们脑中发生，而同时在每个人脑中发生的事，那就是真事了。

这种谬误，他不会犯，而且永远不应发生在他身上。人的脑筋结构应该有一个警告讯号系统，危险的思想一出现，马上就会自动地亮红灯。新语叫“罪停”。

他开始做“罪停”的练习，给自己出了许多命题，如“党说地球是扁平的”和“党说冰比水要重”等。这些练习就是训练自己对这些命题的矛盾视而不见。这实在不容易啊，光是推理的能力还不够，你还要善于机变。像“二加二等于五”这种数学上的玄机就远超他智力范围之外了。“罪停”训练出来的脑筋特别灵活，因为它一会儿得借助逻辑上最巧妙的辩证法，一会儿又得对逻辑上最粗浅的谬误视若无睹。总之，愚蠢像智慧一样必要，也同样难以学到。

他一边做着练习，一边想着自己的死期。什么时候他们才会一枪结束自己呢？“一切都取决于你自己。”奥布莱恩这样说过，然而他知道不能靠有意识的行为让这天提前到来。可能在十分钟之后，或者十年之后。他们可能把他单独关押好几年，可能把他送进劳改营，可能像有时会做的，释放他一段时间。

更可能的是，在枪毙他前，旧事重演一次：逮捕、审问、毒打。唯一可以肯定的就是你永远不知道自己的死期。这是一个传统，一个从来不会明说但你自己知道确有其事的传统！他们总会在你在走廊上从一个牢室走到另外一个牢室时，在你脑袋后面给你吃子弹。

一天，可能是半夜吧，他突然堕入梦境。他在走廊上走着，等着吃子弹。他知道这次是吃定了。心中再也没有怀疑、恐惧、争议和痛苦，什么事都想通了，解决了。他身体健康，步伐轻便，心情愉快得像是在阳光下散步的感觉。这走廊不像仁爱部的那么狭小，而是一条阳光普照的大通道，差不多有一公里宽。越走越兴奋，仿佛吃了刺激药品一样。他又来到金乡了，沿着牧场上的小径走，脚下是柔软的小车，头上是温暖的阳光。牧场的尽头是榆树林，随风舞荡。再远处，就是柳荫下的池塘，鲮鱼漫游其中。

他突然惊醒，脊背满是汗水，因为他听到自己高声叫了出来：

“朱莉娅，朱莉娅，我的爱人!”

有一刹那间他真的觉得她就站在自己面前。她不但跟他在一起，而且还像穿过他的皮肉，走进了他的身体。就在这一刹那，他觉得自己从来没有像现在那么爱她。他知道她还活着，需要他帮助。

他躺在板床上，极力去平衡自己情绪。天哪，我怎么搞的？这几秒钟暴露出来的弱点会给自己带来多少年的灾难。

说不定不久就会听到门外的皮靴声。这种事当然是要受惩罚的。他们现在已经知道自己的心事了。他服从党的命令，但心中还是憎恨党。以前他表面唯唯诺诺，思想却是反动的。现在他后退一步：思想交给了党，但心要自己留着。我知道自己错了，但即使错了也不愿把心交出去。他们会看出来的，至少奥布莱恩会看出来。这一声呼喊把他什么心事都坦白了。

他们可能要他从头做起，说不定会拖上几年。他摸摸脸，要摸熟自己目前的面貌。两颊的皱纹很深、颊骨隆起、鼻子坦平。自上次照过镜子后，他换了假牙。你要装出面无表情，首先就得知道自己的脸是什么样子的。他现在就是不知道自己的样子。不过，单是控制你的面部表情还是不够。他现在才了解到如果你不要让人家知道你身上的秘密，首先就是不让自己知道有这个秘密。这意思是说，你可以知道有这个秘密存在，但在非要吐露之前，你不能让它在你意识中浮现，不要让它有成形的机会。

从现在开始，他不但思想要正确、感觉也得正确、梦境也得正确。他对党仇恨之心，得像身体上一个囊胞一样埋藏起来，既是自己一部分，但与其余各部分无关。

他们总有一天会枪毙他的。虽然你不知道确定的时间，但来临前的几秒钟你不难感觉出来。你走在走廊时子弹从后面射来，十秒钟就解决了。就在这十秒钟出现前，他内心的世界会天旋地转。伪装的面具会突然掉下。内心隐藏的仇恨会爆发，像火焰一般吞噬着他。而几乎同时“砰”的一声，他的脑袋开花了。这颗子弹，来得太迟了，或可说太早了。脑袋从此远离他们控制之下，异端思想没有悔改，也没受到惩罚。而这颗子弹，也在他们完美无缺的制度中开了一个破洞。死时还在恨他们，这就是自由。

他闭上眼睛。这比接受一条思维准则还要困难，是个自我贬低、自我糟塌的问题，他一定会投入最最肮脏的污秽中，而最可怕、最令人厌恶的会是什么？他想到了老大哥。那张巨大的面孔（因为经常在宣传画上看到，他总觉得有一米宽）好像自动浮现在他脑海，长着浓密的黑色八字胡，眼睛跟着人转来转去。他对老大哥的真实感情是什么？

皮靴声在门外响起。门砰地打开。奥布莱恩进来了，后面是蜡面警官和狱卒。

“起床到我这儿来。”奥布莱恩说。

史密斯站在他面前。奥布莱恩用手按着他的肩膀，审视着他。

“你心中有瞒着我的念头，”他说，“你太笨了。腰挺起来，看着我的眼睛。”

奥布莱恩顿了一下，然后用较柔和的口吻说：

“你确实有进步，思想方面已经没什么问题了，只是感情上你毫无进展。告诉我！记着，温斯顿，别说谎，你知道你瞒不了我！好，告诉我，你对老大哥的真实情感究竟怎样？”

“我恨他。”“你恨他，那很好，现在到了你受训的最后阶段。你得爱老大哥。服从是不够的，你得爱他。”

他把史密斯向狱卒的方向推了一下，说：“提到101室。”

第五章

在史密斯被关押的各阶段中，大概由于气压不同的关系，他差不多可以猜测到身在仁爱部哪一个地方。暴徒拳打脚踢的牢室，应该在地下。奥布莱恩审问他的地方，则高高在上，靠近屋顶。现在的位置，深埋地下。

房间好像比以前的都大，虽然他对周围的一切并没有怎样留意。他只看到自己前面有两张小桌子，铺上桌布。一张离他只有十二米；另外一张则较远，靠近门口。他被绑在一张椅子上，动弹不得。脑部后面好像托了一个垫，也是绑得紧紧的，逼得他只能向前看。

他一个人坐了一会儿，奥布莱恩就推门进来了。

“你曾经问过我 101 室里面是什么东西，”奥布莱恩说，“我告诉过你答案你是知道的，而且也是每个人都知道的。101 室里面是世界上最可怕的东西。”

门又开了，狱卒走进来，手上拎着一个用铁线织成好像是个笼子之类的东西。他把这东西放在靠门的桌子上，就离开了。奥布莱恩站的地方刚好挡着他的视线，史密斯不知道里面究竟是什么东西。

“世界上最可怕的东西，”奥布莱恩说，“是因人而异的。活埋、火烧、淹死、钉在柱上，等等。总之是各式各样的死法。可是有时候最可怕最可怕的事却是微不足道的，而且不一定会致命。”他身子移动了一下，史密斯看到桌上摆着的是什么东西。这是一个椭圆形的铁笼子，上面有个携带用的把手。笼子的前面有个像练习击剑的人戴的面罩，中间凹了进去。这笼子离他虽有三四尺，但他看得清楚里面分了两个间隔，每一格都有动物在内。

原来是老鼠。

“就你来讲，”奥布莱恩说，“世界上最可怕的东西就是老鼠。”

史密斯初见笼子时，心中就有恐怖的预感。这刻看到笼子前面的面罩，奥布莱恩的意思再明白不过了。他浑身冷得发抖。

“你不能这样做，”他用沙哑的声音嚷道，“你不能，你不能。这是不可能的。”“你还记得吗？”奥布莱恩说，“你还记得你梦中常常出现的痛苦时分？你前面是一道黑墙，耳边听到吼声。墙后面是世界上最可怕的东西，你一直知道那是什么，可是就没勇气拉它出来。墙后面的东西就是老鼠。”“奥布莱恩，”史密斯尽力压抑着自己的声音说，“你实在不必用这种手段。你要我做些什么事？”奥布莱恩没有直接答他的话。他再说话时，态度与口吻又像个课堂上的老师。他眼睛向前望，好像听众都挤在史密斯身后似的。

“就其本身而言，”他说，“疼痛并非总能奏效，有时候一个人能够承受疼痛，甚至到了死时那一刻也能。然而对每个人来说，都有种不可忍受的东西，一种想都不敢想的东西，跟勇气和怯懦无关。你从高处摔下时，抓紧一条绳子并不是怯懦行为。你从深水里上来，往肺里吸满空气也不是怯懦行为，这是种不可违背的本能。老鼠也一样，对你来说，它们不可忍受，是你无法承受的一种压力，即使你希望承受也无法做到。让你干什么你都会。”

“可那是什么，是什么？我不知道是什么又怎么能做呢？”

奥布莱恩拎起了笼子，小心翼翼地放在史密斯面前的桌子上。史密斯听到自己的血液在体内奔流。他感觉到一个人孤独地坐在旷野上，阳光耀眼，远处传来各种声音。但鼠笼跟他的距离还不到两米。笼中的老鼠硕大无比，毛色深褐而非灰白，正是牙齿最锐利，性格最凶悍的年龄。

“你知道，”奥布莱恩继续面对那群无形的听众说，“老鼠是食肉动物，虽然它属啮齿。你也听说过本市贫民区中发生过的事，比如在某些街道上，做妈妈的不敢把孩子放下来五分钟，怕的就是老鼠。她们的顾虑是有理由的，因为老鼠准会偷袭，在短短一段时间内就把孩子吃光，剩下一把骨头。其实老鼠不单危害婴儿，也袭击病人和快要死的人。”笼子里突然传出一阵吱吱的尖叫声，在史密斯听来，像是从很远的地方传来。两只老鼠正在打架，想冲破隔离网互咬。他还听到了绝望的低沉呻吟声，好像也不是他发出的。

奥布莱恩拿起笼子，在什么部位按了一按，马上发出“咔”的一声。史密斯拼了气力想从椅子站起来，但一点儿也动不了，他身体每个部位都绑得紧紧的。奥布莱恩把笼子移近了一点儿，“现在距离，我已经按下了第一个杆，”他说，“你是知道这笼子的结构的。笼子前面的面罩刚好套在你的头部，盖得密不通风。我按第二个杆时，笼子的闸口就会升起，里面饿坏了的东西就会扑上来。你有没有看过老鼠跳高？它们一跳就跳到你脸上，有时先吃眼睛，有时先咬破脸颊，再吃舌头。”鼠笼已经贴近面部了，史密斯听到头上有一阵吱吱声。但是他在跟自己的恐慌激烈斗争。想，想，甚至在最后一刹那，想是唯一的希望。突然，那东西难闻的霉味直冲他的鼻孔。他有种想呕吐的强烈感觉，几乎让他昏了过去，眼前一片漆黑。有那么一刻，他精神错乱，是头尖叫的动物。然而在一片漆黑中，他抓住了一个念头，只有一个办法可以救自己，他一定要把另外一个人，另外一个人的身体，放在他和老鼠之间。

面罩的周围很大，一套上了就看不到其他的东西了。这时闸口离他的脸不到一尺。这些阴沟里的老祖宗知道开怀大嚼的时间到了。其中一只爬上爬下，另外一只则站起来，手攀铁线，鼻子四面嗅着。史密斯已经看到它嘴上的胡须和牙齿，刚才那种黑色的恐怖又袭上心头。他看不见东西，脑筋一片空白，完全不知所措。

“这是中国封建时代一种很普通的刑罚。”奥布莱恩轻描淡写地说。

面罩已经套上头，铁丝擦到脸上。可能还有半分希望吧，但也许太迟了。但这个时候他突然了解到在这世界上他能把自己的苦难转移过去的，只有一个人！只有一个身体可以介入他和老鼠之间。

他疯狂地叫着，叫着：

“老鼠去咬朱莉娅！不要咬我！咬朱莉娅，我不管你把她怎样折磨，让老鼠吃掉她的脸，我不会哼一声，但不要咬我，不要咬我。”

他往后倒去，往极深的地方落下去，远离了老鼠。他仍被绑在椅子上，但已穿过地板向下坠落，穿过楼上的墙壁，穿过地球，穿过海洋，穿过大气层，进入外层空间，进入星际深渊，一直和老鼠远离，远离，远离。他远去了许多光年，但奥布莱恩仍站在他旁边，史密斯的脸上仍有铁丝的冷冷触觉，然而在他的黑暗中，他又听到一声金属相碰的咔嗒声，他知道笼子门咔嗒一声关上了，没有打开过。

第六章

栗树咖啡馆冷清清的，一道黄黄的阳光从窗户斜射进来，照在落满灰尘的桌面上。那是十五点的人少时刻，屏幕里传出细细的音乐声。史密斯在他惯常的角落坐着，望着空杯子发呆，不时地抬起头来望着墙上贴着那张大面孔“老大哥在看管着你”。也不用他招呼，侍者就来把他面前的空杯子倒满胜利杜松子酒，又拿过一个瓶塞中间插了根管子的瓶子，往酒里倒进几滴液体并晃了晃。那是加了丁香味的糖精，是这家咖啡馆的特制品。史密斯静听着屏幕的声音。现在播放的虽然是音乐，但和平部可能随时中断音乐节目，发出特别新闻简报。这一阵子非洲前线传来的消息令人担心，他也为此事忐忑不安。一支欧亚国的军队（大洋国在跟欧亚国打仗，大洋国一直在跟欧亚国打仗）正以惊人的速度向南推进。午间的公报没有明确提到任何地区，但很有可能刚果河口已经是战场。布拉柴维尔和利奥波德维尔有沦陷的危险。人们没必要通过看地图，才会了解这意味着什么。不只是即将失去中部非洲的问题，就连大洋国的领土也受到威胁，这在整场战争中是第一次。

一种无法言说的强烈感情涌上心头，但不久又冷下去了。他决定不再为战争的事情烦恼了。自获释以来，他无法为任何问题集中思想。他端起杯子，一饮而尽。他对胜利杜松子酒的反应还是跟以前一样，一下肚就打冷战，有时还想要吐。这东西真可怕。丁香油和糖精本身的气味就不好受，不但不能中和杜松子酒油腻腻的感觉，反而令它变本加厉。最可怕的就是这种气味在他身上日夜不散，让他脑中不时地联想到那东西的气味。

即使在脑中，他也不敢把这东西的名字叫出来，也尽量不去想它的样子。他只是隐约知道这东西的存在，曾经爬近他脸上，腥味扑鼻。酒意泛上来时，他张开紫色的嘴唇打了个嗝儿。自获释以来，他体重增加了，气色也恢复，比以前红润多了。也许应该说，太红润了。他脸上的轮廓变得粗厚，鼻子和颧骨上是粗糙的红色，甚至他秃顶的头皮也颜色深得不能算是粉红色。

一个侍者也是没有等他招呼就给他一份当天的《泰晤士报》和一个棋盘。报纸上有一栏是棋谱。这时侍者看到他酒杯已经空了，又给他添了酒。他们已经搞清楚他的习惯，不用吩咐就会自动送来。一进栗树，棋盘等着他，角落的位子也等着他。即使客人来多了，这位子也还是他的，因为没人愿意靠近他。他喝了多少杯酒，自己也懒得去数了。偶然侍者递给他一张脏脏的纸条，据说是账单，但他相信他们少收了他的钱。不过，即使倒过来，他们报假账，多收他的钱，他也觉得无所谓。这些日子他有的是钱。他还有一份可说是拿高薪的工作，待遇比以前的差事还要好。

屏幕中的音乐停了。史密斯仰起脑袋听，但播出来的却不是前线军事新闻，而是迷裕部的简报。原来上一季第十个三年计划中，鞋带超产达98%之高。

他翻开棋谱来看。这是黑白二马的残局。“白子进二将死。”史密斯抬头望了望老大哥。白子为什么老是能够将死黑子呢？没有例外，从来如此。自世界开始以来，所有的棋谱中都是白子棋高一着的。这是不是象征永远不变的真理，善最后必能胜恶吧？他又看了看老大哥一眼。那张大脸也在凝视着他，充满了无言的威力。白子总是赢的。

电幕的声音顿了顿，然后用极其严肃的口吻宣告：“大家听着！请留意在15时30分收听重要新闻，15时30分，最重要的消息。15时30分，请勿错过。”

音乐又响了。

史密斯心中一动。一定是前线来的新闻简报了，他的直觉告诉他这准是坏消息无疑。这一天内，他一想到大洋邦在非洲受重创时，心中就有一阵激动。他闭起眼睛就似乎看到欧亚军队如排山倒海的蚂蚁一样冲过从未断过的防线，卷入非洲的尖端。总有办法包围他们吧？西非海岸的轮廓在他脑中浮现出来。他捡起白子移前，这着儿走对了。正当他看到黑蚂蚁群蜂涌南移时，另一支车队却像神兵天降的突然出现，从后面包围，切断他们的海陆交通。

他感觉到这队神兵是从他意念产生出来的。但行动要快，因为如果欧亚国控制了整个非洲，如果他们在好望角取得空军和潜艇基地，他们就可以把大洋邦切成两段，后果不堪设想。失败、倾覆、重分世界，或者是党的末日。他深深地吸了一口气。情感真复杂，或者应该说在史密斯心中战争的情感层次真复杂，搞不清那一层才是最隐蔽的。

情绪的冲突已经过去，他把白子放回原位，不过他现在的精神还是不能集中研究棋谱。他又胡思乱想了，一边漫不经心地在台上的尘垢上用指头写着：

2 + 2 =

“他们不能跑到你的心中。”朱莉娅说过。但他们已经跑到我的心中来。“在这里发生在你身上的事永远改不了的。”奥布莱恩说过。这话一点儿不假。你做的一些决定，所采取的一些行动，永远无法补救。他们把你心灵灼伤，无法复原。你变得麻木不仁。

释放后他跟朱莉娅见过一次面，谈过一次话，这不会引起什么麻烦的，因为他直觉地知道现在他们对他的作为不再感兴趣了。如果朱莉娅和他愿意的话，还可以安排第二次见面的约会。

事实上，他是碰巧在公园内碰到她的。那是寒风刺骨的3月天，大地硬得像块铁板，寸草不生。几棵孤独的藏红花，好不容易从地上爬出来，一下子就被风吹折了。他的眼睛也被风吹得流着泪水，手冷得僵了，正匆匆忙忙在赶路。突然在离他不到十米的地方，他看到朱莉娅。他第一个感觉是，她的样子也改变了。

他们似乎像陌路人一样地碰头而过。最后还是他转过头来跟着她走，但实在表现得并不热心。没有问题的，他想，不会再有人注意他们的行动了。她没说话，踏着草地走着，好像有意要躲开他，而最后又不能不接受他就在自己身边的事实似的。他们终于走到一排没有叶子的灌木丛中，既不能藏身，又不能挡风。他们停了步。那天冷得邪门，风呼啸着掠过树枝，扑打在灌木的细枝和残余的藏红花上。他搂着朱莉娅的腰肢。

这儿没有屏幕，但一定有麦克风。再说，他们站的地方，谁也看得清楚。但有什么关系呢？到了这个田地还计较什么？如果他们愿意，现在躺在地上就可以干起那种事来。一想到这里，就恐惧得僵硬起来。朱莉娅对搂着自己腰身的手臂，一点儿反应都没有，也不挣开。

史密斯现在看清楚她的样子了。她脸上多了点儿黄灰色，还有一道长长的疤痕，从前额一直到太阳穴，然而主要变化不在于此，而在于她的腰部变粗了一些，而且令人惊讶地变得僵硬。他记得有一次在一颗火箭弹爆炸后，他曾帮忙把一具尸体从废墟中拖出来。当时让他震惊的，不仅是那具尸体难以置信的重量，而且还有其僵硬程度和收拾的难度，使得与其说是血肉之躯，倒不如说更像一块石头。摸着朱莉娅的身体感觉也是如此，他想到她皮肤的肌理跟他见过的肯定也大不一样了。

他并没有吻她，连话也没说一句。他们再走回草地时，朱莉娅第一次正面看了史密斯一眼，那是充满了冷漠与厌恶的一眼。这种冷淡的眼色，是仁爱部经验的后遗症？还是因看了他红肿的脸和眼睛不断流出的泪水引起的烦厌心情？他们在两张铁椅子上坐下来。椅子虽然排成一线，但相隔一段距离。他看到她快要说话了。她把鞋子移动了一下，踩着一根细枝。她的脚板好像宽多了。

“我出卖了你。”她直截了当地说。

“我也出卖了你。”他说。

“有时，”她接着说，“有时他们用一些你不能忍受的，甚至不敢想象的事情恐吓你。那时你会说，‘别这样对付我，你去折磨别人吧！’然后你就把这个人的名字说出来。后来你也许会安慰自己，这不是真的，这不过是缓兵之计。但这是假话。他们折磨你时，你真的希望有人替你受苦。你知道除此以外再无自救的办法，唯一的办法就是牺牲别人。你才不管替你受罪的人的结果呢，因为你只想到自己。”

“因为你只想到自己。”他漫不经心地应着说。

“自此以后，你对那人的感觉就不一样了。”

“对的，”他说，“感觉不一样了。”

还有什么话可说呢？寒风不断地扑在他们单薄的制服上，贴着肌肉。两人相对无言已经够窘的了，何况实在冷得不能干坐不动。朱莉娅说要赶搭地下铁路班车，先站起来。

“我们下次再见。”他说。

“对，我们下次再见。”他并不很热心地在后面跟着她走，两人保持约摸一尺的距离。他们再没说话。她并没有故意要甩掉他，但你从她走路的速度不难看出，她实在不愿意跟他并肩而走。他本来决定要送她到车站的，但突然想到在这种天气跟着人家跑，既无聊，又难受。他觉得与其这么无聊地跟着朱莉娅，不如回到栗树咖啡馆好了。这地方从没有像现在这么对他有吸引力。他希望马上就回到那熟悉的角落，报纸、棋盘和喝不完的杜松子酒！再说，那儿温暖。

也真是巧合，迎面来了几个人，把他和朱莉娅分散。他半真半假地赶上几步路，慢下来，然后转头朝相反的方向走。走了五十米左右再回头看。路上人并不挤，但他已经失去了她的踪迹。她可能就是前面匆忙赶路的十来个人中的一个。也许因为她身体已经变得像石头一样僵硬，无法再从后面辨认出来了。

“他们折磨你时，”她刚才这么说，“你真的希望有人替你受苦。”他真的这样希望过。他不但这么说过，而且实在这么祈求过。他当时求奥布莱恩拿朱莉娅而不是自己去喂那东西。

屏幕里传来的音乐声变了，一个刺耳的嘲弄音符，一个预警音响起来了。也许这仅是一个敏感的记忆，但史密斯此时听来，声音似曾相识：

栗子树荫下我出卖你，你也出卖我……

眼泪不由自主地涌出来。一个侍者刚好经过，注意到他的杯子空了，又替他倒满。

他拿起杯子嗅了嗅。这东西已经喝了不知多少年了，但是还是一样不习惯，实在难以入口。但这成了他每天沉醉其中的东西。这是他的生命、死亡和复活。每夜把他弄得烂醉的是杜松子酒，而每天早上使他睁开眼睛的也是杜松子酒。自出牢后，他几乎很少在11时前起床。而醒来时难以睁开眼睛，口臭难闻，背部痛得好像脊背已经折断了。如果不是床头隔夜就摆着茶杯和一瓶杜松子酒，他不相信自己爬得起来。

中午时他拿着瓶子，痴呆地坐在屏幕前听新闻。从15点到打烊，他是栗树咖啡馆的常客。他做什么事也没有人管了。没有哨子声催他上班、电幕也再没有喝过他的名字。偶然一个星期两次他跑到迷理部一个乱七八糟的办公室去办公，如果这也可说是办公的话。他被派到一个小组委员会工作，负责处理《新语词典》第十一版一些鸡零狗碎的编辑工作。他们正忙着准备一份中期报告，但报告些什么，他一点儿主意也没有。据说这份报告将要讨论标点符号的问题：究竟逗号应该放在括号之内呢，还是括号之外。这小小委员会除他外还有四个委员，问题与他相似。有时他们像煞有介事地召集开会，但马上又散会了。大家也够坦白，承认实在无事可做。

但有时却是郑重其事地坐下来，把讨论过的细节都做了详细的记录。本来，他们还打算写备忘录交代一番的，可是始终没有写成，因为他们由讨论变成争辩，越辩越复杂、越玄虚。他们为某些定义吵得面红耳赤，重点有时离题万丈。最后由争辩变为私人的吵架，互相恐吓，有些人还说要呈报上级处理。可是过了不久，他们什么劲儿也没有了，木然围着台子坐着，你瞪着我，我瞪着你。他们是面临绝种的动物，是鸡鸣前就得消失的幽灵。

屏幕的声音停了。史密斯抬起头来。他以为是前方的简报来了，可是实际上只是转换音乐节目而已。

他闭上眼睛就能想起非洲地图，军队的动向以示意图显示出来：一条黑箭头垂直插向南方，一条白箭头往东水平切去，穿过黑箭头的尾部。像是为了寻找安慰，他抬头看着那张肖像的沉着面孔。有没有可能第二个箭头根本不存在？

他不想再想下去了，对这问题已经失去了兴趣。他又喝了一口酒，拿起棋盘上的白子，走了试探性地一步。将军！显然这一步走得不对，因为……

旧事又无缘无故地涌上心头。他看到一个点着蜡烛的房间，里面有张铺着白色床单的大床，还有他自己。他是个9岁或者10岁的小男孩，正坐在地上，在摇着骰子盒兴奋地笑着，他母亲坐在他对面，也在笑。

那一定是她失踪前一个月的事。大概正是他暂时忘了腹中的饥饿，恢复母子亲情的时候吧。

那天的事，他记得清楚：大雨滂沱，雨水沿着窗玻璃流下，室内光线太暗，不能看书。两个孩子被困在这又黑又小的睡房内，实在烦闷得不能忍受。温斯顿又哭又闹，吵着要吃的、在房中乱使性子、摔东西、踢墙壁，最后邻居也受不了，也敲着墙壁警告他们。温斯顿的妹妹在旁边也是哭个没完。

妈妈只得对他说："别闹，你乖一点儿我就给你买一个玩具，很好玩的，你一定喜欢。"说着，她就冒雨走到附近一家杂货店，买了一套用卡纸板盒装的"蛇爬梯"的玩具来（译注：类似我国"升官图"的游戏）。他现在还记得被雨淋湿的纸板味道。这玩具看来一点儿不像妈妈说的那么好玩，卡纸破了，木骰子刻得高低不平，掷在地上的数字难以分辨。温斯顿看了一眼就不感兴趣，眼看又要发脾气了。

他妈妈赶忙点了蜡烛，母子两人就坐在地板上掷起骰子来。玩了不久，温斯顿的兴致来了，他看着那些小蛇拼命向高的梯子爬，但一下手气不好，骰子的数字又把它推回原位。他们玩了八局，每人输赢各半。在她哥哥大笑的当儿，妹妹一直靠着垫枕观望。她年纪小，不懂这游戏的规矩，人家笑她跟着笑就是了。一家三口，共同度过了一个真正愉快的下午。在史密斯的记忆中，除了在孩提时代有过类似的经历外，这是绝无仅有的一次了。

他努力想把这一场景从脑子里忘掉。那是种虚假的记忆，他有时会受到虚假记忆的困扰。只要知道其本质，就无关紧要。有些事情发生过，别的没发生过。他转过身看着棋盘，再次拿起白色的马。几乎就在同时，它咔嗒一声掉到棋盘上，他吓了一跳，似乎有根大头针插进了他的身体。

屏幕中传来刺耳的喇叭声。前线的简报来了！凡是用喇叭做序幕的简报，都是胜利的消息。栗树咖啡馆的客人像触了电流一样，连侍者也竖起耳朵来听。

喇叭的声音实在响得吓人。广播员大概是太兴奋了，说话声音急促得不得了，一下子就给外面的欢呼声掩盖着。街上的普通群众对这个消息的反应真是如醉如痴。他勉强能听到电屏里播放的东西，明白事情正是按照他所预测的发生：一支巨大的海上舰队秘密集结起来，对敌人后方进行了突袭，白色箭头切过黑色箭头的尾巴。胜利的语句不时从一片喧嚣中冒出来："大规模的战略调动——完美的协同作战——完全击溃——俘敌五十万——对士气的彻底打击——控制整个非洲——向战争的结束推进了一大步——胜利——人类历史上最辉煌的胜利——胜利，胜利，胜利！"

史密斯的腿在台底下踢着、舞着。虽然他没离开过椅子一步，他的心却随着外面群众跑，热闹欢呼。他又抬头看了老大哥一眼。这个横跨世界的巨人！这个抵挡亚洲群氓的中流砥柱！才十分钟前，他心中还是信念不坚定，听到前方捷报时起初还是半信半疑。呀，大洋邦击败的不单是欧亚国的军队，也征服了他的心魔。自他被押到仁爱部受审问后，他已经改变了不少，但真正决定性的、治疗性的改变，却是在这一分钟发生的。

屏幕还继续报告有关这次战后的消息，俘虏了多少战犯、夺取了多少物资和敌人的各种暴行，等等。外面欢呼的声音已经逐渐减弱，侍者们也回到他们的岗位。有一个又拿瓶子来，只是史密斯此刻心中充满了幸福感，几乎没注意到他给他添酒。他再不用欢呼或奔跑了。他已经回到仁爱部，所有罪行得到了党的宽恕，灵魂洁白如雪。公审时他招供了一切，也指控了每一个人。他在铺了白瓷砖的走廊上走着，快乐得有如在阳光下漫步。后面一个武装警卫尾随着，终于如愿吃了子弹。

他抬头看了老大哥一眼。等了四十年，今天才知道隐在黑胡子后面的笑容是什么意义。唉，以往对老大哥的误解，多残忍，多无聊啊。史密斯，你是个顽固、刚愎自用、一直要挣脱老大哥慈爱怀抱的浪子，他告诉自己说。两滴渗着杜松子酒气味的眼泪滚到鼻子的两边。但现在什么事都摆平了，战争已经结束。他已经战胜了自己。他爱老大哥。

动物庄园

第一章

在曼纳庄园里，一天晚上，庄园的主人琼斯先生认为把鸡棚已经锁好了，然而他喝得酩酊大醉，并没有把里面的那些小门都锁好。他提着马灯踉踉跄跄地走出院子，马灯的灯光也一直跟着不停地闪来闪去，到了后门，他把一脚上的靴子踢了出去，又从洗碗间的酒桶里舀起仅剩的一杯啤酒，一口喝完了，然后才上床睡觉了。而这时候，床上的琼斯夫人已经睡得鼾声如雷了。

等到庄主房里的灯一灭，一阵扑扑腾腾的躁动就立刻在整个庄园窝棚里响起来了。在白天的时候，庄园里就疯传着这样一件事，说老麦哲，就是曾获“中等白鬃毛”奖的那头雄猪，在前天晚上做了一个很奇怪的梦，想要告诉其他的动物。老麦哲（别人一直这样称呼他，即使他在参加展览活动时用的名字是“威灵顿美神”）在庄园里一直德高望重，所以动物们为了聆听他的故事，都非常愿意牺牲一小时的睡眠时间。当时，大家都已经达成一致，等琼斯先生离开后，他们就到庄园的大谷仓内集合。

在大谷仓一头有一个凸起的台子上，麦哲已经预先稳当地坐在了草垫子上。在他头顶上方的房梁上吊挂着一盏马灯。他现在已经 12 岁了，虽然现在微微发胖，但依旧一表人才。尽管实际上他的犬牙从来没有被割剪过，可这并不影响他面带慈祥和智慧的模样。没过一会儿，动物们就开始陆陆续续地赶来，并且按各自习惯的方式坐稳了。最先赶来的是布鲁拜尔、杰西和平彻这三条狗，然后猪也跟着走了进来，并马上坐在台子前面的草堆上。鸡站在窗台上，鸽子飞到了房梁上面，羊和牛一块儿躺在猪的身后并开始反刍。两匹套着四轮货车的马，鲍克瑟和克拉弗，也一块儿赶来了，他们进来的时候走得很小心，每当他们落下那硕大的的毛乎乎的蹄子时，总是特别小心翼翼，恐怕草堆里隐藏着什么其他小动物。克拉弗是一匹健壮而慈祥的母马，已接近中年。她在生完第四个小马驹后，她的体形再也没有恢复成原来的样子。鲍克瑟身材魁梧，有近两米高的个头儿，比两匹普通马加起来都强壮，然而他脸上有一道直到鼻子的白毛，让他多少显得有些鲁莽。事实上，他的确不怎么机灵，但他坚毅的性格和干活时那股劲头，让他赢得了大家普遍的尊重。在马后面到的是白山羊穆丽尔，还有一头叫本杰明的驴。本杰明是庄园里最年长的动物，脾气也有些暴躁，他不爱说话，不开口还好，一开口就必定会说一些令人厌烦的风凉话。譬如，他会说上帝赐予他尾巴的目的是为了驱赶烦人的苍蝇，可他宁愿自己没有尾巴，这世上也没有苍蝇。在庄园所有的动物中，唯独他从来没有笑过，要问他不笑的原因，他会说他觉得没什么事值得一笑。然而他对鲍克瑟却很真诚，但他不敢公开承认。经常，他俩总是结伴在果园那边的小牧场上消磨时光，肩并着肩，各自默默地吃草。

这两匹马才刚躺下，一群没有了妈妈的小鸭子排着队进了大谷仓，嘎嘎地叫个不停，还一直四处张望，想找一个不会被别人踩的地方。克拉弗用她坚实的前腿像墙一样地围住他们，小鸭子依偎在克拉弗的腿里面，安然入睡了。莫丽很晚才来，这个愚笨的家伙，是一匹套琼斯先生座车的母马，长着一身白乎乎的毛。她扭扭怩怩地走了进来，一颤一颤的，嘴里还含着糖。她挑了个前面的位置，就开始抖动起她一身的白鬃毛，企图向其他动物炫耀一番那些绑在鬃毛上的红丝带。猫是最后来的，她像平常一样，到处寻找最暖和的位置，最后挤进了鲍克瑟和克拉弗中间。在麦哲演讲时，她在那儿从头到尾都发出得意的“咕咕噜噜”的声响，根本没把麦哲讲的听进耳朵里。

那只被驯服的乌鸦摩西在庄主院后门背后的架子上睡着了，除了他以外，其他的动物都已到场。麦哲看到他们都已经坐好，并全神贯注地等待着演讲的开始，清了清嗓子，开口说道：“同志们，你们都已经听说了我昨天晚上做了一个很奇怪的梦，但我想过会儿再跟你们讲述这个梦。我想先说点儿其他的事。同志们，我想我和你们在一起待不了多长时间了。在我死去之前，我觉得我有责任和义务把我已经获得的智慧和经验传授给你们。我活了大半辈子，当我自己躺在圈中时，我总在思考，我敢说，就像任何一个健在的动物一样，我悟出了一个道理，那就是活在世上到底是怎么一回事。这就是我要想给你们说的问题。”

“那么，同志们，我们又是怎么生活在这个世上的呢？让我们来看看吧：我们的一生是多么短暂，但也是悲凄而辛苦的。一生下来，我们得到的食物只不过是让我们活下去而已，然而，只要我们尚有一丝气息，我们便会被催促着去干活儿，直到用尽最后一丝气力，一旦我们的价值被榨干，我们就会残忍地被屠杀，这真是令人难以置信。在英格兰的所有动物中，没有一个动物在一岁之后体会到什么是幸福或闲暇的含义。没有一个拥有自由。由此可见，动物的一生都是痛苦的、受人奴役的一生。”

“然而，这真的是命运吗？那些生存在这里的动物之所以不能过上舒适的生日子，难道是因为我们生活的这块土地太贫瘠了吗？不！同志们！绝对不是！英格兰气候适宜，土壤肥沃，它可以给我们提供丰富的食物，可以养活数量比现在还多得多的动物。就拿我们这个庄园来说，它绝对可以养活十二匹马、二十头牛和上百只羊，并且我们甚至都想不到，他们会过得多么安逸、多么体面。可是，为什么我们这种悲惨的境遇没有发生改变呢？这是因为，我们的全部劳动成果都被人类偷走了。同志们，有一个答案可以解答我们的所有问题，我可以把它概括为一个字——人，人就是我们唯一真正的仇人。把人从我们的生活中驱赶出去，我们就会永远拔掉饥饿与过度劳累的根子。”

“人是一种最可悲的家伙，产不了任何东西，就只会大肆挥霍。那些家伙既产不了奶，也不会下蛋，瘦弱得连犁都拉不动，跑的时候也是慢慢吞吞的，连个兔子都抓不到。可那个家伙却主宰所有的动物，他驱使他们去替他干活，却把一点儿少之又少的饲料当作给他们的报偿，这仅仅够他们吃饱饭而已。而他们靠自己劳动所得的其余的所有则都被他攫为己有。是我们在不辞辛苦地耕耘这块土地，是我们的粪便使它变得肥沃，但我们自己除了这一副空皮囊之外，还得到了其他任何什么东西了吗？你们这些在我面前的牛，在去年一年时间里你们已产过多少加仑的奶呢？那些本来可以喂养许多牛犊长大的奶又去了哪里呢？每一滴都流进了我们仇人的肚子里了。还有你们这些鸡，这一年里你们已下了多少只蛋，可又孵出了多少只小鸡？那些没有孵化出小鸡的鸡蛋都被琼斯和他的伙计们拿到市场上换成了钱！你呢，克拉弗，你的四匹小马驹哪儿去了？他们原本是你晚年的安慰和寄托！而他们却在一岁时被卖给了别人，你永远也无法再见到你的孩子了。他们补偿给你这四次生产和在地里干活儿的报酬，除了那点儿可怜的饲食物和一间马厩外，还有别的吗？”

“就是因为过着这样悲惨的生活，我们都不能去享受天伦之乐。就拿我本人来说，我没什么好抱怨的，因为我还算是比较幸运的。我 12 岁了，已有三百多个孩子，对于一头猪来说就是应有的幸福生活了。然而，到最后没有谁能逃脱那残酷的一刀。你们这些在我面前的小猪们，不到一年，你们都将在刀架上号叫着丢掉你们的性命。这恐怕就是我们——牛、猪、鸡、羊等每一位都不能逃避的结局。就是马和狗他们的命运也好不到哪去。你，鲍克瑟，总有一天等你那强健的肌肉没有了力气，琼斯就会把你卖了，屠马商会切断你的脖子，把你煮了给猎狗当食物。而狗呢，等他们老了，牙齿掉光了，琼斯就会在附近找个小河，把砖头拴在他们的脖子上，让他们沉到水底。”

“那么，同志们，我们这种悲惨的生活都来自残暴的人类，这一点难道不是大家都明白的吗？只要赶走了人类，我们的劳动成果就会全归我们自己所有，而且我们在一夜之间就会变得富裕而自由。那么我们需要为此做些什么呢？毋庸置疑，奋斗！为了消灭人类，我们要尽最大的努力，夜以继日地奋斗！同志们，我想告诉你们的就是这个：造反！说实话，我也不知道造反会在什么时候发生，或许就在这一周，也许远在一百年之后。但我坚信，就像看到我蹄子下面的稻草一样毫无疑问，总有一天，我们会伸张正义。同志们，你们不要偏离这个目标，在你们剩下的时间中，特别是，把我说的福音传递给你们的后代，这样，将来的一代一代动物就会延续这一斗争，直到取得最终胜利。”

“记住，同志们，你们的信心决不能动摇，你们一定不要被任何甜言蜜语引入歧途。当有人告诉你们什么人与动物有着相同的利益，什么他们的兴衰影响着你们的兴衰，绝对不要盲目相信，那全都是骗人的谎言。人心里想的就只有他自己的利益，除此之外再没有其他的了。让我们在斗争中齐心协力，同仇敌忾。所有的人都是仇敌，所有的动物都是我们的同志。”

就在此刻，突然响起了一阵异常刺耳的喧闹声。原来，在麦哲讲话的时候，有四只身体硕大的老鼠从洞口溜了出来，蹲坐在他们的腿上认真地听他深情地演讲，忽然一只狗瞧见他们，幸亏他们发现得及时，迅速窜回了洞里，才躲过一次生死大劫。麦哲提起前蹄，维持了一下此刻的气氛：

“同志们，”他说，“在这里我必须严肃地声明一点。生存在野外的生灵，比如老鼠和兔子，是我们的亲戚朋友还是生死仇敌呢？我把‘老鼠是同志吗？’这个议题在会议上提出来，让我们表决一下吧。”

表决立刻进行，半数以上的动物赞同老鼠是同志。但还是有四个投了反对票，是三条狗和一只猫。直到后来才知道其实他们投了两次票，不仅投了反对票也投了赞成票。麦哲继续说道：“另外，我还要补充一点。我只是想再次强调一下，一定要永远记住与人类及他们的习惯势不两立。所有仇敌都是靠两条腿行走的，所有靠四肢走路的，或者有翅膀的，都是朋友。还有要牢牢地记住：在与人类生死大作战的过程中，我们就不能一味地仿照他们。即便战胜了他们，也一定不要沿袭他们的恶习。作为动物就坚决不住在屋子里，坚决不在床上睡觉休息，绝不穿衣、饮酒、吸烟，绝不碰触钱财，用其进行交易。只要是人的习惯都是邪恶的。而且，必须要注意，不管是什么动物都不能仗势欺压自己的同伴。不论是瘦小羸弱的还是健壮结实的；不论是聪慧的还是愚笨的，我们都是兄弟姐妹。任何动物都不允许伤害和欺负其他动物。所有的动物都是平等的。”

“现在，同志们，就让我来说说关于昨晚那个美妙的梦。那是一个在完全消灭了人类之后的只有我们的未来世界的梦想，我无法用语言把它描绘出来，但它让我想起早已忘却的一些事情。在许多年以前，那时的我还是头小猪，我母亲和其他母猪常常会唱一首古老的歌，然而那支歌，连她们也只是记得曲调和头几句歌词。我很小的时候就熟悉那曲调了。但我在很久以前忘了。然而就在昨天晚上，我又在梦中回想起来了那美妙的曲调，更棒的是，歌词也出现在梦中，我敢肯定，这歌词就是很早以前的动物唱的、并且失传已久的那首动物们爱唱的歌词。现在我就想认真地唱给你们听听，同志们，我老了，嗓音也沙哑了，唱得不太好听，但在我把你们教会了之后，你们会唱得更好。他叫《英格兰兽》。”

于是老麦哲清了清嗓子，咳嗽了两声就开始唱了起来，就像他所说的那样，他声音沙哑，歌却唱得很不错。

那首歌不仅曲调慷慨激昂，而且旋律有点介于“Clementine”和“La

Cucuracha”之间。歌词是这样的：

英格兰兽，爱尔兰兽，
普天之下的兽，
请听我悦耳的声音，
请听那灿烂的未来。
美好的日子终将会到来，
残暴的人类终将被消灭，
富饶的英格兰大地，
将只留下我们的印记。
我们的鼻中不再扣环，

我们的背上不再装鞍，
蹶子、马刺会生锈、腐蚀，
不再有残酷的鞭子抽闪。
那令人羡慕的富裕生活，
小麦、燕麦、干草、大麦
苜宿、大豆还有甜菜，
那一天将全归我们。
那一天我们将自由解放，
阳光普照英格兰大地，
水会变得更纯净，
风也吹得更柔逸。
哪怕我们等不到那一天，
但是为了美好的明天我们岂能等待，
牛、马、鸡、鸭
为自由必须要流血汗。
英格兰兽、爱尔兰兽，
普天之下的兽，
请听我悦耳的声音，

请听那灿烂的未来。

听着老麦哲唱着这支歌，所有在场的动物们都陷入了情不自禁的兴奋之中。几乎在麦哲还没有唱完的时候，他们已经开始开口自己唱了。连动物中最迟钝笨拙的也慢慢学会了曲调和一些个别歌词了。机灵一些的，如猪和狗，在几分钟内就记住了整首歌。然后，他们只尝试了几次，就突然间齐声合唱起来，于是此刻整个庄园回荡起这响彻天地的歌声。牛哞哞地叫，狗汪汪地吠，羊咩咩地喊，马嘶嘶地鸣，鸭子嘎嘎地唱。他们是多么兴奋地唱着这首歌，以至于整整连续唱了五遍，要不是中间被打断，他们还真有可能唱通宵。

不巧的是，喧嚣的歌唱声把琼斯先生从梦中吵醒了，他还以为是狐狸闯入了院子里，便跳下床，抄起那支总是放在卧室墙角的猎枪，将六号子弹装在膛里，朝着黑暗处开了一枪，弹粒射进大谷仓的墙里。会议因此匆匆解散。动物们匆匆忙忙溜回自己的窝棚。家禽也纷纷跳上了他们的架子，家畜窝到了草堆里，不到片刻，庄园便寂静了下来。

第二章

三天过去了，老麦哲在睡梦中平静地死去，遗体被埋在苹果园的墙脚下。

这是发生在 3 月初的事。

自此以后的三个月中，有很多活动秘密进行。麦哲的演讲将一个崭新的生活观念带给了庄园里那些比较聪明的动物。他们虽然不知道麦哲所预言的造反到底什么时候才发生，也无法确定在有生之年造反会不会发生。但他们清楚地知道，他们如今的责任就是为此事做准备。

教导和组织其他动物的工作，自然而然地落到猪的身上，大家一致认为他们是动物中最聪明的。

而其中最优秀的是两头名叫斯诺鲍和拿破仑的雄猪，他们是琼斯先生为出售而喂养的。拿破仑是庄园中唯一的伯克夏种雄猪，个头儿特别大，看起来很凶猛，话语不多，平时向来固执。斯诺鲍与他相比要伶俐多了，口才也很好，也具有创造性，但拿破仑看起来个性上没有那么深沉。庄园里剩下的猪都是肉猪。他们中最出名的是一头名叫斯奎拉短小而肥胖的猪。他长着胖胖的脸，炯炯有神的眼睛，动作敏捷，声音又尖又细，是个难得一见的演说家。尤其是在讲述某些复杂的论点时，他习惯边解说边来回不停地蹦蹦跳跳，同时还晃动着尾巴。而那玩意儿也不知怎么搞的就是富有诱惑力。其他动物提到斯奎拉时，都说他能颠倒是非黑白。

这三头猪用心琢磨老麦哲的训导，总结出一套完整的“动物主义”思想体系。每个星期总会有几个晚上，等到琼斯先生睡着后，他们就在大谷仓里聚集进行秘密会议，向其他动物仔细地讲述“动物主义”思想的要义。开始，他们主要针对的是那些笨拙的和麻木的动物。在这些动物中，有一些还大谈特谈对琼斯先生要尽忠诚的义务，把他当作“主人”，提出许多肤浅的看法，比如“琼斯先生喂养我们，假如他走了，我们会饿死的”，等等。还有的提到这样的问题：“我们干吗要执着于我们死后才有可能发生的事情呢?”或者问：“如果造反是上天注定要发生的，那我们就这样等着，我们干与不干又有什么区别呢?”因此，为了教他们明白这些说法都是与动物主义相违背的，猪就下了相当大的功夫。这个愚蠢的问题是那匹白色的雌马莫丽提出来的，她向斯诺鲍提出的第一个问题是：“造反以后还有方糖吗?”

“没有，”斯诺鲍坚定地说，“我们没有在庄园制糖的方法，再说了，你也不需要方糖，但你会得到你想要的燕麦和草料。”

“那我的鬃毛还能扎饰带吗?”莫丽问。

“同志，”斯诺鲍说，“那些你挚爱的饰带全是你作为奴隶的标志。你难道你还不明白自由比饰带更有价值更可贵吗?”

莫丽同意了，可听起来却并不十分确定。

猪面对的是更艰难的事情，对付那只已经被驯服了的乌鸦摩西散布的谣言。摩西是琼斯先生养的特殊宠物，是个狡猾而多嘴的家伙，还是个灵敏的说客。他声称他知道有一个叫作“蜜糖山”的神奇国度，那里是所有动物死去之后的归宿。它就在天空中云层上面不远的地方。摩西说，在蜜糖山，每周七天，每天都是周日，春夏秋冬都有苜蓿当作食物，在那里，方糖和亚麻子饼就长在篱笆上。动物们厌恶摩西，因为他只知道说闲话却不干活，但动物中也有相信是有蜜糖山这个地方的。因此，猪不得不全力争论，教动物们相信根本就没有这样的地方。

那两匹套货车的马鲍克瑟和克拉弗是他们最忠诚的追随者。对他们俩来说，只靠自己想通任何问题都十分困难。而一旦把猪当成他们的老师，他们便学会了猪教给他们的一切知识，还能通过一些简单的讨论把这些经验传授给其他的动物。大谷仓中的秘密会议，他们也从来不缺席。每当会议结束时要唱的那首《英格兰兽》，也由他们带头唱起。

这些日子，对结果来说，造反的事比任何一个动物所预想的都要来得更早一些也更顺利。在过去的几年间，琼斯先生虽然是个冷淡苛刻的主人，但也是一位能干的庄园主，可是最近，他正处在倒霉的时候，输了官司赔了钱，他更加沮丧堕落，于是拼命地喝酒，整天无所事事。有一段时间，他整天都待在厨房里，精神不振地坐在他的温莎椅上，翻看着报纸，喝着酒，偶尔把干面包片蘸一下啤酒喂给摩西。他的伙计们也游手好闲，不恪守职责。田地里全是野草，窝棚顶棚也漏雨，树篱无人看护，动物们经常饥肠辘辘。

6月，转眼到了收获牧草的季节。在施洗约翰节的前一天晚上，那是星期六的一天，琼斯先生去了威灵顿，在雷德兰喝得烂醉如泥，直到第二天周日的正午时分才赶回来。他的伙计们早早地挤完牛奶，就跑出去猎兔子了，没注意给动物添加草料。而琼斯先生一回来，就在客厅沙发上睡着了，拿了一张《世界新闻》报盖在头上。因此一直到了晚上，动物们还没有被喂过。他们终于忍无可忍，最开始有一头母牛用角撞开了储藏棚的门，于是，所有的动物蜂拥而至，自顾自地从饲料箱里抢食物。就在这时，琼斯先生醒了。不一会儿，他和他的三个老伙计手里拿着鞭子出现在储藏棚，上来就不管不顾地乱打一气。

饥饿的动物哪里还受得了这个，虽然毫无任何商量，但都不约而同地，猛地扑向这些折磨他们、奴役他们的主人。琼斯先生一伙儿突然发现他们自己被四面包围。被牛犄角抵，被羊和马蹄子踢，他们完全控制不了眼前的局势。他们从来没有见到过动物这样的疯狂举动，他们曾经是如此地随心所欲地鞭打、虐待和奴役这一群畜牲！而现在这群畜生们的突然暴动吓得他们惊慌失措。不到片刻，他们放弃了自卫，撒腿就跑。又过了几分钟，在动物们势不可当地追逐下，他们四个人沿着通往大路的车道慌张而逃。

琼斯夫人在卧室中看到了窗外发生的一切，急忙拿了些细软塞进一个毛毡手提包里，从另一条路上自庄园溜出去了。摩西从他的架子上飞起来，扑扑腾腾地尾随着琼斯夫人，呱呱地大声叫喊。这时，动物们已经把琼斯一伙赶到庄园外面的大路上了，然后砰的一下关上木栅门。就这样，在他们几乎还没有反应过来发生了什么的时候，造反已经完全胜利了：琼斯被赶跑了，曼纳庄园归他们自己所有。

最开始，有好长时间，动物们简直不敢相信他们的好运气，不相信会有这样的好事。他们做的第一件事就是沿着庄园欢快地绕一圈，好像是要彻底证明一下庄园里再也没有人在了。接着，又向窝棚跑去，把那些属于可恨的代表琼斯统治的最后印迹全部消除掉。马厩另一边的农具棚被砸开了，嚼子、鼻环、猫和狗用的项圈，以及琼斯先生过去作为宰猪、宰羊用的残酷的刀具，通通被扔进井里。绳子、笼子、眼罩和挂在马脖子上可耻的草料袋子，全都像垃圾一样堆到院子中，一把火烧了。鞭子更是如此。动物们眼看着鞭子在火焰中消失，他们全都兴高采烈地欢呼雀跃起来。斯诺鲍还把那些过去常在赶集时扎在马鬃和马尾上用的饰带也扔进火里烧了。

“饰带，”他说道，“就如同衣服，这是人类的记号。所有的动物都应该不穿人类的衣服。”

鲍克瑟听到这里，便把他夏天戴的一顶小草帽也拿出来烧了，戴这顶草帽本来是防止蚊虫钻进他的耳朵里的，他也把它和别的东西一道扔进了大火中。

没过一会儿，动物们便把所有能让他们联想到琼斯先生的东西全部销毁了。然后，拿破仑领导着他们回到储藏棚里，给他们分发了双份玉米，给狗发了双份的狗食饼干。接着，他们把《英格兰兽》完完整整地唱了七遍。随后安顿下来，而且美美地睡了一觉，好像他们从来都没有睡过觉似的。

但他们还是与平常一样在黎明时分醒来，忽而想起已经发生了那么伟大的事情，他们全都奔跑出来，一起冲向庄园的大牧场。有一座小山包在通往牧场的小路上，在那里，可以俯瞰整个庄园的大部分风景。动物们冲到小山包的顶上，在清新的晨曦和温暖的阳光中四下张望。是的，这是他们的——他们所看到的每一件东西都属于他们！在这个念头带来的狂喜中，他们转着圈跳呀、蹦呀，在瞬间爆发的极度兴奋中，他们猛地蹦到空中。他们在带有露水的草地上打滚，咀嚼几口甘甜的夏草；他们踢开黑黝黝的土地，使劲吮吸从泥块中散发出的浓郁的泥土的香味。然后，他们在无声的赞叹中巡逻庄园一周，查看了耕地、牧场、果树园、池塘和树林。好像他们以前从来没见到过这些东西一样。同时，直到这个时刻，他们还是不敢相信这些都是属于他们自己的了。

后来，他们排队向庄园的窝棚走去，而后在庄主院门外静静地站住了。可是，他们却惊惶得不敢进去，即使这也是他们的了。过了一会儿，斯诺鲍和拿破仑用肩撞开了门，动物们才一拥而入。他们生怕弄乱了什么，走的小心翼翼。他们踮起蹄子尖一个屋接一个屋地走过，出于一种敬畏，都不敢发出比耳语大一点儿的声音，目不转睛地盯着这眼花缭乱的奢华，盯着镜子、马鬃毛沙发和那些用他们的羽绒制成的床铺以及布鲁塞尔毛圈地毯，以及放在客厅壁炉上的维多利亚女王的平版画像。当他们逐级下阶时，发现莫丽不见了。

再反身回去，才在后面一间最好的卧室里找到她。她从琼斯夫人的梳妆台上拿了一条蓝饰带，傻傻愣愣地在镜子前面贴着肩自我欣赏起来。在大家严厉的训斥下，她这才又走了出来。洗碗间的啤酒桶被鲍克瑟踢了个洞，把挂在厨房里的一些火腿拿出去埋了。除了这些，房屋里其他任何东西都没有被动过。动物一致通过了一项决议，在庄主院现场：庄主院应作为博物馆保存起来。大家全体同意：任何动物都不得在此居住。

动物们吃完早餐后，他们再次被斯诺鲍和拿破仑召集起来。

“同志们，”斯诺鲍说道，“现在是六点半，还有整整一天的时间。今天我们开始收收获牧草，但在割牧草前，还得先商量一下另外一件事情。”

此时，大家才知道在过去的三个月时间里，猪从一本旧的拼读书本上自学了阅读和书写。

那本书早先被扔到垃圾堆里，是琼斯先生的孩子的。拿破仑带领大家来到朝着大路的木栅门，并叫大家拿来几桶黑漆和白漆。接着，斯诺鲍（他才是最擅长书写的）用蹄子的双趾夹起一只刷子，涂掉栅栏顶的木牌上的“曼纳庄园”几个字，又把“动物庄园”写在那上面。这就是他们庄园以后的名字，属于动物们的名字。写完后，他们又回到了窝棚那里，斯诺鲍和拿破仑又叫动物拿来一架梯子，并把梯子支在大谷仓的墙头上。他们解释道，经过过去三个月的钻研，他们已经地把动物主义的原则成功地简化为“七诫”，将要把“七诫”题写在墙上，所有动物庄园的动物都必须永远依照它生活，它们将成为不可更改的法律。斯诺鲍很费劲儿地才爬了上去（因为猪在梯子上不易保持平衡）并开始忙乎起来，斯奎拉举着油漆桶在比他低几格的地方。巨大字体的“七诫”写在刷过柏油的墙上。字是白色的，在三十米以外都能清晰可辨。它们是这样写的：

七诫

1. 凡是靠两条腿行走者都是敌人；
2. 凡是靠四肢行走者，或者长翅膀者，都是朋友；
3. 任何动物不得穿衣服；
4. 任何动物不得卧床睡觉；
5. 任何动物不得喝酒吸烟；
6. 任何动物不得伤害其他动物；
7. 所有动物都是平等的。

字写得十分潇洒飘逸，除了把朋友“friend”写成了“freind”，以及有一处把“S”写反之外，其余拼写得很准确。斯诺鲍大声念给其他动物听，所有在场的动物表示完全赞同都频繁点头。一些较为聪明的动物马上开始背诵起来。

“现在，同志们，”斯诺鲍扔下油漆刷子说道，“到牧场上去！我们要比琼斯他们一伙人更快地把牧草收完，我们要争口气。”

就在这时候，三头母牛发出震耳的哞哞声，她们早已显得很不自在了。已经二十四小时没有人给她们挤奶了，她们的奶快要胀破了。猪思考片刻，让取来奶桶，成功地帮母牛挤了奶。他们的蹄子十分适合干这个活儿。很快，五桶冒着沫的乳白色牛奶就被挤满了，瞧着奶桶中的奶，许多动物都很馋。

“这些牛奶怎么解决呢?”有一个动物问答。

“琼斯先生过去经常在谷糠饲料中掺一些牛奶给我们吃。”有只母鸡说道。

“别再说牛奶了，同志们!”拿破仑站在奶桶前大声喊道，“牛奶会给照看好的，收割牧草才更重要，斯诺鲍同志先领你们去收割，我随后就到。前进，同志们！牧草在等待着我们!”

于是，动物们成群结队地向大牧场走去，开始收割牧草。等到他们晚上收工回来的时候，大家才发现牛奶已经不见了。

第三章

收割牧草的时候，他们干劲十足！他们的辛苦并没有白费，因为这次收获比他们先前期盼的还要多。

干这些活儿时很困难，因为农具是为人设计的而不是给动物，没有一个动物能控制那些需要靠两条后腿站着才能使用的机器，这是一个很大的障碍。然而，猪确实聪明，他们能想出解决每个困难的办法。至于马，他们对这些田地十分清楚，事实上，他们比琼斯及其伙计们对割草和耕地懂得多。猪并不干活儿，只是指导和监督别的动物。他们凭借着出众的学识，自然而然地担任了领导的工作。鲍克瑟和克拉弗情愿自己套上割草机或者马拉耙机（当然，这时候根本用不着嚼子或者缰绳），迈着沉稳坚定的步伐，坚定地一圈一圈地前进，猪跟随在其身后，根据不同的情况，要么大喊一声“吁、吁，同志!”要么就是叫喊“喔、喔，同志!”在搬运和堆放牧草过程中，每个动物都尽力地听从指挥。就连鸭子和鸡也整天在炎热的太阳下，辛苦地用嘴巴叼上一小撮牧草来来回回地奔跑个不停。最后，他们收获完成，比琼斯那伙人过去干活所需的时间提前了整整两天！更了不起的是，这是庄园里前所未有的大丰收。牧草没有半点儿落下，鸭子和鸡凭他们敏锐的眼力连非常细小的草梗草叶都没有放过。而且也没有一个动物偷吃哪怕一口牧草。

整个夏天，庄园里的工作像时钟一样进行得井然有序，动物也都感觉幸福愉快，而这一切，是他们从前不敢想象的。而如今，所有食物都靠他们自己的劳动得来，自己生产，而不是由吝啬的主人施舍的嗟来之食，他们吃的是自己生产的食物，因而每嚼一口都是一种无比的享受。虽然他们还没有什么经验，但随着琼斯等人的离去，每一个动物便拥有了更多的食物，也有了更多的空闲时间。他们遇到了不少问题，但也都顺利解决了。例如，这年年底收完玉米后，由于庄园里没有打谷机和脱粒机，他们就只得用原始的方式，踩来踩去地把玉米粒踩下来，再用嘴巴吹掉秣壳。面对问题，猪的机敏和鲍克瑟的力大无穷总能让他们顺利地渡过难关。动物们对鲍克瑟称赞不已。在琼斯时代，鲍克瑟就一直是个勤劳且持之以恒的出色劳力，现今，他更是一个顶三个，那一双强壮的肩膀，常常像是包揽了庄园里所有的活计。日出日落，他不停地推呀拉呀，总是在工作最艰苦的地方及时出现。他早就和一只小公鸡约定，让小公鸡每天早上提前半小时把他叫醒，他就在正式干活儿之前先做一些看起来也是最急需的义务活儿。无论遇到怎样的困难和问题，鲍克瑟的总是引用他的座右铭回答："我要加倍的努力工作。"

然而，每个动物都只能尽自己的力量，比如鸡和鸭子，收获时只靠他们捡拾散落的谷粒，就节省了五蒲式耳的玉米。没有一个动物偷吃，也没有埋怨自己的口粮少，那些过去像家常便饭的吵闹、咬斗和妒忌也一扫而光。可以说几乎没有动物逃工开小差。不过，却也有这样的事：莫丽不太习惯早上起来，她还常常借故蹄子里夹了个石子，便丢下地里的活儿，早早溜走了的坏习惯。猫的表现也多少与她大同小异，每当有工作的时候，大家就会发现怎么也找不到猫了。她会在吃饭时，或者收工后，才若无其事的重新露面，她可以连续几个小时不见踪影。可她总是有绝妙的借口，咕噜咕噜地辩解，真诚得任谁也无法怀疑她的良好动机。那头驴老本杰明起义后几乎没有变化。他还是和在琼斯时代一样，不急不躁地工作，从不三心二意，也从不自愿承担额外的工作量。他对于起义和起义的结果从不表明他的态度。谁要问他是否为琼斯的离开而感到高兴，他就只说一句："驴都是长寿的，你们谁也没有见过死驴吧。"面对他那神气的回答，其他动物只好罢休。

周日没有工作，早餐比平常晚了一个小时。早餐过后，有一项每周都要举行的仪式，没有例外。先是把旗升起来，这面旗上面用白漆画了一个蹄子和犄角，是斯诺鲍在以前的农具室里找到的一块琼斯夫人的绿色旧桌布，每周日早上它便在庄主院花园的旗杆上升起这面旗。斯诺鲍解释道："旗是绿色的，象征绿色和平的英格兰大地。而蹄子和犄角象征着我们未来一定会建立的动物共和国，这个共和国将在人类最终被完全铲除后诞生。"升完旗后，所有动物排队进入大谷仓，参加一个称为"大会议"的全体动物会议。有关下一周的工作将在这里被规划出来，提出和讨论各项决议政策。其他动物只知道表决，却从未能自己提出任何提议。而斯诺鲍和拿破仑是讨论中最活跃的动物。但很显然，他们两个一直不和，不管其中一个提出什么建议，另一个准会反其道而行之。甚至对已经通过的提议，他们也是同样如此，比如给年老体衰的动物提供果园后面的小牧场当作休息场所，这个议题实际上谁都不反对的。为各种动物确定退休的年龄，也要激烈争辩一番。大会议总是在《英格兰兽》的歌声中结束，下午则是娱乐时间。

猪早已把农具室当作了他们自己的指挥部。夜晚降临，他们就在这里，学习从那些在庄主院里拿来的书上的打铁、木工和其他必备的技术。斯诺鲍自己还忙于组织其他动物加入他成立的"动物委员会"。他给母鸡设立了"产蛋委员会"，给牛设立了"洁尾社"，同时设立了"野生同志再教育委员会"（这个委员会目的在于驯化老鼠和兔子），又为羊发起了"让毛更白"运动，等等。此外，还成立了一个读写辅导班。为了这一切，他真是乐此不疲。但总的来说，这些活动都没有成功，比如，驯化野生动物的努力几乎白费了。这些野生动物依旧一如既往，如果对他们睁只眼闭只眼，他们就立刻趁机钻空子。猫参加了"再教育委员会"，活跃了几天。有的动物看见有一天她曾经在窝棚顶上和一些她够不着的麻雀谈话。她告诉麻雀说："所有动物现在都是朋友，任何麻雀，只要他们想，都可以到她的爪子上面来休息。"但麻雀们仍对她敬而远之。

但是，读书辅导班却非常成功。到了秋天，庄园里所有的动物都不同程度地学习了文化知识。

读写对猪来说非常简单，他们已经能够十分熟练了。狗的阅读能力也有很大提高，可惜他们只对读"七诫"感兴趣。山羊穆丽尔比狗的阅读能力还要好，在晚上她经常把从垃圾堆里找来的废报纸念给其他动物听。本杰明不比任何猪读得差，但他从不运用发挥他的本事。他说，据他所知，到目前为止，还没有什么值得他去读的文字。克拉弗学会了字母表上的全部字母，但就是拼不成英语单词。鲍克瑟也只学到字母 D，他会用巨大的蹄子在地上描写出 A、B、C、D，然后，站在那边，竖起耳朵，目不转睛地学习着，而且还时常抖动一下头上的毛，绞劲脑汁地想下一个字母是什么，可总是想不出来。曾经有好几次，他真的确实学到了 E、F、G、H，但等他学会了这几个字母，又发现 A、B、C、D 已经被他忘了。最终，他决定就只学前四个字母，为加强记忆每天坚持写上两三遍。莫丽除了那六个能拼出她自己名字的字母 Mollie 以外，再也不想学点儿其他的。她会非常灵巧地用几根娇嫩的树枝拼出她的名字，然后用一两枝鲜花点缀一下，再边绕着它们走几圈，边赞叹不已。

庄园里的其他动物都只学会了 A 这一个字母。另外还有一点，那些反应比较迟钝的动物，还没有学会"七诫"，如羊、鸡、鸭子等。于是，斯诺鲍经过反复思考，宣布"七诫"事实上可以简写为"四条腿好，两条腿坏"一条准则。他说，这条准则包含了动物主义思想的基本原则，不管是谁，一旦完全遵循这个准则，就免除了受到人类影响的危险。最初，禽鸟们因为他们好像只有两条腿首先表示反对，直到斯诺鲍向他们证明其实不是这样的。

"同志们，"他说，"禽鸟的翅膀是作为一种推动飞行的器官，而不是用来操作和控制机器的，因此，它和腿是一样的。而人与我们不同的是手，那是他们做坏事的器官。"

对于这一番长篇大论，禽鸟们并没有明白，但他们接受了斯诺鲍的说理。同时，所有这类反应迟钝的动物，都开始一丝不苟地在心里铭记这个全新的准则。在大谷仓一端的墙上“四 条 腿 好，两条 腿 坏”还被题写在上面，位于“七诫”的上方，字体比“七诫”要大得多。

羊在心里记住了这个准则之后，就越发兴高采烈。当他们躺在草堆里时，就经常咩咩地叫喊着：“四条腿好，两条腿坏！四条腿好，两条腿坏！”一叫就连续几个小时，不厌其烦。

拿破仑对斯诺鲍的各种什么委员会提不起半点兴趣。他说，对年轻一代的教育比起为那些已经长大定型的动物做的事来说更为重要。恰巧，在收割牧草后不久，杰西和布鲁拜尔都生崽了，生下了九条健壮的小狗。到这些小狗刚一断奶的时候，拿破仑就说他愿意负责他们的教育，把他们从母亲身边领走了。他带他们到一间阁楼里，那间阁楼只有通过农具室借用梯子才能上去。在这样的隔绝状态中，庄园里其他动物很快就把他们忘掉了。

牛奶丢失的原因不久就弄明白了。原来，它每天都被掺到猪的饲料里。苹果在此时正在成熟，被风吹落的果子遍及在果园的草坪上。动物们理所当然地认为应把这些果子平均分配。但是，有一天突然发布了这样一个通告，说是收集所有被风吹落下来的苹果，带到农具室去给猪食用。对此，其他有些动物不情不愿地抱怨起来，然而，这也于事无补。所有的猪甚至包括斯诺鲍和拿破仑在内都完全赞同此指示。斯奎拉负责对其他动物作些必要的说明。

“同志们”，他大声喊道，“你们不会把这看成是我们猪的自私和我们的特权吧？我希望你们不这样想。我们中有许多猪实际上一点儿都不喜欢牛奶和苹果。我自己也很不喜欢。我们唯一目的是要保护我们的健康才食用这些东西的。牛奶和苹果（同志们，这一点已经被科学所证明）所包含的营养对猪的健康来说是非常必需的。我们猪是脑力工作者。庄园里的全部管理和组织工作都要依靠我们，我们日复一日地为大家的幸福费尽心思。所以，我们喝牛奶吃苹果，这是为了你们。你们知道吧，我们猪万一失职了，那会有什么事情发生呢？琼斯会卷土重来！是的，琼斯会东山再起！真的，同志们！”斯奎拉一边甩动着尾巴，一边左右不停蹦地跳着，几乎请求地大喊道：“真的，你们没有谁愿意看到琼斯东山再起吧？”

此时，不愿意让琼斯回来是动物们完全确定的一件事情。当斯奎拉的解释说明了这一点以后，他们就没有什么可说的了。让猪保持良好健康的重要性，他们再清楚不过。于是，没有再继续争辩，大家一致同意：牛奶和被风吹落的苹果（并且还有成熟后主要收获的苹果）应该单独分配给猪。

第四章

到了夏末，有关动物庄园事件的消息，已经传遍了整个国家。斯诺鲍和拿破仑每天都要放出一群鸽子。鸽子的任务是混入临近庄园的动物中，告诉他们起义的事实，教他们学习《英格兰兽》。

这个时期，琼斯先生花费大部分时间泡在威灵顿雷德兰的酒吧间。他心怀着被区区畜生赶出家门的怨恨，只要有人愿意听，他就诉说一通他的委屈。其他庄园主虽然基本上是同情他的，但开始也没有给他太多的帮忙。他们都在心里暗暗想着，看是否多少能从琼斯的不幸中给自己捞点儿好处。幸亏动物庄园与相邻的两个庄园的关系一直不好。一个叫作福克斯伍德庄园，照管得很差，面积却不小。广阔的田野里望眼放去尽是荒芜干枯的牧场和丢人现眼的树篱。庄园主是一位亲切随和的乡绅——皮尔金顿先生，随着季节变换，他不是去打猎度日，就是钓鱼消闲。还有一个叫作平彻菲尔德庄园，虽小一点儿，但照料得还不错。它的主人是弗雷德里克先生，他是一个精明的硬汉，但总是牵扯到官司中，落了个斤斤计较的坏名声。这两个人一直不和，谁也不买谁的账，即便事关他们的相同利益，他们也是这样。

话虽这样，可是这一回，他们俩都被彻底吓坏了，因为动物庄园的反抗行动，迫不及待地要对他们自己庄园里的动物封锁这方面的传闻。起初，他们嘲笑与蔑视动物们自己管理庄园的想法。他们说，两周内整个事情就会结束。他们散布说谣言，曼纳庄园（他们不能容忍动物庄园这个名字坚持称之为曼纳庄园）的畜牲们总是在内斗，并且快要饿死了。但过了一段时间，那里的动物很明显并没有饿死，弗雷德里克和皮尔金顿就改了说法，开始说什么他们的庄园如今又邪恶又猖獗。他们说，传说那里的动物同类自相残杀，互相拷打折磨，用烧得通红的马蹄铁，还共同占有他们中的雌性动物。弗雷德里克和皮尔金顿说，基于是在这一点，造反是违背天理的。

但是，谁也没有完全相信这些谗言。有一座这样的奇妙庄园，在那儿的人被撵走，动物们管理自己的事情，这个小道消息以各种方式继续流传着。那整个一年，造反之波在全国范围内此起彼伏：一向温和的公牛突然变蛮了，羊糟踏了苜蓿，毁坏了篱笆，母牛踢翻了奶桶，猎马把背上的骑手甩到一边而不肯越过围栏。甚至，《英格兰兽》的曲调还有歌词已经传遍大街小巷，它以惊人的速度传唱着。虽然人们故意装作轻视鄙夷，觉得它滑稽又可笑，但当他们听到了这首歌就怒不可遏。他们说，他们怎么也弄不明白，怎么连畜生们竟也能唱这样下流无耻的小调。那些因为唱这支歌而被逮起来的动物，当场就会被责以鞭打。可这支歌还是抑制不住的，鸽子在榆树上咕咕着唱它，乌鸦在篱笆上啭鸣着唱它，歌声渗进教堂的钟声，渗进铁匠铺的敲打声，它意味着人所面临的悲惨命运，因而，他们听到这些就暗自发抖。

9 月初，玉米收割完成并且堆码放好，其中有些已经掉了粒。有一天，一群鸽子从空中快速飞回，兴致勃勃地落在动物庄园的院子里面了。原来琼斯和他的所有伙伴们，和来自福克斯伍德庄园和平彻菲尔德庄园的另外六个人，已经进了木栅门，正沿着庄园的车道向这里走来。除了奋勇当先的琼斯先生手里握着一支枪外，他们其余全都带着棍棒。显然，他们企图夺回这座原本属于他们的庄园。

这是早就猜到了的事，所有相应的准备工作也已经完成。斯诺鲍负责进行这次防御战。他曾找到一本谈论恺撒征战的旧书在庄主院的屋子里，并且研究过。此刻，他快速下达指令，不到两分钟，动物们已经准备就绪。

当这伙人靠近庄园的窝棚时，斯诺鲍发动第一次进攻，大概有三十五只左右的鸽子，在这伙人头上盘旋飞着，从半空中向他们头上一起拉屎。趁着他们对付鸽子的“空袭”，一群早已躲藏在篱笆后的鹅冲了出来，用力地啄他们的腿肚子。而这计策还只是小打小闹，只不过是为了制造点儿小混乱罢了。这帮人用棍棒不费吹灰之力就把鹅打跑了。接着斯诺鲍发动第二次进攻，所有的羊和穆丽尔、本杰明，随着打头阵的斯诺鲍向前冲去，从四面八方对这伙人或戳或抵，本杰明则是回头用他的两个蹄子对他们尥起蹶子来。然而，这帮拿着棍棒、靴子上又钉着钉子的人对动物们来说还是太厉害了。突然，斯诺鲍发出一声叫声，这是撤退的信号，所有的动物一起转身从门口退回到院子内。

那伙人发出得意地欢呼，正如他们想象的，他们看到仇敌们溃不成军，于是就忘乎所以的追击着。斯诺鲍所期望的就是这样。等到他们全部进入院子后，三匹马，三头牛以及隐藏在牛棚里的猪，就会突然出现在他们身后，把他们包围切断了他们的退路。这时，斯诺鲍又发出了进攻的号令，随后他自己径直冲向琼斯，琼斯看见他冲过来，马上举起枪开了火，弹粒擦着斯诺鲍背部而过，留下了一道伤痕，一只羊中弹死亡。说时迟，那时快，斯诺鲍猛地扑向琼斯的腿，凭他那两百多磅体重把琼斯一下子推到了粪堆上，枪也从手中甩了出去。而最惊心动魄的场景还是鲍克瑟那儿，他竟只靠后腿直立起来，就像一匹没有阉割的种马，用巨大的钉着马蹄铁的蹄子猛踢一气，福克斯伍德庄园的一个马夫第一下就被击中了脑壳，打得他断了气，倒在泥坑里。看到这个情景，剩下几个人扔掉棍子就想跑。恐惧笼罩着他们，然后，他们在所有动物的追赶下绕着院子到处乱跑。他们或是被推，或是被踢；或是被咬，或是被踩。庄园里的动物都以自己不同的方法向他们报仇。就连那只猫也突然从屋顶上跳到一个放牛人的肩膀上，把爪子扣进他的脖子里，他疼得大喊大叫。到门口没有阻拦的，这伙人很惊喜，趁机夺路冲出了院子，迅速逃到大路上了。路上又冲出一群鹅啄着他们的腿肚子，嘘嘘地驱赶他们。他们这次侵袭，在五分钟之内从进来的路上灰溜溜地败逃。

这帮人全都跑了，除了一个人之外。走回院子里，鲍克瑟用蹄子扒拉一下那个脸朝下趴在地上不省人事的马夫，希望把他翻过来，可这家伙一动也不动。

“他死了”，鲍克瑟难过地说，“我本不想这样做的，但我把钉着铁掌的事忘了，有谁能相信我不是故意的呢?”

“不要自责，同志!”背上的伤口还在滴滴答答流血的斯诺鲍大声嚷到，“打仗就是打仗，认真才行，只有死了的人才是好人。”

“我并不想杀生，即使是人也不想。”鲍克瑟两眼含着泪花重复说。

不知是谁大声喊道：“莫丽去哪儿了？”

莫丽的确失踪了。大家感到一阵惶恐，他们担心她被人设计伤害了，更担心人把她带走了。最终却发现她躲在了她的窝棚里。在枪响的时候她就逃跑了。后来才发现，那个马夫并没死，只不过是晕了过去，就在他们找寻莫丽时，马夫苏醒过来趁机跑掉了。

这时，动物们又重新被召集起来，他们沉浸在胜利的喜悦之中无法自拔，每一位都把自己在战斗中的功劳扯着嗓子夸奖一番。立马，他们举行了一个毫无准备却充满喜庆的庆功活动，升起庄园的旗帜，唱了许多遍《英格兰兽》。接着又为那只被残忍杀害的羊举行了隆重的葬礼，同时种了一棵山楂树在她墓地上。在墓前斯诺鲍做了一个简短的演讲，他反复声明，如果有需要的话，每个动物都应做好为动物庄园牺牲的准备。

动物们全票通过设立一个“一级动物英雄”的军功勋章，这一荣誉也就地授予给斯诺鲍和鲍克瑟。并有一枚可在周日和节日里佩戴的铜质奖章（那是在农具室里发现的一些旧的、货真价实的黄铜制做的）。还有一枚“二级动物英雄”军功勋章，这一称号追加给那只牺牲的羊。

关于对这次战斗取怎样名字的事，他们反反复复地讨论，因为伏击就是在那儿发起的，故最后决定叫它“牛棚大战”。他们还找到了琼斯先生那支掉在泥浆里的枪，又发现了储存在庄主院里的子弹。于是决定把枪像一门大炮一样架在旗杆的脚下，并且每年都要鸣枪两次，一次是在 10 月 12 日的“牛棚大战”纪念日，一次是在施洗约翰节，作为起义的纪念日。

第五章

冬天马上要来临了，莫丽变得越来越惹人厌。她每天早上干活儿总不准时，而且总说她睡过头了当作为自己开脱的理由，她还经常诉说一些闻所未闻的病痛，但是她的食欲却很依然很大。她会找出各种借口躲避干活，跑到饮水池旁边呆呆地站在那儿，自恋地欣赏着她在水中的倒影。

但也有一些说起来比这更严重的传闻。有一天，当莫丽边嚼着一根草根边摆动着她的长尾巴，悠悠闲闲地在院子里闲逛到时，克拉弗把她拽到了一旁。“莫丽，”她说，“我要对你说件非常紧要的事，今天早上，我看见你在巡查那段隔开动物庄园和福克斯伍德庄园的篱笆时，有一个正站在篱笆另一边的皮尔金顿先生的伙计。虽然我离得很远，但我确定我看到了他在对你说话，你也让他摸你的鼻子。怎么解释这件事，莫丽?”

“我没让他摸！这不是真的!”莫丽大声叫嚷，抬起前蹄子挠着地。

“莫丽！你看着我，你能发誓那个人没有摸你的鼻子?”

“这并不是真的!”莫丽重复掩饰道，但却不敢直视克拉弗。最后，她朝着田野飞奔而去，跑得无踪无影。

克拉弗心中一个念头一闪而过。没有和谁打招呼，她就跑到莫丽的厩里，用蹄子翻开了一堆草。结果看到一堆方糖和几条不同颜色的饰带竟藏在草下。

三天后，莫丽失踪了，好几个星期不知所踪。后来鸽子报告说他们曾在威灵顿那边见到过她，当时，她正驾着一辆很时髦的单驾马车，车身漆得有红有黑，停在一个住宿客栈外面。有个身穿方格子马裤和高筒靴的红脸庞的胖子，好像是这家客栈的老板，一边抚摸着她的鼻子一边喂糖给她吃。她的毛发也被修剪一新，还有一条鲜红的饰带佩戴在额毛上。所以鸽子说，她显得有些得意扬扬。自此过后，没有动物再提她了。

1月的天气十分恶劣。田地好像铁板一样，什么活都不能做。在大谷仓里倒是召开了许多会议，猪一直忙于规划下一季度的工作。显而易见他们比其他动物聪明，也就自然而然地决定庄园里所有的方针策略，尽管这还得通过大多数动物的表决同意后他们的决策才起作用。本来，整个程序会进行得很顺利，如果斯诺鲍和拿破仑之间不闹别扭。但是每到一个论点，他们就有可能要抬杠。如果其中一个提出用播种大麦需要更大的土地面积的建议，另一个则肯定争辩用更大的土地面积去播种燕麦；如果一个说最适宜种卷心菜的是某某地方，另一个就会声称那里只能种薯类，否则就是一块废地。他们俩都有追随者跟随自己，彼此之间还有一些激烈地辩论。在大会议上，斯诺鲍的能说会道令半数以上动物心服口服。而拿破仑则更善于为争取到支持在会议休息时到处游说拉票。尤其在羊那儿他很容易就成功。后来，不分时间地点，羊都在咩咩地叫吵着“四条腿好，两条腿坏”的话语，并经常用来扰乱大会议。并且大家也注意到了，越是斯诺鲍的讲演讲到关键的地方，他们就越有可能咩咩嚷嚷着“四条腿好，两条腿坏”的声音。斯诺鲍曾在庄主院里找到过一些过期的《农场主和畜牧业者》杂志，为此做更深入地研究，满脑子装了创新和发明的设想。当他谈起什么农田排水灌溉、什么处理碱性炉渣、什么饲料保鲜，竟有十足的学者气。他还设计出一个可以把动物每天在不同地方拉的粪便直接通到地里，以节省运送的劳力的烦琐复杂的系统。拿破仑自己虽没有什么贡献，却拐弯抹角地说斯诺鲍的这些东西将会以一场空结束，看起来他是在瞧笑话。然而关于风车一事的争辩是在他们所有的争辩中最为激烈的。

在狭长的大牧场上，有一座小山包在离庄园里的窝棚不远的地方，那是庄园里的最高处。在斯诺鲍勘测过那地方之后，就宣布说那里是最合适建造风车的地方。这风车可以带动发电机从而为庄园提供电。这样也就可以给窝棚里用上电灯并在冬天取暖，还可以用来带动圆锯、切片机、铡草机和电动挤奶机。在这以前动物们还从未听说过关于任何这类的事情（因为这座老式的庄园里只有一台非常古老的机器）。当斯诺鲍有板有眼地描述着那些神奇的机器的情景时，说那些机器可以为他们干活，然后他们就可以悠闲地在地里吃草，就可以他们修身养性而读书或聊天，动物们都蒙了。

只不过才几个星期，斯诺鲍就全部拟定好了做风车的设计实施方案。详细的机械方面的资料大部分取材于琼斯先生的《对寝室要做的100件益事》《自己做自己的瓦工》和《电学入门》三本书。一间小棚作为斯诺鲍的工作室，那间小棚曾经当作孵卵的棚子，里面铺着光滑的木制地板，地板非常适宜画图。他在那里一干就是几个小时，不出门半步。他用石块压着已经打开的书，蹄子的两趾中间夹着一小段粉笔，敏捷地来走来走去，时常一边画着一道接着一道的线条，一边发出带点兴奋的哼哼声。逐渐地，设计图开始深入到复杂部分，有大量曲柄和轮轴，大半个地板都被图面覆盖了，这对其他动物来说简直太深奥难懂了，但印象却深入脑海。他们每天最少要来一次，只为看看斯诺鲍是如何作图的。就连鸡和鸭子他们也每天都来，而且格外的小心谨慎，为了不踩到粉笔线。独有拿破仑回避着这个方案。他开始一直就声言反对建造风车。然而突然有一天，出乎所有动物的意料，他也来检查斯诺鲍的设计图了。他闷闷不语地在棚子里踱来踱去，认真检查设计图上的每处细节，偶尔还从鼻子里哼哼一两声冲着它们表示不屑，然后眯着眼睛斜视，站在图的一旁打量一阵子，毫无预兆，他抬起后腿来对着图就撒了一泡尿，接着一声不吭，扬长而去。

整个庄园在风车这一设计方案上截然地分裂开了。斯诺鲍痛快承认修建它是一项繁重的事务，需要采集石头并将其筑成墙，还得制造风车的叶片，另外还需要发电用的发电机和电缆（斯诺鲍当时没说如何兑现这些），但他坚持认为可在一年内完成这项工程。而且他还宣称，建成风车之后将会因此节约大量的劳动力，以确保动物们每个星期只需要花费三天时间干活。另一方面，拿破仑却争辩道，增加食料生产是当前最紧迫的事情，而他们如果在风车上浪费大量时间的话，他们全都会被饿死的。在“拥护斯诺鲍和每周三日工作制”和“拥护拿破仑和食料满槽制”的两种不同口号的带领下，动物们分成了两派，本杰明是唯一一个两边都不参与的动物。他既不认为什么风车会节省劳力，也不相信什么食料会更充足的理论。他说，风车有没有都无所谓，生活还是要继续下去的，和往常一样，也就是说生活并不会十全十美。

除了风车的争吵外，还有一个是关于庄园的防御问题。尽管人类在牛棚大战中被击溃了，但他们会发动一次更凶狠的进犯，夺回庄园并使琼斯先生再次入主庄园，这是不可改变的事实。进一步说，他们更有理由这样干，因为整个国家都已经传遍了他们受到挫败的消息，这使得临近庄园的动物比之前更难驯服了。同样斯诺鲍和拿破仑又和往常一样产生了分歧。根据拿破仑的观点，当务之急是动物们应设法武装自己，并自我训练，学会使用武器。而按照斯诺鲍的说法，他们应该加大放出的鸽子力量，以达到到其他庄园的动物中鼓动他们造反的目的。一个说若不自卫就等于坐以待毙；另一个则说假如造反四起，他们就没有自卫的必要。动物们先听了拿破仑的建议，后又听了斯诺鲍的建议，竟确定不了孰是孰非。事实上，他们已经发现，他们听从的永远是讲话的那个。

终于熬到了斯诺鲍完成了设计图的这一天。在接下来的周日大会议上，将要表决是否开工建造风车的提议。当动物们在大谷仓里集合完毕后，斯诺鲍站了起来，即使被羊的咩咩声不时打断，他还是讲述了他热衷于建造风车的理由及好处。接着，拿破仑突然站起来反驳，他非常婉转地说风车就是瞎折腾，劝说大家不要支持它，就又迅速地坐了下去。

他仅仅讲了还不到半分钟，似乎显得说与不说都一个样。这时，斯诺鲍跳了起来，呵斥住又要咩咩乱叫的羊，慷慨陈词，口若悬河，呼吁大家支持建造风车。原本动物们因各有所好，在这之前，差不多是平均地分成两派，但只在瞬间，斯诺鲍的口才就把他们说得心服口服。他用激昂的语言，描绘着当动物们摆脱了沉重的劳动时动物庄园的闲逸景象。他的设想此时是铡草机和切萝卜机无法比拟的。他说，电除了能带动脱粒机、耙、犁、碾子、收割机和捆扎机外，还可以给每一个窝棚里提供电灯、凉水或热水，以及电炉等等。表决会何去何从在他讲演完后答案已经显而易见了。拿破仑就在这个紧要关头站了起来，怪异地向瞥斯诺鲍瞥了一眼，吹了一声又尖又细的口哨，以前没有一个动物听到过他打这样的口哨声。

这时，一阵恶狠狠的汪汪叫声从外面传来，接着，九条戴着镶有青铜饰钉项圈的健壮的狗，一下跳进大仓谷里来，直接向斯诺鲍扑去。直到斯诺鲍要被咬上的最后一刻，他才跳起来快速跑到门外，于是狗就在后面追赶。动物们各个张口结舌，显然都吓呆了。他们挤到门外观看着这场追逐。斯诺鲍飞奔着越过通向大路的牧场，他用尽全身力气拼命地跑着。但狗仍快要咬住他的后蹄子。突然，他滑倒了，眼看着他就要被他们逮住，可他又很快重新爬了起来，比之前跑得更快了。狗又一次追赶上去，幸而斯诺鲍及时甩开了尾巴，否则其中一条狗马上就要咬住斯诺鲍的尾巴了。接着在和狗不过一步之差时他又一个加速，从篱笆中的一个缺口蹿了出去，再也看不到踪影。

动物们震惊地爬回了大谷仓。过会儿，那些狗又汪汪地叫着跑回来。刚开始的时候，这些家伙是从哪儿来的动物们都想不出，但他们很快就把问题弄清楚了：他们正是以前拿破仑从他们的母亲身边带回来的那些狗崽子，被拿破仑偷偷地养着。尽管他们还没有完全长大，但体积都不小，样子看上去凶得像狼。大家都注意到他们始终摆着尾巴紧挨着拿破仑。那姿势，竟和其他的狗过去对琼斯先生的做法如出一辙。

这时，拿破仑登上了那个当年老麦哲发表演讲的凸台，狗紧随其后。他宣布，从今以后，每周周日早上的大会议就此结束。他说，那些会议毫无意义，还浪费时间。此后将有一个由猪组成的特别委员会定夺一切有关庄园工作的提议，他亲自统管这个委员会。

他们将在私底下碰头商议，再把相关决策传达给其他动物。动物们仍要在周日早上集合，向庄园的旗帜敬礼，唱《英格兰兽》，并接受下一星期的工作任务安排。然而，那个什么都不是的辩论取消了。

本来，对于斯诺鲍的被逐已经强烈刺激到了他们，但这个通告更让他们感到惊讶。想要抗议的有几个动物，却可惜没有找到合适的辩词。甚至鲍克瑟也感到迷惑不解，竖起耳朵，抖动几下头上的毛，费力地想找出个头绪，结果却无话可说。然而，有些猪却十分清醒，在前排的四只小肉猪漫不经心地尖声叫嚷，当下都跳起来准备发言讲话。但突然间，那群围坐在拿破仑身旁的狗发出一阵骇人可怕的嘶吼，于是，他们就重新坐了下去不再言语。接着，羊又开始洪亮地咩咩叫："四条腿好，两条腿坏！"一直持续了十五分钟，所以，所有可以讨论一下的希望也付诸东流，一去不返。

后来，斯奎拉受命就这个新的安排向动物做一下解释，开始先在庄园里转一圈。

"同志们，"他说，"我希望在这儿的每一位动物，会感激拿破仑同志为承担这些额外的劳动所做的牺牲。同志们，不要认为当领导是一种纯粹的享受！然而并不是这样，它是一项艰辛而繁重的工作。拿破仑同志比谁都更坚信所有的动物一律平等。他确实也很想让大家自己当家做主。可是，万一你们不小心失策了，那么同志们，我们会有什么样的结果呢？你们要是决定追随斯诺鲍的风车梦想跟从了他又会怎样呢？斯诺鲍这个家伙，就我们现在所知道的，它比一个坏蛋也强不到哪儿去。"

"在牛棚大战中他作战是很勇敢的。"有个动物这样说了一句。

"勇敢远远不够，"斯奎拉说，"忠诚和服从才更为重要。就牛棚大战来说，我相信我们终有一天会发现斯诺鲍的影响被夸大了。纪律，同志们，我们需要铁的纪律！这是我们如今的口号。走错一步，我们的仇敌就会来侵犯我们。同志们，你们一点儿也不想让琼斯再回来吧？”

这同样是不可辩驳的论证。动物们担心琼斯回来是毫无疑问的；假若周日早上召集的辩论会有可能导致他回来，那么就应该停止辩论。鲍克瑟仔仔细细地思索了好一阵子，说了句“如果拿破仑同志这么说，那就一定是这样的。”借此用来表达他的整个心里的感受。并且从这以后，他又以“拿破仑同志永远是正确的”这句格言，作为对他个人“我要更加努力工作”的座右铭的补充。

到了天气回暖，已到春天播种的时候，那间被斯诺鲍用来画风车设计图的小棚子还一直被封着，没人动过，大家想象着地板上再也没有那些设计图了。在周日早上十点钟的时候，动物们为接受他们下一星期要做的的工作任务，在在大谷仓聚集领取。如今，老麦哲的颅骨被风干了肉，也早已经从果园脚下挖了出来，挂在位于枪的一侧旗杆下的一个木墩上。升旗之后，动物们要按规定列队恭恭敬敬地经过那个颅骨，然后再走进大谷仓。近来，他们像早先那样全坐在一起。拿破仑同斯奎拉和另一个叫梅尼缪斯的猪，一起坐在前台。这个梅尼缪斯擅于谱曲作诗，具有惊人的天赋。九条年轻的狗在它们旁边坐着围成半圆形。其他猪则坐在后台。其他动物坐在大谷仓中间面对着他们。拿破仑宣读对下一周的安排，用着一种粗暴的军人风格，随后就唱了一遍《英格兰兽》，所有的动物就都散去了了。

在斯诺鲍被驱逐后的第三个周日，拿破仑宣布将要建造风车，这个消息对动物们来说难免有些吃惊。而拿破仑没有说为什么要改变主意，只是简单地提醒动物们，这项额外的任务将意味着十分艰苦的劳动：也许在必要时要缩减他们的食物。但是，设计图已全部准备好，只差最后的细节部分。由猪组成的一个特别委员会为此在将来三周内一直工作着。预期要两年时间来修建风车和加上其他一些各式的改进。

就在当晚，斯奎拉私下对其他动物解释道，拿破仑对风车从来没有真正反对。相反，当初做的建议正是由他提出的。实际上是斯诺鲍早先从拿破仑的笔记中剽窃的才画出那个孵卵棚地板上的设计图。实际上，拿破仑是风车的建造者。于是，有的动物就问：“为什么他曾经说它的坏话说得那么严重?”斯奎拉在这一点上显得十分圆滑。他说，这是拿破仑同志的聪明之处，他之所以装作反对建造风车只不过是一个策略，目的是想驱除坏东西斯诺鲍这个祸患，。既然斯诺鲍现在已经跑掉了，在没有斯诺鲍妨碍的情况下计划也就能顺利进行了。斯奎拉说，策略就是这样的，他一连重复了好多遍："策略，同志们，策略！"还一边带着愉乐的笑声，一边摇动着尾巴，活蹦乱跳。动物们有些不懂这些话的含义，可是这样具有说服力的说法，加上有三条狗赶巧了也和他在一起，又是那样气势汹汹地狂吠着，因而就这么简单地接受了他的解释，没有再进一步问些什么。

第六章

那一年，动物们就像奴隶一样的干活儿。但他们乐不思蜀，心甘情愿地流血流汗甚至牺牲，因为他们已经深深地认识到他们做的每件事不是为了那帮游手好闲、偷摸成性的人类，而都是为他们自己和未来的同类的利益。

从初春到夏末这个时间段里，他们每周有六十个小时在工作。到了8月，拿破仑又宣布，周日下午也要给动物们安排工作。这完全是自愿的工作，但是，缺勤的动物，就要减去他的一半粮食。就是这样，大家还是感觉到有些活儿根本干不完。但收获与去年相比还要差一些，而且，因为没有及时地完成耕作，在初夏本来应该播种薯类作物的两块地也没种成。可以想象，将会有一个艰难的冬天。

风车的事引发了意外的难题。按说，庄园里就有一个现成的质地很好的石灰石矿，在一间小屋里又发现了大量的水泥和沙子，因而，所有的建筑材料都已准备齐全。但问题是，刚开始动物们不知道何时才能把石头弄碎到合适的规格。似乎只有动用十字镐和撬棍外，几乎没有其他办法。可是，动物们因为不能用后腿站立，所以无法使用十字镐和撬棍。直到他们徒劳几周之后，才有动物想出了一个利用重力作用的好方法。再看那些巨大的圆形石头，虽然多数无法直接利用，但整个采石场上随处可见。于是，动物们用绳子将石头绑住，然后，把牛、马、羊以及所有能抓住绳子的动物集合在一起——猪甚至有时也在重要时刻帮上忙——一起拖着石头，慢慢地、轻缓地沿着坡把石头拖到矿顶。到了那儿，再把石头从边上堆下去，到达底下就摔成了碎块。这样一来，运输的事轻松解决了。马拉着满载的货车运输，羊则一块一块地推，就连穆丽尔和本杰明也贡献出了他们的力量套上了一辆旧式两轮座车。这样到了夏末，就积累足了要备用的石头。接着，在猪的监督下，工程开始破土动工了。

可是，整个采石过程却进展十分缓慢，历尽千辛万苦。常常要竭尽全力地花费整整一天才能把一块圆石拖到矿顶。有的时候，石头虽从山顶推了下去却没有碎成块儿。若是没有鲍克瑟，没有他那几乎能匹敌所有其他动物合在一起的力气，恐怕任何事都干不成。每当动物们发现他们自己正被圆石拖下山坡而绝望地哭喊时，总是多亏鲍克瑟的力大无穷拉住了绳索石头才稳了下来。看着他一寸一寸吃力地用蹄子尖紧扣着地面爬着坡；看着他呼吸急促，汗水浸透了他巨大的身躯，动物们对他充满敬佩和赞扬。克拉弗常常劝告他小心点，不要过度劳累，但他从不把这放在心上。“我要更加努力干活”和“拿破仑同志永远是正确的”这两句口头禅对他来说足以解决所有的困难。他已和那只小公鸡商量好了，把之前每天早上提前半小时叫醒他，改为提前三刻钟叫醒他。同时，最近虽然业余时间并不算多，但他仍要独自到采石场去，利用空闲时间，在没有任何动物帮助的情况下，装上一车的碎石，拖到风车的地基里倒进去。

这个夏天，虽然动物们十分辛苦的工作，但他们的境况还不算太差，即使他们得到的食物比琼斯时期不是很多，但最少也不比那时少。除了自己吃饱外，动物们不必再去供养那些骄奢淫逸的人，这个显著的优越性太让他们满足了，它绝对能够使许多不足之处显得微不足道。另外，在许多情况下，动物们干活儿的方法，不但效率高而且省时省力。比如，锄草这类活，动物们可以完美无缺地干完，这一点对人来说远远做不到。再说，动物们如今都不用偷偷摸摸的了，也就不必把牧场和田地用篱笆隔开，所以就省去了大量的劳力去维护篱笆和栅栏。话虽是这样说，夏天过后，各种各样意想不到的不足就全暴露出来了。庄园里需要动物们生产不出的煤油、线绳、钉子、狗食饼干以及马蹄上钉的铁掌，等等。后来，又需要许多种子和人造化肥，还有各类干活用的工具以及风车用的机械。可是，动物们想象不出如何搞到这些东西。

一个周日早上，拿破仑当动物们集合起来接受任务时宣布，他已经确定了一项新的政策。说是动物庄园往后将要同邻近的庄园做些交易，当然这不是为了任何商业目的，只仅仅为了得到某些急需的物资。他说，要不惜一切代价得到风车所需的一切东西。因此，他已经在准备卖出一堆干草和当年的部分大麦收成，并且，往后如果还需要更多的钱的话，就需要卖鸡蛋来补充了，因为鸡蛋在威灵顿销售很好。拿破仑还说，鸡应该感到高兴，他们的牺牲就是对建造风车所做的特殊贡献。

动物们再一次有一种说不出来的别扭感觉。在琼斯被逐后的第一次大会议上，不就早已经确立绝不和人类打交道，坚决不和人类从事交易，坚决不使用钱的誓言了吗？至今订立这些誓言的情形都还在眼前；或者至少他们还自以为记得是有这么一回事。那四只曾经在拿破仑宣布废除大会议时就提出抗议的幼猪怯懦地发言了，但很快又不吱声了，因为狗那可怕的嘶吼声。接着，羊又按例咩咩地叫："四条腿好，两条腿坏！"短暂的难堪的局面也就顺利地应对过去了。最后，拿破仑抬起前蹄以使场面安静下来，宣布说他已经做好了全部安排，任何动物都不必烦恼介入和人打交道这种显然最为讨厌的事情中。而他有意让自己承受全部重担。一个居住在威灵顿的叫温普尔先生的律师，已经愿意担当动物庄园同外部社会交流的中介人，并且将在每个星期一的早上以来访形式接受任务。最后，在拿破仑按照惯例的一声："动物庄园万岁！"中就结束了他整个讲话。接着，动物们在唱完《英格兰兽》后，纷纷散场离开了。

后来，动物们直到斯奎拉在庄园里兜了一圈才安心下来。他向他们保证说，他们从来没有承认过反对和人类从事交易和用钱的誓言，没准连提议都没有过。这纯粹是你们自己的想象，追究其根源，很可能是斯诺鲍传播的一个谣言。对此，一些动物还是有点怀疑，斯奎拉就狡猾地问他们："你们敢肯定难道这不是你们梦到的事吗？同志们！任何有关这个誓约的记录你们有吗？它写在哪儿了？"当然，这类东西从来都没有文字记载。所以，动物们就肯定是他们自己弄错了。

那个温普尔是一个长着络腮胡子，矮个子的律师，看上去一脸阴险相。他管理的业务规模都很小，但他却是个精明的人，他早就看出了动物庄园会需要中介人，并且会有很可观的报酬。

每个周一温普尔都会按协议来庄园一趟。动物们看着他来来回回，仍然有几分害怕，远远躲避。不过，对于他们这些四条腿的动物来说，拿破仑对靠两条腿站着的温普尔发布命令的情景，激发了他们的自豪感，这在某些程度上也减少了他们对这个新协议的怀疑。现在，他们和人类的关系确实已经今非昔比了。然而，人们对动物庄园的嫉妒和仇恨不仅没有随着它的兴旺而有所减少，反而越来越憎根。他们想，动物庄园迟早是要破产的，并且最重要的是，那个风车终将变成一堆废墟。他们聚集在小酒店里，互相用图表论证说风车注定要坍塌；也可以说说，即使它能建成，那也永远是一个摆设，等等。虽然这样，他们也不由自主地对动物们管理自己庄园的能力刮目相看了。其中一个迹象就是，他们不再故意叫它曼纳庄园来称呼动物庄园，取而代之的是开始用动物庄园这个名正言顺的名字。

他们已经放弃了对万念俱焚的琼斯的支持，琼斯也不再对重住他的庄园抱有任何希望，并且他已经移民到国外另一个地方了。现在，因为温普尔的帮助，动物庄园才得以接触外部社会，然而不断有小道消息说，拿破仑正准备同福克斯伍德的皮尔金顿先生，或者是平彻菲尔德的弗雷德里克先生商议一项明确的商业协议合同，不过还提到，永远不会同时和两家签订这个协议的。

应该就是在这个时候，猪突然搬到庄主院居住。这一下，动物们又似乎记起了，有一条早先就立下的誓愿是不赞同这样做的。可斯奎拉又让他们认识到，事实并不是如他们所想的。他说，猪作为庄园的领导，绝对必要有一个安静舒适的工作场所。再说，对领袖（近来他在谈到拿破仑时，已经开始用“领袖”这一称呼）的威严来说，住在纯粹的猪圈里不如住在房屋里要更相符一些。即使这样，在一听到猪不仅在厨房里吃饭，而且占用客厅当作娱乐场所之后，还是有一些动物为此感到焦躁。鲍克瑟倒毫不介意，照例说了一句“拿破仑同志永远是正确的。”然而克拉弗却仍记得有一条反对在床上睡觉的诫律，她跑到庄园的大谷仓那里，企图从题写在墙上的“七诫”中找出答案。结果发现她自己一个字母都不认识。她就又找来穆丽尔。

“穆丽尔”她说道，“你给我读一下第四条诫律，它是不是说坚决不能睡在床上什么的?”

穆丽尔费了半天劲才拼读出来。

“它说，‘任何动物不得卧床并且铺盖被褥’。”她终于念道。

克拉弗觉得太唐突了，她从来没有记得被褥在第四条诫律提到过，可既然它就写在墙上，那它一定原来就是这样的。也是赶巧，两三条狗陪伴着斯奎拉正路过这儿，他能从特别的角度来解释整个问题。

“那么，同志们，我们猪现在睡到庄主院床上的事你们已经听说了?有何不可呢？你们想一想，难道真有过什么诫律抵制床吗？床只不过是一个睡觉的地方而已。如果能正确看待它的话，窝棚里的稻草堆也是一张床。这条戒律是针对被褥的，因为人类发明了被褥。我们已经撤掉庄主院床上的全部被褥了，而是睡在床上的毯子里。它们同样是很舒服的床啊!然而同志们，我可以告诉你们，我们现在做的全部是脑力工作，这相比于我们所需要的程度来，这些东西并不见得有多么舒适。同志们，难道你们会反对我们休息吗？你们不愿看到我们过度劳动而失职吧？你们一定谁都不愿意看到琼斯回到这儿来吧?”

在这一点上，动物们立刻不再说什么有关猪睡在庄主院床上的事了，使他消除了疑虑。而且在数天之后，当宣布说，猪以后起床的时间要比其他的动物晚一小时，没有动物再为此抱怨。

秋天来临，动物们都挺疲惫的，却也过得愉快。说起来他们已经熬过整整一年的艰难时期，并且在卖了部分干草和玉米之后，食物根本不够用了。然而，风车弥补了这一切，这时它已建到一半了。秋收之后，天气一直晴空万里，动物们干起活儿来也比以前更加勤快。他们辛苦地拖着石块整天来回奔忙。他们想着这样一来，在一天之内就把墙又加高一尺了，这是多么有意义的事啊！甚至鲍克瑟在夜间也要出来，借着中秋明亮的月光工作一两个小时。动物们则愿意在休息时间绕着建造了一半的工程走来走去，赞叹一番那墙壁的结实和垂直度。并为他们竟然能够修建这样了不起的工程而感到又惊又喜。只有老本杰明对风车一点儿热情都没有，他和往常一样子，除了说句驴都长寿这句话神神叨叨的话之外，就再也没有任何表示了。

12月带来了猛烈又寒冷的西北风。这时常常是下雨天，动物们没法和水泥，不得不中断整个建造工程。后来在一个晚上，狂风怒吼，整个庄园里的棚子从地基开始都被撼动了，一些瓦片也从大谷仓顶棚被风刮掉了。鸡群在害怕中叽叽喳喳乱叫着惊醒过来，因为在睡梦中他们同时听见远处有打枪的声音。早上，动物们走出棚子，发现风已把旗杆吹倒，在果园边上的一棵小树也像萝卜一样被连根拔起。就在这时，突然所有的动物爆发出一阵绝望的哀号。一个可怕的场景出现在他们面前：风车被毁了。

他们不约而同地冲向现场。就连很少外出散步的拿破仑也率先跑在了最前面。是的，他们的所有奋斗成果全部被夷为平地了，坍塌在那儿了，他们费尽精力弄碎又拉来的石头四下乱滚着。动物们心酸地注视着散落下来的碎石块，无话可说。拿破仑默默地反反复复踱着步，在地面上偶尔嗅一嗅，忽然他的尾巴变得僵直，而且还忽左忽右剧烈地抽动着，对他来说，这是活跃思维的表现。突然，他停住了，好像心里已有了计较。

"同志们，"他平静地说，"你们知道是谁造的这样的孽吗？那个昨晚来摧毁我们风车的仇敌就是你们认识的斯诺鲍！"他突然用洪亮的嗓音吼道："这是斯诺鲍干的！这个叛徒的心何其歹毒，他摸黑爬到这里来，毁了我们近一年的劳动果实。他企图为他咎由自取的被逐而报复，并以此来阻挠我们的计划。同志们，在此时刻，我宣布判处斯诺鲍死刑。并授予'二级动物英雄'勋章给任何对他依法惩处的动物和奖励半蒲式耳苹果，活捉他的动物将得到一整蒲式耳的苹果。"

动物们得知是斯诺鲍犯下这样的罪行，全都感到十分愤怒。于是，他们在一阵怒吼声之后，就开始想象如何捉住他，在他再回来时。前后不差几分钟空当，他们在离小山包不远的草地上发现了猪的蹄印。只能跟那些蹄印跟踪走出几步远，但大致方向是朝着篱笆缺口方向的。

拿破仑仔细地对着蹄印嗅了一番，就一口咬定是斯诺鲍的蹄印，他个人认为斯诺鲍有可能是从福克斯伍德庄园方向过来的。

"不要再犹豫了，同志们！"拿破仑在查看了蹄印后说道，"还有工作需要干，我们正是要从今天早上起开始重新建造风车，而且我们要在过了这个冬天把它建成。没有什么能阻挡住我们。我们要让这个无耻的叛徒知道，他破坏我们的工作不是这样轻而易举地。谨记，同志们，我们的计划不仅不会有任何更改，反而要不差分厘地进行下去。前进，同志们！风车万岁！动物庄园万岁！”

第七章

在一个寒冷的冬天。刚刚过去狂风暴雨的坏天气，这又下起了雨夹雪，随后又是鹅毛大雪。然后，冰天冻地一般的严寒来了，直到 2 月天气才见缓和。动物们都在为赶建风车全力以赴，因为他们都十分明白：外界正在看着他们，如果风车不能及时地重新建成，那些嫉妒的人类就会为此幸灾乐祸的。

那些不怀好意的人，声称他们不会相信风车是斯诺鲍毁坏的。他们说，纯粹是因为墙座太薄才导致风车倒塌。而动物们并不这样认为，不过，他们还是决定这一次要把墙筑到三尺厚，而不是像上一次一样的一尺半。同时这就意味着他们得采集更多的石块。但采石场上积雪成堆，好长时间什么事也干不了。后来，严冬的天气变得干燥了，倒是干了一些苦不堪言的活儿，动物们再也不像原来那样充满憧憬、信心十足。它们总是感觉到冷，又时常觉得饿。从不气馁的只有鲍克瑟和克拉弗。斯奎拉则时不时来一段发言，而这通常是关于什么劳动的乐趣以及劳工神圣之类的，但鼓舞动物比不过鲍克瑟的踏实肯干和他总是挂在嘴边的口头禅：“我要更加努力工作。”

食物在 1 月份就开始短缺了。谷类饲料急速减少，有消息说要发额外的土豆作为弥补。可随后却发现绝大部分土豆由于地窖上面盖得不够厚都已受冻而发软变坏了，还可以吃的已经所剩无几。这段时间里，动物们每天除了吃谷糠和萝卜外，再也没有什么的可吃的了，他们就像面临着饥荒一样。

掩盖这一实情不让外面知道是十分必要的。因风车的坍塌已经给人壮了胆，故他们就捏造出有关动物庄园的新奇的谎话。这一次，外面又有他们这里所有的动物都在饥荒和瘟疫中垂死挣扎的谣传，而且说他们内部自相残杀不断，已经到了同类相食和吞食幼崽度日的程度。拿破仑清醒地意识到饲料短缺的事实被外界知道后的严重后果，因而决定利用温普尔先生散播一些相反的言论。本来，到目前为止，动物们对温普尔的每周一次的来访，还基本上与他没有什么接触。然而这一次，他们却挑选了一些动物，以羊为主，要他们在能让温普尔听得到的地方，假装是在有意无意的聊天中谈及有关增加饲料的事。不仅仅这些，拿破仑又用沙子装满储藏棚里那些早已完全空空如也的大箱子，然后把剩下的饲料粮盖在上面。最后找个合适的借口，把温普尔带到储藏棚，让他瞥上一眼。蒙骗过了温普尔，他就不断在外界传言说，动物庄园根本不缺饲料，等等。

然而快到 1 月底的时候，突出问题就凸显出来，其关键就是，必须得从某个地方弄到些额外的粮食。而这些天来，拿破仑轻易不露面，整天就待在每道门都由气势汹汹的狗把守的庄主院里。就算他要出来，也必是一本正经，并且，还有六条狗前拥后簇，不管谁要走近，那些狗都会吼叫起来。甚至在周日早上，他也常常不露面，而由其他一头猪代替发布他的指示，一般是斯奎拉代替。

一个周日早上，斯奎拉宣布说，所有开始重新下蛋的鸡，必须要上交鸡蛋。因为通过温普尔牵线，拿破仑已经签订了一项每周交付四百个鸡蛋的合同。用这些卖鸡蛋所赚的钱可以买回很多食物，庄园也就可以挺到夏天，那时，情况就会好转。

鸡听到这些就提出了强烈的抗议。虽然在这之前就已经提前通知过，说恐怕这种牺牲是不可缺少的，但他们并不相信真有这种事发生。此时，他们刚把用来春季孵小鸡蛋准备好，所以就反对说，若现在拿走鸡蛋就是害人性命。于是，为了打乱拿破仑的计划，在三只年轻的黑米诺卡鸡的带领下，他们索性豁出去了。他们的做法是飞到房梁上下蛋，鸡蛋落到地上就摔得粉碎。自从琼斯被逐以后，这是第一次带有反叛意味的行为。对此，拿破仑马上采取严厉的措施。他命令停止给鸡供应食物，同时下达命令，不管是谁，任何动物，只要给鸡一粒饲料都会被判处死刑。由狗来负责执行这些命令。鸡坚持了五天后最终投降了，又回到了鸡窝里。共有九只鸡在这期间死去，遗体都被埋在了果园里，对外则声称他们是死于瘟疫。温普尔对此事毫不知情，每个星期都由一辆食品车来庄园拉一次按时交付的鸡蛋。

这段时间里，斯诺鲍一直没有出现。有传言说他躲在临近的庄园里，不是躲在福克斯伍德庄园就是躲在平彻菲尔德庄园。此时，拿破仑同其他庄园的关系也比以前得到改善。碰巧，在庄园的场院里，有一堆在十年前清理一片榆树林时堆在那儿的木材，至今已经适时使用了。于是温普尔就建议拿破仑卖掉这些木材。皮尔金顿先生和弗雷德里克先生都十分想要买。可拿破仑一直犹豫不决不知卖给谁好。大家发现，似乎每当他要和弗雷德里克先生达成协议的时候，就有斯诺鲍正躲在福克斯伍德庄园的谣传；而当他打算与于皮尔金顿签订时，就又有传言说斯诺鲍其实是在平彻菲尔德庄园。

初春时节，有一件事瞬间震惊了庄园里的动物。说是斯诺鲍常在夜间里秘密地潜入庄园！动物们害怕极了，躲在窝棚里不敢睡觉。听说，每天晚上他都在夜幕的掩护下潜入庄园，到处做坏事。他将谷子偷走，将牛奶桶打翻，并将鸡蛋打碎，毁坏苗圃，咬掉许多果树皮。不管什么事情在何时搞砸了，通常都要把责任推到斯诺鲍身上，要是有一扇窗户坏了或者水道堵塞了，一定有某个动物将这件事推给斯诺鲍，说是他在夜间干的坏事。所有动物都坚信储藏棚钥匙的丢失，是因为斯诺鲍把钥匙给扔到井里去了。但是奇怪的是，甚至当发现钥匙原来不知道是被谁误放在一袋面粉的底下之后，他们还是这样坚信不移。牛异口同声地说斯诺鲍趁她们睡觉时偷偷地溜进牛棚，喝了她们的奶。那些曾在冬天给她们带来烦恼的耗子，也被当作斯诺鲍的同伙。

拿破仑下令进行一次对斯诺鲍活动的彻底调查。在狗的保护下，他开始对庄园的窝棚进行一次全面的巡逻检查，其他动物则谦恭地跟随在几步之外的地方。每走几步，拿破仑就会停下来闻一闻地面上是否真的有斯诺鲍的气味。他说他能凭据这个辨别出斯诺鲍的蹄印。每一个角落他都嗅了一遍，斯诺鲍的踪迹从大谷仓、牛棚到鸡窝和苹果果树园基本上到处都被发现了。他把嘴巴伸到每一处的地上，深深地闻上几下，就以惊讶的语气大叫到："斯诺鲍！他来过这儿！我能清楚地闻到！"所有的狗一听到"斯诺鲍"都张牙舞爪，发出一阵令动物们心惊肉跳的吼叫。

这彻底吓坏了动物们。对他们而言，斯诺鲍就像一个看不见摸不着的恶魔，渗透在他们周围的空气里，以各种危险威胁恐吓着他们。斯奎拉在晚上把他们集合起来，面带一副惊恐不安的神情说，他有紧急事件告诉大家。

“同志们!”斯奎拉边发疯地蹦跳着边大声叫嚷，“一件最让人害怕的事发生了，斯诺鲍已经投奔了平彻菲尔德庄园的弗雷德里克了。而那家伙正在谋划着偷袭我们，企试图独占我们的庄园！在袭击中斯诺鲍会给他带路。更不幸的是，我们曾认为，斯诺鲍之所以造反是出自于自命不凡的壮志和野心勃勃，可我们全部搞错了，同志们，你们清楚他真正的动机是什么吗？从一开始斯诺鲍和琼斯就是一伙的！他从开始就是琼斯的间谍。这一点在那些我们刚刚发现了一些他丢弃的文件中可以得到完全证实。依我看，同志们，这就能说明很多问题了。尽管他的阴谋在牛棚大战中没有成功，但他想使我们遭到毁灭的意图，难道不是我们亲自目睹的吗?”

大家都愣住了。这比斯诺鲍要摧毁风车的罪孽严重得多了。然而，他们却犹豫了好几分钟才完全接受这一点之前。因为他们都记得，或者他们自以为还记得，在牛棚大战中，他们曾看到斯诺鲍勇敢地带头冲锋陷阵，并不时地重整旗鼓，鼓舞士气，而且，尽管琼斯的子弹已射入它的脊背他也毫不害怕。对此，他们首先就感到疑点重重，这怎么能说明他与琼斯是一伙的呢？就连很少提出疑问的鲍克瑟也是疑惑不解。他卧在地上，在身子底下弯着前腿，紧闭着眼睛，绞尽脑汁想理通他的思路。

“我不信,”他说道，“我亲眼看到诺鲍在牛棚大战中勇猛作战。且战斗一结束，我们不是就马上授予了他‘一级动物英雄’的军功勋章了吗?”

“那是我们的错误，同志们，因为我们到现在才知道，实际上他是想蛊惑我们走向毁灭。这一点在我们发现的秘密文件中已经写得清清楚楚明明白白。”

“然而他受伤了,”鲍克瑟说，“我们都看见他流着血仍然冲锋陷阵。”

“这只是计划中的一部分!”斯奎拉叫道，“琼斯的子弹只是擦了一下他的皮毛而已。如果你能识字的话，我会给你看他自己写的文件。他们的计划，就是在最重要的时刻发出一个让斯诺鲍逃跑并把庄园留给敌人的信号。他几乎就要成功了，我甚至敢这样说，如果没有我们英勇的领袖拿破仑同志，他的阴谋早就成功了。难道你们都忘记了，就在琼斯一伙人跑进院子的时候，斯诺鲍突然转身逃跑，于是很多动物都和他一样跑了吗？还有，就只是那一会儿，都乱了套了，几乎就要完了。突然，拿破仑同志冲上前去，大喊：'消灭人类！'同时用嘴咬住了琼斯的腿，这一点难道你们都忘记了吗？你们一定还记得这些事情吧？”斯奎拉一边左右蹦跳，一边大声地叫嚷着。

既然斯奎拉能绘声绘色地描述着那场战役情景，动物们就似乎觉得，他们好像真的记得是有这么一件事。无论怎样，他们记得斯诺鲍曾经在激战的重要时刻掉头逃过。然而鲍克瑟还是感到一些不舒服。

他终于说道：“我不相信一开始斯诺鲍就是一个叛徒坏蛋。他后来的所作的一切不能与之并论，我仍认为在牛棚大战中，他是一个好同志。”

“我们的同志，拿破仑领袖，”斯奎拉以缓慢而坚毅的语气宣布，“已经清楚地明确了，声明斯诺鲍从一开始就是琼斯的卧底，是的，远远早于想着起义前的时候就是了。”

“噢，那这就不一样了！如果这是拿破仑领袖说的，那就肯定不会有错。”鲍克瑟说。

“事实的真相就是这样，同志们！”斯奎拉大喊着。但动物们察觉到他那闪亮的小眼睛向鲍克瑟怪异地瞥了一眼。在他转身要走的时候，又停下来声明了一句：“我提醒庄园的每个动物都要睁大你们的双眼。我们有证据证明，斯诺鲍的眼线眼下正潜伏在我们中间！”

在四天后的一个下午的晚些时候，所有的动物被拿破仑召集在院子里进行开会。拿破仑在他们集合好后才从屋里走出来，两枚勋章佩戴在他的身上（他最近已自己授予他自己“一级动物英雄”和“二级动物英雄”勋章），还带着他自己养的九条大狗，那些狗围着他上蹿下跳，发出让所有动物都感到害怕的嘶吼。动物们害怕地蜷缩在那里，一句话都不敢说，似乎预感到有什么可怕的事要发生了。

拿破仑站在那儿严厉地向下面扫视了一圈，接着就发出一声又尖又细的叫喊。于是，那些狗就马上冲上前去咬住了四头猪的耳朵向外拖去。那四头猪疼地、恐惧地号叫着，他们被拖到了拿破仑的脚下。猪的耳朵鲜血淋漓。狗尝到了猪血的血腥味，发狂喊叫了好一会儿。使所有动物感到惊奇的是，三条扑向鲍克瑟的狗败退。鲍克瑟看到他们冲过来了，在半空中用巨掌逮住一条狗，把他的头踩在地上。那条狗痛苦着求饶，另外两条狗就夹着尾巴灰溜溜地跑了回来。鲍克瑟看着拿破仑，想知道该如何处置那条狗，是把那条狗压死呢还是放他一条小命。拿破仑脸色陡变，他斥责命令鲍克瑟马上把狗放掉。鲍克瑟抬起掌，狗带着伤哀号着灰头土脸地溜走了。

喧闹声立即平息下来了。等待发落的那四头猪浑身哆嗦，面孔上的每道皱纹仿佛都刻诉说着他们的罪行。他们正是抗议拿破仑废除周日大会议的那四头猪。拿破仑呵斥他们最好坦白自己的罪行。他们还没等进一步斥责就坦白说，从斯诺鲍被驱赶以后他们一直和他保持着秘密联系，还和他一起摧毁风车，并和他达成一项打算把动物庄园拱手让给弗雷德里克先生的协议。他们还补充说斯诺鲍私下里曾对他们说，在过去几年里他一直是琼斯的卧底。他们刚刚坦白完罪行，狗就立马咬穿了他们的脖子。这时，拿破仑疾言厉色地质问其他动物是否还有什么要坦白的没有。

那三只曾经企图通过鸡蛋事件领头闹事的鸡走上前去，说斯诺鲍曾经出现她们的梦中，并鼓动她们不要听从拿破仑的命令。她们也被狗杀掉了。随后一只鹅上前坦白，说他吃掉了曾在去年收获季节时偷藏的稻谷。随后一只羊坦白说斯诺鲍曾逼迫她向饮水池里撒尿。另外两只羊也坦白道，他们曾经谋杀了一只对拿破仑十分的忠诚的老公羊，他们在他正患咳嗽时，在火堆旁追的他转来转去。这些动物都被那几条狗当场杀掉了。就这样同时进行着口供和死刑，直到一堆尸体在拿破仑脚前堆起一座小山。浓重的血腥味在空气中弥漫着，这样的骇人的事情，自从赶走琼斯以来还一直从未发生过的。

等事情都过去了，除了猪和狗以外，剩下的动物就全都挤成一堆害怕地溜走了。他们感到惊讶，感到恐慌，但却说不清到底是什么使他们更害怕——是那些和斯诺鲍结成同党的叛徒更可怕呢，还是刚刚亲眼看到的对这些叛逆的冷酷的惩罚更可怕。过去，也时常可见和这种血流成河的情景和同样可怕的事，但对他们来说这一次要恐怖得多，因为是在他们自己同志中间发生这样的事。从琼斯逃离庄园到现在，没有一个动物被其他动物杀害过，就连耗子也没有受过伤害。这时，他们已经走到小山包的顶上，完成一半的风车就巍然矗立在那里，大伙不约而同挤在一起躺了下来，相互取暖。实际上，除了那只猫外全都在这儿，克拉弗、穆丽尔、本杰明、牛、羊及一群鹅和鸡。猫在拿破仑召集所有动物集合的时候突然消失了。一时间，大家都缄口不说，只有鲍克瑟还继续站在那里，一边焦躁不宁地踱来踱去，一边不断地用他那又长又黑的尾巴在自己身上左右抽打着。偶尔还发出一丝惊诧声，最后他说话了。

“我不明白，对这种事情来说，我真不愿相信会发生在我们动物庄园里，这一定是我们自己的某些错误所造成的。我想要更加努力地干活儿才是解决这个问题的关键，从今天起，早上我要提前一个小时起床。”

他迈着沉重的步伐离开了，走向采石场。他到了那儿便不间断地收集了两车石头，并且自己一口气都拉到风车那里，直到晚上很晚才收工。

动物们默默无语地挤在克拉弗周围。他们躺在可以俯瞰整个村庄的地方，在那里，动物庄园的多半景色尽收眼底。他们看到：狭长的牧场延伸到那条大路，茁壮而碧绿的麦苗在播种过的地里破土而出，还有草滩、树林、池塘，花园以及庄园里的红色屋顶和袅袅青烟从烟囱里冒出。这是一个晴朗凉爽的春天的傍晚，草地和茂盛的丛林覆盖在夕阳的光辉上，荡漾着夕阳的片片金辉。他们此刻才意识到，这庄园是他们自己的，每一寸土地都属于他们自己所有，这令他们感到十分诧异，因为在这之前，他们从来都没有发现这里竟是这样的令他们心驰神往。克拉弗眼眶含泪看着下面的山坡。如果她能说出此刻的想法的话，她一定会这样说，几年前他们为了推翻人类而坚持不懈奋斗的目标应该不是现在的情形，他们所向往并不是这些可怕的情形以及这种残忍的杀戮，这与他们在老麦哲第一次鼓励大家起义的那天晚上是不同的。对于未来，若要说她还曾对未来幻想过什么，那就肯定是幻想了这样的一个社会：在那里，没有饥饿，没有恐惧和鞭子的折磨，动物一律平等，各尽其能各取所需，强者保护弱者，就像在麦哲演讲的那天晚上一样，她曾经用前腿保护着那最后才到的一群失去妈妈的小鸭子。但现在她不明白，他们现在怎么会处在一个连真话都不敢讲的世界里。当那些气势嚣张的狗到处凶狠嘶吼的时候，当亲眼看到自己的同志在坦白了他们可怕的罪行后被狗撕成碎片而没有任何办法的时候，反叛或者违命的念头从未在她的心里出现。她知道，即使是这样，他们现在也比琼斯时期强多了，再说，防备人类卷土重来是他们的首要任务。不管发生了什么事，她依然要忠诚，辛勤劳作，遵循拿破仑的领导指挥，完成他交给自己的任务。但是，她依然相信今天这般情景并不是她和其他的动物曾期许憧憬并为之操劳的目标。他们为了建造风车，冒着琼斯的枪林弹雨勇敢地冲锋陷阵也不是为了得到这样的结果。这就是她认为的，尽管她不能具体说清。

最后，她便开始唱起了《英格兰兽》，因为她实在找不到什么合适的措词来安慰大家，而只能换个方法来表达自己内心的想法。围在她周围的动物也跟着唱了起来。他们唱了三遍，唱得十分和谐动听，但却缓慢而悲凄。在以前他们还从没有用这种唱法唱过这支他们最喜欢的歌。

他们刚唱完第三遍，斯奎拉就在另外两条狗的拥护下，面带着严肃庄重的神情向他们走过来。他宣布，拿破仑同志颁布了一项特别的命令，废止《英格兰兽》。这首歌从今以后禁止动物们再唱了。

动物们愣住了。

“为什么？”穆丽尔嚷道。

“不必了，同志们，”斯奎拉冷冷地说道：“《英格兰兽》是起义用来鼓舞大家的歌。如今起义已经取得胜利，最后的行动就是今天下午对庄园叛徒的处决。另外我已经打垮了全部仇敌。在《英格兰兽》中我们所表达的是在当时对未来美好社会的渴望与憧憬，但现在这个社会已经建立。这首歌已经没有任何存在的意义和价值了。”

他们感到不安，恐怕还是会有些动物要站出来提出抗议。但就在这个时候，羊又大声咩咩地叫起那套口号：“四条腿好，两条腿坏。”这场争议在这持续了好几分钟的叫声中结束了。

于是“《英格兰兽》”这首歌了再也不会唱了，是善于写诗的梅尼缪斯写的另外一首歌代替了它，开头是这样的：

动物庄园，动物庄园，
我永远不会破坏您！

从此，这首歌在每个周日早上升旗之后唱起，但不知什么原因，对动物们来说，不管是词还是曲，这首歌仿佛都无法和《英格兰兽》相提并论了。

第八章

几天以后，因这次行刑造成的恐慌气氛已经完全平息下来，有些动物这才想起第六条戒律中已经明文规定：“任何动物都不允许伤害其他动物”，至少他们自认为记得有这条规定。尽管谁也不愿让猪和狗听见这个话题，但在提起时他们还是觉得这次杀戮违背了这其中一条戒律。克拉弗请求本杰明读一下第六条戒律给她听，而本杰明同平时一样回答说他不愿意介入到这种事情中。她又把穆丽尔找来，穆丽尔就帮她念了，上面写着：“任何动物不得以任何不正当的理由伤害其他动物”。动物们对其中几个字不知怎么回事，反正就是不记得了。但他们现在却清楚地看到，这是有充分根据的，杀掉那些与斯诺鲍串通一气的叛徒，它并没有违背戒律。

整整这一年，动物们比起前些年来干得更加卖力。要想重建风车，不仅要把墙筑得厚一倍，还要如期完成工程。再加上庄园里那些普通的活计，这两项任务赶在一起，工作量十分繁重。对动物来说，他们已经不止一次地感觉到，现在吃得并不比琼斯时期强，但干活时间却比那时长。每个周日早上，斯奎拉就用蹄子捏着一张长纸条，向他们发布一系列有关各类食物产量增长的数据，内容条理清晰分明，有的增长了百分之二百，有的增加了百分之三百甚至百分之五百。动物们没有任何缘由不相信他，尤其是因为他们再也不记得起义前的情形到底是什么样子了。不过，他们常常想宁愿要这些数字少一些，而吃得会更多些。

现在斯奎拉或者另外一头猪发布所有的命令。拿破仑自己就两星期也不露一次面。他一旦要出来，他就不仅要让狗侍卫跟随，而且还要有一只黑色的小公鸡像号手一样在前面开路。在他讲话之前，公鸡就先要响亮地啼叫一声“喔——喔——喔!”据说，就是在庄主院里，拿破仑也要和其他猪分开居住。他在两条狗的伺候下单独用餐，而且用餐时还总用那些原来陈列在客厅的玻璃橱柜里的德贝陶瓷餐具。另外还有通告说，每逢拿破仑生日也要像其他两个纪念日一样鸣枪。

如今，对拿破仑的称呼不能简单地直呼其名了。提到他就要用“我们的领袖拿破仑同志”这样的正式的尊称。而那些猪还乐意给他冠以一些这样的头衔，如“动物之父”“人类克星”“羊的保护神”“鸡的至亲”，等等。斯奎拉在每次演讲时，拿破仑的智慧和他的好心肠总会让他泪流满面地大发言论，说他对普天之下的所有动物，尤其是对那些受歧视和受奴役不幸地生活在其他庄园里的动物，满怀着真挚的爱，等等。在庄园里，把遇到的每一件幸运的事，取得的每一项成果的荣誉归于拿破仑已成了家常便饭，动物们也已经快习惯了。你会经常听到一只鸡和另一只鸡这样说道：“我在六天之内下了五只蛋，全是因为我们的领袖拿破仑的指引和领导。”或者两头正在喝水的牛声称：“幸亏拿破仑同志的指挥，这水喝起来才这么甘甜！”一首名为“拿破仑同志”的诗表示了庄园里动物们的整个精神状态，诗是梅尼缪斯编写的，全诗如下：

孤儿的至亲！
辛福的源泉！
赐予我们食物的恩人！
您双目坚毅稳重
如日当空，
仰望着您
啊！我满腔激情
拿破仑同志！
是您赐予
那众生灵所追求的一切，
每日两餐饭饱，
还有那干净的草垫，
动物们不论老幼，
都在窝棚中平静安睡，
因为有您在照看着，
拿破仑同志！

我要是有头幼崽，
在他长大以前，
哪怕他小得像奶瓶、像小桶，
他也应应当明白
用忠诚和老实对待您，
放心吧

“拿破仑同志！”肯定是他的第一声尖叫。

拿破仑很满意这首诗，并让手下把它刻在位于与“七诫”相对的大谷仓另一头的墙上。拿破仑的一幅侧身画像在诗的上方，是斯奎拉用白漆画成的。

在这段时间，由温普尔介入，拿破仑正着手与弗雷德里克及皮尔金顿进行一系列沉重复杂的交易。至今还没有卖掉那堆木材。弗雷德里克是这两个人中最急着要买的买主，但他又不想出一个合理的价格。与此同时，有一个已经过时的消息又重新开始在庄园流传，说弗雷德里克和他的伙伴们正在秘密谋划偷袭动物庄园，并想要毁掉那个他妒忌已久的风车，听说斯诺鲍就藏在平彻菲尔德庄园。初夏时节，动物们听到震惊的传言，另外有三只鸡也主动坦白，说他们曾参与过一起由斯诺鲍煽动去刺杀拿破仑的策划。那三只鸡立即被狗处决了。随后，为了拿破仑的安全着想，他们又采取了新的安全措施，夜间有四条狗守卫在他的床边，一条狗守卫每一个床脚，一头名叫平克埃的猪，接受了在拿破仑吃饭前品尝他的食物的任务安排，以确保食物无毒。

与此同时，有通告说拿破仑决定卖给皮尔金顿先生那堆木材；他还拟订了一系列关于动物庄园和福克斯伍德庄园长期交易某些产品的协议。虽然是通过温普尔牵线，但拿破仑和皮尔金顿现在的关系处的相当融洽了。动物们并不信任皮尔金顿这个人，但他们更加不信任弗雷德里克，他们对他又恨又怕。夏天过去了，风车即将建成，那个关于弗雷德里克将要偷袭庄园的传闻也越传越厉害。据说危险已经迫在眉睫，而且，弗雷德里克计划带二十个全副武装的人来进攻，还说他已经打通了与地方官员和警察的路子，这样，一旦动物庄园的地契到达他的手里，就会得到他们的认可准许。更有甚者，从平彻菲尔德庄园传播出许多瘆人的消息，说弗雷德里克正用他的动物进行残暴冷血的偷袭练习。他用鞭子抽死了一匹老马，不给牛饲料，还把一条狗扔到炉子里活活把他烧死了。到了晚上，他就在鸡爪子上绑着刮脸刀碎片看斗鸡消遣取乐。听到这些同志正在受到这样的折磨，动物们群情激愤，血气翻涌，他们时不时地叫嚷着要一起去进攻平彻菲尔德庄园，打败并赶走那里的残忍人，解放那里的动物同志。但斯奎拉劝诫动物们，不能草率开始行动，要相信拿破仑的作战策略。

即使这样，动物们反对弗雷德里克的情绪也是持续高涨。在一个周日早上，拿破仑来到大谷仓，他解释说他从来没有打算把那堆木材卖给弗雷德里克。他说，和那个恶棍打交道会降低他的身份。以后不准为了向外散播起义消息而放出去的鸽子在福克斯伍德庄园落脚。他还下令，用“打倒弗雷德里克”替代他们以前“打倒人类”的口号。夏末，又揭露了斯诺鲍的另一个阴谋诡计，麦田里之所以长满了杂草，原来是因为他在某个夜晚潜入庄园后，掺了草籽在粮种里。一只雄鸡向斯奎拉坦白了他参与此事这一罪行，然后，他就吞食了剧毒草莓自杀了。动物们现在还知道了，和他们一直想象的情况恰好相反，“一级动物英雄”的嘉奖从未授予给斯诺鲍。受奖的事只不过是斯诺鲍牛棚大战后自己散布的一个神话传说。根本就没有给他授予勋章这回事，倒是由于他在战斗中懦弱的表现而早就受到大家谴责。有些动物又一次感到难以接受，但斯奎拉很快就让他们相信是他们记错了。

到了秋天，动物们在及时完成收获的情况下，费尽精力，终于使风车完工了，而且还是和收割几乎同时完工的。接下来还需要安装机器，温普尔正在奔忙购买机器的事。然而到此为止，已建成风车的主体。且不说他们经历的每一步是多么困难，不管他们的经验这样不足，工具多么落后，运气多么槽糕，在有斯诺鲍阴险的诡计，整个工程到此为止已经不差分厘按时地完工了！动物们虽疲惫不堪，但却非常有自豪感，他们不停地转来转去绕着他们自己的这一杰作。在他们眼里，风车比第一次建得漂亮好几倍，而且，墙座也比第一次厚了一倍。这一回，除非是炸药，否则什么东西都休想毁掉它们！回忆起来，他们不知为此流过多少血和汗，又克服了重重艰难阻碍，然而一想到当风车的翼板转动起来就能带动发电机，就会给他们的生活带来巨大的改变，一想到这前前后后的一切，于是他们就忘却了疲惫，而且还一边得意扬扬地狂喊着，一边在风车周围欢呼雀跃。拿破仑在狗和公鸡的前拥后抱下，亲自检查，并亲自为动物们的胜利完工表示祝贺，同时宣称，“拿破仑风车”会成为这个风车的名字。

两天后，动物们到大谷仓集合召开了一次特殊的会议。拿破仑宣布，他已经答应弗雷德里克把堆木料卖给他，再过一天，弗雷德里克就要来拉木材。顿时，动物们一个个全都瞠目结舌。实际上，在整个这段时间里，拿破仑只是表面上与皮尔金顿友好而已，他已和弗雷德里克达成了秘密协定。

已经打破了与福克斯伍德庄园的关系，他们就写侮辱信给皮尔金顿，并通知鸽子以后要躲避平彻菲尔德庄园，还要把“打倒弗雷德里克”的口号改为“打倒皮尔金顿”。同时，拿破仑坚决地告诉动物们说，现在动物庄园面临着一个急如星火的袭击的谣传是彻头彻尾的谣传，还有，有关弗雷德里克虐待他的动物的传言，也是被故意地夸大了的。极可能是斯诺鲍及其同伙散布了所有的谣言。总之，现在斯诺鲍看来并没有躲藏在平彻菲尔德庄园。实际上他生平从来没有去过那个地方，他正住在福克斯伍德庄园，据说过着相当奢侈浪费的生活。而且这么多年来，他一直都是一个地地道道的皮尔金顿门下的客人。

猪无不为拿破仑的老成干练感到欢呼雀跃。他与皮尔金顿表面上交好，这就促使弗雷德里克不得不把价格提高了十二英镑。斯奎拉说，拿破仑思想上的杰出之处，就是体现在他对任何人都不会信任，也是这样对弗雷德里克的。弗雷德里克曾试图用一种叫作支票的东西来支付木料钱，那玩意儿只不过是一张上面写着保证支付之类的诺言的纸而已，但拿破仑根本不是他能蒙骗得了的，他要求用真正的五英镑票子来付钱，而且还要在运走木料之前交付全款。弗雷德里克已经如数把钱都付清，所付的数目刚好够买大风车买机器用。

在这段时间里，木料很快就被拉走了，等木料全被拉走后，一次特别的会议在大谷仓里又召开了，让动物们欣赏弗雷德里克支付的钞票。拿破仑喜笑颜开，欣喜若狂，他戴着他自封的两枚勋章，那个凸出的草垫子上端正坐好，钱就在他身旁，整齐地码放在从庄主院厨房里拿来的瓷盘子里。动物们排成一队慢慢地走过，全都大饱眼福。鲍克瑟还伸出鼻子闻了闻那钞票，随着他的呼吸，还激起了一股稀稀的白沫屑和嘶嘶作响的声音。

三天之后，在一阵刺耳的嘈杂声中，只见温普尔骑着自行车急速赶来，如死人一般面色苍白。他把自行车直接扔在院子里，就直接冲进庄主院。不过片刻时间，一阵哽噎着嗓子的怒吼声就从拿破仑的房间里响起。出事了，这消息像风一般瞬间传遍庄园犄角旮旯。钱是假的！弗雷德里克免费拉走了我们的木材！

拿破仑即刻把所有动物集合在一起，满怀恨意地宣布，弗雷德里克判处死刑。他说，若是抓住这家伙，就要把他活活烧死。同时他劝告他们，在这个阴险的背信弃义的阴谋之后，最坏的事情也就会接连发生了。弗雷德里克和他的同伙随时都可能发动他们蓄谋已久的偷袭。故而，已在所有通向庄园的路口安排了岗哨。另外，四只鸽子送去和好的信件给福克斯伍德庄园，希望与皮尔金顿重修旧好。

就在第二天早上，袭击开始了。当时动物们正在吃早餐，哨兵奔跑来报告，说弗雷德里克及其仆人已经走进了木栅门。动物们立刻就勇气十足的向敌人迎头反击，但这一回他们可没有像牛棚大战那样轻易取胜。敌方这一次共有十五个人，六条枪，他们一走到距离五十米处就立刻向动物们开枪。动物们无法抵挡可怕的枪和厉害的子弹，虽然拿破仑和鲍克瑟好不容易才把他们组织起来，可不一会儿他们就又被击退了。很多动物已经伤痕累累。于是他们纷纷躲进了庄园的窝棚里，战战兢兢地透过门缝，透过木板上的小孔往外观察。只见整个大牧场，还有风车，都已落到敌人的手中。此时就连拿破仑仿佛也已毫无办法了。他一句话都不说，走来走去，尾巴变得僵硬不停地抽搐着。他不时瞥去渴望的目光，朝着福克斯伍德庄园方向望。假如皮尔金顿和他手下的人如果帮他们一把的话，这场战斗或许还可以打胜。但就在此刻，前一天派出的四只鸽子返回来了，其中有一只带来了皮尔金顿的一张小纸片。铅笔写的“你们活该”赫然跃于纸上。

这时，弗雷德里克一伙人已经止步在风车四周。动物们一边窥探着他们，一边忐忑不安地嘟囔起来，有两个人准备用一根铁锹和一把大铁锤拆除风车。

“不可能！”拿破仑喊道，“我们已把墙壁筑得那么厚。他们想在一星期内拆除是痴心妄想。不要怕，同志们！”

但本杰明仍在迫切地凝视着那些人的活动。他们拿着铁锹和大铁锤正在风车的地基附近钻孔。最终，本杰明几乎是带着嘲讽的神情，缓慢地呶了呶他那长长的嘴巴。

“我看是这样，”他说，“他们在干什么你们没看见吗？等会儿，他们就要往打好的孔里装火药。”

太可怕了。但在此时刻，动物们不敢轻举妄动冲出窝棚，他们只好在里面等待着。过了几分钟，眼看着那些人朝四下散开后，就响起一声震耳欲聋的爆炸声。一瞬间，鸽子就立刻飞到空中，除了拿破仑外，其他动物全都转过脸去，猛地趴倒在地。他们起来后，一团巨大的黑色烟云飘荡在风车上空。烟云被微风慢慢吹散：风车已消失的无影无踪！

看到这情形，动物们又重新激起斗志。他们在片刻之前所感到的退怯和恐惧不复存在，此刻这种可耻卑鄙的行为激起了他们愤怒。他们发出一阵激烈地复仇地喊叫，不等到下一步的命令，便一起冲向敌人。这一次，他们顾不上躲避那如冰雹一般扫射而来的残残酷的子弹了。这是一场残暴、惨烈的战斗。那帮人在连续扫射，等到动物们接近他们时，他们就又用棍棒和沉重的靴子不断暴打动物。一头牛、三只羊、两只鹅被杀害了，没有一个动物不受伤。即使拿破仑一直在后面指挥作战也被子弹削去了尾巴尖。但人类也付出了一定的代价。鲍克瑟的蹄掌打破了三个人的头；一头牛的犄角刺破一个人的肚子；杰西和布鲁拜尔撕掉了一个人的裤子。那九条给拿破仑当作贴身警卫的狗，奉他的命令利用篱笆的遮蔽迂回过去，突然出现在敌人的侧边，凶猛的吼叫声把那帮人吓了一跳。他们发现他们有被包围的危险，弗雷德里克趁机在退路还未切断便喊他的同伙立马撤退。不一会儿，那些爱生恶死的敌人便不要命似的逃跑。动物们一直把他们赶到庄园边上，在他们从那片篱笆中挤出去时，趁机还踢了他们最后几下。

虽然他们胜利了，但他们都已是精疲力竭，鲜血流淌不止。它们一瘸一拐地缓慢地走回庄园。看到横死在草地上的同志们，有的动物悲伤得眼泪汪汪。他们肃穆地在那个曾矗立着风车的地方站了好长时间。确实如此，风车没了，他们劳动的最后一点儿痕迹几乎被抹平了！甚至也有一部分地基被炸毁，而且这一下，要想重建风车，也与上一次非同可比了。上一次还可以利用剩下的石头，可这一次连石头都没有了。石头被爆炸的威力抛到了几百米以外的地方去了。好像风车从未在这儿出现过一样。

当他们走进庄园，斯奎拉朝他们蹦蹦跳跳精力充沛地走过来，他一直莫名其妙地不知什么原因没有参加战斗，而此时却高兴得忘乎所以。就在此刻，动物们听到祭典的鸣枪声从庄园的窝棚那边传来。

“为什么要开枪？”鲍克瑟问。

“为了庆祝我们的胜利！”斯奎拉嚷道。

“什么胜利？”鲍克瑟问。他的膝盖还在流血，还丢了一只蹄铁，蹄子也裂开了，另外他的后腿被十二颗子弹击中了。

“什么胜利？同志们，难道我们没有从我们的领土上——从动物庄园神圣的领土上赶走敌人吗？”

“但他们摧毁了我们的风车，而为建风车我们却干了两年！”

“没什么了不起的，我们可以再建一座。我们高兴的话就建它六座风车。同志们，你们不明白，我们已经干了一件多么伟大的事。我们脚下这块土地曾被敌人占领。而现在呢，幸亏有拿破仑同志的领导，我们才能重新夺回了每一寸土地！”

“但我们夺回的是我们本来就拥有的。”鲍克瑟又说道。

“这就是我们的胜利，这就足够了。”斯奎拉说。

他们一瘸一拐地走进庄园的大院。鲍克瑟难以忍受腿皮下的子弹带给他的疼痛。他知道，摆在他面前的任务，将是一项从地基开始重新建风车的艰苦劳动，他还想象为这项任务他自己已经振作了起来。然而，他第一次发现，他已到 11 岁了。如今他那健壮的肌体也不复存在了。

但当动物们看到那面飘扬的绿旗，听到枪声再次响起——共响了七八下，听到拿破仑的演讲，听到他对他们的行动表示祝贺，他们仿佛觉得，归根结底，他们赢得了巨大的胜利。

大家安排了一个隆重的葬礼为在战斗中死难的动物。拿破仑亲自走在队列的前头，鲍克瑟和克拉弗拉着灵车。整整用了两天来举行庆祝仪式，有唱歌，还有演讲，鸣枪也必不可少，每一个牲口都得了一只苹果作为特殊纪念物，每只家禽都得到了两盎司稻谷，每条狗获得三块饼干。有告示说，风车战役是这场战斗名字，拿破仑还授予了他自己设立的一个新勋章“绿旗勋章”。在这一片欢声笑语之中，也就忘掉了那个不幸的假钞票事件。

在庆祝仪式后的几天，猪偶然在庄主院的地下室里发现了一整箱威士忌，在他们刚住进这里时并没发现。当天晚上，一阵响亮的歌声从庄主院那边传出，使动物们惊奇的是，《英格兰兽》的曲调夹杂其中。大约在晚上九点半左右，只见拿破仑戴着一顶曾是琼斯先生的旧圆顶礼帽从后门冲出来，在院子里迅速地跑了一圈，又闪进门不见了踪影。但在第二天早上，庄主院内却是一片寂静，没有一头猪走动，快到九点钟的时候，斯奎拉迟缓而沮丧地走出来了，目光呆滞无神，尾巴无力地垂在身后，浑身上下病怏怏的，没有一丝生气。他把动物们集合到一起，说还要传达一个悲痛的消息：拿破仑同志病危！

一阵哀号瞬间爆发。庄主院门外铺着草垫，于是，动物们踮着蹄尖轻轻地从他的房间走过。他们泪珠含在眼眶，彼此之间总是相互询问：要是他们的领袖拿破仑不在了，他们该怎么办。此刻庄园里到处都在疯传，说斯诺鲍最终还是设法把毒药掺到拿破仑的食物中了。十一点，斯奎拉出来宣布另一项公告，说是拿破仑同志在濒临死亡之际宣布了一项神圣的法令：饮酒者要判处死刑。

到了傍晚，拿破仑显得好了许多。第二天早上，斯奎拉就告诉他们说拿破仑正在恢复健康。当天夜晚，拿破仑开始重新工作了。又过了一天，动物们才知道，他早先让温普尔在威灵顿买了一些有关如何蒸馏及酿造酒类方面的小册子。一周后，拿破仑下令把苹果园那边的小牧场去除掉。那牧场原本是为留给退休动物留作草场用的，现在却说没有牧草了，需要重新播种。可不久以后真相便大白了，那儿拿破仑是准备播种大麦的。

大约就在这时，一件奇怪的事情发生了，几乎每个动物都百般思索也没有结果。在一天夜里十二点钟左右发生了这事，当时，一声巨大的跌撞声从院子里传来，动物们都立刻跑出窝棚去看。那个夜晚月光皎洁明亮，一架断为两截的梯子横在大谷仓一头写着“七诫”的墙角下。斯奎拉平躺在梯子边上，一时不省人事。他手的旁边有一盏马灯、一把刷子、一只打翻的白漆桶。当即狗就把斯奎拉围了起来，等他刚刚苏醒过来，马上就护送他回到了庄主院。动物们都想不通这是怎么回事，只有本杰明明了。本杰明啾了啾他那长长的嘴巴，露出一副懂了的神情，仿佛看出点头目来了，但却什么也没说。

然而几天后，穆丽尔自己在看到七诫时，注意到又有另外一条诫律动物们都记错了，那就是他们本来以为第五条诫律是“任何动物不得饮酒”，但他们都忘了两个字，事实上那条诫律是“任何动物不得过量饮酒”。

第九章

过了很长时间鲍克瑟蹄掌上的伤口才愈合。在庆祝活动结束后的第二天，动物们就开始建造第三个风车了。对此，鲍克瑟更闲不住了，他一天不干活都不好受，于是就不让他们有所察觉地忍住疼痛。等到了晚上他才悄悄地告诉克拉弗，他的蹄掌很疼。克拉弗就用嘴巴嚼着草药给他敷在伤口上。她和本杰明一起请求鲍克瑟干轻松的活儿。她对他说：“马可以青春永驻。”但鲍克瑟就是不听，他说，他剩下的唯一一个愿望就是在他达到退休年龄之前能看到风车建设顺利地进行。

回想伊始，当动物庄园在第一次制定律法时，规定动物的退休年纪分别是：马和猪 12 岁，牛 15 岁，狗 10 岁，羊 8 岁，鸡和鹅 6 岁，而且还承诺会发给足够的养老退休金。尽管到现在为止还没有一个动物真正领过养老退休金，但近来这个话题被讨论的次数越来越多了。当前，因为苹果园那边有块小牧场已被留下当作大麦田，因此就又有小道消息说要围起大牧场的一个角落来给退休动物当作休息地。听说，每匹马每天的养老补贴是五磅谷子，到了冬天就是每天十五磅干草，在公共节假日里还会发给每匹马一根胡萝卜，或者尽最大努力地给一个苹果。

来年的夏末就是鲍克瑟的 12 岁生日了。这个时期的生活真是苦不堪言。这年冬天和去年一样的冷，食物也更加少了。除了那些猪和狗以外，所有动物的粮食将会再次减少。斯奎拉给大家解释说，这是违背动物主义宗旨的，这在定量上过于教条的平等。不管在什么样的情况下，他都不用费力地向其他动物证明，他们事实上并不像表面上所表现的那么缺少粮食。当然，有必要暂时调整一下粮食的供应量（斯奎拉总是用“调整”，代替“减少”）。但相比于琼斯时代，这方面的进步是很大的。为了向大家充分证明这一点，斯奎拉用他那又尖又细的嗓音把一大串数字一口气念完了。这些数字表明和琼斯时代相比，他们现在拥有了更多的燕麦、干草和萝卜，缩短了工作的时间，饮用的水质也比以前更好。这无疑延长了动物们的寿命，提高了年轻一代的存活率，更多的草垫出现在窝棚里，而且跳蚤也减少了。动物们坚信他所说的每一句话。说实话，在他们的印象中，他们几乎已经完全淡忘了琼斯及他所代表的所有。他们心里清楚，近来的生活不仅窘迫而且十分艰难，常常是饥寒交迫，他们醒着的时候只有干活，但毋庸置疑，过去比现在还要糟糕。他们情愿相信这是事实。而且，那时他们是被驱使的奴隶，现在却是自由的。就像斯奎拉那句总是挂在嘴上的“这一点使一切都有了天壤之别”所说的那样。

现在吃饭的嘴更多了。这一天，好几头母猪几乎同时生下三十一头小崽。他们生下来全身就带着黑白相间的条斑。那么谁是他们的父亲呢？这并不难猜测，因为庄园里仅有的雄猪就只有拿破仑。有告示说，过些日子，等买好足够的砖头和木材，就为他们在庄主院的花园里盖一间学堂。目前，由拿破仑暂时在庄主院的厨房里亲自给这些小猪崽上课。这些小猪崽平常只能在花园玩耍，而且拿破仑不允许他们和其他年幼的动物一块儿玩耍。在此同时，又有一项规定颁布了，规定说在路上当其他的动物遇到猪时，他们就必须要站到路边给猪让路；另外，不论地位高低，所有的猪，均享有周日在尾巴上戴饰带的特殊权利。

这一年庄园过得相当安稳，然而，他们还是缺钱。建学堂用的砖头、沙子、水泥和风车用的机器都需要花钱买。还得花钱去买庄主院需要用的灯油和蜡烛以及拿破仑吃的糖（他禁止其他猪吃糖，原因是吃糖会导致他们发胖），再加上所有日用所需的物品，例如工具、钉子、刀具、绳子、煤、铁丝和狗食饼干等，都是一笔不小的费用。为此，又得重新省钱。剩余的干草和一部分土豆的收成也已经卖掉，卖鸡蛋的合同又增长到了每周六百个鸡蛋供应。因此在这一年里，孵出来的小鸡连基本的数量都不够，鸡群基本上无法保持在原来的数目水平上。11 月份已经减少的食物，2 月份又再一次削减了。为了节省灯油，动物们的窝棚里也不允许点灯。然而，事实上，猪好像生活得倒很舒服自在，而且即使存在上述的情况，他们的体重仍在上升。2 月末的某个下午，从厨房那一边小酿造房里飘过院子的一股新鲜、浓郁、令他们垂涎欲滴的香味，这股味道动物们从来都没闻过，那间小酿造房在琼斯时代就被弃置不用了。有动物说，这是蒸煮大麦的香味。他们边贪婪地嗅着飘过的香气，边心里都在暗暗猜测：这是否在准备热乎乎的大麦糊当作他们的晚餐。然而，晚饭时热乎乎的大麦糊并没有见到。而且在随后的那个周日，猪又宣布了一个说是从今往后，所有的大麦要储存给猪用的通告。而在这之前，在苹果园那边的田里早已种上了大麦。不久以后，又有一个这样的消息传出，说是现在每天每头猪都可以领用一品脱啤酒，拿破仑则自己一人领用半磅，而且通常都是用德贝郡出产的瓷制的带盖的汤碗盛。

然而，不管有什么气可受，不管日子有多么难熬，只要一想到他们现在活得比以前体面，他们就觉得什么都可以挺得过去。现在歌声多，活动多，演讲多。拿破仑已经明示，为庆祝动物庄园的奋斗成果和兴旺景象，每周应该举办一次叫作“自发游行”的活动。每到确定的时刻，动物们就立马放下手头的工作，排队绕着庄园的边界进行游行，带头的是猪，然后是马、牛、羊，后面是家禽。队伍两侧围着狗，拿破仑的黑公鸡走在游行队伍的最前面。鲍克瑟和克拉弗还得要举着一面旗上标着蹄掌和犄角，以及有“拿破仑同志万岁！”标语的绿旗。

游行之后，举行朗诵赞颂拿破仑的诗的比赛活动。接着是演讲，由斯奎拉报告食物增产的全新数据。而且还要不时地鸣枪庆祝。羊是对“自发游行”活动最为热情的动物，如果哪个动物埋怨（有些动物偶尔会趁猪和狗不在场就会发牢骚）说这纯粹是浪费时间，只不过只是站在那里受寒罢了，这时羊就肯定会洪亮地叫起“四条腿好，两条腿坏”，他们顿时就被叫得不再抱怨了。但总体而言，动物们还是兴致勃勃地搞这些庆祝仪式。归其原因，是他们发现也不正是在这些庆祝仪式中，他们才能感到真正当家做主的是他们，他们所做的一切事情都是在为自己的利益，一想到这些，他们也就心满意足而不再发牢骚了。因此，在歌声中，在游戏中，在鸣枪声中，在斯奎拉一连串的数字中，在黑公鸡的啼叫声中，在飘扬的绿旗中，至少他们就可以暂时不去想他们的肚子还是饥饿的。

动物庄园在4月宣布成立“动物共和国”，选举一位总统是也是理所应当的，候选人却只有拿破仑一个，大家一致推选他就任总统。也就在这一天，又有关于斯诺鲍和琼斯沆瀣一气的新证据公布了，很多详细情况其中都有涉及。这样，现在看起来，斯诺鲍不仅想尽办法地破坏“牛棚大战”，动物们以前对这一点也早有耳闻了，并且还是公开地作为琼斯的帮凶。实际上，他正是那伙人的罪魁祸首，在加入这场混战之前，他还高喊过“人类万岁！”仍然有些动物记得斯诺鲍背上受了伤，但事实上那是拿破仑亲口咬的。

初夏时节，消失数年之久的乌鸦摩西突然又回到了庄园。他基本上毫无变化，依旧不是那么勤劳，依旧口口声声地说着老一套的“蜜糖山”。若有谁喜欢听，他就立马拍打着他的黑翅膀飞到一棵树上，连续不断地说起来：“在那边，同志们，”他态度严肃地诉说着，并用黑翅膀指着天空——“在那边，就在你们看到的那朵乌云那边——有座‘蜜糖山’在那儿。那将是我们这些可怜的动物离开尘世之后的归宿，它是个幸福的国度！”他甚至声称自己曾在一次高空飞行中亲自到过那里，并在那里看到了那里无边无际的苜蓿地，那的篱笆上长的都是亚麻子饼和方糖。因此很多动物相信了他的话。他们幻想，他们现在的生活是饥饿并且劳累的，那么换一种说法，难道有一个比这好得多的世界就不是合情合理的吗？难以改变的是猪对待摩西的看法，他们都轻蔑地认为他那些“蜜糖山”的说法全是骗人的，然而也依然允许他留在庄园，他也可以不干活儿，每天却还能得到一吉尔的啤酒来作为补贴。

鲍克瑟的在蹄掌的伤口痊愈之后，他更加拼命地干活儿了。事实上，在这一年时间里，所有的动物都在像奴隶一般干活儿。庄园里不仅有那些普通的活儿和建造第三个风车的事，还要费力给拿破仑年幼的猪崽盖学堂，建造学堂是在3月份开始的。有时，在吃不饱的情况下还要大量劳动是难以承受的，鲍克瑟却从未因此退缩过。他的一举一动没有任何迹象表明他的干劲比过去差，只是外貌上发生了一点儿微小的变化：他光亮的皮毛不见了，健壮的腰部好像也有点萎缩。

其他动物说："等到春草长大时，鲍克瑟会逐渐恢复过来的。"然而，春天到来了，鲍克瑟却没有向胖发展。有时，当他竭尽全身气力顶着那些大型圆石头的重荷通往矿顶的坡上的时候，仿佛仅剩坚持不懈的意志在支撑他的力量。这些时候，他总是闷声不响，但猛地看过去，好像还能隐隐约约听到他口中念念有词："我要更加努力干活儿。"克拉弗和本杰明再一次劝告他，要小心身体，但鲍克瑟对此毫不理睬。他没有把他的12岁生日放在心上，而只是全心全意想着在领取退休养老津贴之前把石头攒够。

一个夏天的傍晚，快要天黑的时候，有个出乎意料的消息瞬间传遍整个庄园，说鲍克瑟发生了一些事情。在这之前，他曾经独自往风车那里运了一车石头。果不其然，消息是真实的。两只鸽子在几分钟后迅速飞过来，带来消息说："鲍克瑟倒下去了！他现在正侧着身子躺在那里，再也站不起来了！"

大约有一半动物冲出了庄园，赶到建风车的那个小山包上。鲍克瑟就躺在那里。他在车辕中间伸着脖子，头也抬不起来了，眼睛一眨一眨的，汗水粘得两肋骨的毛一团一团的，一股稀稀的鲜血从嘴里流出。克拉弗跪倒在他的身边。

"鲍克瑟！"她大喊道，"你怎么啦？"

"我的肺，"鲍克瑟用弱小的声音说，"没关系，我想即使没有我你们也能把风车建成，我已经积攒了很多备用的石头了。我至多只有一个月时日了。不瞒你说，我一直盼望着退休。眼看本杰明也衰老了，说不准他们会同意我们一起退休，相互做个伴儿。"

"他们会帮助我们的，"克拉弗说到，"快，谁跑去告诉斯奎拉鲍克瑟出事啦。"

其他动物全都马上往庄主院跑，告诉斯奎拉这个消息，只有克拉弗和本杰明留了下来。本杰明躺在鲍克瑟的旁边，用他的长尾巴一声不吭地给鲍克瑟驱赶苍蝇。大约过了刻钟的时间，怀着同情和关切的斯奎拉快速赶到现场。他说拿破仑同志已经知道了这件事，他感到十分悲伤，对庄园里这样一位最忠诚的成员发生这种不幸的事，而且已在准备把鲍克瑟送往威灵顿的医院进行治疗。对此动物们微微感到有些不安，因为其他动物从未离开过庄园，除了莫丽和斯诺鲍之外，他们不愿想到让人类接管一位患病的同志。然而，斯奎拉不费吹灰之力地说服了他们，他说鲍克瑟的病在威灵顿的兽医院会得到比在庄园里能得到更好的治疗。大概过了半小时，鲍克瑟好转了一些，他费了好大力气才站起来，颤颤巍巍地回到他的厩棚，克拉弗和本杰明已经为他准备了一个舒适的稻草床。

之后的两天里，鲍克瑟一直待在他的厩棚里。猪给他送来了一大瓶他们在卫生间的药柜里发现的红色的药，并由克拉弗在饭后喂给鲍克瑟用，一天用药两次。到了晚上，她躺在他的厩棚里和他聊天，而本杰明帮他驱赶苍蝇。鲍克瑟声称并不后悔所发生的事。倘若他能彻底康复痊愈，他还希望能够再活上三年。他期盼着能平平静静地在大牧场的一个角落住上一阵。这样的话，他就能生平第一次腾出时间用来学习，因而增长才智。他说，他计划利用全部剩余的时间去学习字母表上还没有学的二十二个字母。

然而，本杰明和克拉弗想要和鲍克瑟在一起，只有在收工之后他们才能待在一起。但正是那天中午，有一辆车把鲍克瑟拉走了。当时，动物们忙着在萝卜地里除草，在一头猪的监督下。忽然，他们惊奇地发现本杰明从庄园窝棚那边飞奔出来，一边还扯着嗓子大叫着。这是他们见到本杰明第一次这样的激动，实际上，也是第一次看到他奔跑的样子。“快，快！”他大声叫着，“快来呀！他们要把鲍克瑟带走！”没等到猪下命令，动物们就全都放下手里的活儿，快速跑回去了。果然，院子里停着一辆由两匹马拉着的大篷车，车边上写着主人的名字，驾车人的位置上坐着一个阴沉着脸、头戴一顶低檐圆礼帽的男人。鲍克瑟的棚子空了。

动物们一起围住车，异口同声地说：“再见，鲍克瑟！再见！”

“傻瓜！笨蛋！”本杰明骂着，一边绕着他们跳，一边用他的小蹄掌拍打着地面，“傻瓜！车边上写着什么你们没看见吗？”

这下子，动物们犹豫不决了，场面也瞬时安静了下来。穆丽尔开始拼读那些字。可本杰明却把她拉到了一边，在死一般的寂静中他自己念道：

“‘威灵顿，艾夫列·西蒙兹，屠马商兼煮胶商，皮革商兼供应狗食的骨粉商。’这是什么意思难道你们不明白吗？鲍克瑟要被他们拉到在屠宰场去！”

听到这些，所有的动物突然爆发出一阵恐惧地哭号。就在此时，坐在车上的那个人挥鞭催马，马车一溜小跑就离开了大院。所有的动物拼命地叫喊着跟在后面。克拉弗硬生生地挤到最前面。这时，马车越来越快，克拉弗也试图加快她健壮的四肢追赶上马车，并且越跑越快，“鲍克瑟！”她哭喊道，“鲍克瑟！鲍克瑟！鲍克瑟！”正好在这时，鲍克瑟好像听到了外面的吵闹声，他带着有一道直通鼻子的白毛的面孔，出现在车后的小窗子里。

“鲍克瑟！”克拉弗凄惨地哭喊道，“鲍克瑟！出来！快出来！他们要送你去死！”

动物都一起跟着哭喊起来，“出来，鲍克瑟，快出来！”但马车已然加速，离他们越来越远了。鲍克瑟到底是否听清了克拉弗喊的那些话，这谁也说不准。但不一会儿，窗户上没有了他的脸，接着在车内响起一阵巨大的马蹄踢蹬声。他在努力踹开车子试图出来。按说鲍克瑟只要几下就能把马车车厢踢个粉碎。可是天啊！随着时间流逝，他的力气也一点点消失；一会儿，马蹄的踢蹬声逐渐削弱直至消失了。不管不顾的动物便开始请求拉车的两匹马停下来，“朋友，朋友！”他们大声呼喊，“别拉你们的亲兄弟去送死！”然而那是两匹愚笨的畜生，竟然傻得不知道这到底是怎么一回事，只管竖起耳朵加速向前奔跑。鲍克瑟的面孔在窗子上永久消失了。有的动物想跑到前面把木栅门关上，然而为时已晚，一瞬间，马车就已冲出了大门，飞快在大路上消失的无影无踪。鲍克瑟他们再也见不到了。

三天之后，据说他死在了威灵顿的医院里，然而，他作为一匹马已经得到了无微不至地关怀和照顾。是由斯奎拉当众宣布了这个消息的，他说，在他一直守候在鲍克瑟生前的最后几小时里，

“那是我见到过的最感人的场面！”他边说边抬起蹄子抹去眼角的一滴泪水，“我守在他床边直到最后一刻。临终前，他因为衰弱几乎说不出任何话来，他凑在我的耳边轻声对我说，他唯一感到遗憾的是没有看到风车建成就死去。他低吟说：‘同志们，前进！以起义的名义前进，动物庄园万岁！拿破仑同志万岁！拿破仑同志是永远正确的。’同志们，这些就是他最后的遗言。”

讲到这里，忽然斯奎拉就变了脸色，他缄默片刻，用他那双小眼睛射

出的疑神疑鬼的眼神扫视了一下会场，才继续说下去。

他说，据他所知道的，鲍克瑟被拉走后，一个愚蠢的、不怀好意的谣言在庄园上流传着。有的动物注意到拉走鲍克瑟的马车上有“屠马商”的标记，就胡言乱语地说，鲍克瑟是被送去屠宰场了。他说，真是令人难以置信竟有这么愚蠢的动物。他晃着尾巴上下蹦跳着，愤恨地责问，从这一点上看，你们真的很了解我们敬爱的领袖拿破仑同志吗？其实，答案非常简单，那辆车以前是一个屠马商的，但兽医院已经把它买下了，只不过他们还没有来得及涂掉旧名字。大家正是因为这一点才产生了这个误会。

听到这里，动物们都大大地松了一口气。接着斯奎拉继续形色俱佳地描述着鲍克瑟的灵床和他所受到的款待，还有拿破仑不惜一切代价为他购置的昂贵药品等等细节。于是他们最后一丝疑虑被打消了，他们的悲哀在想到他们的同志是在幸福中死去，也同时消解了。

在接下来的周日早上的会议上，拿破仑亲自到会主持会议，为向鲍克瑟致敬宣读了一篇简短的悼念词。他说，把他们亡故的同志的遗体拉回来并在庄园里埋葬已经不可能了。但他已发出指示，送一个用庄主院花园里的月桂花做的大花圈到鲍克瑟的墓前。并且，几天之后，猪还打算举行一个追悼宴会向鲍克瑟同志致哀。最终，拿破仑以鲍克瑟心爱的格言“我要更加努力干活儿”和“拿破仑同志永远正确”这两句结束了他的悼念词。在提到这两句格言时，他说，每个动物都应该借鉴这两句格言，并应付诸到日常的实际行动中去。

到了追悼宴会的那一天，从威灵顿驶来一辆杂货商的马车，在庄主院里交付了一个大木箱。当天晚上，庄主院里就传来一阵歌声，歌声之后，另外一种声音又响起了起来，听上去像是在热烈地吵闹，十一点左右的时候这吵闹声在一阵打碎了玻璃的巨响声中才安静了下来。直到第二天中午之前，庄主院没有任何动静。同时，一个小道消息不胫而走，说猪先前不知从哪里搞到了一笔钱，并又给他们买了一箱威士忌。

第十章

时光流逝，年复一年。随着时间的消逝，寿命不长的动物都已陆续死去。当前，能记得起义前的日子的除了克拉弗、本杰明、乌鸦摩西和一些猪之外，已经不剩一个了。

穆丽尔死了，布鲁拜尔、杰西、平彻尔也都死了，琼斯也死了，他死在了国内其他一个地方一个酒鬼的家里。斯诺鲍被遗忘了，鲍克瑟也被遗忘了，不同的是只有几个本来就认识的动物还记得。克拉弗如今也老了，她的身体变得肥胖，四肢僵硬，眼里总有一团眼屎。她的年龄已超过应该退休年龄的两年了，但事实上，从没有一个动物真正地退休过。把大牧场的一个角落拨给退休动物享用的方案也早就被搁置到一边了。如今的拿破仑也已经是一头体重三百多磅完全成熟的雄猪了。斯奎拉胖到连睁眼向远处看都是一件艰难的事。只有老本杰明，除了鼻子和嘴周围有点发灰，基本上还是过去的模样，还有一点，自从鲍克瑟去世以后，他变得比从前更加孤僻和少言寡语了。

现在，庄园里的动物比以前多很多，虽然增长的数量没有早些年所预料的那么大。很多动物本来就在庄园里生活，还有一些动物是来自其他地方。对那些本来就生活在在庄园的动物来说，起义也只不过是一个模模糊糊的口头上流传的传说而已；而对于那些来自其他地方的动物来说，在他们来到这个庄园之前，并未听说过任何有关起义的事。现在的庄园，除了克拉弗之外，还有另外三匹马，他们都是好同志，都非常了不起，都十分乖巧温顺，但可惜的是，他们的反应也都慢一拍。看来，他们都学不会字母表上“B”之后的字母。只要他们听到的有关起义和动物主义原则的事，他们都会一丝不漏地欣然接受，尤其是对克拉弗来说更是这样。他们对克拉弗的敬重，甚至可以说是孝顺。然而，他们究竟是否能懂得这些道理，还有待考究。

现在庄园里面更是生机勃勃，也更有秩序了。庄园里还多了从皮尔金顿先生那里买来的两块土地。最终庄园里的风车还是如期地建好了，庄园里也有了属于自己的一台打谷机和草料升降机。另外，庄园还加盖了很多各种各样的新型建筑。温普尔也为他自己买了一辆两轮单驾马车。不过，最终风车也没有用来发电，而是去磨稻谷了，而且还为庄园创造了数量可观的盈利。如今，动物们又开始辛勤劳作，就是为了去建造另外一座风车，听说这一座风车建成以后，就要在上面安装上发电机了。然而，在动物们当年谈论风车的时候，斯诺鲍指引动物们所想象的那种无忧无虑的舒适生活，那种有电灯和冷水热水的窝棚，那种每星期工作三天的幻想，如今没人谈论了。拿破仑老早训斥说，这些想法是与动物主义的精神和宗旨相悖的。他说，工作勤奋和生活俭朴是最简单、最纯粹的幸福。

不知什么原因，庄园看上去似乎已经变得比从前富裕了，但除了猪和狗以外，动物们自己仍然没有变富。也许，有一部分原因是因为猪和狗都很多吧。在他们这一等级的动物，他们都是用自己的方式从事劳动。正如斯奎拉乐于解释的那样，在庄园的组织和监督工作中，有许多无休无止的事，在此类事情中，有大量的活儿是其他动物无法理解的，因为他们的无知。比如，斯奎拉这样告诉他们，猪每天要处理所谓“文件”“报告”“会议记录”和“备忘录”等等神秘的事宜，这需要花费大量的时间和精力。这类文件的数目十分可观，而且必须填写仔细，并且一旦填写完这些文件，又得把它们扔到炉子里烧掉。斯奎拉说，这完全是最重要的工作，是为了庄园的幸福所做的最重要的事。然而时至今日，不论是猪还是狗，他们都没有自己生产过一粒粮食，但他们仍然基数庞大，并且他们的食欲还总是十分旺盛，胃口十分大。

至于其他的一些动物，至今就如他们所知，他们的日子还是和以前一样。他们大多数都在忍受着饥饿，在草垫上睡觉，喝的水是池塘里的，干着田间里的农活儿，冬天却被寒冷侵袭，夏天又被苍蝇骚扰。有的时候，他们之中的年长者想尽办法，从那些淡忘的记忆中倾尽全力搜索着回忆的线索，他们想靠这样来确定刚赶走琼斯起义后的早些时候，状况是比现在好还是坏呢，但他们都已记不清了。没有可以用来和现在的生活做比较的一件事情，他们没有任何凭据用来比较，除了斯奎拉的一连串数字以外，而斯奎拉的一连串数字总是如出一辙地表明，所有的事都在变得越来越好。动物们后来发现这个问题怎么也解释不清，虽然如此，他们现在已经很少有时间去思考这类事情了。只有老本杰明异乎寻常，他声称他记得他漫长的一生中的每一处细节，还说他意识到事物不管在过去，还是在将来都不会有什么更好或更糟的区别。因此他说，饥饿、困难、失落和彷徨是现实生活中一定存在不可变更的规律。

然而，动物们没有因此而放弃对未来的希望。准确地说，他们身为动物庄园的一分子，哪怕只是一瞬间也没有失去过自己的优越感和荣誉感。他们的庄园仍然是整个国家——所有英格兰三个岛屿中——唯一的是归动物所有、并由动物自己掌管的庄园。就连他们之中最年轻的成员，甚至那些来自十几英里或者二十几英里以外庄园的新进成员，每当想到这一点，都感到特别自豪自喜。当他们听到枪声和看到旗杆上绿旗飘扬时，他们的内心就充满了不能泯灭的自豪感，话锋一转，也就经常提起那史诗般的起义，以及成功驱赶琼斯、编写“七诫”、击败人类的伟大斗争等。那些曾经的梦想他们一个也没有放弃。想当初麦哲曾预言过的“动物共和国”，以及那个不再有为人类所践踏英格兰的绿色田野的时代，至今依旧是他们忠实的信仰。他们也依旧坚信：那个时代在未来的某一天会到来，即使它不会立刻到来，甚至也许它不会在现在任何健在的动物的有生之年到来，但它迟早要来的。而且目前，《英格兰兽》的曲子说不定还在被到处悄悄地传唱着，反正实际上，庄园里的每一个动物仍然都记得它，尽管这些动物都不敢放声歌唱。或许，他们的生活很艰苦；或许，他们并没有全部实现他们的希望，但他们确实和其他动物不同，这一点他们很清楚。就算他们还没有填饱肚子，也不是由于把食物拿去给了残暴的人类；即使他们干活觉得累了，但至少他们是在为自己辛劳，为自己努力。在他们之中，没有一个是用两条腿来走路的，没有谁把谁称作“老爷”，在庄园里的所有动物都是平等的。

初夏的某日，羊跟着出去，斯奎拉把他们领到庄园的另一头，那是一块长满白桦树苗的荒芜的地方。羊在斯奎拉的监督之下，在那里整整吃了一天的树叶和草，等到了晚上，斯奎拉对羊说，既然天气已经变暖了，你们就待在这儿算了。随后，他自己回到了庄主院里。羊在那里待了整一周。在这期间，其他的动物看不见一丝他们的身影。斯奎拉倒是每天花费大量时间与精力和他们待在一起。他认为，他十分需要清静，因为他正在教他们唱一首全新的歌曲。

在一个空气爽朗的傍晚，羊回来了。当时，动物们正走在回窝棚的路上。他们才刚刚把活儿干完。突然，一声马的悲鸣从庄园的大院里传过来，动物们大吃一惊，立刻全都停下了脚步。是克拉弗发出的声响，她又嘶吼起来。于是，所有的动物都奔跑着向大院冲去。这回，克拉弗看到的情景他们也看到了。

是一头猪正在用他的后腿走路。

是的，是斯奎拉。他好像还没有习惯用这种姿势支撑他那庞大的身躯，显得有点笨拙，但他却能在院子里以熟练的平衡散步了。不到片刻，从庄主院门里又出来一长队都用后腿在行走的猪。他们走的良莠不齐，甚至还有一两头猪走得有点不稳当，看上去他们好像更适合找一根棍子用来支撑着。不过，每头猪都能成功地绕着院子走一圈。最终，拿破仑伴随一阵十分洪亮的狗叫声和那只黑公鸡尖锐的啼叫声中亲自走了出来，他大摇大摆地站立着，眼睛向四周轻慢地瞥了一下。他的狗就立刻簇拥在他的周围欢蹦乱跳。

他蹄子中还拿着一根鞭子。鸦雀无声，动物们惊奇、恐惧地挤在一起，注视着那那一长溜猪缓慢地围着院子行走。这世界好像已经完全颠倒了。接下来，当他们在这场震惊中缓过来一点儿的时候，一眨眼的工夫，他们顾不上考虑任何事——顾不上他们对狗的恐惧，顾不上他们这么多年来发生过什么事，他们也从来不抱怨、从不批评的习惯——他们立即就要大声反抗了，但就在此时，所有的羊都像是被一个信号刺激了一样，这个院子里爆发出一阵嘈杂的咩咩声——“四条腿走路好，两条腿走路更好！四条腿走路好，两条腿走路更好！四条腿走路好，两条腿走路更好！”

喊叫声不间断地持续了四五分钟。等到羊群安静下来的时候，猪已列队走回庄主院，他们已经错过了最好的反抗机会了。本杰明感到有一个鼻子在他的肩上磨蹭着。转头一看，是克拉弗。只见她那一双衰老深陷的眼睛比以前更加暗淡。她轻轻地拽他的鬃毛，一句话都没说，直接把他领到写着“七诫”的大谷仓的另一边。他们站在那里看着柏油墙上的白色字体，足足有一两分钟都没有说话。

“我的眼神衰退了”，她终于说话了，“在是年轻的时候我也识不得上面那白色的字。然而今天，我怎么看这面墙和以前不同了。‘七诫’还像过去那样吗？本杰明？”只有这一次，本杰明破例答应，他把写在墙上的东西念给她听，如今墙上面除了只有一条诫律已经没有别的什么东西了，它是这样写的：

所有动物一律平等
但有些动物比其他动物
要更加平等

从这以后，似乎没有什么奇怪的事情发生了：第二天在庄园所有监督干活的猪的蹄子上都拿着一根鞭子，这并不奇怪；猪给他们自己买了一台无线电的收音机，并准备再安装一部电话，这也不算稀奇；知道他们已经订阅了《约翰·牛报》《每日报》及《奇闻报》，同样也算不上稀奇；看到拿破仑嘴里含着一根烟斗在庄主院的花园里散步时，也算不上稀奇。是的，没有必要像以前一样再大惊小怪了。就算猪把琼斯先生的衣裳从衣柜里拿出来穿在他身上也没有那么奇怪。而且，拿破仑已经穿上了一条特制的马裤和一件黑外套，也绑上了皮绑腿，同时，他心爱的母猪则穿上了一件琼斯夫人过去常在周日穿的波纹绸缎花裙子。

一星期以后的一天下午，一辆两轮单驾马车进了庄园。一个接受邀请的由邻近庄园主组成的代表团来这里观光考察。他们游览了整个庄园，并对他们看到的每件事物都赞叹不已，对风车惊赞。那时，动物们正仔细认真地在萝卜地里拔草，他们很少抬起头，也搞不明白他们是更害怕猪呢？还是更害怕来参观的庄园主。

那天晚上，一阵阵哄笑声和歌声从庄主院里传出来。动物们立马被这嘈杂的声音吸引住了。这是动物和人第一次在平等关系下共处一室，他们很好奇在那里会有什么事情将要发生呢？于是他们便不约而同地，尽量不发出一点儿声响地往庄主院的花园里爬去。

然而到了主院门口，他们又停在了那里，也许是因为恐惧而不敢再向前进行，但克拉弗首先进去了。他们踮着蹄子，走到院子跟前，那些个头儿很高的动物就可以从餐厅的窗户上向里面看。屋子里面，六个庄园主和六头最有名望的猪坐在那张长长的桌子周围，拿破仑自己则坐在桌子上首的东道主座位上，显然猪坐在椅子上很舒适自然。宾主一直都在兴高采烈地打扑克牌，然而为了准备干杯在中间休息了一会儿。在他们之中有一个很大的罐子被传递，杯子里倒满了啤酒。他们并没有注意到窗户外面有很多惊奇诧异的面孔正在注视着里面。

皮尔金顿先生是福克斯伍德庄园的庄主，他举着杯子站了起来。他说道，各位请稍等片刻，我要敬在场的诸位一杯。在这之前，他想先说几句话。他说，他相信，持续已久的猜疑和误解时代已经结束，他和其他在场的各位都感到十分高兴。曾经有这样一段时间，都没有今天的这种感受，不管是他自身，还是在座的各位，当时，动物庄园的可敬的所有者，他们曾受到他们的人类邻居的特别关注，他更愿意说这关注一大半是由于一定程度上的忧虑，并没有带着任何敌意。这里曾发生过不幸的事件，也曾流行过一种错误的理念。一个所有权是猪并由猪掌管经营的庄园也曾让人觉得有些不符合常理，而且又可能容易给邻近的庄园带来很多困扰。很多的庄园主先前没有做恰当的调查就信口开河、妄下断言，肯定会有一种放荡不羁的歪风邪气蔓延在这样的庄园里。他们害怕这种状况不仅会影响到他们自己庄园里的动物，甚至会影响他们的雇用的人。然而现在，所有的疑虑都已烟消云散了。今天，他和他的朋友们参观了这个动物庄园，用他们自己的眼睛认真地观察了庄园的每一个角落，亲身体验了这里的一切。他们有什么发现呢？这儿不但有最先进的机器，而且纪律严明，一切都井井有条，这应该是各地庄园主学习的楷模。他有把握地说，他坚信，动物庄园的最低等级的动物，干的活儿也比全国任何动物都要多，吃的饭却比他们都少。确实，今天他和他的代表团成员看到了很多有别具一格的地方，他们想把这些机器和技术引进到他们各自的庄园中去。

他说，他愿意在结束讲话的时候，再次强调动物庄园及其邻居之间已经建立的和应该建立的友谊将一直在猪和人之间存在，同时他们之间也不存在任何意义上的利益冲突。他们的奋斗目标以及过程中遇到的困难是一样的。到处都有劳工问题，不是吗？说到这里，皮尔金顿先生想突然说出他那句经过仔细思考的妙语，但他独自乐了很长时间，并没有讲出来，他竭力想控制住，以至于他的下巴都憋得发紫了，最后嘴里才蹦出一句："如果你们有你们的下级动物在与我们合作，"他说，"我们就有我们的下层阶级!"这句意味深长的话引起哄堂大笑。

皮尔金顿先生再次向猪表示祝贺，为他在动物庄园看到的不仅食物供给少，而且劳动时间还长，没有普遍出现动物怕苦怕累的现象，等等。他最终说道，到目前为止，他想请各位站起来，毫不虚假地把酒倒满。"先生们，"皮尔金顿先生在结束讲话时说，"先生们，我敬你们一杯：为动物庄园的蓬勃发展干杯!"

屋子里顿时响起热烈的喝彩声和跺脚声。拿破仑立即变得兴高采烈，他离开座位，绕过桌子向皮尔金顿先生走去，和他碰杯后全喝干了，喝彩声安静后，拿破仑依旧靠后腿站立着，并向大家示意，他也有话想说。

这个讲话和拿破仑往常的演讲一样，简单明了而又恰到好处。他说，他也很高兴那个充满误会的时代终于结束了。过去有很长一段时间，到处都散播着谣言，他认为，这都是一些不怀好意的仇敌散布的谣言，说在他和他的同伴的观念中，有一种期待颠覆，甚至想从根本上颠覆，具有破坏性的东西。他们一直被看成试图煽动邻近庄园的动物抗议造反。然而，谣言永远都不能将事实掩盖。不论是过去，还是现在，还是将来，他们唯一的愿望就是与他们的邻居和平共处，保持正常的贸易伙伴关系。他补充道，他很荣幸能管理这个庄园，这个庄园是一家合营企业。他手中拥有的那张地契，归所有猪共同享有。

他说道，他相信他们和人之间不会再有任何猜疑。而最近又修正了一些庄园的固有的例法，这有利于进一步增强他的信心。长久以来，庄园里的动物还有一个互相以"同志"相称的较为愚笨的习惯，这将要被取消。还有一个搞不清是怎么来的怪癖，就是在每个周日早上，动物们都要列队从花园里一个被钉在木桩上的雄猪的头盖骨上走过，这个也要取消，并且他已经将头盖骨埋了。来访的人也许已经看到旗杆上那面飘扬着的绿色的旗帜。如果是这样的话，他们可能也已经注意到，旗面上的白色蹄掌和犄角已经不复存在。从今以后，那面旗将是一面全绿的旗。

他说，皮尔金顿先生的演讲精彩绝伦，并且非常友善，他只需补充修正一点。皮尔金顿先生一直提“动物庄园”，显然他并不知情，因为就连他拿破仑也只是第一次宣布“动物庄园”这个名字将要作废了。从今以后，庄园的名字将会被“曼纳庄园”代替，他相信这才是它真正的名字。“先生们，”他总结道，“我将以不同的形式给你们以同样的祝福，请满上这一杯酒。先生们，这就是我的祝福：为曼纳庄园的蓬勃发展干杯！”

同样伴随一阵热烈而真诚的喝彩声响起，大家也把酒一饮而尽。但当外面的动物们目不转睛地看到这一情景时，他们仿佛看到正在发生一些奇怪的事。猪的面孔发生了什么变化呢？克拉弗用她日渐昏花的眼睛扫过一个又一个的面孔。他们的下巴有的有三个，有的有四个，有的有五个，然而似乎有什么东西正在融化消失，正在发生改变。接着，热烈的掌声结束以后，他们又继续刚才中断的游戏开始打扑克，外面的动物就默默地离开了。

但他们还没有走到二十步，却又突然止住。庄主院里又传出一阵吵闹的嘈杂声。于是他们又跑回去，再次透过窗子看向里面。是的，里面正在吵吵嚷嚷。那场景，既有大声叫嚷的，也有敲打桌子的；一边是犀利的目光，另一边却在嘶吼着矢口否认。动乱的原因好像是因为拿破仑和皮尔金顿先生两人同时打出了一张红桃 A。

十二个大嗓门儿在愤怒地齐声着狂叫，他们是何其的相似！而今，无须再问猪的面孔发生了什么变化。外面的生灵从猪看到人，又从人看向猪，再从猪看向人；但他们已经分不清哪个是猪，哪个是人了。

1943 年 11 月—1944 年 2 月